Anita Knorr

Caipi, Sex & Selbstzweifel

Anita Knorr

Caipi, Sex & Selbstzweifel

Für meine Tochter.
Für meine Söhne.
Für meine Oma.
Für meinen Ex.

Für Mütter.
Für Väter.
Für alle selbstzweifelnden Menschen.
Für Retter.
Für Opfer.
Für Männer.
Für Frauen.
Für Rico.
Für Robert.
Für Chemnitz.

Für mich!

© 2024 Anita Knorr
Verlag: BoD · Books on Demand GmbH, In de Tarpen 42, 22848 Norderstedt
Druck: Libri Plureos GmbH, Friedensallee 273, 22763 Hamburg
ISBN: 978-3-7597-4361-9

Inhalt

Vorwort

Mein Name ist Anita. Ich bin 38 Jahre alt und Mutter dreier wunderbarer Kinder im Alter von 5, 11 und 15 Jahren. Mein Leben ist nicht immer einfach, was wohl daran liegt, dass ich eine ganze Zeit lang alle Fehler bei mir suchte. Die These meines bisherigen Lebens lautete: Mein Körper ist nicht sexkompatibel. Das heißt nicht, dass ich es nicht mag, Sex zu praktizieren. Aber die letzten zehn Jahre hatte ich selten welchen, weil ich immer leer ausging. Einen vaginalen Orgasmus hatte ich noch nie. Weil mich diese Situation so belastete, ging ich dem auf die Spur.

Ich will dir gerne von meinen körperbezogenen Erfahrungen erzählen, weil ich vermute, dass du dich in vielen meiner Erzählungen wiedererkennen kannst. Du bist also nicht allein und das zu wissen ist doch die halbe Miete!

Dinge wahrzunehmen und zu begreifen, dass sie nicht richtig laufen, fällt immer schwer, wenn man nicht den Draufblick hat. Vielleicht geht es dir ja ähnlich wie mir und ich kann dir mit diesen Zeilen den Blick von oben auf einige deiner Lebenssituationen schenken.

Gott! Wie oft habe ich mir an den Kopf gehauen und mich gefragt: „Warum bist du denn so selten dämlich gewesen?"

In diesem Buch rede ich offen über Sex, über Dinge in meinem Kopf und über das ganze Gefühls-Chaos, welches mich hierhergeführt hat. Du musst es nicht immer verstehen, aber möglicherweise sind in diesen paar Seiten einige Ansätze enthalten, die du dir mitnehmen kannst. Mittlerweile befinde ich mich auf einem guten Weg zu mir selbst, zu meinem Körper und zu meinem inneren Frieden.

Da ich selbst an diesem Buch gewachsen bin und es mich auf meiner Selbstfindungsphase begleitet hat, fange ich daher an zu ergründen, wo der Ursprung meiner vermeintlichen sexuellen Inkompetenz lag. Ich gehe zurück zum Anfang und lasse dich teilhaben an meiner Kindheit, an einprägsamen Momenten meiner Jugend und meiner Ehe und an allem, was danach passierte.

Sex in meiner Ehe

Anfang Februar 2023, an einem Mittwoch, trennten mein Mann und ich uns spontan in unserer Küche. Ich stand angelehnt an den Küchenschrank und kaute gerade gedankenverloren auf einem Stück Brot mit Käse, als Tobi nichtsahnend hinzukam. Wir waren mittlerweile 13 Jahre verheiratet und mehr als 18 Jahre ein Paar. Die letzten Monate hatte ich alles an meiner Kommunikationsfähigkeit zutage befördert, was ich konnte. Leider nützte es nichts, denn mein Mann hatte mit mir und unserer Ehe bereits abgeschlossen, was ich zu diesem Zeitpunkt noch nicht wusste. Beiläufig und mit vollem Mund kauend sprach ich ihn an: „Du, ich möchte das so nicht mehr! Ich kann das auch so nicht mehr! Deshalb habe ich mich entschieden, die Sache zu beenden. Bist du damit einverstanden?" Für mich völlig unerwartet antwortete er: „Okay. Ja, ich denke auch, dass es nichts mehr bringt!"

Nachdem ich seine überraschende Reaktion angehört hatte, erläuterte ich: „Ich schaue schon seit einiger Zeit nach einer geeigneten Wohnung, konnte aber bisher nichts Passendes finden. Also wirst du mich wohl hier noch eine Weile erdulden müssen."

„Das ist kein Problem. Du kannst hierbleiben, solange es notwendig ist!", versicherte er. Über die unangekündigte Entscheidung war er nicht überrascht und auch seine Reaktion bestätigte mir, dass unser gemeinsamer Entschluss der Richtige war. Ich forderte ihn auf: „Gut, dann gehen wir jetzt hoch und sagen es gemeinsam den Kindern." – „Okay.", brachte er mit zittriger Stimme hervor und begann zu weinen. Ich schloss mich ihm an.

Zwar hatten wir diese Entscheidung ganz bewusst zusammen getroffen, aber dennoch war es traurig für uns beide, nach 13 Jahren Ehe das Handtuch zu werfen. Wir hatten es nicht geschafft, bis dass der Tod uns scheidet. Nein, mangelnde Kommunikation, schlechter Sex und meine Schwiegermutter hatten uns geschieden!

In den letzten acht Jahren hatten wir uns kaum noch den körperlichen Freuden hingegeben. Ich zwang mich, ihm einmal aller drei Monate gefällig zu sein und seine Berührungen zuzulassen. Ich selbst hatte wenig Spaß am Sex, mochte es aber, wenn er mich begehrte und mich streichelte. Nach der Geburt unserer Tochter, die nun immerhin 5 Jahre alt war, wurde es mit dem Sex noch weniger. Meine Vulva und meine Schamlippen waren durch die Entbindung massiv in Mittleidenschaft gezogen und mussten nach der Geburt eine Stunde lang genäht werden. Ich hatte Angst, wie ich unten herum aussehen würde und schaute mir seitdem das genähte Ding nie wieder an! Wer weiß, was ich da Furchtbares entdeckt hätte? Außerdem war mit unserer Tochter nun schon das zweite Kind durch meinen Geburtskanal gerutscht (das erste war ein Kaiserschnitt). Ich konnte mir nicht vorstellen, dass meine Vagina sich jemals wieder so schön eng für meinen Mann anfühlen konnte wie zuvor.

Wenn wir einmal im Quartal miteinander schliefen, wollte ich nicht, dass er mich unten ansah. Ich schämte mich für meinen fetten, schlabbrigen Körper, meine hängenden Brüste, meinen fetten Arsch, für meine viel zu weite und entstellte Muschi. Was war denn an mir noch schön? So sehr ich danach suchte, fand ich nichts! Der Spiegel war mein Feind, denn er zeigte mir jeden Tag, was ich so hässlich fand. Als würde er mich vorführen.

Natürlich merkte ich, dass mein Mann sich an dem wenigen Miteinander störte. Ich erklärte ihm dann, dass ich am Sex mit ihm überhaupt keinen Spaß hatte, da ich immer leer ausging – es sei denn, ich stimulierte mich selbst und das wiederum konnte ich auch alleine tun. Er konnte leider mit dieser Info gar nichts anfangen und wusste sich nicht zu helfen.

„Kotzt es dich denn nicht an, dass wir gar nicht mehr miteinander schlafen?", fragte ich ihn kurz vor unserer Trennung.

„Doch, aber was soll ich denn machen? Ich kann dich doch nicht dazu zwingen! Außerdem habe ich mich an den wenigen Sex gewöhnt."

„Ich hab mich aber nicht daran gewöhnt! Ich bin nicht nur Mutter! Ich bin auch Frau und ich habe Bedürfnisse! Und ich finde es traurig, dass du dich nicht mit uns beschäftigst, sondern einfach abwartest und stillhältst. Zu welcher Lösung wird uns das führen?", fragte ich verärgert. Doch eine Antwort blieb aus.

Sobald er mich in irgendeiner Form anfasste, zum Beispiel am Rücken oder an der Schulter, fühlte ich mich schon total unter Druck gesetzt. Auch Küssen fiel mir mittlerweile schwer, denn auch dieser Körperkontakt erregte meinen Mann und er begrabschte oder betatschte mich. In einer normalen, vernünftig laufenden Beziehung wäre das nach so langer Ehe sicherlich total erstrebenswert gewesen, aber es triggerte mich einfach nur. Meine Gedanken waren immer die gleichen: „Jetzt fasst er mich schon wieder an. Da will er bestimmt mit mir schlafen. Scheiße! Darauf hab ich gar keinen Bock! Kommt für mich ja eh nichts bei rum! Verdammt, lass mich doch einfach in Ruhe!"

Also vermied ich es, mich von ihm anfassen zu lassen, damit ich ihn nicht auf dumme Gedanken brachte. Für meinen Mann war das sehr schwer, aber er fragte nicht danach. Nein, er verlangte auch nicht danach. Er stellte nur eines Tages fest: „Ich vermisse dich. Ich vermisse deine Berührungen, einen

Begrüßungskuss, wenn ich zur Tür reinkomme nach der Arbeit. Ich vermisse es, mit dir zu kuscheln und dich im Arm halten zu dürfen und ich vermisse es, Liebe mit dir zu machen!"

„Ja, das vermisse ich auch. Aber ich fühle mich zu hässlich, um all das mit dir zu teilen!"

„Wenn du mit deinen Brüsten nicht klarkommst, dann lass sie dir doch machen... ich werde dich dabei unterstützen!", schlug er vor.

„Wieso sollte ich mit meinen Brüsten nicht klarkommen? Ich komme damit nicht klar, wenn du mich anfasst, weil ich ganz genau weiß, was du für eine Erwartungshaltung an mich hast. Und ich funktioniere nun mal nicht auf Knopfdruck. Sobald du mich nur anfasst, habe ich das Gefühl dir einen Fick schuldig zu sein. Schuld ist überhaupt das Stichwort. Ich bin schuld, dass du keinen Sex mehr haben kannst! Das ist eine unheimlich große Last für mich und ich frage mich, wie lange du das noch mitmachen willst? Oder hast du schon eine Andere? Mich würde es jedenfalls nicht wundern!"

Ich machte ihm vermutlich mit dem, was ich sagte, genauso viel Druck wie er mir. Kein Mann, auch nicht der eigene Ehemann, will hören, dass er es seiner Frau nicht besorgen kann. Aber so war es nun mal. Irgendwann fragte ich ihn: „Wieso ist es dir so egal, wenn ich jeden Abend neben dir liege und es mir selber mache?" Und er antwortete abweisend und frustriert: „Ich mach es doch eh nicht richtig."

Ich nahm einen letzten Rettungsversuch für unsere Ehe in Angriff und erkannte, dass nicht ER, sondern meine Muschi das Problem darstellte. Also recherchierte ich im Internet und bestellte mir ein Buch mit dem Titel „COMING SOON – Orgasmus ist Übungssache" von Dania Schiftan. Ich las darin jeden Abend ein Kapitel. Mehr konnte meine kleine Seele einfach nicht verkraften. In jeder einzelnen Episode wurden Fallbeispiele mit Betroffenen näher beschrieben. Und in jedem Beispiel erkannte ich mich wieder. Wie sehr ich nicht mit mir im Einklang war wurde mir durch dieses Buch erst bewusst. Im Grunde genommen beschrieben die Seiten, wie man in zehn Schritten zum vaginalen Orgasmus kommen konnte. Ich war mir sicher, wenn es diese Möglichkeit überhaupt gab, würde sie uns unheimlich helfen! Möglicherweise war es sogar unsere Eherettung. Wenn unser Sexleben wieder funktionierte, wären wir uns vielleicht auch gedanklich und mental wieder näher. Das hoffte ich jedenfalls.

Zum ersten Schritt gehörte, meine Muschi zu begreifen und die Anatomie zu verstehen. Ich lernte, dass meine Klitoris wesentlich größer ist, als ich dachte. Sie zieht sich unter den Schamlippen als zwei Klitorisschenkel entlang, bis hinein in die Vagina. Übrigens wurde der Begriff *Schamlippen* ersetzt durch *Geschlechtslippen*, da dieser nicht im Geringsten negativ behaftet war. Von Scham war schließlich abzusehen! Ob nun meine Scham vor mir selbst von dem Begriff abhängig war, wagte ich zu bezweifeln. Da spielten ganz andere Dinge eine Rolle. Dann gibt es da die sogenannte Perle, also der Klitoriskopf, der im allgemeinen als Kitzler bezeichnet wird. Dieser wiederum hat sogar eine eigene Vorhaut. Das war mir unbekannt. Scheinbar gab es auch Frauen, die nicht wussten, dass die Harnröhre separat vom Vaginaleingang existiert, aber das wusste sogar ich! Dann offenbarte das Buch noch eine genaue Lagebeschreibung des geheimnisvollen G-Punktes, den ich für mich als unauffindbar abgetan hatte. Dieser Bereich in der Scheide befindet sich ca. 3 cm hinter dem Scheideneingang und liegt auf der Bauchdeckenseite. Laut Anleitung könne man diesen gut erspüren, da das Klitorisschwellgewebe, also der G-Bereich, in seiner Beschaffenheit etwas rauer und unebener sei. Als Vulva bezeichnete man das weibliche, äußere Geschlechtsorgan im Ganzen.

Die Kernaussage des ersten Schrittes war es nun, meine Geschlechtsteile akzeptieren und annehmen zu lernen. Sie zu erkunden, zu ertasten und wertzuschätzen. Auch wurde ich aufgefordert, mir meine Vulva anzuschauen und sie dankend und liebevoll zu respektieren. Sie und ihre Freundin Vagina waren es schließlich gewesen, die mir meine prächtigen Kinder auf die Welt gebracht hatten. Das war schon eine Mammutaufgabe für mich!

Ich nahm mir nach fünf Jahren zum ersten Mal wieder einen Spiegel in die Hand und schaute mich da unten an. Was ich sah, war entsetzlich abstoßend! Es war nicht schön... genauso wie ich es erwartet hatte. Vielleicht war es normal, dass die kleine Geschlechtslippe viel weiter hervorstand als die große und vielleicht war es auch normal, dass sie viel dunkler war, aber ich fand es hässlich! Wie sollte ich denn mit so etwas eine positive Bindung aufbauen? Das ging doch nicht! An dieser Stelle konnte ich nun meinen Mann gut verstehen, dass er keinen Gedanken daran verschwendet hatte, dieses Ding zu liebkosen oder zu streicheln, wo es doch so furchtbar schrumpelig und entstellt aussah!

Das Buch gab mir dafür einige nützliche Hinweise und Ratschläge für Übungen, die ich in den nächsten Wochen intensiv praktizierte. Nach einiger Zeit, in der ich täglich meiner wunderschönen Vulva dankte, dass sie mir meine Kinder geschenkt hatte und ich ihr meinen Respekt erwies, indem ich wohlwollend an sie dachte, wurde unsere Beziehung zueinander langsam, aber stetig besser. Auch der tägliche Blick in den Spiegel und das Betrachten meines bislang vernachlässigten Körperteils halfen mir dabei, wobei es jeden Tag aufs Neue

Überwindung kostete. Zudem begann ich, mich komplett nackt im Spiegel zu betrachten. Die ersten Wochen fand ich nichts Gutes an mir. Wenn ich mich in die richtige Position stellte, mir meinen hängenden Bauch und die ungleichgroßen, schlaffen Brüste zuhielt, dann konnte ich meinen Anblick gerade so ertragen. Es deprimierte mich jeden Tag erneut, so hässlich zu sein! Warum konnte ich nicht einfach einen schönen Körper haben, so wie andere Frauen?

Nach einigen Wochen der Übung war ich nun also mit meiner Vulva befreundet und schenkte ihr ab und an einen schönen Gedanken. Das war ein erster Fortschritt, den ich heimlich feierte. Zudem erhielt ich in Schritt 2 die Anweisung, meine Geschlechtsteile in einer täglichen Selbststudie zu sensibilisieren. „Wer gut Klavier spielen will, muss üben." So stand es da. Das wiederum sei notwendig, damit die Nervenzellen und Synapsen sich miteinander verknüpfen konnten. Nervenbahnen, die selten berührt oder genutzt wurden, waren weniger stark ausgebildet, was in diesem Fall bedeutete, dass diese Stellen wenig berührungsempfindlich waren. Dies konnte nur durch gezieltes Anfassen und Empfindsammachen korrigiert werden. Also nahm ich auch diese langwierige Übung in Angriff und berührte, was das Zeug hielt. Es ging hierbei nicht um das Erreichen eines Orgasmus, sondern vielmehr um die Berührung aller meiner Geschlechtsteile, um die Nervenbahnen auszubilden, die zuvor offensichtlich noch nieeeeeee in Anspruch genommen worden waren.

Nach drei Wochen hatte ich die Schnauze voll. Es tat sich gar nichts! Alles blieb beim Alten! Ich legte eine Übungspause ein. Meinen Mann interessierte es sowieso nicht, also was gab ich mir da noch Mühe? Dennoch suchte ich noch einmal das Gespräch mit ihm: „Du, in dem Buch sind einige Beispiele drin von Frauen, die ähnliche Probleme haben. Ich würde gern mit dir zusammen in dem Buch lesen, damit du vielleicht besser verstehst, was in mir vorgeht. Wollen wir das mal in Angriff nehmen?", fragte ich ihn und er antwortete abgebrüht: „Nö, da geht's doch nur um dich! Ich wüsste nicht, was das mit uns zu tun hat?!"

Seine Antwort kränkte mich sehr, denn es ging nicht ausschließlich um mich. Es ging um unsere Ehe und um unser Liebesleben. Wie sehr ich mir gewünscht hätte, dass er verstand, wie hässlich ich meine Muschi gefunden hatte und dass ich mich nun für unser beider Intimleben sensibilisierte! Was es für eine außerordentliche Kraft kostete, diese Schritte alleine zu gehen, ohne seine Unterstützung. All dies wusste er nicht und ich konnte es ihm nicht sagen. Er war bereits viel zu weit von mir entfernt. Und das festzustellen, schmerzte mich besonders.

Als ich später auf diese Zeit zurückblickte, wusste ich, dass auch er keinen Ausweg mehr fand. Er war mindestens genauso frustriert wie ich. Und meine Rettungsversuche kamen deutlich zu spät. Wie oft hatte ich ihn abgewiesen, vertröstet oder ihm mitgeteilt, dass der Sex mit ihm sinnlos war und ich deshalb überhaupt keine Lust mehr hatte. Als Mann wollte er doch auch nicht ständig hören, wie unzulänglich der Sex mit ihm war und dass er nicht fähig zu sein schien, es mir richtig zu besorgen. Mittlerweile konnte ich es ihm nicht mehr verübeln, dass er irgendwann keinen Mut mehr hatte, nach Lösungen zu suchen, denn all seine Bemühungen hatte ich im Keim erstickt. Ich las dennoch weiter in meinem Orgasmus-Ratgeber und nahm das Training wieder auf, welches übrigens erst nach ungefähr sechs Monaten erste Erfolge verzeichnete. Die Autorin forderte mich auf, es mir jeden Tag selbst zu machen und dabei genau in mich hinein zu spüren, um herauszufinden, welche Bewegungen oder Berührungen mir dabei am meisten zusagten. Wie sollte schließlich jemand anderes wissen, was ich gut fand, wenn ich es selbst nicht tat?

Im nächsten Schritt beleuchtete ich meine sexuelle Vergangenheit und wo ich genau stand. Was hatten meine Eltern mir an Schamgefühl mitgegeben, was die Erziehung im Kindergarten und was genau geschah in meiner Pubertät? Woher kam der lang aufgebaute Ekel vor mir selbst und vor meinem Geschlechtsteil? Diesen Fragen ging ich nun nach, denn sie waren wesentlich, um meine negativen Gefühle gegenüber meiner Vulva zu verstehen und sie abbauen zu können.

Kindheit & Aufklärung

Ich hatte eine wunderbare, friedvolle Kindheit und durfte sehr behütet in einem kleinen sächsischen Dorf aufwachsen, gemeinsam mit meinen Eltern und Großeltern. Meine Eltern trennten sich, als ich ein Jahr alt war. Von da an lebte ich bei meiner Mutter. Zu ihr hatte ich schon immer eine besonders starke Bindung. Zu meinem Erzeuger eher nicht, da ich ihn nur selten sah. Meine Mom, Großeltern und später auch mein Ziehvater zogen mich sehr liebevoll auf. Es fehlte mir an nichts und es war eine schöne Zeit, an die ich mich gern zurückerinnere.

Nacktheit spielte in meiner frühkindlichen Entwicklung zu keiner Zeit eine Rolle. Es war okay, nackt zu sein. Ich sah meinen Opa nackt, meinen Ziehvater, meine Oma, meine Mutter und auch meine vielen Cousins und Cousinen. Wir teilten uns nackt die Badewanne oder auch draußen den Pool, ohne uns zu genieren. Meine Geschlechtsteile wurden wohlwollend, aber kindlich „Pullermaus" genannt. Jungen hatten einen „Pullermann". Die regulären Bezeichnungen Vagina, Klitoris, Penis usw. erlernte ich erst im Aufklärungsunterricht in der Schule.

Meine Zeit im Kindergarten war schwierig. Da ich bereits im Alter von einem Jahr in die Kinderkrippe musste und es keine Eingewöhnungsphase gab, konnte ich mich, laut den Erzählungen meiner Mama, nur sehr schwer mit der neuen Situation anfreunden. Ich weinte viel und fühlte mich anfangs nicht besonders wohl. Ich konnte mich noch daran erinnern, dass ich zum Essen gezwungen wurde und immer die Letzte am Mittagstisch war. Die Kindergärtnerin hielt mir jeden Tag vor: „Du musst wenigstens kosten! Sonst darfst du den Tisch nicht verlassen!". Außerdem durften wir Kinder nur auf dem Rücken liegend Mittagsschlaf machen. Dabei wurde penibelst darauf geachtet, dass wir unsere Hände immer schön auf der Bettdecke ließen und sie nicht unter der Decke verschwanden. Gefummel an unseren Genitalien wurde uns in der Kindergartenzeit schlichtweg untersagt, weil es sich nicht gehörte.

Mein Paps (Ziehvater) fühlte sich zu keinem Zeitpunkt für meine sexuelle Aufklärung zuständig. Ich erinnerte mich nicht an ein einziges Gespräch mit ihm zum Thema. Von meinem Erzeuger mal ganz abgesehen! Meine Mama hingegen fühlte sich schon dafür zuständig, aber sie wartete immer nur ab, bis ich die nächste *unangenehme* Frage dazu stellte. Diese „das-ist-mir-aber-jetzt-peinlich-Haltung" meiner Mutter bewog mich bald dazu, keine sexuellen Informationen mehr von ihr zu erfragen. Dieses Gefühl, dass meine Mutter sich für eine von mir gestellte Frage schämte, hat sich tief in meine Erinnerung eingebrannt. Es vermittelte mir den Eindruck, dass es unanständig sei, über sexuelle Dinge zu sprechen, geschweige denn, sie eines Tages mal zu praktizieren.

Später, als ich selbst Mutter wurde, sprach ich daher über alles frei heraus. Ich pinkelte und kackte vor den Kindern. Ich wechselte Binden und Tampons ganz rücksichtslos, wenn meine Kinder mit mir im Bad waren. Ich sprach offen von meiner Menstruation und auch über Papas Morgenlatte. Allerdings thematisierte ich es nicht, sondern antwortete nur, wenn sie neugierig danach fragten. Meine Kinder lernten die Begrifflichkeiten Penis, Hoden, Sperma, Vulva, Vagina, Klitoris genauso kennen, wie wir den Geschlechtsteilen auch kindgerechte Namen gaben. Ich verbot ihnen nicht, sich an ihrem Penis oder ihren Geschlechtslippen herumzuspielen, sondern ich fragte: „Und? Was machst du da? Das fühlt sich ganz gut an, oder?"
Natürlich erklärte ich ihnen auch, dass es bei ihren Körpern um extrem intime Bereiche ging, die niemand anderes anzufassen hatte. Auch das versuchte ich ihnen auf eine sachliche Art näher zu bringen, ohne ihnen Angst zu machen. Wir ermutigten unsere Kinder, uns über alles und jeden körperlichen und sexuellen Krimskrams einfach zu fragen... wobei ich mich niemals beim Beantworten irgendeiner Frage so verhalten wollte, wie meine Mutter: voller Scham und peinlich berührt im Boden versinkend. Wenn mir mal nicht gleich einfiel, wie ich etwas kindgerecht – ohne zu viel oder zu wenig preiszugeben – formulieren sollte, sagte ich: „Schatz, das ist nicht so einfach zu erklären. Gib mir kurz Zeit, damit ich darüber nachdenken kann, wie ich es dir am besten beschreiben kann!"
Ich hoffte, dass die Minis eines Tages mal nicht so einen Eindruck von unserer elterlichen Sexualaufklärung haben würden, sondern absolut gestärkt und voller Selbstvertrauen in ihr Erwachsensein hineingleiten konnten.

Ganz bewusst wurde mir mein Körper erst durch die Jugendzeitschrift Bravo nähergebracht. Zusammen mit meiner Cousine verschlang ich diese wöchentlich, um unseren jugendlichen Wissensdurst zum Thema Sexualität zu stillen. Ihre Eltern waren schon ziemlich alt, hatten vermutlich gar keinen Sex mehr und wollten auch nicht darüber reden. Außerdem waren Sie sehr konservativ. Auch nicht viel besser als bei meinen. Zwar waren meine Eltern wesentlich jünger und ich konnte mir jedenfalls denken, dass sie noch ab und an körperlich aktiv waren, aber ich fragte nicht danach. Das traute ich mich nicht, nachdem meine Mutter mir von Anfang an kein gutes Gefühl zu

Fragestellungen dieser Art vermittelt hatte. Wir waren also gezwungen, unser Wissen aus Büchern und Zeitschriften einzuholen. Wobei man dazu sagen musste, dass dieser Dr. Sommer aus der Bravo meistens nur die Hälfte von dem berichtete, wie es später im realen Leben wirklich lief!

Bereits im Alter von zwölf Jahren fing ich an, meinen Körper abstoßend und hässlich zu finden. Vielleicht hing es damit zusammen, dass ich ständig im Bus oder auch von meinen Onkels gehänselt wurde? Oder ob es mit dem Eintreten meiner Periode begann? Ich kann es nicht mehr genau sagen. Jedenfalls weiß ich noch, dass ich meine erste Regelblutung im Ferienlager bekam. Meine Mutter hatte mir vorsichthalber zwei Binden mitgegeben, falls es zufällig losgehen würde. Schließlich hatte sie es damals auch unverhofft im Schullandheim erwischt. Toll! Es kam, wie es kommen musste! Schon den ganzen Tag hatte ich mich mit Bauchschmerzen herumgequält und gegen Mittag stellte ich beim Toilettengang fest, dass ich scheinbar unbemerkt meinen Schlüpfer vollgekackt hatte. Wie unangenehm! Ich schlich mich heimlich aus dem Badezimmer, um mir neue Unterwäsche zu holen. Dann wusch ich mich gründlich und zog mir den neuen Slip an. Ich schämte mich gigantisch für mich selbst! Wieso hatte ich es denn nicht bemerkt, dass ich anscheinend Ladung verlor? Ein paar Stunden später, beim nächsten Klobesuch, verstand ich, dass diese doofe, braune Soße in meiner Unterwäsche meine erste Blutung war. Wie gerne hätte ich das in diesem Moment mit meiner Vertrauensperson, nämlich meiner Mutter, besprochen und sie dazu um Rat gefragt! Aber sie war nicht da. Erst vertraute ich mich meiner Zimmernachbarin an und fragte geniert: „Was soll ich denn jetzt machen? Es ist Sonntag. Es hat kein Laden mehr auf, damit ich Tampons kaufen gehen könnte. Ich will nicht die Erzieherin fragen! Das ist mir hochgradig peinlich! Was mach ich denn jetzt?" Mein Gegenüber zuckte unaufgeregt mit den Schultern: „Warum denn nicht? Ist doch normal."

Ja, aus heutiger Sicht betrachtet war es nichts Dramatisches. Aus meiner damaligen Sicht hatte ich jedoch gelernt, nicht über körperbezogene Dinge zu sprechen, da sie mehr als unangenehm waren. Ich ging NICHT zur Betreuerin und offenbarte mein elendes Problem. Ich kam mit zwei Binden zwei Tage lang aus und ekelte mich permanent vor mir selbst. Alle Fragen, die ich zur neuen Situation hatte, stellte ich NICHT. Ich fühlte mich alleingelassen und hilflos. Frau zu sein, hatte überhaupt nichts Schönes! Als ich endlich zu Hause ankam, lief ich meiner Mutter entgegen und verkündete ihr die Neuigkeit. Ehrlich gesagt, weiß ich nicht mehr, wie sie reagierte, aber ich glaube, sie hat mich umarmt und bemitleidet. Sie selbst hatte immer furchtbare Schmerzen, wenn sie menstruierte und vermutete sicher, es würde mir ab jetzt genauso gehen.

Meine Brüste begannen schon ein Jahr vor Einsetzen der Menstruation zu wachsen. Weder waren es richtige Brüste, noch konnte man diese spitzen Hundeschnauzen noch erfolgreich unter einem weiten T-Shirt verstecken. Eine Scheißzeit für Mädchen! Logischerweise wurde ich ausgerechnet in dieser Zeit auch noch ordentlich fett. Meine Onkels nannten mich mehr oder weniger liebevoll „Dicke". Dieser „Kosename" hielt sich im Übrigen wacker bis heute. Ab und zu fiel ich meiner Mutter heulend in die Arme und fragte sie, warum ausgerechnet ich so genannt wurde und wieso ich denn so eine Speckwurst war? Meine Mutter erklärte mir, dass es sich nur um eine Phase handelte, die bald wieder vorbeigehen würde. Die angebliche Phase ging nicht vorbei!

Ich hungerte mir vor meiner Jugendweihe, mit 14 Jahren, durch Nichtessen einige Kilos vom Leib, damit ich den anderen Arschlöchern zeigen konnte, dass ich so etwas wie eine gut geformte Silhouette hatte. Dennoch hörte der Ärger im Schulbus nicht auf. Täglich wurde ich drangsaliert und gedemütigt. Erst wegen meiner Fettleibigkeit und später wegen meiner roten Haare oder meinem oberhässlichen Outfit.

Eines Tages sah ich nur noch einen einzigen Ausweg: meine angestaute Wut hatte sich potenziert und entlud sich in totaler Aggression. Ich eskalierte im Bus und klatschte einem dieser beschissenen Wixer meinen Regenschirm in die Fresse, nachdem er mit einer Schere meinen Pferdeschwanz abgeschnitten hatte. Dabei brüllte ich so laut, dass sich meine Stimme überschlug. Seitdem war Ruhe! Ich hatte gelernt, dass ich nicht die ruhige, verschlossene Anita sein durfte, um in dieser krassen Welt zu existieren. Und mit dieser Haltung ging ich von nun an voran.

Erstes Mal

Als ich 16 war, hatte ich meinen ersten festen Freund. Es dauerte ewig, bis wir uns überhaupt küssten. Mir war alles so dermaßen unklar, dass ich mir über jedes Detail große Gedanken machte. Glücklicherweise hatte ich eine Freundin, mit der ich diese ganzen Dinge besprechen und mir Ratschläge einholen konnte. Leider war es nicht möglich, so etwas mit meiner Mutter zu besprechen, obwohl ich es gern getan hätte.

Als wir circa ein halbes Jahr zusammen waren, hatte ich mein erstes Mal mit ihm. Es war relativ unromantisch. Er lud mich zu sich nach Hause in sein Jugendzimmer ein, wo er mich mit einer halben Flasche billigen süßen Rotwein abfüllte und somit gefügig machte. Ich war willig, da ich es gern hinter mich bringen wollte.

Die *Bravo* hatte immer davon berichtet, dass das erste Mal meistens schmerzhaft war und nichts Schönes hatte. Ich erwartete also die volle Schmerzintensität und dass es für mich nicht schön sein würde und so war es auch. Nach heutiger Einschätzung war ich noch lange nicht dazu bereit, deshalb habe ich auch viele Erinnerungen gelöscht. Eins weiß ich aber noch wie heute: Der Typ hatte nur ein Kondom im Handschuhfach seines Autos. Da ich auf Verhütung bestand – schon allein wegen der Gefahr mir eine Geschlechtskrankheit einzufangen – reagierte er total genervt, weil er aus seinem Zimmer im Dachgeschoss bis runter in die Garage gehen musste, um dieses verdammte Kondom zu holen. Dass es ihn ankotzte, ließ er mich deutlich spüren.

Nach diesem befremdlichen Erstkontakt, den ich detailliert verdrängen konnte, fuhr ich mit meinem Moped nach Hause. Natürlich wartete meine Mutter bereits an der Haustür, wo ich blieb, da ich eine halbe Stunde später als vereinbart ankam. Ich versuchte mich zu entschuldigen: „Mutti, bitte sei mir nicht böse. Ich hab nicht auf die Zeit geschaut!" Und weil ich den tiefen inneren Wunsch verspürte, dass meine Mutter über den nächsten Schritt in meinem Leben Bescheid wissen sollte – so wie über alles andere auch – fügte ich mutig und doch irgendwie peinlich herumdrucksend hinzu: „Weil… also… wegen… also… ich hatte unerwartet heute mein erstes Mal."

Wummmms! Hatte ich eine sitzen. Da stand ich vor der Haustür, meine Mutter vor mir auf der 20 Zentimeter höheren Schwelle. Ich wie ein begossener Pudel, der sich schämte für das, was er gemacht hatte. Meine Mutter drehte auf dem Absatz um und ließ mich stehen. Ich trottete verstört ins Haus und hasste mich dafür, diese erste sexuelle Übung mit jemandem gemacht und meiner Mutter davon erzählt zu haben.

Mit meinem Freund sammelte ich also die ersten, wenig erotischen Erfahrungen, die ich mit niemandem mehr durch Erzählen teilte, da ich begriffen hatte, dass darüber keiner reden wollte. Schade, denn hätte ich damals schon jemanden sagen gehört: „Du musst beim Sex egoistisch sein!" oder „Hast du überhaupt schon rausgefunden, welche Berührung an deiner Pussi dir gefällt und welche nicht?", dann hätte ich vermutlich schon angefangen, sexuell selbstbestimmt zu denken und zu handeln. Hat aber leider niemand! Und ich fragte mich später: Warum? Die einzigen Menschen, die offen mit dem Thema Sexualität umgingen, waren die Großeltern meines damaligen Freundes. Als ich mit meinem Moped in den Vierseitenhof eingefahren kam, schaute der Opa schon von weitem, auf seiner Bank sitzend, ob ich ein Höschen unter meinem Rock trug und nickte bewundernd, wenn er nackte Tatsachen zu Gesicht bekam. Komischerweise hatte ich mit Nacktheit nicht halb so viele Probleme wie jetzt.

Einmal fragte er mich urplötzlich aus einer Laune heraus: „Na? Heute schon gefickt?" Er lachte amüsiert und erklärte direkt: „Ihr habt es gut. Heute gibt es diese Überzieher. Wir mussten damals noch rausziehen und haben uns zum Bumsen im Heu versteckt!"

Mit puterrotem Gesicht und hochgradig verstört verließ ich die Situation und ging ohne etwas zu sagen ins Haus. Im Nachgang haben mein Freund und ich herzlich darüber gelacht. Einige Monate nach unserem ersten Mal wusste ich wenigstens, was mein Macker von mir erwartete. So kam es, dass ich gerade dabei war, ihm einen zu blasen, als plötzlich die Tür von seinem Vater aufgerissen wurde und er zu fragen ansetzte: „Kommt ihr eeeee...?" Dann begriff er, was er gesehen hatte. Die Tür flog laut krachend wieder zu. Ich schämte mich in Grund und Boden und versuchte alle Stellen meines nackten Körpers mit beiden Händen zu bedecken. Plötzlich ging die Tür ein zweites Mal auf und sein Vater rief energisch: „Essen!"

„Mensch Vater! Mach doch jetzt die Türe zu! Was soll das denn?", brüllte mein Freund ihm wütend hinterher. Spätestens jetzt hatte sein Vater es wohl verstanden.

Weder ging ich an diesem Abend mit essen, noch die nächsten zwei Wochen. Der Schwiegervater hatte einen Monat lang eine riesige Ekelblase an seinem Mundwinkel. Wir konnten uns kaum in die Augen schauen, da uns beiden diese

Sache mehr als peinlich war. Meine Schwiegermutter und mein Freund nahmen es gelassen und witzelten darüber.

Die Beziehung endete nach einem Jahr. Ich hatte bemerkt, dass er nicht mehr über meine Scherze lachen konnte, da er sie nicht verstand. Außerdem stellte ich fest, dass sein Intellekt nicht meinem entsprach und damit konnte ich einfach nichts mehr anfangen. Wenigstens sinnvoll unterhalten sollte man sich doch können, oder?

Nach ihm hatte ich noch einen kurzen One-Night-Stand mit einem unbekannten Typen, den ich in einer Disco aufgerissen hatte. Einfach um mir selbst zu beweisen, dass da noch was ging. Eine nicht erwähnenswerte, kurze, unbefriedigende Sache, der ich in dieser Geschichte keine weitere Bedeutung beimessen will. Obwohl... doch! Eine! Nämlich die, dass Eintagsfliegen ab diesem Moment an ausgeschieden waren. Ich suchte nach etwas Langfristigem!

Zwei Jahre später lernte ich meinen zukünftigen Ehemann kennen und lieben. Wir hatten eine tolle, gemeinsame Zeit, in der wir fünf Jahre lang ein Eigenheim sanierten, drei Kinder zeugten und alle Energie in unsere Familie investierten. Leider war danach kein bisschen Kraft mehr füreinander übrig. Dies und der unzulängliche Sex führten dazu, dass wir unsere Ehe nach dreizehn Jahren beendeten.

Körper-Ekel und Abschied

Vermutlich nahm der ganze Körper-Ekel-Stress mit der Geburt meiner Kinder so richtig Fahrt auf. Man hatte mich aufwendig nach jeder Entbindung wieder zusammengeflickt. Ich ertastete Narben an den kleinen Geschlechtslippen, die sicherlich die Empfindlichkeit beeinträchtigten. Auch in meiner Vagina hatte ich während der Entbindung einige Abschürfungen davongetragen, die genäht werden mussten.

Wenn mein Mann Tobi und ich Sex hatten, fragte ich mich immerzu, ob ich denn auch noch eng genug für seinen Penis sei. Ich spannte während dessen meinen Beckenboden durchgängig an, damit er es auch schön gemütlich in mir hatte. Schließlich sollte meine Muschi ja nicht als die totale Versagerin dastehen – ausgeleiert und alt. Dieser Druck in mir, es ihm das eine, wenige Mal besonders schön machen zu wollen, stand ständig im Raum. Das wiederum wurde mir jedoch erst bewusst, als mir es Frau Schiftan in ihrem Buch mit diversen Fallbeispielen näherbrachte. Es fiel mir wie Schuppen von den Augen. Mein Mann hatte dabei nie gefordert, ich solle mich mal anspannen und ihm gefällig sein. Nein, das forderte ich selbst von mir! Wie bekloppt ich doch war! Zumal mir mein neues Buch auch meine neueste Erkenntnis verriet, nämlich dass eine Vagina sich von Natur aus weitet, wenn sie gut stimuliert wird. Dieser Prozess sei total normal während des Sex und jeder Mann, der sich daran störte, solle doch mal seinen eigenen Penis sensibilisieren, um auch feinere Berührungen wahrnehmen zu können! So die Aussage meines heiligen Buches.

Ich dachte darüber nach, wie sehr ich mir in der Vergangenheit selbst im Weg gestanden hatte und verzweifelte darüber, dass mein Mann nun anscheinend mit unserem Sexleben abgeschlossen hatte. Aber die vielen Infos über mich selbst, die ich aus den Zeilen entnehmen konnte, brachten mich einer Lösung näher. Immer wieder wurde in dem Buch von Frauen aus verschiedensten Altersgruppen berichtet. In fast jedes einzelne Beispiel konnte ich mich eins zu eins hineinversetzen. Ich weinte jedes Kapitel aus, weil ich verstand, dass es mir nicht alleine so ging. Und ich begriff nun auch, dass ich allein für ein erfülltes Sexleben Sorge tragen musste. Wenigstens für meins!

In den folgenden Kapiteln ging es um Bewegung, Beckenbodentraining, reizvolle Fantasien, die Aufforderung zum Egoismus und wie man alles miteinander in Verbindung bringen konnte. Ich übte also mit mir alleine, mich mehr zu bewegen. Wobei man sagen musste, dass mangelnde Bewegung während des Liebesspieles nie ein Problem für mich war. Eher war das mangelnde Liebesspiel das Problem! Die Sache mit der Bewegung lief Hand in Hand mit der Berührung des kompletten Körpers. Da die ganze Haut mit Sinneszellen ausgestattet ist, spielten Streicheln und Anfassen eine große Rolle. Dadurch wird nämlich der Reiz verteilt und es prickelt so herrlich überall. Das konnte ich bestätigen. Selbstversuch ohne Anfassen und Streicheln war nicht so toll. Selbstversuch mit war viel intensiver. Auch eine neue Erkenntnis. Selbstverständlich nutzte ich jeden Abend im Wohnzimmer die Zeit (als ich noch in unserem gemeinsamen Haus wohnte), um meine von Frau Schiftan angeordneten Beckenbodenübungen zu machen, während die Kinder den Sandmann schauten. Bei der Gelegenheit trainierte ich gleich Bauch, Beine und Po sowie meine Schulter- und Nackenpartie mit. So eine Beckenbodenmuskulatur sei total wichtig, um erfüllten Sex haben zu können. Ich war folgsam und leistete Frau Schiftan keinen Widerspruch, schließlich war ich zielorientiert.

Anders stellte sich die Sache mit dem Egoismus dar! Wenn ich es mir selbst machte, war ich logischerweise immer egoistisch, aber wie sollte das mit meinem Mann funktionieren? Wo ich doch die letzten Jahre immer versucht hatte, es ihm so angenehm wie möglich zu machen?! Nun sollte ich plötzlich nur an mich und meine Bedürfnisse denken, die Gedanken an meine wunderschöne Vulva richten und nicht daran, wie weit oder eng ich war? Außerdem musste ich zukünftig auf meine Atmung achten, sollte mich nicht für meinen Körper schämen, erst recht nicht für meine Muschi, und dann nehmen, was man mir gab und sogar einfordern, was man mir nicht gab? – Verrückter Gedanke! Gern hätte ich mit Tobi über all diese Neuerungen gesprochen, aber er bot mir einfach keinen Moment dafür. Unsere Beziehung war schon tot. Da passte ein Gespräch über meine ganze Mühe überhaupt nicht mehr dazwischen.

Ich las darüber, dass es immer gut sei, sich Anregungen in Form von erotischen Hörbüchern oder Bildchen zu holen, um die eigene Fantasie zu beflügeln. An Fantasien hatte es bei mir jedoch nie gemangelt. In meiner Fantasie machte ich es mit meinem Mann regelmäßig und ausgiebig. Ich träumte davon, wie wir es in verschiedenen Stellungen, an verschiedenen Orten und mit anderen Menschen taten. Für mich war er in meiner erotischen Fantasie ein großer Teil gewesen.

Am Anfang unserer Beziehung sendeten wir uns ab und an noch obszöne, erregende SMS. Später feierten wir uns, wenn wir in einer kurzen WhatsApp den gestrigen Geschlechtsverkehr mit einem sabbernden Smiley bewerteten. Viel Bauchgekribbel gab es in den letzten Jahren nicht mehr, was wohl auch daran lag, dass ich seine Nähe gar nicht mehr ertragen konnte.

Was mir erst später bewusst wurde, war die Tatsache, dass ich es mir schon lange nicht mehr wert war, dass er mich berühren durfte. Wenn er mich leckte oder an meiner Vulva herumspielte, schaltete sofort mein Kopf ein, der mir sagte: „Das macht er doch jetzt nicht gerne! Der will nur, dass du schnell fertig wirst, damit er selber zum Zug kommen kann! Niemand kann jemanden eine halbe Stunde lang lecken wollen! Das findet er bestimmt total anstrengend!"

Im Nachgang betrachtet, wäre es vielleicht hilfreich gewesen, wenn mein Mann mir mal ganz eindringlich gesagt hätte, dass er es richtig geil fand, mich stundenlang zu lecken und dass es ihm überhaupt nichts ausmachte... auch nicht, wenn es vier Stunden dauerte. Tat er aber nicht. Oder aber... ich habe es nur nicht mehr gehört!

Ich machte ihm keinen Vorwurf, dass unser Sexleben so eine Katastrophe war. Ich hatte Mitgefühl mit ihm, weil er sich offensichtlich auch nicht mehr zu helfen wusste, außer sein Bedürfnis mit mir zu schlafen ganz nach hinten zu stellen. Das Einzige, was ich ihm ankreidete war, dass er für sich keinen Weg gefunden hatte, mit mir eine Lösung zu finden! Sein Lösungsvorschlag zum Ende unserer Ehe war lediglich der einer offenen Beziehung gewesen. Ich lehnte genervt ab: „Das bedeutet, du suchst dir zum Ficken eine andere und ich putz dir die Hütte und koch etwas Leckeres? Oder wie stellst du dir das vor? Findest du nicht, dass man eine offene Beziehung nur dann führen kann, wenn die eigene stabil und klar ist? Das ist für mich keine Option!"

„Dann weiß ich es auch nicht. Mir ging es auch nicht um mich, sondern darum, dass du dich mal wieder austoben kannst.", antwortete er entmutigt. Sein Angebot war definitiv keine Lösung für unsere Ehekrise und machte mich unglaublich wütend. Verzweifelt brüllte ich ihn an: „Hä? Mein Körper ist ohne sexuelle Kompatibilität gebaut! Mit wem, denkst du denn, könnte ich jemals Sex haben, der mich erfüllt?"

Er ging. Das war, nachdem ich mehrfach versuchte hatte, ihn in die Geheimnisse meiner sexuellen Intelligenz einzubeziehen und er abgelehnt hatte.

Ein letzter Versuch, unser nicht vorhandenes Bettgeflüster wieder zu erwecken, fand an einem beliebigen Wochentag statt. Frau Schiftans Buch hatte ich komplett durchgelesen und alle Kapitel sauber und effizient abgearbeitet. Ich war bereit, ihm mein ganzes, neuerlangtes Körpergefühl und meine wunderschöne Vulva wieder zu präsentieren und ihn an meiner Rolligkeit teilhaben zu lassen. Wie so oft in den letzten Monaten, schlief er bereits, obwohl es noch nicht mal 22 Uhr war. Ich kroch also unter unsere übergroße IKEA-Bettdecke und schmiegte mich zärtlich an ihn. Ich spürte die Wärme seines großen, langen Körpers und er fühlte sich weich und gut an. Dann begann ich, ihn wachzuküssen und zu streicheln und hauchte ihm ins Ohr: „Hey Schatz! Ich will jetzt mit dir schlafen! Hast du Lust?"

So richtig begeistert war er nicht, aber er raffte sich dennoch dazu auf. Ich versuchte, mich nicht für meinen fetten Körper zu schämen oder für meine angeblich so wunderschöne Vulva. Auch versuchte ich, ausreichend Luft zu holen und seine Hände über meinen Körper zu schieben, damit ich ausreichend berührt wurde. Mein Kopf wusste, dass ich überhaupt nicht eng sein musste, also schob ich den Gedanken beiseite und gab meiner Vagina die totale Freiheit, so weit sein zu dürfen, wie sie wollte. Ich nahm alles an, was er mir zu geben bereit war und äußerte klar und deutlich meine Bedürfnisse, also war ich egoistisch. Ich ließ ihn nicht sofort in mich eindringen, da ich noch nicht feucht genug war. Auch das teilte ich ihm mit und bat um weitere Vorbereitung. Wir knutschten und fummelten noch ein paar wenige Minuten, dann ließ ich ihn gewähren. Ich genoss, dass er in mir war und mich erregte seine Berührung, sein Körper auf mir und seine Nähe. Ich bewegte mich mit ihm, wie es im Lehrbuch stand und es kribbelte in meinem ganzen Körper. Tatsächlich hatte ich das Gefühl, dass es sich wesentlich besser für mich anfühlte als all die Jahre zuvor. Was auch immer wir hier taten, vielleicht würde es unsere Ehe wieder gut werden lassen und wir hatten doch noch nicht verloren? In dem Moment erschlaffte sein Penis und mein Mann brach einfach unser Liebesspiel ab.

„Schatz?", fragte ich einfühlsam und strich ihm zärtlich über den Rücken. „Ist alles okay? Was ist denn los?" – „Nichts! Es ist spät und ich bin müde!" Dann rollte er sich von mir weg, legte sich auf die andere Seite und schlief augenblicklich ein.

Ich war enttäuscht! Einen Hänger hatte er bisher noch nie gehabt. Lag es etwa daran, dass ich so viele Dinge anders gemacht hatte als sonst? Dass ich mich noch mehr bewegt hatte und tiefer geatmet? Oder lag es sogar daran, dass ich meiner Muschi gestattet hatte, so weit sein zu dürfen wie sie wollte? War ich etwa doch viel zu weit und konnte ihm keine Freude bringen? Hatte ich für ihn alles falsch gemacht, was ich nur konnte? Und warum nahm er mich nicht einfach in den Arm und schmiegte sich an mich?

„Ist okay. Ist nicht schlimm!", hauchte ich ihm verständnisvoll ins Ohr. Dann rückte ich auf die andere Bettseite und brachte noch lange mit der Frage zu, was genau ich falsch gemacht hatte?!? Es war ein zwiespältiges Gefühl: auf der einen Seite haderte ich mit mir, was der Grund für seinen Hänger gewesen war und entwickelte so langsam einen gewissen Groll darüber, dass er mich einfach so von sich gestoßen und sich von mir abgewandt hatte. Auf der anderen Seite dachte ich darüber nach, dass dieser Sex-Versuch wesentlich mehr gebracht hatte, als alles andere jemals zuvor. Irgendwie war ich stolz auf mich und doch total verunsichert, dazu noch wütend über seine Reaktion mir gegenüber.

Am nächsten Morgen versuchte ich erneut, die Sache auszuwerten. Ich wollte einfach wissen, wie es sich für ihn angefühlt hatte, wo ich doch mein Geschlechtsteil in den letzten Wochen so gewürdigt und mir diverse Fertigkeiten angeeignet hatte. Außerdem wollte ich ausschließen, dass sein Hänger etwas mit mir zu tun hatte. Vorsichtig fragte ich: „Du… sag mal, ich würde gerne mit dir nochmal über gestern Nacht reden. Mich würde interessieren wie es für dich war?"
„Wie soll es denn für mich gewesen sein? Da gibt's nichts auszuwerten! Ich war müde, das ist alles! Es war schon spät!"
Was er eigentlich hatte sagen wollen, war: „Für UNS ist es zu spät!"
Enttäuscht wandte ich ein: „Nein, es geht doch nicht darum. Es geht darum, dass ich versucht habe, die ganzen erlernten Dinge aus dem Buch anzuwenden und ich wollte wissen, ob es für dich okay war?"
„Hab nichts gemerkt!", antwortete er kalt und gab mir zu verstehen, dass damit diese Unterhaltung zu Ende war. Dann verließ er die Küche und ließ mich einfach stehen.

Einige Tage später entschied ich, dass es das letzte Mal für uns gewesen war. Ich sinnierte darüber, ob es überhaupt jemals Anziehungspunkte zwischen uns gegeben hatte und ob wir je guten Sex hatten. Ehrlich, ich überlegte lange… das musste schon verdammt weit zurückliegen! Es war nicht so, dass wir überhaupt kein schönes Sexleben miteinander hatten. Sicherlich gab es wundervolle Erlebnisse und reizvolle Momente. Gekommen war ich dabei nur, wenn ich mich selbst um mich gekümmert hatte. Das mich dies störte, teilte ich spätestes nach der Geburt unseres dritten Kindes mit, aber er konnte mit dieser Info nicht umgehen. Er sei nun mal ein Mann und könne sich nicht um zwei Dinge auf einmal kümmern. Ich sehnte mich lange nach Befriedigung durch ihn, warf aber irgendwann die Flinte ins Korn. Unsere Zeit war nun vorbei. Das zu erkennen, schmerzte mich sehr!

Raphaela Lestina

Im Status meiner Freundin Sarah entdeckte ich eine interessante Podcast-Reihe. Sehr interessiert hörte ich in „breakfree" mit Raphaela Lestina hinein und verschlang aufmerksam jede neue Folge. Dies ging einher mit meinem Übungs-programm zur Wertschätzung meiner Vulva.

Raphaela war erfrischend deutlich und ungehemmt in ihrer Wortwahl. Sie schämte sich für nichts und es gab keine Tabus. Ich machte sie mir ab sofort zum Vorbild. Auch ich wollte von nun an viel offener über Sex und alle damit verbundenen Befindlichkeiten sprechen. Sie selbst praktizierte Tantra, bot Tantra-Rituale und Persönlichkeits-Coachings an und half Menschen, die in ihrem bisherigen Leben auf irgendeine Weise eine Änderung erfahren wollten. Sowohl mental als auch sexuell beratschlagte sie im Podcast sowie in verschiedenen Online-Seminaren oder vor Ort in Österreich.

Ich saugte jede Information auf, die sie mir als Zuhörerin schenkte. Es gab so viele Dinge, über die ich mir zuvor noch nie Gedanken gemacht hatte und die trotzdem so klar verständlich waren, jetzt wo ich sie von Raphaela hörte. Folgen wie „Du musst beim Orgasmus egoistisch sein!", „Dating und Sex" oder „Wie wichtig ist Küssen?" erweiterten meinen sexuellen Verständnis-Horizont und eröffneten mir neue Wege, zu mir selbst zu finden. Ich war mir nun endgültig darüber klar, dass ich nicht *irgendetwas* verdient hatte, sondern anständigen, erfüllten, orgastischen Sex. Den Sex, den ich also bisher in meinem Leben noch nicht hatte. Manche Erkenntnisse schmerzten. Ich erkannte, dass ich selbst für die Umsetzung zuständig war und ich mich in der Liebesbeziehung zu meinem Mann irgendwann nicht mehr getraut hatte, dafür zu sorgen, Ansprüche zu stellen. Also hatte ich mir selbst ein erfülltes Sexleben verwehrt. Ungeachtet dessen, dass ich die Kenntnisse dazu noch nicht hatte. So oft fragte ich mich, warum mir diese ganze verkackte Scheiße nicht vorher hätte mal einer sagen können! Warum machte unsere Gesellschaft nur so eine unaufgeschlossene, tabuisierte Thematik aus dem Ganzen? Und zu wessen Last? Wieso war es für einen Mann so viel einfacher, viele Liebschaften zu unterhalten und eine Frau wurde direkt als Prostituierte betitelt? Es war frustrierend, so viele Informationen zwanzig Jahre zu spät zu erhalten! Sicherlich... es war nicht zu spät, aber die zwanzig Jahre waren verloren! Mir blieb nur der Blick in eine hoffentlich bessere Zukunft, von der Raphaela immerzu sprach. Übung macht schließlich den Meister. Und ausgerechnet in dieser Zeit war mir nun gar nicht mehr nach Üben zumute.

„breakfree" begleitete mich noch einige Monate, bis ich Raphaelas Devise begriffen und verinnerlicht hatte, auch ohne Übung. Aber der Grundgedanke hatte sich bei mir festgesetzt wie ein Mantra: Tue nichts, was du nicht tun willst. Sei egoistisch und kommunikativ. Ich war gespannt, was passieren würde, wenn ich all mein Fachwissen endlich irgendwann anwenden konnte. War ich dann glücklicher was meine sexuelle Erfüllung anbelangte? Und hatte ich ganzheitlich betrachtet ein zufriedeneres Leben?

Fasching im Februar

Nachdem ich nun also sehr viele Zwiegespräche mit mir geführt hatte über meine unzufriedene Ehe, beendeten mein Mann Tobi und ich unser Dilemma und entschieden uns einvernehmlich für eine Trennung. Das war Anfang Februar. Wir waren uns beide einig, dass es schon einige Jahre nur noch bergab ging und hatten eigentlich nur noch ein schlechtes Gewissen, den Kindern gegenüber. Wir teilten unserem Nachwuchs direkt am selben Tag mit, dass ich mir eine eigene Wohnung suchen würde, wir weiterhin ihre Eltern blieben, aber uns eben nicht mehr jeden Tag ertragen könnten. Alles in Allem konnten sie die Umstände für den Moment noch gar nicht begreifen, nahmen unsere Entscheidung aber erstmal so hin. Wir heulten mit den Kindern gemeinsam, dass es so gekommen war und nahmen sie in unsere Arme. Ich erklärte ihnen: „Irgendwann werden Papa und ich uns auf euren Hochzeiten zuprosten und sagen: Es war gut so!"

Die Wohnungssuche gestalte sich schwierig, so dass es ganze drei lange Monate dauerte, bis ich endlich in eine vier Orte entfernte 3-Raum-Wohnung zog. Das war im Mai. Als wir uns im Februar offiziell trennten, waren wir beide erleichtert. Dennoch fühlte es sich sowohl richtig als auch falsch zugleich an. Richtig, weil wir einander endlich nichts mehr schuldig waren. Falsch, weil wir uns ausmalen konnten, was es für unsere drei kleinen Scheißer bedeutete.
Zwei Wochen nach der Trennung ging ich nun als freie Frau zur Faschingsveranstaltung. Der Ballast meiner Ehe war von mir abgefallen wie vertrocknetes Laub. Ich fühlte mich zum ersten Mal seit Ewigkeiten wieder frei und unbeschwert, obwohl ich noch in unserem gemeinsamen Haus wohnte. Offenbar hatte ich in den letzten Monaten auch ein paar Kilo Körpergewicht verloren, denn ich wurde ständig darauf angesprochen, wie schlank ich geworden war. Mir selbst fiel das überhaupt nicht auf, außerdem war es mir egal. Ich hatte andere Probleme als mein Gewicht! Auch wie toll ich strahlte und was für eine grandiose Aura ich hatte, wurde mir von meinem Umfeld in dieser Zeit oft gesagt. Ja, im Februar fühlte ich mich wie neu geboren und jeder sah es offenbar.

Unser Faschingsverein, in dem ich selbst Mitglied war, feierte zwei Abendveranstaltungen. Am Wochenende zuvor besahen wir oftmals zum Auskundschaften die Konkurrenz. Diesmal verschlug es uns nach Altmittweida. Das Programm war spitze! Wir lachten viel und tanzten ungehemmt als Bollywood-Schönheiten. Ich hatte mir dazu extra eine schwarze Langhaar-

Perücke gekauft. Der geflochtene Pferdeschwanz aus Kunststofffäden reichte mir bis zum Hintern. Ich machte mir überhaupt nichts aus den Männern und schaute auch nicht nach ihnen. Bis auf den Typen mit dem Konfetti in der Hose interessierte mich kein einziger! Von Männern hatte ich erstmal die Nase voll. Ich wollte von ihnen nichts wissen und legte es auch nicht auf irgendetwas an. Nur dem Konfettihosentypen griff ich ständig von hinten in seine riesengroßen Vordertaschen, um mir reichlich bunte Papierschnipsel zu klauen, die ich direkt im Anschluss im Saal verteilte. Nach dem ich ihm das vierte Mal ungefragt in seine Hose gegriffen hatte, lachte er mich etwas verschämt an und sagte: „Hey, ich find das ja total witzig, dass du so auf mein Konfetti stehst, aber meine Freundin da drüben kriegt schon furchtbar schlechte Laune! Ich bin schon vergeben, aber deine Avancen sind wirklich schmeichelhaft!"

„Oh, darauf war ich doch gar nicht aus! Zu Fasching ist doch alles erlaubt, also auch in fremde Hosen zu fassen! Ich hab mir doch nur dein Konfetti geklaut!", rechtfertigte ich mich lächelnd. Seinen Hinweis nahm ich dankend an und ließ ihn von da an in Ruhe. Ob er eine Freundin hatte oder nicht, war mir doch total Schnuppe! Ich wollte doch gar nichts von ihm.

Wir Mädels tanzten weiter, ganz schamlos und grölten laut zur Musik mit. Wir schwangen unsere indischen Hüften und gaben überhaupt nichts darauf, was andere von unserem ausschweifendem Tanzstil hielten. Da rückte nach und nach ein anderer Mann an uns heran und versuchte, mit mir zwischen der lauten Menge und der wummernden Musik ein Gespräch anzufangen: „Ich bin total beeindruckt von deiner krassen Ausstrahlung! Hi, ich bin X."

X muss hier als Synonym dienen, da ich mich an seinen Namen nicht mehr erinnern konnte. Mr X reichte mir zur Begrüßung die Hand. Ich stellte mich ihm vor und tanzte weiter.

„Ich würde dich gerne näher kennenlernen, Anita! Du gefällst mir! Aber du bist sicherlich schon vergeben, oder?"

Mein erster Gedanke war: Was ist denn heute los? Erst der Hosen-Typ, der sich von dem bisschen Konfetti-Klauen geschmeichelt fühlt und dann Mr X, den meine super Aura gleich umwirft? Sehr merkwürdig. Aber ich find es schon geil.

„Naja... ich bin seit zwei Wochen getrennt.", antwortete ich ehrlich. „Wo kommst du her?", wollte ich wissen.

„Aus Chemnitz. Und du?"

„Aus Großschirma. Ich wohne noch bei meinem Ex und hab auch drei Kinder. Hast du welche?", informierte ich ihn direkt über meine aktuelle Situation. Damit wollte ich ihn abblitzen lassen. Wer wollte schon mit einer Frau eine Was-auch-immer-Sache anfangen, die noch drei Kinder im Gepäck hatte und noch zu Hause beim Ex-Mann wohnte? Ich war mir sicher, dass er gleich Leine ziehen würde.

Doch seine überraschende Antwort lautete: „Nein, ich habe keine Kinder, aber es macht mir auch nichts aus, dass du welche hast!"

Und dann begann er, mir zu erzählen, dass er keinen Bock auf Verarschung hatte. Dass er nach einer festen, langfristigen Beziehung suchte. Er erklärte mir, dass er vor einem Jahr so krasse Selbstzweifel hegte, dass er in therapeutische Behandlung ging und er seit einem halben Jahr ein neuer Mensch sei.

„Mr X, meine Trennung ist erst zwei Wochen her. Ich suche nach niemandem! Und auch wenn du denkst, du bist über dein Problem hinweg, kann man es dir noch ansehen, dass du mit dir noch nicht fertig bist. Du bist sicher ein guter Mensch und ich danke dir für deine Offenheit, aber dieser Moment ist für uns nicht der richtige. Vielleicht sehen wir uns nächstes Jahr hier wieder?!"

Er war sichtlich enttäuscht, über das was ich sagte, bedankte sich dennoch höflich für meine Ehrlichkeit und wir tanzten noch eine ganze Weile unaufgeregt nebeneinander. Als ich ging, verabschiedete ich mich bei ihm mit den Worten: „Es war schön dich getroffen zu haben. Für mich ist es zu früh für etwas Neues. Meine Selbstzweifel sind noch da. Auch ich muss an mir arbeiten. Bis nächstes Jahr, Mr X!"

Ich hatte von ihm keine Telefonnummer und konnte mich wenige Wochen später noch nicht mal mehr daran erinnern, wie er aussah. Aber dieser Abend gab mir Mut und Zuversicht, dass ich mit 38 Jahren doch noch nicht am Ende meines Beziehungsstatus angelangt war. Dafür dankte ich dem Konfetti-Hosen-Typen und auch Mr X.

Borussia Dortmund

Eine Woche später fand unsere eigene Faschingsparty statt. Seit diesem Jahr erlaubte ich es mir wieder, aktiv in der Tanzgruppe mitzutanzen und auch aufzutreten. Die Jahre zuvor war ich nur der Coach, habe die Choreo erstellt und diese den Mädels beigebracht. Weil ich mich in meinem Körper so dick und furchtbar unwohl fühlte, trat ich schon lange nicht mehr mit auf.

Dieses Jahr war das anders! Wir erarbeiteten uns einen Mix aus verschiedenen Liedern, von *Pur* bis Techno. Auf der Bühne fühlte ich mich wie eine anmutige Göttin, die alles und jeden in ihren Bann zog. Scheinbar hatten auch an diesem Abend andere Menschen genau das in mir gesehen. Wieder wunderte ich mich über derart viele Komplimente zu meiner tollen Figur, meinem Strahlen und dieser gigantischen Ausstrahlung.

Gegen Mitternacht tanzte mich ein Mann mit Afro-Perücke an. Er war ungefähr in meinem Alter, nicht sehr groß, gute Figur, schon etwas angetütelt, machte auf den ersten Blick einen sehr sympathischen Eindruck. Sein Interesse an mir war unübersehbar, da er mich die ganze Zeit nicht aus den Augen ließ, aber er kam mir keinen Schritt zu nahe.

Während mir seine tanzenden Kumpels ständig an den Hintern langten oder mich lachend an der Hüfte packten und über ihre Schultern warfen, hielt sich der Perückenmann angestrengt zurück. Sein Name war Manuel. Er fragte mich nach meiner Telefonnummer. Ich antwortete augenzwinkernd: „Manuel, du wirst schon irgendwie an meine Telefonnummer herankommen, wenn du das dringende Bedürfnis hast, mich wiederzusehen. Von mir kriegst du sie jedenfalls nicht." Dabei zwinkerte ich ihm auffordernd zu und ergänzte: „Da musst du dich schon ein bisschen ins Zeug legen!"

Manuel nahm seinen ganzen Mut zusammen und dockte sich zum Tanzen bei mir an. Er erzählte in Dauerschleife, dass er begeistert sei, mit so einer wunderschönen Frau wie mir zu tanzen, was mir natürlich echt schmeichelte.

Wir tanzten noch eine Weile miteinander und dann ging ich, ohne mich von ihm zu verabschieden. Seine Telefonnummer hatte er während der Veranstaltung auf einen kleinen Zettel gekrakelt und mir in die Hand gedrückt, mit der Bitte: „Melde dich unbedingt bei mir! Wir müssen uns wiedersehen! Du bist einfach nur der Hammer, Anita!"

Nachdem ich so lange gar keine Komplimente mehr an mich herangelassen, sie nicht wahrgenommen oder sogar abgeschmettert hatte, rissen mir nun die Herren die Bude ein! Mit einem riesigen Grinsen verließ ich an dem Abend halbwegs nüchtern die Party. Mein Vater holte mich ab. Die Kinder schliefen bei meinen Eltern und für mich gab es im alten Kinderzimmer auch immer noch einen Platz. Ich kroch erschöpft aber glücklich ins Bett zu meinen Kids und schlief sofort ein.

Am nächsten Morgen erzählte ich meiner Mutter aufgeregt und stolz von meinem Erfolg, den sie mit einem kurzen Satz unmittelbar niederschmetterte: „Das war ja klar, nachdem ihr so ein perverses Lied gesungen habt!"
Damit meinte sie das Onanie-Lied, welches Sarah und ich im Programm auf die Melodie von „Aurelie" (*Wir sind Helden*) gesungen hatten.
„Mutti, echt? Kannst du dich nicht einfach für mich freuen, dass ich noch nicht verloren bin, sondern dass es noch Männer gibt, die sich für mich interessieren?", brachte ich enttäuscht hervor. Über ihre Reaktion ärgerte ich mich so derartig, dass ich auf der Stelle heulend kehrt machte, mich von ihr abwandte und wieder ins Bett verschwand. Dort flennte ich ein Runde darüber, wie mir meine Mutter diesen tollen, hoheitlichen Moment verdorben hatte.
Sicher, unser Liedtext war nicht jugendfrei, aber er passte einfach wie die Faust aufs Auge in meinen sexuellen Zustand! Die Öffentlichkeit mit dem Text „mit Onanie, klappts ohne sie!" zum Schmunzeln zu bringen, das Tabu der Unaussprechlichkeit zu brechen und auf der Bühne Spaß zu haben, war dabei unser Ziel gewesen. Nicht der Anschiss von meiner Mutter! Aber ja, auch sie war ein Opfer der Tabu-Themen und fand es höchst anstößig, von Selbstbefriedigung zu singen. Tatsächlich hätte ich ihre Reaktion doch vorhersehen müssen. Dennoch kränkte es mich, dass sie sich nicht für mich mitfreuen konnte. Eine Stunde später kam sie in mein altes Zimmer geschlichen, setzte sich neben mich ans Bett, strich mir die Haare aus dem tränennassen Gesicht und entschuldigte sich für ihren doofen Kommentar.

Ungefähr nach einer Woche erhielt ich eine Nachricht per WhatsApp von Manuel. Ein bisschen Smalltalk mit ganz, ganz vielen Komplimenten. Er wollte mich unbedingt wiedersehen. Da ich noch zu Hause wohnte, fiel es mir nicht leicht, mich mit ihm zu verabreden. Das schlechte Gewissen, die Zeit nicht mit meinen Kindern zu verbringen, wog schwer. Doch dann kam der Lagerkollersonntag: Ein Tag, an dem ich mir einfach so überflüssig vorkam, dass ich es erübrigen konnte, für eine kurze Zeitspanne von 30 Minuten mal abwesend sein zu dürfen.
„Ich geh mal eine Runde um den Block.", verabschiedete ich mich kurzerhand von meiner Familie, die zu nichts zu begeistern gewesen war und auf alle meine Vorschläge für Unternehmungen antworteten mit: „Nein, nicht raus!... Nein, nichts spielen!... Nein, nein, nein!"

Da konnte ich meine Zeit auch anderweitig verbringen. Ich verabredete mich mit Manuel spontan bei McDonald's. Es war mir egal, ob uns jemand Bekanntes sah oder nicht. Mein Ex und ich führten keine Beziehung mehr und ich konnte mich treffen mit wem, wo und wann ich wollte.

Wir tranken einen Café Latte und schwatzten über Gott und die Welt. Es war kein sehr tiefes Gespräch, aber freundlich, anständig und ehrlich. Er fragte mich, wie lange ich schon solo war und ich erklärte ihm, dass ich mich schon mindestens drei Jahre einsam fühlte, aber erst seit 4 Wochen die Ehe als beendet erklärt hatte.

„Wieso ist eure Ehe zerbrochen? Was ist passiert? Hatte er eine andere? Da wäre er ja echt doof!", fragte Manuel.

Ich schüttelte den Kopf und erklärte ihm: „Nein, das war es nicht! Er ist die treueste Seele auf der ganzen Welt. Sowas könnte er nicht! Die Liebe war weg und wir konnten sie einfach nicht wieder finden. Außerdem hatten wir im letzten Jahr gar keinen Sex mehr. Was will man da noch miteinander? Es war besser so."

Manuel nickte zustimmend. Das sah er wohl ein. Wie er so vor mir saß, dachte ich mir: So schlecht sieht er gar nicht aus. Okay, es gibt Schönere, aber ich selbst bin doch auch nicht schön. Also was erwarte ich eigentlich?

Wir verabschiedeten uns zwei Stunden später mit einem Bussi auf die Wange. Ich fuhr nach Hause. Dort wurde ich feindselig von meinem Ex Tobi begrüßt mit den Worten: „Aha! Das muss aber eine große Runde gewesen sein, wenn du sogar mit dem Auto fahren musstest! Und die halbe Stunde ist auch schon lange rum!"

Diese Art mir zu zeigen, dass es ihn störte, dass ich mich augenscheinlich mit jemandem traf, machte mir ein schlechtes Gewissen. Aber nicht nur das. Ich war auch wütend auf ihn! Was bildete er sich denn ein, über mich zu urteilen? In unserer ganzen Ehe war ich treuherzig an seiner Seite geblieben und wenn es eine Liebelei gegeben hatte, erzählte ich ihm davon. Er wusste alles von mir und über mich und nun machte er mir zum Vorwurf, dass er mich nicht mehr haben wollte und ich mich mit anderen Männern traf? Was sollte das denn für eine Masche sein? Ja, sicher, er war verletzt und es kränkte ihn, aber daran konnte ich doch nicht auch noch schuld sein!?

Ich sprach sogar alle weiteren Termine mit Tobi ab, damit wir gewährleisten konnten, dass die Kinder von wenigstens einem Elternteil betreut wurden. Ich forderte ihn auf, auch gern die Abende, an denen ich zu Hause war, zum Besuchen von Freunden einzutakten. Das tat ich selbstverständlich nicht nur, um mein schlechtes Gewissen zu mildern, sondern auch, weil ich keinen Bock darauf hatte, jeden Abend neben ihm auf unserem Sofa zu sitzen. Es reichte schließlich schon, dass wir noch ein und dasselbe Bett miteinander teilten. Zum Glück war die Schlafkapsel 2,80 m breit. So konnte sich jeder auf seine Matratzenseite legen, ohne die Gefahr des Körperkontaktes. Aber die bestand ja bekanntlich schon lange nicht mehr.

Ungefähr drei Tage nachdem ich mich mit Manuel bei McDonald's getroffen hatte, schrieb er mir: „Ich komme einfach nicht damit klar, dass du schon so lange keinen Sex mehr hattest. Wie geht das? Hast du nicht Bedürfnisse?"
„Doch! Die habe ich. Und ich denke gerade drüber nach, ob wir uns zeitnah wiedertreffen sollten, weil ich so bedürftig bin – zwinker!"
Seine Antwort ließ nicht lange auf sich warten: „Ohhhh, ja! Sehr gerne. Da bin ich dabei, Anita!"
Wir einigten uns auf einen Termin, der eine Woche später stattfinden sollte. Die Zeit bis dahin vertrieben wir uns damit, uns hocherotische, heiße Nachrichten hin- und herzuschicken. Selbstverständlich ohne Bilder! Vor allem nachts wurde es feurig. Ich konnte nicht mehr neben meinem Ex im Bett liegen und quartierte unseren Mittleren ins Elternbett aus. Von da an schlief ich in Sohnemanns Bett und widmete mich noch intensiver der Selbststudie.
Einige Tage vor unserem Sex-Date stand ich mit Manuel am Handy im Stau und versuchte nach Feierabend irgendwie nach Hause zu kommen, ohne nicht vor lauter Schlüpfrigkeit vom Fahrersitz zu rutschen. Mein Verlangen nach Geschlechtsverkehr war so groß, dass ich es kaum erwarten konnte, ihn zu treffen. Er schien unglaublich scharf auf mich zu sein und machte mir diverse Versprechen, die mich so in Vorfreude versetzten, dass ich bereits durch seine Nachrichten total feucht wurde.
„Rasierst du dich eigentlich, damit ich dich richtig gut verwöhnen kann?", fragte er.
„Hasi, nein, ich rasiere mich nicht mehr, weil ich kein Schulkind bin, sondern eine Frau! Eine Frau hat nun mal Haare an ihrer Muschi und die trimme ich ab und zu. Damit musst du zurechtkommen!"
„Trimmen ist okay. Nur nicht lang!", stimmte er zu.

Am nächsten Tag holte ich nach der Arbeit die Kleine aus dem Kindergarten ab. Die beiden großen Kids waren bereits zu Hause. Ich duschte mich, trimmte meine Intimfransen, cremte mich ein und checkte meinen Kleiderschrank. Ich entschied mich für die schwarzen, hautengen Leggings, ein schwarzes Kleid, schwarzen BH und einen dazu passenden String-Tanga. Dann erklärte ich den

Kindern kurz, ich hätte eine Behandlung bei Sarah in der Physiotherapiepraxis und ginge danach vermutlich noch mit ihr etwas essen. Meinem Ex hatte ich von Anfang an die Wahrheit gesagt... nämlich, dass ich zu Fasching jemanden kennengelernt hatte, mit dem ich mich erneut treffen würde. Logischerweise war er darüber verstimmt und bat mich, damit noch zu warten, bis ich aus unserem Haus ausgezogen bin.

„Nein, tut mir leid. Ich will nicht mehr auf irgendetwas warten! Bitte mach kein großes Ding daraus. Wir treffen uns doch nur zum Quatschen.", log ich ihn rücksichtlos an. Sicherlich war mein Vorgehen total rücksichtslos, aber war er nicht auch bei unserem letzten Mal rücksichtslos gewesen? Und konnte er von mir verlangen, weiter enthaltsam zu sein, nur um ihm ein gutes Gefühl zu schenken? Ich lud die Typen ja nicht zu uns nach Hause ein.

Aufgeregt fuhr ich ins Nachbardorf, zu Manuel nach Hause. Auf dem Hinweg entschied ich, die dummen Leggings gleich auszuziehen, um seine Erregung noch mehr zu steigern. Bei ihm angekommen, klingelte ich an der Tür. Er ließ mich grinsend rein. Leider hatte er sich so überhaupt keine Mühe gegeben, sich ein bisschen vorzeigbar anzuziehen. Er stand vor mir in seinen schlabbrigen Jogginghosen und mit einem ordinären T-Shirt. Schade, dachte ich mir und schob den Gedanken zur Seite, dass ich mich so in Schale geworfen hatte.
Er zeigte mir kurz seine Wohnung, die ich nickend anerkannte. Es war sauber und aufgeräumt. Das hatte ich so nicht erwartet, aber gehofft. Dann zog ich ihn im Flur stehend an mich heran und küsste ihn. Er stellte sich an wie der letzte Neandertaler! Seine Zunge war hart und unsportlich. Damit konnte ich überhaupt nichts anfangen. Er zog mir in Windeseile meine ganzen Klamotten vom Körper und versuchte weiter, mich mit seiner festen Zunge zu küssen.
„Manuel, mach dich locker! Du musst deine Zunge ganz weich lassen, sonst habe ich keinen Spaß daran, mit dir zu knutschen!", forderte ich ihn ganz direkt auf. Er war kurz perplex über meinen Einwand, versuchte jedoch dann meinen Ratschlag in die Tat umzusetzen. Der beste Küsser würde er wohl in diesem Leben nicht mehr werden. Schon da, hätte ich eigentlich die Sache abbrechen sollen!
Wir machten einige Minuten so rum. Er fummelte wenig an meinem Körper, war allerdings von meinen Nippeln begeistert. Die gewünschte Erotik kam meinerseits nicht auf. Er hatte mir im Vorfeld versprochen, mich überall zu berühren, aber was er damit gemeint hatte war, sich auf meine Titten und auf meinen Kitzler zu fokussieren. Die fand er nämlich wenig später bereits und wunderte sich, dass ich noch nicht feucht war.

„Das geht nicht von alleine. Ich brauch für sowas Zeit und Vorbereitung.", erklärte ich ihm unverblümt. Seine Finger suchten fest und hart nach meiner Perle. Er rieb mit ihnen ungeschickt und viel zu derb über meine trockene Intimhaut. Als er begriff, dass mir das keinen Spaß machte, ging er direkt vor mir auf die Knie und leckte mich mindestens genauso hart, wie er mich zuvor geküsst hatte. Meinen bittenden Hinweisen, nicht ganz so derb ranzugehen, kam er nicht nach. Nachdem die ganze Sache sich nicht besser anfühlte, dachte ich, wir sollten zum Rein-Raus übergehen und wenigstens testen, ob ich nun endlich, nach all dem langen Üben, penis-kompatibel geworden war. Sein Penis war dünn und nicht besonders lang. Er verlangte von mir, dass ich ihn besonders fest anfasste, damit er hart würde. Wurde er aber nicht! – Hänger!
‚Warum kriegt er denn keinen hoch, wenn er vor mir hockt und mich leckt und mich so heiß findet? Bin ich doch nicht so heiß? Was zum Henker stimmt denn nicht mit mir?', fragte ich mich heimlich.
„Kannst du vielleicht mit deinem Mund nachhelfen?", bat er mich.
„Manuel, so eng wie es dein Schwanz in meiner Hand hat, ist es in mir drin nicht! Außerdem habe ich keinen Bock, dir einen zu blasen!"
Ich hatte doch nicht vor, es IHM zu machen! Er sollte es doch MIR machen! Schließlich sollte ich doch egoistisch sein, Forderungen äußern und nur das tun, wonach mir der Sinn stand. Danach stand mir der Sinn ganz sicher nicht!!! Er gab sich noch größte Mühe, mich zu fingern und zu lecken, wobei ich mich auf sein Sofa legte, damit ich dem enormen Druck seiner Zunge ab und an davonrücken konnte. Irgendwie fühlte es sich bizarr an. Ein Typ, der nicht verstand, was er da tat und den ich kaum kannte, fummelte an der intimsten Stelle meines Körpers herum. Auf der anderen Seite genoss ich sein Begehren und die Tatsache, dass es überhaupt noch jemanden gab, der es mit mir machen wollte. Plötzlich rutschte er mit seinem scharfkantigen Fingernagel in meiner Vagina ab. Augenblicklich griff ich seine Hand und zog sie aus mir heraus, dann setzte der Schmerz erst so richtig ein. Ich versuchte zu atmen und krümmte mich, während er sich dutzende Male dafür entschuldigte, so dämlich gewesen zu sein. Nachdem ich ihn geduldig beruhigt hatte und wieder einigermaßen bei Verstand war, legte er meine Hand an seinen Schwanz und ich massierte das Ding, bis es stand. Ich zog ihm gekonnt einen Gummi drüber, der für meine Einschätzung viel zu weit für sein schmächtiges Glied war. Doch sofort erschlaffte es wieder. Drei bis vier Gummis später, die wir ständig erneut versuchten, seinen Penis zum Einsatz zu bringen, war er regelrecht verzweifelt und machte sich große Vorwürfe: „Ich weiß auch nicht, warum das heute nicht

geht! Das kann doch nicht sein! Das geht doch sonst immer! Wieso ausgerechnet heute nicht?"

Er tat mir irgendwie leid, also versuchte ich ihn zu beruhigen: „Manuel, mach dich nicht heiß! Lass es gut sein. Du hattest eine stressige Arbeitswoche, da kann das schon mal passieren."

Das wollte er jedoch so nicht auf sich sitzen lassen, schließlich implizierte die Situation für ihn das maximale Fiasko und sein totales Versagen. Aus Mitleid besorgte ich es ihm genervt mit der Hand und legte mich noch fünf Minuten neben ihn.

Sein Körper war gut gebaut. Er hatte eine schöne, glatte Haut und war kaum behaart. Auf seinen Unterarmen entdeckte ich ein großes Tattoo. In großen Buchstaben stand „Borussia Dortmund" darauf. Wie blöd!!! Wieso ließ man sich den Namen eines Fußballclubs auf seine Unterarme tätowieren? Schon während unseres Zusammenseins merkte ich, dass er nicht die hellste Kerze auf der Torte war. Das Tattoo bestätigte meine Vermutung endgültig.

Ich ärgerte mich über mich selbst. Darüber, dass ich ein schlechtes Gewissen hatte und es ihm nur deshalb besorgt hatte, ohne die notwendige Gegenleistung von ihm zu erhalten. Dafür, dass ich mich auf Sex eingelassen hatte, ohne ihn näher kennenzulernen. Auch dafür, dass ich mich rechtfertigen musste, ein Kondom zu verwenden, ärgerte mich! Wieso diskutierte jemand denn an meinen minimalistischen Grundprinzipien herum?

Als ich ihn mir so neben mir liegend betrachtete und ihm wegen seines Penisproblems gut zuredete, dachte ich darüber nach, warum meine Ehe mit einem Hänger endete und etwas Neues mit einem Hänger begann...?! War das nicht irgendwie schicksalhaft? Ich überlegte, wie es sein konnte, dass ich mich vor meinem Ex-Mann so für meinen Körper geschämt hatte und nun hier splitterfasernackt vor einem wildfremden Menschen lag und es mir überhaupt nichts ausmachte?! Ich fragte mich, ob es irgendwann noch einmal eine Person geben würde, die es mir so machte, wie ich es verdient hatte. Dann zog ich mich an, verabschiedete mich liebevoll von ihm und fuhr zurück nach Hause.

Während der Fahrt, rief ich meine Freundin Sarah an, mit der ich im letzten halben Jahr all meine Gefühlsregungen geteilt hatte. Sie unterstützte mich vor allem in meiner Entscheidungsfindung, indem sie mir die richtigen Fragen stellte und mir eine Sicht aus einer anderen Perspektive ermöglichte. Es war nicht so, dass sie meine Entscheidungen traf oder mich lenkte. Sie war nur für mich da, nahm mich in ihre weit ausgebreiteten Arme und hörte mir zu. Wenn ich von meinen Gedanken erzählte, fragte sie mich, wie es dazu gekommen sein könnte, oder was ich erwartet hatte. Sie hatte diese Begabung, mich ganz tief in mich selbst hineinblicken zu lassen. Ohne sie wäre ich vermutlich noch immer ohne Sinn und Verstand. Ich war ihr von ganzem Herzen für ihre Unterstützung dankbar!

Jedenfalls rief ich Sarah an und erzählte ihr ganz aufgeregt, was sich eben abgespielt hatte: „Sarah! Ich hatte eben so etwas wie Sex mit Manuel! Der hat zwar keinen hochgekriegt, aber so im Großen und Ganzen hat er sich echt Mühe gegeben. Trotzdem bin ich von mir selbst enttäuscht." – „Wieso das denn?" Natürlich hatte ich ihr zuvor bereits von der ganzen Anbahnung erzählt. Sie wusste, dass ich mit ihm zum Sex-Date verabredet war. Und sie hatte mir von Herzen den besten Sex des Jahres für diesen Abend gewünscht. Wegen des Hängers hatte sie daher ehrliches Mitgefühl mit mir. Ich versuchte ihr die Sache zu beschreiben: „Naja, ich wollte doch mal ganz egoistisch sein.... Scheinbar hat er sich von mir so dermaßen unter Druck gesetzt gefühlt, dass seine Männlichkeit eben nicht funktioniert hat. Und am Ende habe ich es ihm dann trotzdem gemacht. Ist doch scheiße!"

„Warum denn auch? Was bringt dir das denn? Mensch, du hast schon so lange verzichtet, da musst du doch jetzt nicht wieder verzichten!", sagte Sarah energisch. „Mag sein, dass er ein netter Mensch ist, aber das nützt dir doch erstmal nichts. Vielleicht solltest du ihm lieber den Laufpass geben und dir einen potenten Mann suchen?"

„Hm... ich denk drüber nach. Aber erstmal muss ich nach Hause und so tun, als wäre nichts gewesen. Das fällt mir ja auch nicht gerade leicht."

Ich erklärte ihr, dass Manuel so gar nicht küssen oder lecken konnte und ich ständig vor seiner harten Zunge abhauen musste. Auch das er immer wieder forderte, ich solle ihm einen blasen und überhaupt, dass es ein Desaster war. Das Ganze war so derartig absurd, dass wir beide während unseres Telefonats die ganze Zeit darüber lachen mussten. „Wieso kann ich denn einfach keinen richtigen Sex haben?", fragte ich verzweifelt witzelnd und erklärte weiter: „Ich sag dir: neben ihm liegen und schwatzen ging ja auch nicht, weil er gar nicht kapiert hat, was ich meinte. Dumm fickt eben nicht gut! Stell dir vor: Auf seinen Unterarmen hat er groß und fett Borussia Dortmund tätowiert."

„Nein, hat er nicht!?!", fragte sie ungläubig nach.

„Doch! Hat er!... Der ist einfach zu dumm für mich! Was mich allerdings wundert ist, dass es mir gar nichts ausgemacht hat, mich ihm nackt zu zeigen." Sarah vermutete: „Kann es sein, dass du dich ihm gegenüber überlegen gefühlt hast und deshalb keine Komplexe hattest? Ich meine... ist ja gut, dass du sie nicht hattest, aber das würde vielleicht auch erklären, warum er keinen hochgekriegt hat. Du wirst deine Überlegenheit vermutlich auch ausgestrahlt haben."

Jetzt, wo ich drüber nachdachte, war das gar keine abwegige Überlegung. Ich antwortete nachdenklich: „Hm! Wo du es jetzt so sagst, könnte das tatsächlich so gewesen sein!"

„Wenn ich du wäre," sagte Sarah, „würde ich von ihm Abschied nehmen. War eine Erfahrung. Muss man nicht nochmal machen! Ahhhhhhhrrr... ich würde dir echt gern mal meinen Mann ausleihen, damit du siehst, wie's anders und richtig geil gehen kann. Aber das geht leider nicht!", lachte sie ins Telefon. Wir verabschiedeten uns als ich zu Hause in der Einfahrt einparkte.

Tobi und der Große saßen im Wohnzimmer auf dem Sofa und schauten Fernsehen. Mein Ex begrüßte mich spöttisch mit den Worten: „Na, das ging aber schnell. Was gab's denn zum Abendessen?"

In diesem Moment war ich mit der Gesamtsituation mächtig überfordert. Da hatte ich eben so etwas Ähnliches wie „Sex" mit einem anderen Mann gehabt, konnte es meinem Ex aber nicht unter die Nase reiben, damit wir weiterhin ein halbwegs vernünftiges Zusammenleben führen konnten und trotzdem kam diese boshaft gestellte Frage, auf die ich überhaupt nicht vorbereitet war.

Ich stammelte perplex: „Ähhhhm, ähhhhh, lecker Schnitzel!", und legte mich auf den Restzipfel der Couch. Die Beine hoch, den Blick von ihm abgewandt. Ich war fix und fertig. Die Aufregung der vorherigen Tage und dann das unbefriedigende Miteinander mit Manuel hatten mir ganz schön viel Kraft geraubt. Ich war müde, gab meinem Sohn fünf Minuten später einen Kuss und sagte: „Gute Nacht!"

Da kam Tobi mir ins Bad hinterhergetrottet, hielt mich kurz am Arm fest und sagte wütend: „Ich bin ja nicht bescheuert! Ich weiß doch ganz genau, wie du aussiehst, wenn du Sex hattest!"

„Pssssst!", zischte ich ihn an und legte den Finger auf meine Lippen, um ihn zur Ruhe zu ermahnen. In unserem Haus gab es schließlich überall Ohren, für die dieses Gespräch nicht bestimmt war.

„Bitte lass uns das draußen vorm Haus besprechen, wo der Große uns nicht hören kann!", bat ich ihn. Wir gingen vor die Haustür.

„Ich sehe es dir förmlich an, dass du Sex hattest. Man kann es riechen!", warf er mir erneut vor.

„So ein Quatsch! Ich mach doch nicht einfach mit jedem x-beliebigen Typen rum! Und außerdem... selbst wenn es so wäre, hättest du gar kein Recht darauf, mir das vorzuwerfen! Wir haben uns getrennt und ich bin dir absolut keine

Rechenschaft mehr schuldig! Lass es gut sein und bitte stell mir keine blöden, scharfkantigen Fragen mehr vor unseren Kindern, wenn du weißt, dass ich darauf keine Antwort habe! Du bringst mich damit in eine voll unangenehme Situation!"

Wütend blickte er auf mich herab und stellte fest: „Du lügst mich an! Ich weiß, dass ich recht habe!"

„Selbst wenn," rechtfertigte ich mich, „muss es dir ab jetzt egal sein! Bitte lass es jetzt gut sein!"

Natürlich hatte ich Verständnis, dass er wütend war. Dennoch kotzte es mich an, dass er immer noch Besitzansprüche stellte, nachdem er mich abgewählt hatte. Irgendwann sagte er mal weinend zu mir: „Es tut mir leid, dass ich für dich keine Kraft mehr hatte!"

Zu diesem Zeitpunkt konnte ich gar nicht verstehen, was er damit meinte. War ich denn wirklich so ein anstrengender Mensch gewesen, der jemand anderem so viel Energie absorbieren konnte? Erst viele Monate später verstand ich, dass er all die Jahre versucht hatte, mein mentaler Retter zu sein und er gegen mein inneres Monster einfach nicht ankommen konnte. An der Stelle, als er nicht mehr mein Retter, mein Unterstützer, Mutmacher und Gutzuredner sein konnte, endete wahrscheinlich mein Verlangen nach ihm. Dass er dazu keine Kraft mehr aufbringen konnte, mich ständig aufzuheben, meine dauerhafte Unzufriedenheit abzumildern und mich aufzubauen, kann ich mittlerweile sehr gut nachvollziehen. Aber die Erkenntnis kam erst, als es zu spät war.

Im August fiel es mir wie Schuppen von den Augen, was er damit ausdrücken wollte. Ich sendete ihm die folgende Nachricht: „Ich wollte dir noch sagen, dass du mein Retter warst für viele Jahre und ich verstehe, dass es dich viel Kraft gekostet hat, die du die letzten Jahre nicht mehr aufbringen konntest. Es tut mir leid, dass ich deine Energie so aufgebraucht habe, weil ich mich nicht ausreichend um mich selbst gekümmert habe und so unzufrieden mit mir war. Ich konnte dir dadurch keine gute Partnerin mehr sein, das tut mir wirklich ganz sehr leid!"

„Danke", kam als Antwort zurück. Mehr konnte er mir nicht entgegenbringen. Und es war okay für mich.

Jedenfalls teilte ich Manuel, den wir in Fachkreisen – also zwischen Sarah und mir – nur noch „BD" (Borussia Dortmund) nannten, mit, dass ich kein Interesse mehr hegte. Einige hocherotische Nachrichten später hatte er jedoch mein Interesse wieder geweckt und möglicherweise hatte ich auch ein kleines bisschen Mitleid mit ihm.

„Okay…", dachte ich mir, „gib ihm noch eine letzte Chance, Anita!"

Das tat ich. Entgegen Sarahs Anraten fuhr ich erneut, nach erfolgtem Anschiss meines WG-Partners, an einem beliebigen Wochentag zu ihm nach Hause.

„Wenn ich zu dir komme, will ich, dass du mich nackt an der Wohnungstür begrüßt!", forderte ich ihn auf.

„Wirklich? Na gut. Wenn du willst!"

Und tatsächlich stand er splitternackt an der Wohnungstür, um mich in Empfang zu nehmen. Ich hatte extra auf Unterwäsche verzichtet, um ihn ein bisschen aufzugeilen, aber all meine Bemühungen schlugen fehl. Nach 15 Minuten schlechten Knutschens, ausgesprochen schmerzhaften Trockenfingerns und wiederholtem Erektions-Dilemma, brach ich die Nummer ab. Vorwurfsvoll verteidigte er sich: „Das liegt eindeutig an dir! Das ist mir vorher noch nie passiert! Du setzt mich zu sehr unter Druck!"

„Aber wie denn?", fragte ich verständnislos, „Im Gegenteil! Ich habe dich sogar noch beruhigt und gesagt, dass ich es nicht schlimm finde. Wie genau setze ich dich denn unter Druck?"

Dann stand ich vom Sofa auf und packte meine wenigen Klamotten zusammen.

„Was machst du denn jetzt?", wollte er ernsthaft wissen.

„Na ich zieh mich an.", antwortete ich.

„Und dann?"

„Und dann fahr ich nach Hause, Manuel!"

„Das kann doch nicht dein Ernst sein! Du lässt mich so unfertig hier liegen und verschwindest einfach?", fragte er entsetzt. Ich war bereits wieder vollkommen angezogen. War ja nur Hose, Shirt und Schuhe. Er stand empört und nackt vor mir. Sein trauriges, kleines Glied wollte vor lauter Enttäuschung fast losweinen. Enttäuscht sagte er: „Das kannst du doch jetzt echt nicht bringen!?"

Es fiel mir nicht leicht, seinem mitleidigen, vorwurfsvollen Blick standzuhalten. Aber ich konnte nun mal nicht die ganze Welt retten. Es war von Anfang an nur um Sex gegangen. Um nichts weiter! Und wenn Sex mit ihm nicht ging, musste ich doch wohl eher mit mir Mitgefühl haben, nicht mit ihm. Die harsche Antwort, die mir auf seinen Vorwurf daher einfiel war: „Der Einzige, der es nicht bringt, bist du! Damit habe ich an sich überhaupt kein Problem. Aber du wirfst mir vor, es läge an mir, dass du Potenzprobleme hast! Das ist doch unglaublich!"

„Sowas hat noch nie eine Frau zu mir gesagt!", brüskierte Manuel sich.

„Das mag sein. Du bist ein lieber Kerl. Geh doch einfach zum Arzt, lass dir Viagra verschreiben oder finde heraus, wo das Problem liegt und dann kannst du dich gerne wieder bei mir melden."

Mit diesen Worten und einem flüchtigen Kuss auf seine Wange machte ich auf dem Absatz kehrt und legte einen sehr souveränen Abgang hin. Hinter mir flog die Tür laut krachend ins Schloss. Er war stinksauer.

Als ich die Treppe aus dem zweiten Stock hinuntersauste, feierte ich meinen Triumph... Ich hatte es geschafft, meine Bedürfnisse auf Rang eins und die meines Sex-Partners nach hinten zu stellen. Das Resultat war nicht besonders erwähnenswert, aber auf meinen außerordentlichen Mut und meine klaren Worte war ich mega stolz! Die 20 Meter zum Auto flog ich förmlich. Getragen vom Gefühl der Überlegenheit und alles richtig gemacht zu haben. Als ich eingestiegen war, kam noch die Aufregung hinzu. Ich schmiss die Karre an, fuhr los, um aus BD's Blickfeld zu verschwinden und wählte währenddessen Sarahs Nummer. „Du, ich muss dir unbedingt erzählen was gerade passiert ist!", plapperte ich ihr sofort ins Ohr. „Außerdem kann ich jetzt noch nicht wieder zu Hause auftauchen! Da hält der Ex mich noch für eine Versagerin. Kann ich spontan vorbeikommen?"

„Na klar kannst du vorbeikommen. Was ist denn passiert? Ich dachte du hast heute ein Sex-Date mit BD?", hakte sie neugierig nach.

„Ja, hatte ich auch, aber der hat es wieder nicht hingekriegt und mir für sein Elend noch die Schuld in die Schuhe schieben wollen, also bin ich gegangen. Muss ich dir erzählen! Du wirst sooooo stolz auf mich sein. Ich mach jetzt los und komm zu dir. Bis gleich!"

Dann legte ich auf. Während der Fahrt schlug das Handy gefühlte 100-mal an. Dutzende WhatsApps von BD flatterten ein: „Was sollte das denn? Wieso bist du einfach gegangen?" und „Das würde nie mit uns was werden, weil wir einfach nicht zueinander passen!" und „Solche Worte hat mir noch keine Frau entgegengebracht!" und" „Anita, es tut mir so leid. Sowas hast du nicht verdient! Du bist so eine tolle Frau! Bitte lass es uns nochmal versuchen!" und zum Schluss: „Es tut mir so leid! Das ist mir noch nie passiert. Bitte häng das nicht an die große Glocke und behalte es für dich. Melde dich, wenn du mal wieder Lust hast!"

Da lag also der Hase im Pfeffer! Er nahm vermutlich an, dass ich seinen Hänger veröffentlichen würde und wollte nicht vor seinen Kumpels dumm dastehen. Als ob ich so jemand wäre! Sicher, Sarah und ich machten uns köstlich darüber lustig, aber Lachen half eben auch, geschehene Missstände zu verarbeiten. Natürlich würde ich es nicht seinen Freunden erzählen. Wer war ich denn? Außerdem machte ich mir selbstverständlich enorme Gedanken darüber, was zur Hölle an mir oder dem von mir Gesagten ihn so unter Druck setzte, dass er keinen hochbekam. Das konnte doch so nicht normal sein? War ich denn so fordernd gewesen und wenn ja, war das nicht genau das, was ich ab jetzt für mich und meine Zufriedenheit sein wollte?

Bei Sarah angekommen, erzählte ich ihr, wie BD mich nackt empfing, seine unbeholfene Zunge mich nicht gut küsste, er im Grunde genommen nicht sehr intelligent war und ich super stolz das mühsame Miteinander beendet und ihn stehengelassen hatte. Wir tranken einen Sekt auf meine grandiose Reaktion und feierten mich gebührend. Ich dankte Sarah heimlich für ihre tolle mentale Unterstützung!

Wenn ich im Nachgang darüber nachdachte, warum ich überhaupt Sex mit einem wildfremden Menschen haben wollte, gab es nur eine eindeutige Antwort: Ich wollte mir beweisen, dass ich auf dem freien Markt noch einen Wert hatte. Es ging vielleicht gar nicht darum, die vielen, erlernten Fertigkeiten zur Verbesserung meiner sexuellen Befindlichkeiten auszuprobieren, sondern nur um mein Ego.

Die vielen Nachrichten von BD nahm ich lächelnd zur Kenntnis. Ich hatte ihn total verunsichert. Hoffentlich würde er nicht für den Rest seines Lebens ein Trauma davontragen und nie wieder einer Frau entgegentreten können. Aber nein! Ich war doch nicht der Nabel der Welt und ich konnte nicht immer die Schuld auf mich nehmen. Im Gegenteil! Ich hatte ihm doch schon einen Lösungsvorschlag gemacht. Das war meine Art der Anteilnahme gewesen. Das musste reichen. Ohne ein schlechtes Gewissen zu haben brach ich den Kontakt zu ihm ab.

Einige Wochen später sah ich ihn zum Stadtfest, als ich alleine durch die überfüllten Gassen ging, auf der Suche nach ein paar bekannten Gesichtern. Im Vorbeigehen berührte ich ganz flüchtig seine Schulter, hauchte ihm „Hi Manuel!" ins Ohr und lief wie eine grazile Göttin an ihm vorbei, bis ich, nur wenige Meter später, in der Menschenmenge verschwand. Sein überraschtes Gesicht sprach Bände. Es drückte sowohl die Freude des Wiedersehens als auch die Erinnerung des Versagthabens zugleich aus. Für mich war die Sache beendet, aber ich wollte nicht so tun, als würde ich ihn nicht kennen, wenn ich ihn sah. So ein Mensch war ich nicht. Wenn sich ein Gespräch ergab, würde ich es mit ihm führen, aber nur auf platonischer Ebene.

Online-Dating

Im Juni 2023 stellte ich fest, dass ich echt ganz schön viel Zeit mit mir allein zubrachte und ich mich nach jemandem sehnte, der mich wieder in den Arm nahm und mit mir die körperlichen Freuden teilte.

Obwohl ich davon überzeugt war, dass Sex mit einem Mann nicht funktionieren konnte, so dass ich auf meine Kosten kam, beschloss ich, mich auf einer Plattform anzumelden, die mir bei der Partnersuche half. Alleine bleiben war keine Option. Mir war jedoch klar, dass ich auf der Straße oder im Supermarkt keinen Mann finden würde, da ich einen schweren Rucksack mit mir trug. Mit Rucksack beschrieb ich die Tatsache, dass ich drei Kinder hatte.

Ein Partner, der keine Kinder wollte oder keine hatte, kam somit nicht für mich in Frage. Ein solcher Typ konnte sich nicht annähernd in meine alltäglichen Probleme hineinversetzen. Da war ich mir ganz sicher! Und was wollte ich mit so jemanden?

Also bat ich meinen Azubi, zu dem ich ein tolles, freundschaftliches Verhältnis pflegte, mir ein Profil bei *Bumble* – einer Partnersuchmaschine – einzurichten. Meine aussagefähige und total ansprechende Kurzbeschreibung lautete in etwa wie folgt: „Gebraucht, aber gut in Schuss. Wenige Lackschäden. Motor mit Turbo. Heck bricht bei guter Musik aus. Drei Kindersitze installiert."

Erst passierte eine Woche lang gar nichts. In Woche zwei und drei erhielt ich hin und wieder eine Einladung zur Probefahrt, die ich durchgehend ablehnte und mich kurzfristig dazu entschloss, meine Personen-Beschreibung im Profil zu ändern, da die aktuelle offenbar nur Idioten ansprach: „Suche dich, wenn du gerne kochst, mich über meine Grenzen führen kannst, du gern Urlaub planst, mich aktiv im Leben begleiten möchtest, mit mir in der Natur entspannst und wenn du mit meiner Ehrlichkeit mithalten kannst."

Da ich mich mit Dating-Plattformen überhaupt nicht auskannte, verließ ich mich auf die Ratschläge meiner Freunde: „Bloß nicht bei *Tinder*! Da geht es nur ums Ficken! Mach bei *Bumble*! Da können nur die Frauen ihre Matches anschreiben! Das ist voll vorteilhaft. Da musst du nicht die ganzen, blöden Anmachen von den Typen ertragen, sondern entscheidest selbst, wen du ansprechen willst."

Im Prinzip unterschied sich scheinbar das eine von dem anderen kaum. Ein unansehnliches Profil eines potentiellen Lebensabschnittsgefährten wurde nach links gewischt. Das eines unheimlich interessanten oder gutaussehenden Profils nach rechts. Wenn der Gegenpart auch nach rechts gewischt hatte, konnte man miteinander „matchen" und die Lady – in dem Fall: ICH – konnte per Nachricht Kontakt aufnehmen.

Die ersten beiden Wochen wischte ich kaum nach rechts, weil ich natürlich total wählerisch war. Ging der Typ ins Fitti, links! Hatte oder wollte er keine Kinder – links. Stand er auf Städtetrips und Festivals – links. Demzufolge hatte ich kein einziges Match und konnte mit niemandem Kontakt aufnehmen. Das war echt deprimierend.

Ich fragte meinen Azubi, was ich falsch machte und er erklärte mir: „Anita, bei den meisten Typen spielt das Profil eigentlich gar keine Rolle. Die lesen nicht mal, was du da in deine Beschreibung reingeschrieben hast. Die gucken sich die Fotos an und alles, was nicht durch das optische Raster fällt, wird nach rechts geswiped. Du musst das genauso machen und dann wird's schon klappen!"

So war das also?!? Da hatte ich mir mit meiner Beschreibung so viel Mühe gegeben und dann sollte die für die Katz gewesen sein? Wollte ich nur nach meiner optischen Ersteinschätzung gematcht werden, ohne dass der Typ sich mein Profil überhaupt ansah? – Nein, auf keinen Fall! Leider blieb mir keine andere Wahl. Also geduldete ich mich.

Im kostenlosen Suchfilter von *Bumble* hatte ich die folgenden Kriterien angekreuzt: Radius nicht über 30 km, männlich, Beziehung, Alter zwischen 37-46 Jahren. Hätte es eine Filterfunktion gegeben für „Mutter verstorben" und „kein Fitnessstudiogänger" hätte ich diese beiden Kreuze noch gesetzt. Da ich in meiner Ehe nur Probleme mit meiner Schwiegermutter hatte, nannte ich diese beiden Bedingungen immer zuerst, wenn mich jemand fragte, nach wem ich eigentlich suchte: Einen, dessen Mutter bereits tot ist und der keine regelmäßigen Trainingsnachmittage beim Fußball, Boxen oder im Fitnessstudio verbringt. Einen der meine Urlaube plant, der mich bei Bedarf auf den Boden der Tatsachen zurückholt. Einen, der mich im Ernstfall mal schnappt und zu mir sagt: Los jetzt! Das machen wir, ob du dich traust oder nicht. Einen der mich sexuell erfüllt, zu dem ich mich geistig hingezogen fühle und der meine Kinder akzeptiert. Und am besten wäre es natürlich, wenn diese ganzen Kriterien in nur einer einzigen Person vereint würden.

Jedenfalls untersuchte ich täglich verschiedenste männliche Profile ganz genau, bevor ich nach rechts wischte. Dabei wägte ich ständig ab, ob es nicht auf einen Versuch ankommen könnte.

Das Profil von Alex fiel mir sofort ins Auge. Ein Bild mit einem Knautschgesicht, das freundlich lächelte. Graues Haar. Nicht perfekt, aber irgendwie ansprechend. Seinen Angaben nach war er kein Familienmensch, liebte Katzen, hatte keine Kinder, machte keinen Sport, war Physiker und hatte sich bereits einer Vasektomie unterzogen. Diese ganzen Infos entnahm ich seinem aussagekräftigen Profil.

Eigentlich konnte ich ihn bereits jetzt anhand dessen, dass er keine Kinder wollte und Katzen liebte, aussortieren. Ich hasse Katzen! Diese Biester sind falsch und steigen einem immer zwischen den Beinen herum. Ihr Fell zu berühren, ekelt mich massiv. Jemand der eine Katze besaß, könnte ich definitiv niemals in seiner Wohnung besuchen kommen. Allein wegen der herumwirbelnden Katzenhaare. Aber irgendetwas an diesem Profil fesselte mich. Mein Verstand rief laut: „Anita, lass es sein!"

Aber mein liebesbedürftiges, abenteuersuchendes ICH brüllte um einiges lauter: „Auf was wartest du? Versuch es doch einfach!"

Ich hörte mir seine Tonspur an, um seine Stimme zu checken: „Na? Warum bist du übriggeblieben?", fragte mich eine sympathische Stimme. Tja, gute Frage! Genau diese stellte ich mir auch ständig. Und allein die Tatsache, dass ich auch immer darüber sprach, dass es nur noch „übriggebliebene" Typen auf dem Markt gab und das wunderbare Foto, bewegten mich dazu, nach rechts zu wischen. Mein Verstand schaltete sich im gleichen Moment wieder ein und suggerierte mir: „Anita, was willst du mit einem Mann, der nichts von Familie hält? Brauchst du doch gar nicht erst anfangen! Lass es sein!"

Scheiß drauf!

Rechts gewischt!

Match!

Der Wahnsinnige (Hol doch einer die gusseiserne Bratpfanne!)

Ich überlegte lange, ob ich diesem Typen schreiben sollte. Alles in meinem Hirn sträubte sich, aber etwas in meinem Bauch wollte es wissen. Da ich meinen Verstand nicht so ohne Weiteres übergehen wollte, ließ ich mir einen Kompromiss einfallen. Also dachte ich mir eine besonders abwehrende Frage aus, bei der ich sicher sein konnte, dass mein Gegenüber direkt das Weite suchen würde, wenn er meine draufgängerische Ehrlichkeit nicht ertragen konnte. Sofern er dann immer noch den Kontakt mit mir wünschte, sollte es eben so sein.

„Hi Alex, warum hat man mit 42 Jahren noch keine Kinder?", stach ich direkt in die Wunde.

„Hi Anita, ich bin in meinem Leben zu stark zeitlich eingeschränkt und habe auch sicherstellen lassen, keine Kinder zu bekommen. Du hast welche?"

„Ich bin überrascht, dass du überhaupt antwortest. Ja, ich habe drei. Dann gehe ich davon aus, wir können uns die Zeit sparen. Ich habe Kinder, du willst keine.", schlussfolgerte ich.

Irgendwie entwickelte sich trotz meiner direkten Fragestellungen eine Kommunikation. Wir tauschten uns aus. Er fragte, wie lange ich bereits Single war. Dann stellte er fest: „Wenn du erst seit ca. 4 Monaten getrennt bist, willst du doch jetzt noch keine feste Beziehung anfangen, oder? Ich würde nie der Ersatzvater deiner Kinder sein wollen, aber hätte schon Lust mit dir Zeit zu verbringen. Was hältst du davon, wenn wir uns verabreden zur Nacht im Museum in Dresden?"

Mein Hirn ratterte. Ich war vernebelt. Da war jemand, der an mir Interesse hatte und mit mir ausgehen wollte. Sowas hatte ich schon lange nicht mehr erlebt. Und dieser Jemand war auch noch intellektuell. Kein dummer BD, kein psychisch angeknackster Mr X! Wie geil war das denn? Weil ich immer noch daran zweifelte, ob das wirklich eine gute Idee war, zog ich die Antwort noch eine Weile hinaus und fragte ihn: „Was bedeutet es, dass du zeitlich sehr eingespannt bist? Arbeitest du so viel?"

„Nein, es gibt Dinge in meinem Leben, die mich gesundheitlich beeinträchtigen und mir viel Zeit abverlangen, aber das wäre zu früh, vor einem ersten Date was dazu zu sagen!"

Sein Herumgedrucke nervte mich. Ich wollte doch nur wissen, mit wem ich es zu tun hatte. Also hakte ich nach: „Meine Güte, jetzt halte doch nicht so hinterm Berg! Was ist dein Problem?"

„Kurz gesagt, hab ich MS."

Ich schluckte schockiert und holte tief Luft. An wen war ich da nur geraten? Ich wollte mir doch keinen Patienten ans Knie nageln! Meine Vernunft sagte: „Beenden! Sofort beenden, Anita! Er hat eine Katze, er hat MS und er hat immer noch keine Kinder! Das kann nichts werden! Zieh Leine!" und schrieb: „Okay, nicht schön. Wie körperlich eingeschränkt bist du?".

„Man sieht mir nichts an, aber ich brauche ewig bei der Darmentleerung und beim Pinkeln.", fing er an zu erklären, „Das heißt aber nicht, dass ich inkontinent bin! Hab ja gesagt, dass es nicht grade die Sache ist, die man vor einem ersten Date besprechen sollte. Treffen wir uns trotzdem? Ich würde mich echt sehr freuen!"

„Ja, wir treffen uns trotzdem. Ich will dich als Mensch kennenlernen!", antwortete ich spontan.

War es die pure Verzweiflung? War es die große Sehnsucht nach Nähe? War es der Wunsch begehrt zu werden und Sex zu haben oder war es von Anfang an nur Mitleid? Ich wußte es nicht! Jedenfalls machte ich keinen Rückzieher. Zwei Wochen später trafen wir uns. Bis dahin schickten wir uns jeden Tag WhatsApps, dutzende Sprachnachrichten und lernten uns virtuell näher kennen.

Alex hatte merkwürdige Auffassungen zu politischen Themen. Er konnte stundenlange Voicemails schicken zum Thema Antibabypille oder über Menstruationsartikel. Für ihn war es unerhört, dass man forderte, den Frauen die Pille und diverse Binden und Tampons kostenlos zur Verfügung zu stellen und dem Steuerzahler die Kosten dafür aufzubürden. Schließlich würden dann die Männer massiv benachteiligt. Zumal Männer einen viel höheren Verbrauch an Lebensmitteln hatten. Das lag ja nun mal in der Natur der Sache. Und keiner würde deshalb einem Mann Lebensmittel spenden. Überhaupt war Alex ständig im Nachteil. Er arbeite zwar nicht mehr, da er mit seiner MS-Beeinträchtigung den Alltag nicht mehr regeln konnte, aber als er arbeitete, ging er lieber nachts und auch am Wochenende arbeiten. Warum stellte der Gesetzgeber ihm die Beine und verbot die Wochenendarbeit und forderte frecherweise sogar noch einen Mindesturlaubsanspruch, den Alex in zwei Wochen am Stück nehmen müsse, statt jeden Montag zu Hause bleiben zu dürfen? Es kotzte ihn an und er teilte mir mit, dass er überlegte, den Staat zu verklagen. Außerdem war für ihn der Sommer ganz furchtbar! Viel zu heiß! Grundsätzlich hasste er jede Temperatur, die über 15 Grad lag. Schwitzen ging gar nicht! Das ständige Gedusche und Geschwitze und überall klebte es!

So oft schüttelte ich über seine fragwürdige Argumentation den Kopf und dachte mir: Was ist mit dem Typen nicht in Ordnung? Dennoch konnte ich mich nicht von dieser ganzen Sache lösen. Er gab mir zum ersten Mal seit sehr langer Zeit das Gefühl wertvoll zu sein.

Wir schickten uns Bilder hin und her. Ich am See liegend. Er mit seiner Schwester, mit seiner Standardtanzpartnerin vor 15 Jahren, mit Freunden beim Wave Gotik Festival in Leipzig. Als er mir ein Video von sich mit seiner verlausten Katze sendete, bat ich ihn, dies nie wieder zu tun, da ich Katzen absolut abscheulich und ekelhaft fand.

In der kommenden Zeit machte er mir viele Komplimente: „Anita, ich komme nicht umhin, dir mitzuteilen, dass du schon einen gewissen sexuellen Reiz auf mich ausübst."

Außerdem sprachen wir in unserem Chat ganz offen über Sex und unsere Begehrlichkeiten. Er fragte, ob ich ihn später mal auf eine Sex-Party begleiten würde oder ob ich auf Analsex stand. Das waren die Momente der Schnappatmung! Wir hatten uns noch nicht mal im Reallife kennengelernt und er fragte mich solche intimen Sachen! Vermutlich war das der Reiz von Online-Dating. Die Möglichkeit zu haben, einem fremden Menschen alle intimen Geheimnisse zu entlocken, die man in der Realität erst nach einem halben Jahr des Kennenlernens erhaschen konnte. Dennoch beantwortete ich ihm schamlos jede Frage. In diesem Fall: „Nein und nein!"

Das alles ließ mich natürlich nicht kalt. Ich konnte unser Treffen kaum noch erwarten und fieberte ihm freudig entgegen. Wenn er mich nachts fragte, was ich heute noch so vorhatte, antwortete ich ihm ungehemmt, dass ich es mir noch eine halbe Stunde im Bett mit mir gemütlich machte und dann schlafen ging. Er bot mir freundlicherweise ein Video von sich zur Unterstützung an, worauf ich ihm schrieb: „Nur wenn es vorher noch keine deiner Liebschaften erhalten hat!" – „Nur eine!" – „Dann nicht!", lehnte ich ab. Schließlich wollte ich nicht eine von vielen sei.

„Würde es dir helfen, wenn ich dir sage, dass mein Penis besonders groß ist? Also nicht lang, aber dick!" – „Ja, das tut es."

Oh man! Diese Art Konversation erregte mich total und ich ließ ihn wissen, dass er mich damit in den Wahnsinn trieb. „Wenn wir uns das nächste Mal sehen, werde ich dich ganz zärtlich lecken!", versprach Alex. „Das werden wir sehen!", antwortete ich kühl. In dieser Hinsicht war ich skeptisch. Das hatte schon bei BD nicht funktioniert. Meine Erwartungshaltung an jedwede körperliche Beziehung im realen Leben lag bei minus 10. Das Sexleben, was ich führte,

führte ich nur mit mir allein und damit musste ich klarkommen. Auch wenn es mich oft deprimierte.

Eine normale Beziehung zu führen, schloss Alex von Beginn an aus. Da er aus verschiedenen Gründen keine Zeit hatte, sich täglich zu treffen und auch ein eventuelles Zusammenziehen, vor allem mit Kindern, für ihn nicht in Frage kam. Alles an seiner Person und seinem Sozialverhalten warnte mich davor, mich auf ihn einzulassen, doch ich tat es dennoch.

Natürlich vertraute ich mich zuvor Sarah an, die mir von Anfang an von Alex abriet: „Mach's nicht, Anita! Der hat viel zu viele Probleme mit sich und der Welt! Das wird dir nicht guttun! Du hast doch genug eigene Probleme!"

Als ich einen Tag vor unserem Date bei Sarah auf den Hof fuhr und ausstieg, kam sie mir begeistert entgegen und sagte lachend: „Meine Güte! Du leuchtest ja förmlich pink! Du hast eine richtig pinke Aura! Hast du etwa morgen ein Sex-Date?"

„Japp! Ganz genau! Ein Sex-Date! Erst gehen wir ins Museum und dann werden wir geplanten Sex haben!"

Mit hochgezogener Augenbraue fragte sie mich skeptisch: „Habt ihr das so kommuniziert oder weiß er davon noch gar nichts?"

„Doch, dass weiß er ganz genau!", schmunzelte ich in Vorfreude.

Als ich am Morgen unseres lang ersehnten Treffens auf der Toilette saß, stellte ich entsetzt fest, dass ich anfing zu menstruieren. Es war der 14. Tag meiner Periode. Ich schrie entsetzt: „Ohhhhhhh nein! Das kann doch jetzt nicht wahr sein! Waruuuuuuum nur? Wieso heute?"

Wimmernd und hysterisch lachend wählte ich Sarahs Nummer und stellte ihr genau diese Fragen am Telefon. Sie feixte und lachte mit mir, drückte mir ihr Beileid aus, während ich dem Gefühls-Chaos winselnd und wehklagend freien Lauf ließ. Ich dankte ihr für ihr Mitgefühl. Sie wünschte mir einen schönen Abend ohne Sex und wir legten auf.

Ich schrieb Alex, dass das Schicksal bestimmt hatte, das ich nach nur 14 Tagen wieder blutete und wir definitiv keinen Sex haben würden an diesem Abend. Glücklicherweise reagierte er ganz cool und schlug vor, einfach noch ein weiteres Museum abzuklappern und eine tolle Zeit miteinander zu verbringen. Mein Körper war ein Wunderwerk! Er versuchte mich vor diesem Kontakt zu schützen und ich ließ diesen Schutzmechanismus einfach ungeachtet links liegen. Wie dumm ich war, wurde mir erst einige Wochen später klar!

Ich wusste nicht, was mich zur Museumsnacht erwarten würde. Er besorgte Tickets für uns beide. Wir trafen uns am späten Nachmittag vor dem Dresdner

Zwinger. Dafür hatte ich mich extra in Schale geworfen: Meine neue, tolle, kurze, grüne Hose, die sich schön eng um meine Taille schmiegte und eine schlichte, schwarze Chiffonbluse. Meine Glitzersandalen noch dazu. Nicht zu viel Glitzer im Gesicht, aber ein bisschen. Ich sah verdammt gut aus und das strahlte ich auch aus.

Er stieg aus dem Auto aus und kam mit offenen Armen auf mich zu. Viel Mühe hatte er sich nicht gegeben bei seiner Klamottenauswahl, aber seine Augen leuchteten mich strahlend an. Mir wurde klar, dass er sich nicht zum ersten Mal mit einer Frau traf, sondern dass Dating für ihn schon zur Routine geworden war. Er war nicht halb so nervös wie ich und wusste ganz genau, was er zu tun und zu sagen hatte, um mir ein gutes Gefühl zu geben. Wir drückten uns herzlich zur Begrüßung, wobei ich seinen Körpergeruch abcheckte und für akzeptabel einstufen konnte. In diesem Moment fiel die Nervosität direkt von mir ab. Ich stand ihm in nichts nach und musste mich überhaupt nicht unter Druck gesetzt fühlen.

Unsere Gespräche an diesem Abend waren nicht besonders tief, aber wir kamen uns näher. Ein erotisches Knistern war zwischen uns beiden spürbar. Er reichte mir kurz seine Hand und ließ sie fünf Sekunden später wieder los. Er stellte sich beim Betrachten der Bilder in der Galerie der Alten Meister direkt hinter mich und fasste mich hauchzart am Becken, um seinen Griff sofort wieder zu lösen. Ich fühlte seinen Atem in meinem Nacken und erwartete jeden Moment seine Lippen, die mich dann doch nicht berührten. Es war der blanke Wahnsinn, diesen fremden Menschen, mit dem ich so gar nichts gemein hatte, so nah an mir zu spüren. Es prickelte in meinem ganzen Körper und er wusste ganz genau, was er mit mir tat. Ich war ihm ausgeliefert. Er hatte etwas an sich, was mich in seinen Bann zog. Etwas Geheimnisvolles.

Als ich am Fenster stand und das große Feuerwerk draußen bestaunte, trat er hinter mich und drückte sein Becken an meinen Po. Er fasste mich an den Hüften und führte seine Hände langsam nach oben, über meine Brüste, an meinen Hals. Dann drehte er meinen Kopf zu sich nach hinten und küsste mich leidenschaftlich. Ich spürte seinen harten Schwanz unter seiner Hose. Ein angenehmer Schauer lief mir über den ganzen Körper. Ich schüttelte mich kurz, um die Anspannung loszuwerden. Dann drehte ich mich zu ihm um, um mich an ihn heranzudrücken und ihn erneut zu küssen. So standen wir in dieser kleinen, dunklen Fensternische und knutschten, bis die Leute um uns anfingen, sich aufgeregt zu räuspern. Ich löste mich von ihm, nahm seine Hand und führte ihn weiter, um noch das eine oder andere Kunstwerk zu bestaunen. Ich fühlte mich wie neu geboren, sexy, begehrt, schön und total aphrodisiert. Ein Gefühl, das schon so lange niemand mehr in mir entfacht hatte.

Wir arbeiteten uns durch die gesamte Galerie. Im Anschluss legten wir eine kurze Pause ein, in der er sich in einem völlig überfüllten Supermarkt einen Snack holte. Wir setzten uns auf eine Mauer und überlegten, wo wir als nächstes hingehen würden. Mein menstruierender Körper schmerzte, doch den Abend vorzeitig abzubrechen und nach Hause zu fahren, schloss ich aus. Wir unterhielten uns weiterhin ausgesprochen gut, als ein Bekannter von Alex an uns vorbeilief, den er flüchtig grüßte. „Woher kennst du ihn?", fragte ich. „Er ist Teilnehmer in meiner Selbsthilfegruppe."
Überrascht fragte ich: „In was für einer Selbsthilfegruppe?"
„Ach… hatte ich das noch nicht erzählt? Ich leite einmal im Monat ein ADHS-Meeting. Ich bin selbst betroffen und war lange Zeit nur Teilnehmer. Irgendwann hat es sich so ergeben, dass ich das Meeting in Vertretung leite."
„Okay?! Du hast also ADHS? Das ist mir ehrlich gesagt noch nicht aufgefallen."
Weil in meiner Jugend auch bei mir irgendwann das Aufmerksamkeitsdefizit-Syndrom diagnostiziert wurde, wusste ich mit dem Begriff ADHS etwas anzufangen. Hier kam noch der Faktor Hyperaktivität hinzu. Während der Schulzeit fiel es mir tatsächlich schwer, mich zu konzentrieren. Als Erwachsene hatte ich jedoch damit keine Probleme mehr. Vielleicht hatte es sich verwachsen? Menschen die darunter im Erwachsenenalter litten, waren mir bislang noch nicht begegnet. Ich dachte darüber nach, ob er ADHS nur vorschob, um noch mehr aus dem Raster der Normalität zu fallen. Denn das war etwas, was er nicht sein wollte: Normal sein.

Wir gingen zwei Straßen weiter zur Rüstkammer. Ich beobachtete, wie Alex ständig den Kopf unkoordiniert zur Seite rollte oder seine Schultern hochzog. Das kam mir irgendwie merkwürdig vor, also fragte ich ihn gerade heraus: „Alex, sag mal… Ist das eigentlich ein Tick, dass du immer so zuckst? Oder hast du etwa Tourette?"
„Ich denk schon, aber richtig diagnostiziert wurde es bisher noch nicht. Die nächste Spezialklinik für Tourette ist 100 km entfernt und ich bin erstmal froh, dass ich hier in Dresden die beste deutsche Klinik für MS direkt vor der Haustür habe."
Obwohl ich damit rechnete, dass er meinen Verdacht auf Tourette bestätigen würde, war ich dennoch betroffen: „Wieso hast du denn so tief in die Scheiße-Kiste reingegriffen? Hat dir MS und ADHS denn nicht ausgereicht?", versuchte ich scherzhaft mein Mitgefühl kundzutun. Er fand meinen Kommentar

allerdings nicht witzig. Dann hakte ich weiter nach: „Bist du der Sache schon mal auf den Grund gegangen? Man hat doch nicht einfach so MS, ADHS und Tourette? Da stimmt doch was nicht?"

„Manche Menschen haben eben Glück und manche Pech! Ich gehöre zu den Letzteren, aber mir könnte es deutlich schlechter gehen. Ich kann mich noch selbst versorgen und sitze nicht im Rollstuhl. Dank meiner Medikation und der engmaschigen Überwachung werde ich wohl auch nie im Rollstuhl sitzen müssen.", redete er sich gut zu.

Ich hingegen war mir da überhaupt nicht sicher, ob er damit recht behalten würde! Dafür kannte ich viel zu viele Menschen mit MS, die bereits in seinem Alter stark eingeschränkt oder gar verstorben waren.

Alex tat mir leid, aber ich bewunderte ihn auch für seinen außerordentlichen Lebensmut und Optimismus. Nachdem wir bis Mitternacht alles Wissens- und Sehenswerte angeschaut hatten und uns händchenhaltend durch die Dresdner Altstadt schlängelten, verabschiedeten wir uns mit einer kurzen, unaufgeregten Umarmung und einem kaum spürbaren Kuss – ohne Zunge – an meinem parkenden Auto. Der Abend war lang und wir waren viel gelaufen, hatten jede Menge Informationen eingesaugt und waren beide richtig fertig. Für mehr reichte es nicht.

Am nächsten Tag erfolgte die obligatorische Auswertung mit Sarah.

„Ich kann's dir nicht beschreiben!", erzählte ich, „Der Typ ist so abgespaced, aber total sympathisch! Er ist auf jeden Fall viel kranker, als ich bisher annahm. Zur MS kommen nun noch Tourette und ADHS hinzu."

Enttäuscht und hoffnungsvoll zugleich erzählte ich weiter: „Ich weiß auch nicht, warum ausgerechnet ich immer an solche Wahnsinnigen komme! Ich lass es jetzt einfach mal laufen und wer weiß... Vielleicht kann ich ja mit ihm wenigstens guten Sex haben. Vielversprechend klingt es ja schon mal, was er da so über seine Zungenfertigkeit zum Besten gibt."

Seit diesem Gespräch nannten wir Alex nur noch den „Wahnsinnigen".

Die nächste Woche hatte ich wieder die Kinder bei mir. Mein Ex und ich befanden uns im wöchentlichen Wechselmodell. Der Wechsel selbst fand an den Montagen statt, so dass jeder von uns eine ganze Woche mit seiner Freizeit machen konnte, was er wollte.

In den Wochen, wo die Kinder bei mir waren, kostete es mich meine ganze Kraft. Ich war ausgelaugt und müde, ging früh ins Bett, aber ich war eine gute Mutter! Nebenbei versuchte ich auch für Alex irgendwie da zu sein. Wir telefonierten, wenn die Kinder schliefen und blieben weiter täglich in Kontakt. Es war mindestens genauso anstrengend diesen Kontakt mit ihm zu pflegen, wie mich um meine Kinder zu kümmern und ich bemerkte, dass es an mir zehrte.

Jeden Tag hörte ich mir das Gejammer über die schreckliche Hitze an und dass er wieder mal vergessen hatte, in der Nacht seine Klimaanlage anzustellen. Er erzählte, dass er morgens um 11 Uhr schweißgebadet aufstand und sich dann für zwei bis vier Stunden duschte.

Mir wollte schon nicht richtig einleuchten, warum man erst so spät aufstand, wenn der ganze Tag schon fast vorbei war. Aber zwei bis vier Stunden duschen war mir echt total suspekt!

„Was zum Henker treibst du so lange unter der Dusche?", wollte ich wissen.

„Naja... meine Badroutine eben."

„Was heißt das denn?", fragte ich erneut. Es war mir absolut unverständlich, was man vier Stunden unter der Dusche treiben konnte. Ich erklärte kurz, wie es bei mir morgens ablief: „Ich steh früh auf, geh pinkeln, dusche drei Minuten, trockne mich ab und ziehe mich an. Nach 15 Minuten bin ich fertig und hab mir sogar schon Mascara aufgelegt und Haare geföhnt. Was tust du also so lange?"

Erst druckste er um den heißen Brei herum, dann erklärte er in einer 10-minütigen Sprachnachricht, dass er erst ewig auf der Hütte säße, um zu kacken und dann, wenn wirklich nichts mehr kommt, zu seinem Duschritual übergehen würde. Wie das genauer aussah, wollte ich gar nicht erst wissen! Mir war klar, dass es irgendein Ritus war, der unbedingt eingehalten werden und sobald er unterbrach, wieder von vorn begonnen werden musste.

„Alex, kann es sein, dass du zwangsgestört bist?"

„Nein! Ich bin nicht zwangsgestört! Ich habe lediglich eine zwanghafte Persönlichkeitsstörung! Das sind zwei sehr unterschiedliche Dinge!"

In Folge dessen, erhielt ich diverse Links zu besagten Themen sowie eine ausführliche, 20-minütige Sprachnachricht seinerseits, mit dutzenden Erläuterungen. Im Prinzip rechtfertigte er sich dafür und suchte die Schuld bei allen anderen. Ich recherchierte anhand der gesendeten Quellen und schlussfolgerte dann: „Aha! Aber ein Zwang liegt doch wohl bei dir zu Grunde, oder nicht? Kotzt dich das nicht an, dass dein Alltag von deinen Zwängen bestimmt wird?"

Wochen später und von außen betrachtet, hätte ich mir gerne an dieser Stelle die gusseiserne Bratpfanne über den Kopf gehauen und mir einen ganz festen Arschtritt verpasst! Ich hätte gerne meine Schultern gepackt und mich fest geschüttelt und gerüttelt, bis mein Ich wieder zur Besinnung gekommen wäre und endlich die Flucht ergriffen hätte. Spätestens jetzt war dieser Moment gekommen!

In den folgenden WhatsApps wurde ich weiter über die kleinen aber feinen Unterschiede zwischen Zwang und zwanghafter Persönlichkeitsstörung aufgeklärt. Diese lagen maßgeblich darin, dass ein zwangsgestörter Mensch seine Zwänge als Behinderung bzw. Störung empfand, er sie zwingend umsetzten musste und sie ihn massiv im Alltag beeinträchtigten. Ich konnte für mich feststellen, dass Alex unter so etwas wie einem Waschzwang litt. Egal wie er sich daraus wand! Schließlich beeinträchtigte es ihn. Es störte ihn vielleicht nicht, aber es forderte viele Stunden seines Tages, an denen er nicht aktiv etwas anderes tun konnte. Auch die Tatsache, dass er auf dem Klo hocken blieb, bis er sich zu 100 Prozent sicher sein konnte, dass nichts mehr kam, war ein Zwang! Nur konnte er diesen nicht erkennen, aber ich hatte den notwendigen Abstand und erkannte das Problem. Da er sehr sensibel auf diese Unterscheidung reagierte, sprach ich ihn nicht wieder darauf an und tolerierte die Situation. Oder sollte man eher von ignorieren sprechen?

Bratpfanne, sofort!

Zwei Tage nach unserem ersten Date stellte Alex fest, dass er sich erkältet hatte. Zwar war ich bei unserem Treffen leicht verschnupft gewesen, hatte ihn aber vorher extra gefragt, ob wir uns trotzdem treffen wollen, da ich ihn seiner Erkrankung wegen nicht zusätzlich mit einer Infektion belasten wollte. Nun hatte er sich mit hoher Wahrscheinlichkeit doch bei mir angesteckt und ich machte mir riesige Vorwürfe.

Er sorgte sich derartig um seine Gesundheit, dass er den ärztlichen Rat seines virtuellen Kumpels einholte und zwei Corona-Tests machte, die negativ ausfielen. Ich verstand den ganzen Aufriss überhaupt nicht und fragte ihn: „Warum bist du nicht in der Lage, auf deinen Körper zu hören und legst dich einfach ins Bett, um die dumme Erkältung auszukurieren? Wieso ist es denn für dich notwendig diese zwei Tests zu machen? Was nützt es dir denn zu wissen, ob es Corona ist oder nicht? Ist doch völlig egal! Außerdem bist du doch geimpft. Was soll denn da schon passieren?"

Verärgert rechtfertigte er sich per Voicemail: „Ich geh nur auf Nummer sicher! Außerdem hat mein Kumpel mir das geraten und der muss es nun mal wissen, denn er ist Mediziner und zwar der Beste, den ich kenne!"

Ich merkte, dass er sich unheimlich darüber aufregte, wie ich diese Fragen formulierte. Er war wütend, dass ich ihm unterstellte, er könne keine eigene Entscheidung hinsichtlich seiner eigenen Gesundheit fällen. So war es aber! „Alex! Jeder andere, der keinen medizinischen Berater hat, muss doch auch selbst klarkommen und für sich entscheiden, ob es ihm so schlecht geht, dass er zum Arzt gehen muss oder nicht. Ich verstehe den ganzen Aufwand nicht, den du betreibst! Es tut mir leid, dass ich dich anscheinend angesteckt habe, aber ich hatte dich doch vorher extra gefragt!"

Es folgten mehrere scharfkantige Sprachnachrichten und zum Schluss ein Telefonat, in dem er mir Vorwürfe machte, dass ich ihn für seine fehlende Wahrnehmungsfähigkeit verurteilte. Ich saß mit Zigarette, Sekt und ihm am Telefon am Teich und heulte, weil er so verständnislos war und ich so dämlich, die Sache an dieser Stelle nicht einfach zu beenden. Am Abend entschuldigte er sich per WhatsApp. Damit war es fürs Erste gut.

Seinen virtuellen Kumpel gab es zwar in der Realität, aber Alex hatte ihn in den 14 Jahren ihrer Bekanntschaft nicht ein einziges Mal getroffen. Sie telefonierten angeblich täglich miteinander und teilten jede Information in ihrem Leben, aber hatten sich noch nie gesehen. Das fand ich echt bedenklich und sehr befremdlich!

Für unser Treffen nahm Alex einen wahnsinnig zeitaufwendigen Pflege- und Toilettengang- Marathon in Kauf. Dieser beinhaltete, dass er gegen vier Uhr morgens sein Bett verließ, beim Toilettengang die nächsten vier Stunden verharrte, dabei Herr-der-Ringe-Musik in Dauerschleife hörte, sich danach seinem Duschzwang für die nächsten zwei bis drei Stunden hingab, die Katze fütterte, selbst etwas aß und sich dann auf den Weg machte.

Vormittags mit ihm wandern zu gehen, war also rein zeitlich einfach gar nicht möglich. Davon abgesehen, dass er natürlich – wie konnte es anders sein – kein Freund der Natur war. Der ganze Staub und Dreck auf der Haut und auf seiner Kleidung war für ihn schwer zu ertragen. Als ich ihm einmal ein Foto von mir sendete, wie ich auf einer Decke am Teich lag, schrieb er zurück: „Ich könnte das nicht so wie du, auf dem Dreck am Teich sitzen!"

Ja, er hatte eindeutig ein Problem mit allem auf der Welt, was außerhalb seines kleinen Ermessens-Spielraumes lag. Nur nicht mit mir. Jedenfalls zu diesem Zeitpunkt noch nicht!

Zwei Wochen später trafen wir uns wieder an einem Donnerstag. Ich lud ihn diesmal direkt zu mir nach Hause ein, schließlich war klar, was wir vorhatten. Es ging hier eindeutig um ein Sex-Date!

Zwar hatte meine Nachbarin mir davon abgeraten, Typen mit nach Hause zu nehmen, wegen eventuellem Stalking im Nachgang, aber ich glaubte immer noch an das Gute in den Menschen. Na gut! Vielleicht war ich auch durch und durch naiv, aber ich hatte einfach keine Lust, mich mit ihm in einem Hotel zu verabreden, wie eine Nutte. Meinen Vorschlag, uns bei ihm zu Hause zu treffen, hatte er abgelehnt. Die Begründung dafür lautete: „Ich lebe eben anders als andere. Und die Erfahrung hat gezeigt, dass meine Art zu wohnen bei den meisten Damen abschreckend wirkt."

Was auch immer das heißen mochte!?! Weder wollte ich wissen, von wie vielen Damen er sprach, noch was *anders* in diesem Zusammenhang bedeutete. Er holte weiter aus und erklärte: „Versteh mich nicht falsch! Ich bin kein Messi oder sowas. Aber ich habe keine Schränke und lebe aus Kisten!"

Wenn er schon sowas sagte, war ich mir sicher, dass er ein Messi war! Auch davon wollte ich nichts Näheres wissen und beließ es dabei. Die einzige Frage, die ich dazu hatte war: „Und wie lange wohnst du schon in deiner Bude? Bist du erst umgezogen?"

„Nein, ich wohne hier schon seit einigen Jahren. Es ist nicht unordentlich oder so, aber es ist eben auch nicht gemütlich. Ich habe keine Türen in meiner Wohnung. Die habe ich alle ausgehangen und in den Keller gestellt. Auch keine Klotür. Wenn mich jemand besucht, mach ich in der Küche das Radio an und dreh etwas lauter, wenn die Person aufs Klo muss."

Okay. Spätestens an dieser Stelle war ich raus!

Bratpfanne!

Die Nachrichten zwischen uns wurden stetig aufreizender. Ohne mir körperbezogene Komplimente zu machen, teilte er mir ständig mit, dass er mich sehr begehrenswert fand, was mir natürlich mega schmeichelte. Die Vorfreude wuchs ins Unermessliche, was ich ihn wissen ließ. „Bitte freu dich nicht zu früh! Das setzt mich nur unter Druck. Ich bin körperlich nicht besonders fit. Und durch die MS-Medikamente habe ich manchmal Potenzprobleme, aber ich habe Viagra dabei!", schrieb er. Da war sie wieder, die Sache mit dem Viagra. Ich war nicht darüber überrascht. Das letzte Mal mit dem Ex endete in einem Hänger, das Mal darauf mit BD auch. Es konnte mit Viagra doch nur besser werden, versuchte ich mir hoffnungsvoll zuzureden. Vermutlich war ich jetzt in dem Alter, wo man es nur noch mit Hängern und Viagra zu tun hatte?!?

„Find ich gut, dass du so offen darüber sprichst. Ist doch okay. Davon abgesehen, erwarte ich gar nichts von dir. Wieso sollte es bei dir so anders sein für mich, als beim Sex mit meinem Ex-Mann? Ich werde einfach nur deine

Berührungen genießen. Also mach dir keinen Druck. Lass es uns einfach ruhig angehen und schauen, was passiert."

Damit war er völlig einverstanden.

Als es dann Samstagnachmittag an meiner Wohnungstür klingelte, war ich ziemlich aufgeregt. Ich hatte mir meinen kurzen, schwarzen Rock angezogen und trug nichts darunter. Außerdem trug ich meinen neuen, roten BH und ein gut ausziehbares Shirt. Er kam relativ leger in einer Leinenhose und schwarzem Shirt. Gut sah er aus darin, mit seinen grauen Haaren und seinem sympathischen Lächeln.

„Komm rein! Ich mach uns einen Caipi!", forderte ich ihn auf. Er folgte mir in die Küche, wo ich nervös und mit dem Arsch wackelnd einen Cocktail für uns zubereitete. Wir unterhielten uns eine halbe Stunde lang über belanglose Themen, wie die furchtbare Hitze, die ihn so dermaßen störte und darüber, was in seinem Leben in den letzten beiden Wochen passiert war, von dem ich noch nicht wusste. Es gab also nicht viel zu sagen. Dann stellte er sich ans Fenster und schaute auf das weite Feld hinaus. Genau wie er es getan hatte, als wir im Museum waren, stellte ich mich dicht hinter ihn und schlang meine Arme um seinen Bauch. Dann lehnte ich mich an ihn und hielt ihn fest, bis er sich zu mir umdrehte, meinen Kopf in seine Hände nahm und mich innig küsste.

Wir arbeiteten uns fummelnd vom Fenster zur Kücheninsel, auf die ich mich setzte. Tags zuvor hatte ich extra noch die Arbeitsplatte festgeschraubt, damit wir gepflegten Körperkontakt auf dieser haben konnten. Relativ fix waren wir beide nackt. Ich genoss seine wenigen, zärtlichen Berührungen auf meinem Körper und ließ mich von ihm auf die Arbeitsplatte legen, so dass er sein Versprechen, mich intensiv mit seiner Zunge zu verwöhnen, einlösen konnte. Ein besonders guter Zungenspieler war er leider nicht, aber das hatte ich auch nicht erwartet. Die Männer mit denen ich bisher zugange war, dachten alle, dass die weibliche Klitoris nur aus der kleinen Perle zwischen den Geschlechtslippen bestand und kümmerten sich nicht um den Rest. Alex war da keine Ausnahme. Schon nach wenigen Minuten schien er damit fertig zu sein und beschloss, dass er mich nun feucht genug geleckt hatte, um in mich einzudringen, was natürlich eine Fehlannahme war. Ich war lediglich feucht von seinem Speichel. Nicht von dem viel zu kurzen Vorspiel, nicht von dem bisschen Perle lecken und auch nicht von alleine.

Er führte mich zu meinem Bett, legte mich auf den Rücken, setzte sich auf mich und drang unsanft in mich ein. Das wiederum war ich gewöhnt und dachte daher nicht darüber nach, ob es auch anders gehen könnte. Sein Penis war wirklich besonders dick und obwohl ich vaginal nicht besonders empfindsam war, genoss ich es, dass er mich ganz ausfüllte. Auch seine begehrlichen Blicke und die wenigen Berührungen taten meiner Seele gut.

Nach wenigen Minuten war Alex bereits körperlich erschöpft. Auch seine Männlichkeit legte eine Pause ein. Ich war überrascht, als er mich fragte, ob er jetzt die Viagra noch nehmen sollte, oder ob ich keine Lust mehr hätte.

„Doch, hau rein das Ding!", sagte ich hoffnungsvoll.

„Die braucht aber circa eine Stunde, um zu wirken."

„Ist okay. Find ich nicht schlimm."

Die Wartezeit überbrückten wir mit Knutschen. Ab und zu unterbrach er jedoch und schaute mich merkwürdig an. Ich bemerkte, dass ihm irgendetwas nicht gefiel, konnte aber nicht einschätzen was genau es war.

„Ist alles in Ordnung? Küsse ich zu feucht oder zu viel oder wo liegt das Problem?"

„Du küsst nicht! Du knutschst! Ich kann knutschen aber nun mal nicht leiden!", antwortete er bockig, wie ein kleiner Junge.

„Hä?", ich sprang von seinem Schoss und setzte mich neben ihn. „Was genau ist denn nun der Unterschied? Mit Zunge oder ohne?", fragte ich maximal verunsichert.

„Küssen ist viel zärtlicher und nicht so feucht. Lass uns einfach auf küssen beschränken!"

„Ohhhhhhhhkayyyyyy?", sagte ich langgezogen und fragend. Jetzt war ich hochgradig verwirrt und ließ es erstmal sein mit Knutschen UND Küssen! Ich strich ihm sanft über seinen ganzen Körper. Er ließ es sich gut gehen und nahm meine Berührungen entgegen. Was mich verwunderte, war, dass er mich fast gar nicht anfasste, aber ich nahm es so hin. Vielleicht würde er es ja zu einem späteren Zeitpunkt in Angriff nehmen?

Irgendwann wirkte die Pille und wir versuchten erneut Sex zu haben, was sich allerdings schwierig gestaltete. „Du darfst dich mal nicht so bewegen, Mädel!", brach es aus ihm heraus. Oh! Trigger! Das Wort „Mädel" ging so gar nicht! Es implizierte die maximale Doofheit, die eine Frau von Geburt an mit sich brachte! Damit war bei mir der Ofen eigentlich schon aus! Noch dazu fragte ich mich, wie man Sex haben sollte, wenn man sich nicht im Rhythmus mitbewegen durfte. Ich war doch schließlich keine Bums-Puppe! Über seine genervte Bitte konnte ich mir das Lachen nicht verkneifen und schluckte das bekloppte „Mädel" runter, als hätte er es gar nicht gesagt.

„Hasi, ich kann nicht mit dir ficken, wenn ich mich nicht bewegen darf! Wie soll das gehen?", fragte ich.

„Das ist doch voll logisch. Man kann sich nicht im gleichen Rhythmus bewegen. Einer muss immer stillhalten und der andere gibt den Rhythmus vor! Das strengt doch sonst unheimlich an und ich muss mich mega konzentrieren. Das geht so nicht!"

„Aha.", brachte ich verstimmt hervor. Ich hatte keinen Bock mehr! Erst durfte ich nicht küssen und knutschen, dann wurde ich nicht angefasst. Eine Stimulation meiner Klitoris war auch während des Rein-Raus nicht erfolgt und dann durfte ich mich noch nicht mal bewegen! Was war das für eine irre Scheiße?!?

Er dreht mich auf den Bauch, drang von hinten in meine Vagina ein und war innerhalb der nächsten zwei Minuten, in denen ich mich nicht bewegte, fertig. Er rollte sich ab. Ein Nachspiel gab es nicht.

Ich ging auf's Klo und schlug mir mehrfach an meine hohle Birne! Denn meiner Bitte, ein Kondom zu verwenden, war er selbstverständlich nicht nachgekommen. Ich konnte nur inständig hoffen, einmal im Leben Glück gehabt und mir keine Geschlechtskrankheit von ihm eingefangen zu haben. So wie ich sein scheiß Sperma aus mir herausdrückte, presste ich auch das letzte bisschen Würde aus meinem Körper!

Nachdem ich mich gründlich gereinigt hatte, legte ich mich zurück ins Bett. Wir schliefen nebeneinander ein. Ich träumte in dieser Nacht einen Alptraum nach dem anderen, während er tourettisch neben mir zuckte. Einmal weckte er mich auf, weil ich heulend neben ihm schrie.

Am nächsten Morgen, es war ein Freitag, klingelte 6:30 Uhr mein Wecker. Ich stand auf und machte mich für die Arbeit zurecht. Dann schlich ich zu ihm ans Bett und verabschiedete mich mit einem *Kuss* auf seine Stirn.

„Gegen Mittag komm ich wieder. Wäre schön, wenn du da noch da bist.", flüsterte ich ihm zu. Dann ging ich auf Arbeit, um gegen halb elf meinen Chef zu fragen: „Du, Chef? Ist es in Ordnung, wenn ich mich jetzt um die wirklich wichtigen Dinge in meinem Leben kümmere und zu meinem Sex-Date von gestern nach Hause fahre? Der liegt nämlich noch bei mir im Bett und wartet auf mich!"

„Anita, das ist ja sensationell!", war die gut gelaunte, überraschte Antwort meines Chefs, die einem „Ja, selbstverständlich!" gleichkam.

„Gut, danke dir! Da bin ich dann mal weg! Schönes Wochenende!"

Ich fuhr nach Hause und schrieb während der Fahrt noch fix eine Nachricht an Alex. Er möge bitte auf mich warten, ich sei bereits auf dem Heimweg. Zu Hause angekommen, nahm ich ihn an der Tür in Empfang. Entschuldigend sagte er: „Du, sorry, aber ich muss los. Mein Essen wird in einer halben Stunde angeliefert!"

„Dein Ernst? Können die das nicht vor die Haustür stellen?" Ich kam mir verarscht vor.

„Nein, wirklich. Ich muss los. Es war schön mit dir. Ich hoffe, wir sehen uns ganz bald wieder! Ich würde auch lieber noch bleiben, aber es geht nicht!", erklärte er. Ich brachte ihn noch zu seinem alten, grünen Kombi und verabschiedete mich geknickt von ihm.

Am nächsten Tag teilte mir Alex mit, dass sein Penis angeschwollen sei. Ich machte mir große Sorgen, denn schließlich hatten wir ungeschützten Sex und ich hatte überhaupt keine Lust mir den Schuh der totalen Unachtsamkeit anziehen zu müssen und zum Arzt zu rennen.

„Beobachte erstmal und wenn es morgen nicht weg ist, gehst du bitte dringend zum Arzt und lässt einen Abstrich machen!", wies ich ihn an.

Logischerweise musste er die Details vorher mit seinem virtuellen Kumpel telefonisch abklären. Da am nächsten Tag noch verschiedene andere Symptome, wie Durchfall und Übelkeit hinzukamen, ging er zum Arzt. Er fragte mich, ob ich vielleicht erkrankt sei.

„Nein, mir fehlt nichts. Auch mein Intimbereich ist save!", schrieb ich.

Der Abstrich, den er in Folge machen ließ, ergab nichts. Alex sollte seinen Penis in ein Kamillenbad halten, dann würde die Schwellung schon zurückgehen. Der Durchfall könnte von der blauen Pille herrühren.

Es vergingen zwei Wochen bis zu unserem nächsten Wiedersehen. In der ersten Woche hatte ich die Kinder bei mir und die zweite Woche hatte er diverse Arzttermine. Alles Routineuntersuchungen zur Kontrolle seiner MS-Erkrankung. Ich erkundigte mich, wie der Stand war. Unverändert.

Sein Penis hatte wieder seine ursprüngliche Größe erreicht, aber er würde ungern wieder Viagra nehmen, da er vermutete, den ganzen Quatsch von der Einnahme dieser Medikamente im Zusammenhang mit den MS-Pillen gehabt zu haben.

„Okay. Dann muss es eben so gehen.", war meine Reaktion.

Als er Samstag wieder bei mir aufschlug, war meine erste Frage: „Wie darf ich dich denn nun heute küssen?"

Er zog mich an sich ran und küsste mich sehr zärtlich, mit wenig Spucke und leichter Zunge. „Okay, so also?", fragte ich. Er grinste mich an.

Wir gingen langsam aber stetig dazu über uns auszuziehen und unseren ersten Versuch eines intimen Körperkontaktes herzustellen. Natürlich war meine Erwartungshaltung wieder sehr gering und das war gut so, denn weder kümmerte er sich besonders um mich, noch hielt sein Penis es sehr lange mit mir aus. Wir unterbrachen – was auch immer wir da taten – ich wollte es mal nicht Sex nennen und gingen in ein tieferes Gespräch über seine Vergangenheit über. Was hätte ich mit ihm auch anderes reden wollen? Seine Zukunft war faktisch nicht vorhanden und seine Gegenwart war ereignislos. Nach einiger Zeit fanden wir wieder körperlich zueinander. Wir küssten uns und er versuchte mich mit seiner grobschlächtigen Hand zu stimulieren, was ihm überhaupt nicht gelang. Ich brach die Sache wortlos ab, wälzte mich aus dem Bett und begann uns ein leckeres Hühnchen mit Reis und Gemüse zu kochen, während er mir dabei zusah. Dann aßen wir zu Abend.

Als er für eine halbe Stunde auf die Toilette verschwand, nutzte ich die Zeit, um meine Energie irgendwie loszuwerden und machte etwas Sport im Wohnzimmer. Dabei hielt ich mich mit einer Hand am Deckenbalken fest und schwang ein Bein von hinten nach vorn und wieder zurück. Eine echt gute Dehnübung, die ich sonst jeden Freitag mit meinen Tanzmädels machte. Ich war so energiegeladen, dass ich immer höher pendelte und plötzlich die Kontrolle verlor. Mein Standbein hob aus und ich flog direkt auf meinen Hintern. Ich rieb mir den schmerzenden Arsch und beschloss, dass es Zeit war, die Wohnung zu verlassen. Ich musste dringend hier raus, mich bewegen und was anderes sehen! Dafür war genau jetzt, wo es dunkel war, ein guter Zeitpunkt gekommen! Wir machten einen Ausflug in die Stadt. Tagsüber wollte ich ungern durch mein Einzugsgebiet flanieren, mit ihm an der Hand. Ich musste doch den Dorftratsch nicht noch heraufbeschwören. Es reichte doch sowieso schon! Außerdem musste ich aufpassen, dass die Kinder nicht über vier Ecken von meiner Liebschaft erfuhren!

Wir erklommen zuerst den Aussichtsturm, der etwas abseits der Stadt stand und genossen die Aussicht. Romantik kam jedoch bei keinem von uns beiden auf. Er konnte es kaum ertragen, dass nun seine frisch gewaschenen Sachen alle mit Pollen und Staub vom Weg verunreinigt waren und wir den ganzen Keim nun auch noch in sein Auto schleppten. Danach schlenderten wir noch eine Runde um das Kloster und fuhren wieder zurück.

Zu Hause gaben wir uns dem dritten Versuch Sex zu haben hin. Auch dieser war nicht von Erfolg gekrönt, aber wir hatten es wenigstens probiert. Dazu kam, dass er mich intim verletzt hatte und ich leicht blutete. Meine Vermutung: „Du hast mich mit deinen Fingernägeln versehentlich gekratzt.", wehrte er vehement und mit deutlichem Nachdruck ab: „Das kann gar nicht sein! Schau dir doch meine kurzen Fingernägel an! Als ob ich dich damit verletzen könnte!" Und tatsächlich – die Dinger waren so kurzgeschnitten, dass ich ausschließen konnte, dass es daran lag. Der Gedanke, dass er mir die Verletzung beigebracht haben musste, als er mit seinem breiten Penis in meine trockene Scheide eingedrungen war, ohne jedwede Vorbereitung, war jedoch kein abwegiger. Aber auch diese Hypothese wurde seinerseits abgeschmettert. Wie konnte jemand denn nur so ignorant sein? Warum auch immer, ich beließ es dabei.

Auch in dieser Nacht träumte ich so viel Scheiße wie zuvor in meinem ganzen Leben noch nie und er weckte mich mehrfach, weil ich komisches Zeug brabbelte oder laut weinend und schreiend neben ihm lag.

Am nächsten Morgen kroch ich wie gerädert aus dem Bett und kochte mir einen ersten Kaffee, während Alex in Ruhe weiterschlief. Ich suchte mir ein A2-großes Blatt Zeichenkarton und begann, ihn mit Pastellkreide darauf zu zeichnen. Ich malte nicht ihn als Person, denn so lange ich darüber nachdachte, welche Farbe ich ihm hätte geben können, kam ich auf keine Idee. Nicht mal grau hätte ich ihn zeichnen wollen. Es passte einfach so gar keine Farbe zu diesem Menschen, der da in meinem Bett lag.
Ich zeichnete Kisten und Kartons, die sich übereinanderstapelten. Dazwischen Zeitungen und Bücher. Der Zeichenkarton war rot. Alles an diesem Bild schrie: ACHTUNG! Selbst auf die Kisten hatte ich das typische Glas als Zeichen für „Vorsicht! Leicht zerbrechlich!" gemalt. Ganz hinten deutete ich eine Tür als groben Umriss an. Man konnte sie nur erahnen. Als ich damit fertig war, sah ich mir meinen Schlafgast an und nickte zufrieden. Das war es also, was er für mich darstellte: Das geordnete Chaos mit hohem IQ, ohne erkennbaren Inhalt. Der Ausweg versperrt durch ganz viel Krimskrams und Kisten.
Als ich damit fertig war, nahm ich mir noch Zeit, an meinem Buch herum-zutippen, welches ich gerade Korrektur las. Es war meine Autobiografie, die ich zur Verarbeitung meiner zwischenmenschlichen Beziehungsprobleme genutzt hatte, und die ich in Kürze fertigstellen wollte. Als Alex gegen zehn Uhr endlich erwachte, machte ich uns ein Frühstück mit leckerem Rührei und Aufback-Brötchen. Er besah sich das Bild, welches ich innerhalb einer Stunde gezaubert hatte und fragte: „Was soll das denn sein?"

„Das bist du!", sagte ich.

„Aha! Das verstehe ich aber nicht. Wie soll ich das denn sein, wenn ich darauf gar nicht zu erkennen bin?"

„Das kann ich dir nicht erklären. Ich habe dich angesehen und dieses Bild gezeichnet. Für mich sagt es alles!"

Er ließ es gut sein. Schließlich war er Physiker und kein Künstler. Von Kunst hatte er keine Ahnung und auch wenig Verständnis. Auch die anderen Bilder, die in meiner Wohnung hingen, bewertete er nicht. Er schaute über sie hinweg, was mich ziemlich enttäuschte, da er wusste, dass es alles eigene Kreationen waren. Vielleicht konnte er mich nicht für meine große Fantasie loben oder mir in irgendeiner anderen Art und Weise seine Anerkennung mitteilen, weil er selbst in seinem Leben nichts Anerkennendes geschaffen hatte. Weder beruflich noch privat. Seine Hände waren nicht für die Arbeit gemacht. Er konnte damit nichts bewegen oder herstellen. Sein Kopf war voll mit Wissen, aber er sah sich nicht in der Rolle, dieses Wissen an seine Nachwelt weiterzugeben. Nein, er überlegte nochmal zu studieren, obwohl er wusste, dass er nie damit arbeiten konnte, weil sein Körper dazu nicht mehr in der Lage war. Nichts hatte er erreicht! Gar nichts!

Damit die Kreide nicht vom Karton bröselte, musste ich sie noch fixieren. Ich holte das Fixativ-Spray aus dem Schrank, legte das Bild vom Wahnsinnigen auf die Arbeitsplatte und sprühte es damit ein. Plötzlich schrie Alex mich wütend an: „Bist du wahnsinnig?! Was soll das denn? Jetzt ist der ganze Scheiß auf meinen Sachen und an meiner Kleidung! Das war doch echt dumm von dir, Mädel!"

„What? Was ist denn mit dir nicht in Ordnung? Das ist doch nur Fixativ, damit die Kreide nicht abgeht!", erklärte ich gereizt.

„Ja, aber du hast damit jetzt auch mein Handy und meine Tasche eingesprüht! Ich geh erstmal Hände waschen! Zum Kotzen ist das!"

Kopfschüttelnd sah ich ihm nach, wie er auf dem Gäste-WC verschwand und wusste weder wo gehauen noch gestochen war, so perplex war ich. Weder hatte ich seine einen halben Meter entfernt liegende Tasche, noch sein Telefon damit eingenebelt, aber in seinem Kopf war nun alles kontaminiert und der Waschzwang kam wieder zum Vorschein.

Nachdem er seine ganzen Utensilien abgewischt und weggepackt hatte, kriegte er sich langsam wieder ein. Es folgte ein vierter Sex-Versuch. Wieder kam das Thema mit dem Stillhalten und dem ungleichen Rhythmus auf, bei dem ich diesmal offenherzig mit den Augen rollte. Nachdem ich nun auch zum vierten

Mal drohte, wieder leer auszugehen, brach ich diese ganze, qualvolle Geschichte ab und ließ es sein. „Machst du es mir noch fertig?", fragte er mich mit einem charmanten Augenzwinkern.

„Wieso? Weil du es mir so nett gemacht hast? Du, ganz ehrlich! Nein danke!", antwortete ich schnippig.

„Und wäre es okay, wenn ich auf dich draufkomme und ich es mir selbst mache?", hakte Alex nach.

„Dann mach es dir doch selbst, aber ich bin raus!", gab ich wütend zurück. Angewidert stieg ich aus dem Bett und dachte mir: In was für einem bekloppten Film bist du hier gelandet, Anita? Der wird doch wohl begreifen, dass das jetzt zu viel des Guten ist!

Und Tatsache! Da lag dieser Hänger-Hypochonder in meiner Kiste und holte sich einen runter! Vor mir! Ich war mehr als bedient! Nein! Mehr noch... Ich war entsetzt über diese Situation und über so viel Blödheit meinerseits! An wen war ich da geraten und warum? Hatte das noch mit Schicksal zu tun oder mit Selbstzerstörung? – Keine Ahnung!

Ich schob einen wichtigen Termin ein, den ich in einer halben Stunde wahrzunehmen hatte und forderte ihn auf, sich fertig zu machen zum Gehen. Er bat mich noch um eine Tüte, damit er seine kontaminierten Gegenstände – Tasche, Handy, T-Shirt – darin luftdicht verschließen konnte.

Wir verabschiedeten uns wieder an seiner grünen Kombi-Kiste, aber erst nachdem er sich ein zweites T-Shirt über sein Shirt und eine saubere Hose angezogen hatte, schließlich waren die Kleidungsstücke, die er bei mir trug ja auch kontaminiert durch meinen Dreck. Als das verdammte Auto vom Hof fuhr, holte ich tief Luft und ein ganzer Haufen Geröll fiel von meinen Schultern ab. Ich ging in meine Wohnung zurück und zog das ganze Bettzeug ab. Es ekelte mich an! Dann steckte ich den Kram in die Waschmaschine bei 90 Grad und kochte die ganze Ekelhaftigkeit aus dem Bettzeug heraus. Ich ging duschen und wischte im Anschluss die ganze Wohnung durch. Ich wollte keinen fucking Krümel mehr von diesem Menschen in meiner Wohnung haben!

Sarah schrieb ich dann eine kurze WhatsApp über den Verlauf der letzten Stunden: „Also... je mehr ich über den Wahnsinn nachdenke, der sich letzte Nacht ereignet hat, desto mehr halte ich mich für bekloppt! Gestern 16 Uhr Ankunft, kurzer Smalltalk gefolgt von 1. Sexversuch, Unterbrechung und Ausweitung eines tieferen Gesprächs über seine Vergangenheit (Zukunft hat er ja keine, Gegenwart ereignislos). Anschließend 2. Sexversuch, Kochen, Essen, Ausflug in die Stadt, 3. Sexversuch. Schlafen und aus 3 Alpträumen schreiend aufwachen. Morgens Kaffee, Malen, Buch (er schläft), gemeinsames Frühstück (ich wieder am Herd! – ich hasse kochen!) 4. Sexversuch, Abbruch durch mich, weil ich schon das 4. Mal vernachlässigt wurde, er bietet an es sich auf mir zu besorgen, ich lehne ab und verlasse die Kiste, er macht es sich selbst"

Sarahs Antwort war kurz und präzise: „Mir fällt absolut kein hilfreicher Kommentar dazu ein."

Ich lachte laut!

Kurz nachdem alle Reinigungsarbeiten in meiner Hütte erledigt waren, schrieb mir Alex: „Ich bin noch gar nicht lange weg, aber ich vermisse dich jetzt schon!"

„Bitte gib mir ein paar Tage Zeit, das Geschehene zu verarbeiten! Ich melde mich wieder bei dir!"

„Oh, das klingt aber nicht so, als würden wir nochmal voneinander hören. Ist alles okay?", hakte er beunruhigt nach.

„Alex! Mein Verstand hat mich mehrfach geohrfeigt, aber mein Herz hatte Geduld!"

„Das macht mich traurig, Anita Ich dachte, es war auch schön für dich. Aber ist gut, ich lass dir die Zeit, die du brauchst!"

Es folgten zwei Tage ohne jegliche Konversation. Zwei unbeschwerte Tage, an denen ich nicht bemitleiden oder trösten musste. An denen ich mir kein Gejammer anhören brauchte und ich mich wieder ganz und gar allem Wichtigen auf der Welt widmen konnte.

Dienstagabend saß ich vor dem Fernseher und ließ mich von dem hohlen Gelaber aus der Flimmerkiste ablenken. Natürlich hatte ich ein schlechtes Gewissen, dass ich mich nicht bei Alex gemeldet hatte. Und selbstverständlich hatte mich spätestens am Sonntag, nach dieser Rubbel-die-Katz-Nummer in meinem Bett, meine eigene gusseiserne Bratpfanne mächtig getroffen. Ich war zur Besinnung gekommen und entschied mich von dieser ganzen Gruselnummer zu trennen. Nur den Zeitpunkt hatte ich für mich noch nicht bestimmt.

Wie ich also am Dienstag nun vor der Flimmerkiste saß, hörte ich im Hintergrund der laufenden Doku ein Lied, was den Nagel sowas von auf den Kopf traf, dass ich es sofort bei Spotify suchte und mir eine halbe Stunde in Dauerschleife anhörte.

Schon beim ersten Reinhören heulte ich wie ein Schlosshund. Ich weinte über so viel Wahrheit und darüber, wie sehr es mir wehtat, Alex wehtun zu müssen. Er hatte sich an mich geheftet wie eine furchtbar stachelige Klette. Mit jeder seiner Sprachnachrichten hatte er sich in meinen Verstand hineinmanipuliert und mich auf seine MS-kranke und psychisch labile Seite gezogen. Das musste nun ein Ende haben! Ich nahm mir noch den ganzen Mittwoch dafür Zeit und fasste dann schließlich Mut. Den Auftakt machte ich mit dem gestrigen Titel „Lauf" von *Dan Danger*, den ich ihm ohne einen weiteren Kommentar zumailte. „Lauf davon, lauf davon, lauf davon! Lauf davon so schnell du kannst, bevor sie dich bekomm! Lauf davon, lauf davon, so schnell du kannst und fang irgendwo nochmal von vorne an!"

In Kürze folgte seine Antwort: „Willst du damit sagen, dass du die Sache beendest und du nun also davonläufst? Ist es so, Anita?"

„Ja, so ist es! Bitte lass uns dazu telefonieren!"

Die nächste halbe Stunde verbrachte ich damit, mich mündlich am Handy von ihm zu verabschieden. Ich erklärte ihm, dass ich mir ständig Sorgen um ihn machte, für die ich nicht genug Kraft hatte. Außerdem konnte ich auf Dauer so eine Beziehung nicht führen. Er jammerte ins Telefon und schniefte ganz entsetzlich. Ich bedauerte ihn zutiefst. Er war ganz in seine Opferrolle hineingeschlüpft und kam aus der Nummer, in dieser aber auch in jeder anderen Lebenssituation, nicht mehr heraus. Ich konnte nicht seine Mutter, seine Köchin und seine Nutte sein. Und erst recht nicht seine Seelentrösterin! Diese Hilfe konnte und wollte ich nicht mehr leisten.

„Alex, bitte akzeptiere diese Entscheidung. Ich halte dich für einen liebenswerten Menschen, aber ich habe mit mir genug zu tun. Bitte schreib mich nicht mehr an und warte auch nicht darauf, dass ich es tue. Aber gib mir die Möglichkeit, irgendwann wieder mit dir in Kontakt treten zu dürfen, wenn ich dazu bereit bin!"

„Ja, okay. Es tut mir so leid. Das hat sich alles so gut mit dir angefühlt! Ich mag dich wirklich sehr! Mach's gut, Anita!"

Ich weinte mit ihm: „Mach's auch gut, Alex!"

Wir legten auf.

Ich lag noch eine Stunde weinend auf meinem Sofa und schluchzte. Obwohl ich diese Entscheidung eigenmächtig herbeigeführt hatte und obwohl wir uns lediglich dreimal gesehen hatten, hatte er so eine enge Verbindung mit mir hergestellt, dass es sich anfühlte wie eine Trennung nach vier Jahren Beziehung. So viel geheult hatte ich nicht mal während der Trennung von meinem Ehemann! Was für eine krasse Scheiße!

Ich trauerte um den Wahnsinnigen über einen Monat lang. Dazu hörte ich mir ganz oft das *Lauf-davon-Lied* an und weinte allen Schmerz aus mir heraus. In Dauerschleife sang ich von *Kummer* und *Nina Chuba*: „Alles wird gut, die

Menschen sind schlecht und die Welt ist am Arsch, aber alles wird gut! Das System ist defekt, die Gesellschaft versagt, aber alles wird gut! Dein Leben liegt in Scherben und das Haus steht in Flammen, aber alles wird gut! Fühlt sich nicht danach an, aber alles wird gut!"

Dazu malte ich ein abstraktes Selbstporträt, welches ich mir für die nächsten Wochen ins Wohnzimmer hing, um mich jeden Tag daran zu erinnern, dass es wieder gut werden würde.

Es dauerte keine zwei Tage, als ich wieder eine Nachricht von Alex erhielt: „Hi, ich weiß, ich soll dich in Ruhe lassen, aber ich hab schon den zweiten Tag Durchfall und Magenschmerzen. Ich wollte mal fragen, ob du auch irgendwelche Anzeichen hast oder ob bei dir alles okay ist."

Über so viel Blödsinn wurde ich unsagbar wütend: „Nein, mir geht es körperlich gut. Hab nix!", gab ich abgeklärt zurück.

„Und wie ist es bei deinen Kindern? Vielleicht haben die ja irgendwas? Ich habe mich grade mit meinem Kumpel ausgetauscht. Er sagte, es könnte durchaus sein, dass im Kindergarten oder in der Schule was kursiert und du schon immunisiert bist. Könnte es sein, dass du mich angesteckt hast, ohne es zu merken, weil es dir ja gut geht, aber deine Kinder etwas haben?"

„Hey Alex! Lass mal bitte die Kirche im Dorf!" wies ich ihn zurecht, „Wenn es dir nicht gut geht, geh bitte zum Arzt. Wenn du was brauchst, bringe ich es dir notfalls auch, aber lass meine Kinder aus dem Spiel. Auch die haben nichts! Wieso musst du denn auch immer nach unseren Treffen krank werden? Das ist doch nicht normal! Und wieso denkst du immer, dass ich dafür der Auslöser bin? Langsam geht es mir echt auf den Zeiger, was du hier abziehst!"

Es folgte eine länger Sprachnachricht, die sich mit Geschluchze und Gejammer durchzog: „Man Anita, warum bist du denn jetzt so böse und gemein zu mir? Was hab ich dir denn getan? Liegt dir denn meine Gesundheit nicht auch ein bisschen am Herzen? Ich dachte, du hättest Verständnis für meine Situation und jetzt machst du alles kaputt?"

Ich hatte so eine Stinkwut! Jetzt versuchte er mir die Schuld in die Schuhe zu schieben für sein schwaches Immunsystem und seinen Umfähigkeit, sich nicht heiß zu machen wegen ein bisschen Dünnschiss! Als ob das nicht jeder normale, gesunde Mensch auch mal bekommen könnte! Ich nahm all mein Mitgefühl zusammen und schrieb: „Das sind genau die Sorgen, die ich mir nicht mehr um dich machen wollte und mir nun doch wieder mache. Ich wollte nicht böse zu dir sein, aber es macht mich wütend, dass du mir die Verantwortung für deine

Lage zuschieben willst. Ist es nicht am Ende egal, wo du diesen Keim herhast? Bitte schreib mir nicht mehr!"
Er entschuldigte sich höflich und verstand meine Argumentation. Ich antwortete nicht mehr.

Nach dieser Erfahrung nahm ich mir für drei Wochen eine Dating-Auszeit. Dann bemühte ich wieder die Plattform *Bumble*, in der Hoffnung, noch mal auf einen ganz normalen Typen treffen zu können. Bald hatte ich ein Match mit Markus aus Chemnitz.
Wir verabredeten uns zum Wandern im Wald. Er war witzig, mitteilsam und klug. Es war ein angenehmer Abend mit tiefen, ehrlichen Gesprächen. Nachdem es anfing langsam kalt zu werden, verabschiedeten wir uns auf dem Parkplatz, auf dem wir uns getroffen hatten. Wir beide wussten, dass es für eine Beziehung nicht reichen würde, wollten uns aber gern nochmal treffen, weil wir auf einer Welle schwammen. Mit einem guten, gelösten Gefühl und hoffnungsvollem Blick nach vorn, stieg ich ins Auto ein. Es gab also doch noch Männer da draußen, die nicht geschädigt oder bekloppt waren und Markus gehörte eindeutig dazu.

Im Auto schaute ich auf mein Handy, um zu checken, ob während unserer Wanderung eine Nachricht eingegangen war. Und tatsächlich hatte ich eine WhatsApp erhalten, die mir nur beim Lesen des Absenders einen kalten Schauer über meinen Rücken laufen und mich augenblicklich meine gute Laune verlieren ließ! Die Nachricht kam vom Wahnsinnigen: „Du fehlst mir!"
Im ersten Moment war ich einfach nur traurig. Ich stellte mir vor, wie er sich meine Nachrichten hoch und runter anhörte und sich meine Fotos ansah, die ich ihm geschickt hatte oder die Screenshots aus meinem Status. Ich konnte mir direkt vorstellen, wie er verheult in seinem Bett lag, um ihn herum die ganzen Kisten und Kartons und seine ekelhafte Katze. Ich war bedient! Was zum Henker verstand er denn nicht daran, dass er sich bitteschön nicht mehr an mich zu wenden hatte?
Total deprimiert fuhr ich nach Hause. Wie konnte es sein, dass er mir ausgerechnet an dem Abend, an dem ich mich mit jemand anderen traf, schrieb? Das war doch Hexerei! Als hätte er es gerochen!
Ich laberte Sarah eine Nachricht aufs Handy, in der ich ihr meine Verzweiflung zum Ausdruck brachte. Zu Hause angekommen schrieb ich Alex, entgegen Sarahs Empfehlung: „Ich weiß!"
Mehr nicht. Er sollte wissen, dass ich wusste, dass er traurig und wehleidig an mich dachte. Aber er sollte nicht wissen, dass auch ich ihn nicht so schnell

vergessen konnte. Früh, noch bevor ich meine Augen aufmachte, ging mein erster Gedanke zu ihm. Und abends, bevor ich einschlief, fragte ich mich, ob er wohl zurechtkam? Ob er noch traurig über meinen Verlust täglich ins Kopfkissen heulte? Ich hatte Angst um ihn. Möglicherweise tat er sich ja was an?

Es fühlte sich so falsch an, ihn nicht weiter in meinem Leben zu haben und ihn zu unterstützen, aber es war richtig so. Zuerst musste ich mich selbst retten und dann konnte ich auch wieder anderen Menschen helfen. JETZT konnte ich nicht sein Retter sein!

Rico und die Steiß-Blessur

Einige Wochen später – Mitte August – matchte es online mit Rico, 42 Jahre, aus Dresden, 2 Kinder (10, 12). Er konnte kochen, verreiste gern spontan, liebte Abenteuer und tiefe Gespräche, machte irgendwas mit Zahlen. Sein Profil sprach mich sofort zu 100 Prozent an. Meine Einstandsfrage hatte ich wieder so formuliert, dass mein Gegenüber nachdenken musste, was er preisgeben wollte.

Wir verstanden uns online super und waren sofort auf einer Wellenlänge. Ich redete nicht um den heißen Brei herum, was er sehr beeindruckend fand. Es dauerte nicht lange und ich lud ihn ein, mir per WhatsApp zu schreiben, was er sofort tat.

Wir verabredeten uns zum Wandern für in zwei Wochen, da ich in der ersten Woche wieder die Kinder bei mir hatte und unpässlich war. Für die zweite Woche plante ich für Mittwoch einen Kinobesuch und fragte meine Fans über meinen Status, ob es eine freiwillige Person gab, die mich begleiten wollte. Sarah meldete sich als Erste, dann Katja, dann Rico.

Ich fragte ihn: „Du… das ist jetzt bestimmt blöd für dich, aber meine zwei Freundinnen haben sich schon für den Kinobesuch angemeldet. Wenn du ganz mutig sein willst, kommst du einfach mit. Die zwei Mädels kennen sich auch noch nicht. Du könntest also direkt alle Peinlichkeiten über mich in Erfahrung bringen. Aber ist auch nicht schlimm, wenn du einen Rückzieher machst. Könnte ich verstehen. Dann sehen wir uns nächstes Wochenende zum Wandern."

„Du bist in Frauenrunde unterwegs? Soll ich gleich seziert werden? Ich frag direkt meinen Vater, ob er auf die Kinder aufpasst!", war seine sympathische Antwort. Was hatte der Typ für große Eier, dass er sich mit drei fremden Ladies verabredete? Das imponierte mir gewaltig!

Ich fragte Katja und Sarah, ob es in Ordnung für sie sei, wenn er mitkommen würde. Katja stimmte zu. Sarah checkte erneut ihren Terminkalender und sagte leider aufgrund eines anderen Termins ab. Dann rief ich Katja an und erklärte: „Ich will dich ungern ausladen, aber auf so ein Dreierding habe ich so gar keine Lust. Ist es okay, wenn ich ein richtiges, erstes Date habe und wir ein anderes Mal ins Kino gehen?"

„Na klar. So machen wir das.", bestätigte sie mir. Darüber, dass sie mir meine Absage nicht übelnahm, war ich ihr sehr dankbar.

Zwischen Erstkontakt und Kinobesuch stellte ich fest, dass mein Steißbein verdammt wehtat. Es schmerzte beim Sitzen, beim Liegen in der Wanne und auch beim Stehen. Ich bat Sarah, sich der Sache kurzerhand anzunehmen, da offensichtlich irgendetwas ausgerenkt war: „Kann ich bei dir zu Hause oder in eurer Physiotherapie vorbeikommen? Ich habe doch die Tage einen Termin mit Rico. Mein Steiß tut höllisch weh. Ich will das Date nicht absagen. Bitte! Du musst mich notverarzten, damit ich nicht neben ihm im Kino sterben muss!" Sarah stimmte natürlich zu – Freundin, wie sie eine war – und stellte fest, dass der blöde Steiß vermutlich nach innen hing: „Da gibt es nur eine Möglichkeit! Das muss ich zurückdrücken. Also zieh schon mal den Schlüppi aus. Ich hol Gleitgel und Handschuh!"

„Das wünschst du dir wohl?!?", war meine entsetzte Antwort. „Versuch es doch erstmal von außen zu richten. So groß ist der Schmerz dann doch noch nicht, dass du mich anal verarzten musst!"

Sie drückte und versuchte, mich zu deblockieren, aber es half alles nichts. Wohl oder übel musste ich erstmal weiter damit klarkommen. Jedenfalls hatte ich noch Hoffnung, dass sich der Steißwirbel von alleine wieder zurückdrücken würde. Ich überlegte, wann ich mir diese dumme Verletzung zugezogen haben konnte und kam auf keine Idee.

„Du musst doch wissen, ob du kürzlich gestürzt oder auf deinen Arsch gefallen bist!", sagte Sarah bestimmt. Und da schoss es mir ganz langsam: „Na klar... jetzt wo du es so sagst... als der Wahnsinnige das letzte Mal bei mir war, hab ich doch die Zeit mit Dehnen überbrückt und bin dabei richtig doll auf den Hintern geflogen! Das muss es gewesen sein! Verdammt!!!!!! Da hat er mir ja zum Abschied noch was Tolles dagelassen!"

Meinen Date-Partner informierte ich über die neue Situation: „Rico, du hast Glück. Sarah hat eben abgesagt und da ich nicht auf ein Date mit Anstands-Wauwau stehe, habe ich Katja eben auf einen anderen Tag vertröstet. Wir gehen also alleine ins Kino. Ich könnte dich zur Not also noch auf einen Kaffee zu mir nach Hause einladen, wenn es die Situation erlaubt.", damit spielte ich auf die vage Möglichkeit eines Körperkontaktes in meinem Bett an.

„Oh... zum Thema Kaffee musst du bei mir aufpassen. Da habe ich eine Story für dich.", warnte er mich vor. „Welche Story?", fragte ich neugierig.

Er: „Rico mag Kaffee. Hab die letzte Einladung auf einen Kaffee wörtlich genommen und nicht damit gerechnet, dass die Lady dann direkt in Unterwäsche vor mir steht. Total perplex musste ich ihr dann freundlich erklären, dass es so nicht gemeint war."

Ich: „Oh. Warum das? War sie nicht besonders ansehnlich?"

Er: „Doch, sehr ansehnlich sogar. Aber das ist nichts für mich. Offen gesagt, wenn ich eine Frau für eine Beziehung suche, dann möchte ich sie kennenlernen und nicht gleich mit ihr in die Kiste springen. Bin in manchen Dingen old-school."

Ich: „Sehr ansehnlich klingt doch nach einer guten Voraussetzung. Da hatte ich weder mit dem einen noch mit dem anderen Erfolg – kein Mann für Sex und auch keiner für eine Beziehung. Der letzte Typ hatte MS, Tourette und war zwangsgestört. Ich guck mir dich also extrem genau an und erst wenn ich feststelle, dass du keine Retterin brauchst, könnte ich mich zu weiterem bereit erklären."

Später fand ich heraus, dass Rico seinen Kaffee schwarz trank. Wir verabredeten uns für den Kinobesuch bei McDonald's. Ich hielt zuvor noch kurz am Mc Drive und bestellte einen Café Latte für mich und einen Kaffee schwarz für ihn.

Rico sprach in seinen Nachrichten des Öfteren in der dritten Person von sich, was ich anfangs noch ganz witzig fand. Später nervte es teilweise und ich wies ihn darauf hin. Keine Ahnung, ob es ihm unangenehm war, dass ich ihn so direkt wissen ließ, was mir gefiel und was nicht. Damit musste er klarkommen. So war ich nun mal und auch für ihn würde ich diese Eigenschaft nicht ablegen.

Jedenfalls sah ich ihn schon vom Mc Drive aus vor seinem geparkten Auto hin- und herhuschen. Er war genauso aufgeregt wie ich und ging nervös auf und ab. Ich beobachtete ihn, während ich auf die Ausgabe der Getränke wartete und fand die ganze Sache äußerst amüsant. Dann fuhr ich die 50 Meter vor, parkte neben ihm ein, ließ das Fenster runter und fragte ihn scherzhaft: „Hi! Will der Rico mit mir einen Kaffee trinken?"

Diesen kleinen Joke konnte ich mir einfach nicht nehmen lassen. Die Einladung zum Kaffee als Anspielung zum Sex und die Anrede in der dritten Person. Das war eine coole Nummer, fand ich. Damit war das Eis zwischen uns direkt gebrochen. Er strahlte mich verdattert an, holte erstmal tief Luft und nickte verlegen.

Ich stieg aus. Wir begrüßten uns mit einem kurzen Drücker und dann überreichte ich ihm zittrig den Kaffee schwarz und prostete ihm zu: „Schön, dass wir uns jetzt endlich kennenlernen. Gut siehst du aus!", stellte ich fest. Endlich hatte sich mal wieder einer für mich in Schale geworfen! Das zeigte mir, dass es ihm nicht egal war, mich zu treffen. 1:0 für Rico! Auf den ersten Blick sah er sehr sympathisch aus. Auf der Straße wäre er mir jedoch nicht ins Auge gesprungen, weil er optisch nicht dem Typ Mann entsprach, der mir vorschwebte. Er war nicht wesentlich größer als ich und hatte auch einige Kilos zu viel. Ich ließ mich dennoch auf das Date ein... ohne großartige Erwartungen.

Mit meinem Auto fuhren wir von Nossen zum Vietnamesen nach Freiberg. Wir unterhielten uns angeregt während der Fahrt und auch im Restaurant. Es fühlte sich leicht und unbeschwert an. So ganz anders als mit BD oder dem Wahnsinnigen. Ich wusste, egal ob aus dieser Nummer etwas würde, es war ein schöner Abend mit einem interessanten, klugen Menschen, der sich nicht vor mir verbarg und auch keine Erwartungen an mich hatte. Ein Mann, der mit sich und der Welt im Reinen war. So einen wie ich suchte.

Zwar konnte ich nicht besonders bequem sitzen und wechselte ab und zu die Position, aber es war auszuhalten. Rico hatte ich selbstverständlich über mein Steiß-Missgeschick informiert. Er litt ab und an mit mir und war sehr darauf bedacht, meine Handtasche zu tragen, da sie mit seinen Autoschlüsseln und seiner Geldbörse echt schwer wog.

Wir schauten den Film „Rehragout Rendezvous" im Kino und aßen Popcorn. Er organisierte sogar einen Sekt für uns beide und brachte, was ich sehr außergewöhnlich fand, sogar noch zwei Gläser mit.

„Ja, das steckt einfach so drin. Ist Berufskrankheit. Ich bin gelernter Kellner!"

„Ist das geil!", sagte ich begeistert, „Ich habe im Kino noch nie einen Sekt getrunken und erst recht nicht aus einem Glas. Du bist ja irre!"

Während des Films nahm ich mich nicht zurück. Ich lachte so laut, wie ich eben immer lachte. Wir quasselten und kommentierten blöde. Es fühlte sich so an, als würden wir uns schon eine ganze Weile kennen. Was mich allerdings wunderte war, dass er überhaupt keine Berührungsversuche unternahm. Wo wir doch so eng nebeneinander saßen im dunklen Kino. Vielleicht hätte ich es mir gewünscht, dass er mich anfasste? Ja, das war möglich. Aber ich genoss es zugleich, dass er mich nicht in irgendeiner Weise bedrängte.

Nach dem Kinobesuch fuhr ich ihn zurück zum Mc-Parkplatz. Auf diesem unterhielten wir uns, zwischen unseren Autos stehend, noch weitere zwei Stunden. Der Abschied war einfach. Wir dankten uns gegenseitig für den ausgezeichneten Abend, der voll lustig war, drückten uns und fuhren nach Hause.

Als ich im Auto auf mein Handy schaute, um die Uhrzeit zu checken, sah ich, dass der Wahnsinnige mir wieder geschrieben hatte! Ich war außer mir und panisch! Wie ging das? Was zur Hölle war es, das uns verband? Wieso roch er es, dass ich just an diesem Abend ein Date hatte? Das ging doch nicht mit rechten Dingen zu? Jedes Mal, wenn ich mich mit jemanden traf, sendete er mir eine Nachricht, die mich richtig runterzog. An diesem Abend entschied ich mich ganz bewusst dazu, seine WhatsApp zu ignorieren und nicht zu lesen. Ich wollte mir das gute Gefühl und die Beschwingtheit nicht von Alex verderben lassen! Vielleicht würde ich am nächsten Tag seinen Account doch blockieren? Ob ich die Nachricht überhaupt lesen würde, wusste ich noch nicht.

Am Morgen darauf schickte ich Sarah während der Fahrt auf Arbeit eine Sprachnachricht: „Glaub es, oder glaub es nicht! Ich bin hochgradig verzweifelt! Der Wahnsinnige hat mir gestern WIEDER geschrieben. Immer wenn ich ein Date habe! Als gäbe es eine unsichtbare Schnur zwischen uns, die uns miteinander verbindet. Ich habe sein Geschreibsel von gestern noch nicht mal gelesen. Mir fehlt der Mut. Ohhhhh man! Was mach ich denn jetzt mit diesem Menschen?", wimmerte ich. „Aber ich hab auch noch eine gute Nachricht! Gestern war ich doch mit Rico aus Dresden im Kino. Er ist ein total sympathischer Typ. Vielleicht gibt es ja doch noch sowas wie Hoffnung für mich?! Der gestrige Abend war mega angenehm. Wir haben die ganze Zeit gequatscht und er ist so krass klar in seiner ganzen Haltung, dass ich es beeindruckend finde! Ich meine, wer hat schon den Mumm zu einem Date gehen zu wollen, bei dem noch zwei weitere fremde Ladies mitgekommen wären? Wie krass ist das denn, bitteschön? Und weißt du, was noch geiler ist?", ich legte eine kurze Pause ein, um die Spannung zu erhöhen. „Seine Mutter ist schon tot!", dabei lachte ich hysterisch vor Freude ins Telefon. „Mein Gott. Das ist doch kein Zufall! Das kann doch nur Schicksal sein, oder?", setzte ich noch hinzu.

Traurigerweise hatte Rico seine Mama vor einigen Jahren durch Krankheit verloren. Seinen Nachrichten konnte ich entnehmen, dass er mit seiner Mutter ein gutes Verhältnis hatte und sie sehr vermisste. Ich hatte Mitgefühl mit ihm, aber die Freude über das Nichtvorhandensein einer potentiellen Schwiegermutter überwog deutlich! Zwar versicherte er mir, so wie es jeder anständige Sohn getan hätte: „Meine Mama war echt lieb! Du hättest sie sicher gemocht."

„Ja, kann sein. Das hat mein Ex von seiner Mutter auch behauptet, aber die war der reinkarnierte Satan!"

Sarah antwortete im Laufe des Tages mit einer Sprachnachricht: „Was will denn der Wahnsinnige?"

„Freundschaft, aber ich kann es nicht. Er manipuliert mich!"

„Du solltest ihn blockieren. Die Lernaufgabe für dich ist, zu begreifen, dass du nicht jedermanns Retter sein kannst. Ich an deiner Stelle, würde ihm nicht nochmal antworten. Dass du ein schönes Treffen mit Rico hattest, freut mich besonders. Erzähl doch mal, wie es war!"

Das tat ich.

Als ich auf Arbeit ankam, sah ich mir die Nachricht vom Wahnsinnigen an. Alex schrieb: „Hi Anita, hast du Lust, mich zum Tag des offenen Denkmals zu begleiten? Auch wenn es beziehungsmäßig nicht mit uns klappt, können wir doch trotzdem als Freunde miteinander Zeit verbringen. Ich würde mich wirklich freuen!"

Wie auf Knopfdruck klappte in mir jegliches Gefühl von Lebensfreude weg. Ich überlegte kurz. Sollte ich ihm überhaupt antworten oder lieber nicht? Doch! Eine Antwort war er mir wert und ich ihm womöglich schuldig. Also schrieb ich nach reichlicher Überlegung genau das, wonach es sich in diesem Moment anfühlte: „Alex, ich kann nicht dein Freund sein! Hoffnungslos, besorgt, freudlos, ängstlich – so fühlt es sich an, wenn du mir schreibst. Als hätte mir jemand den Stecker gezogen. Du entziehst mir jede Energie. Ich kann nicht für dich da sein!"

„Ach Mensch, Anita! Das will ich doch nicht, dass du dich so fühlst. Ich dachte, du hast auch ein paar gute Erinnerungen an uns gehabt?"

Hierauf antwortete ich ihm nicht mehr. Ich blockierte seine Statusmeldungen. Meine konnte er schon lange nicht mehr sehen. Es war fast ein bisschen befreiend, dass ich ihm meine entsetzliche Hoffnungslosigkeit nun endlich mitteilen konnte. Ich ließ es gut sein und schloss so mit ihm ab.

Es vergingen ein paar wenige Tage. Rico und ich standen weiterhin täglich in Kontakt. Irgendwann teilte ich ihm mit: „Ich geh morgen zur Tantra-Massage! Ganzkörper mit Happyend."

„Cool. Find ich gut, dass du sowas machst."

Mit dieser Antwort hatte ich nicht gerechnet. Dieser Typ verblüffte mich immer mehr.

Tantra-Massage

Mit Sarah konnte ich mich schon immer offen und ehrlich über meine sexuelle Unzulänglichkeit unterhalten. Sie ließ mich an ihren neuen Ideen teilhaben und berichtete mir, ohne besonders ausführlich zu sein, wie sich ihr Mann ins Zeug legte und sich für ein erfülltes weibliches Sexleben Bücher besorgte und las.

Als Sarah damals total verzweifelt berichtet hatte, sie könne dem Drang ihres Mannes einfach nicht mehr gerecht werden und hätte überhaupt keine Lust mehr, überhaupt angefasst zu werden, war das für Martin der ausschlaggebende Punkt, sich intensiver mit Tantra-Massage zu beschäftigen. Sarah war begeistert!

Ich war bereits durch den Podcast von Raphaela Lestina mit Tantra in Berührung gekommen. Aber so ganz klar war es mir dennoch nicht, was genau Tantra beinhaltete. Sarah versuchte es, auf das Wesentliche herunterzubrechen: „Tantra ist eigentlich eine Lebenseinstellung. Man nimmt Verbindung auf zu seinen mentalen und körperlichen Bedürfnissen. Martin will mich gerne verwöhnen und ist der Geber. Ich darf nehmen, ohne zurückgeben zu müssen. Mein Problem war so oft, dass ich keine Lust hatte, ihn anzufassen, weil ich doch schon den ganzen Tag lang fremde Menschen behandeln und kneten muss. Das konnte er total verstehen und deshalb hat er sich mit der Massagetechnik beschäftigt, damit er mir etwas Gutes tun kann. Beim Tantra geht es nicht zwangsläufig um Sex oder rein-raus. Es geht um die Berührung selbst."

Das klang alles furchtbar spirituell und ich konnte viel davon gar nicht nachvollziehen. Wer wollte schon jemanden anfassen, ohne selbst angefasst zu werden? Ich zog mir daher noch eine Folge Raphaela Lestina rein, in der sie beschrieb, wie eine Massage ablief und wozu sie dienen konnte. Später verstand ich, dass Tantra nicht unbedingt Verzicht heißen musste, sondern es vielmehr um Respekt und mentale Verbindung ging.

„Anita, ich glaube, so ein Tantra-Ritual wäre was für dich, wenn du so mit deiner Orgasmusfähigkeit haderst. Soll ich dir mal einen Kontakt zukommen lassen?", schlug Sarah wenig später vor.

„Was zum Henker ist ein Tantra-Ritual?", fragte ich.

„Na eine Ganzkörpermassage, die alle Energien zu deiner Körpermitte führt und im besten Fall mit einem Happyend endet. Aber eigentlich ist die Massage absichtslos. Es muss also nicht zu einem Höhepunkt kommen. Ich glaube, das würde dir unheimlich in deiner Selbstfindung helfen!"

„Hm... ich denk darüber nach!", antwortete ich skeptisch. Das war nun einige Wochen her und ich dachte seitdem tatsächlich sehr oft darüber nach, ob mir das womöglich weiterhalf.

Ich beschäftigte mich nun also intensiver mit Tantra und kratzte oberflächlich an der spirituellen Energie, die in mir steckte, wenn ich sie nur wachrütteln würde. Dann besorgte ich mir ein von Sarahs Mann empfohlenes Buch von Michaela Riedel mit dem Titel „Yoni Massage – Entdecke die Quellen weiblicher Liebeslust". Wenn jemand anderes es mir vielleicht irgendwann mal schön machen wollte, dann musste ich schließlich alles über mich wissen, was es zu wissen gab. Dazu hatte mir bereits mein Orgasmus-Ratgeber von Frau Schiftan viel Informatives mitgegeben, aber aktuell hatte ich das Gefühl, wieder stillzustehen und nicht vorwärtszukommen.
Ich verschlang Martins Buch in nur zwei Tagen und stellte die nächste Challenge an mich selber auf: Eine gute Massage pro Woche und Zeit mit meiner Vulva und meiner Vagina verbringen. Dieser Aufgabe kam ich wieder regelmäßig nach und fand erneut heraus, wo es mir besonders angenehm war, wenn ich mich berührte und wo ich es überhaupt nicht mochte. Diesmal ging die Selbststudie jedoch vaginal noch tiefer und war viel intensiver. Einige gelesene Infos kamen mir noch aus dem ersten Buch bekannt vor, aber viele Details waren neu. Die frischen Erkenntnisse betrafen meinen ganzen Körper. Ständig wurde mir an den Brüsten herumgefummelt und an den Brustwarzen gezupft, aber darauf stand ich anscheinend gar nicht! Viel erstrebenswerter waren die streichelnden Berührungen auf meinem Oberkörper und an den Innenseiten der Oberschenkel. Scheinbar hatte ich meine erogenen Zonen schon lange nicht mehr wahrgenommen!
Irgendwann feierte ich meinen ersten kleinen orgastischen Erfolg, der nicht nur durch das Reiben meiner Klitoris zustande kam, sondern durch viel Gleitgel in meinem Vaginaleingang entstanden war. Die Freude darüber war gigantisch und ich feierte mich ganz heimlich für meine Selbststudie, die ich hätte schon 20 Jahre früher beginnen sollen.

Wie es der Zufall wollte, brachte die Dating-Plattform mir einen Daniel auf den Bildschirm. Von Beruf Chemiker, aber gerade in Ausbildung zum Tantra-Masseur. Einen Versuch war es wert. Schlimmer als mit dem Wahnsinnigen oder BD konnte es definitiv nicht werden. Nach erfolgtem virtuellem Match schrieb ich ihn an: „Hi Daniel, was meinst du, ist diese Lektüre empfehlenswert?" Dann schickte ich ein Foto von dem Yoni-Massage-Buch.

Kurze Zeit später antwortete er: „Hallo Anita. Schwer zu sagen... ich kenne es nicht. Aber spannend ist es sicherlich. Du interessierst dich für Tantra-Massagen?"

„Okay, schade. Bin noch nicht zum Lesen gekommen", schwindelte ich und schrieb weiter: „Ich interessiere mich für Vieles. Tantraerfahren bin ich allerdings nicht. Dafür ist das Thema zu groß, aber ich nähere mich an. Eine Tantra-Massage ziehe ich allerdings in Betracht. Was tust du sonst noch so in deiner Freizeit?"

In seinem Profil hatte ich bereits gelesen, dass er keine Kinder wollte. Von daher stellte ich zwar die obligatorische gar-keine-auch-keine-fremden-Kinder-Frage, aber mir war schon fast klar, dass es im Prinzip nicht um eine Beziehung ging, sondern um die Vorstellung, eine kostenlose Massage abzugreifen. Meine Vermutung bestätigte er: „Bestenfalls gar keine. Ich hatte bereits eine Vasektomie und habe sicherstellen lassen, dass ich keine kriegen kann."

Wieso geriet ich denn auch immer an Männer, die sich schon sterilisiert hatten? Gab es denn davon so viele? Im Grunde genommen war es ja auch nichts Schlechtes, aber merkwürdig fand ich es schon, dass sie es sich so einfach machten. Schließlich ließ ich mir doch auch nicht so mir nix, dir nix meine Eileiter durchtrennen, nur damit ich ungeschützten Geschlechtsverkehr haben konnte. Ich wusste nicht, ob ich so eine Entscheidung so ohne Weiteres treffen könnte.

„Na gut, Daniel, dann lass uns keine Zeit verschwenden. Ich finde dich interessant und würde dich gern treffen, aber die Tatsache, dass ich Kinder habe, steht dem im Weg.", versuchte ich den Kontakt zu beenden. Was sollte ich damit Zeit verschwenden? Schließlich war ich auf der Suche nach einem Partner, nicht nach Sex.

„Ja, das denke ich auch, aber fühle dich zu einer Tantra-Massage eingeladen! Somit kann ich dir wenigsten etwas Gutes tun. Die kommende Woche bin ich im Urlaub. Lass uns danach einen Termin finden, wenn du willst!"

Ich erwartete nicht, dass er sich nach der Rückkehr aus seinem Urlaub noch an mich erinnern würde. Umso überraschter war ich, als er sich eine Woche später, bei mir meldete und fragte: „Hi Anita, meine Einladung steht noch. Hast du Interesse an einer Massage?"

„Ja, sehr gern. Wie passt es bei dir zeitlich? Am Mittwochvormittag wäre günstig.", schlug ich vor.

„Donnerstag 10 Uhr?"

„Ja, okay. Ich freu mich!", bestätigte ich. Um sich abzusichern, hakte er lieber noch einmal nach: „Hast du vorher noch Fragen oder weißt du überhaupt, was eine Tantra-Massage ist?"

„Fragen keine. Ich lasse es auf mich zukommen. Soweit ich weiß, geht es um eine Ganzkörpermassage und wenn ich Glück habe, mit Happyend."

„Ja, richtig. Also bis Donnerstag, 10 Uhr!"

Am Donnerstag, pünktlich um 10 Uhr morgens, klingelte ich an einer privaten Wohnungstür in Dresden, wo mich Daniel mit offenen Armen und einladendem Lächeln empfing. Die ganze Nacht zuvor hatte ich pornöse Träume. Stellte mir vor, wie er sich erst um meinen Körper kümmerte und sich dann gänzlich mir hingab und wir lustvoll ineinander versanken und unsere Energien nur so flossen. Nach einem kurzen Vorgespräch, ob es irgendwelche Stellen an meinem Körper gäbe, die nicht berührt werden dürften oder ob ich fester oder weniger fest angefasst werden wollte, begann das Ritual: Wir standen uns nackt gegenüber mit einem obligatorischen Tuch über unseren Körpern. Er lud mich ein, sein Gast zu sein und meine Weiblichkeit wahrzunehmen und mich als den wunderbaren Menschen zu spüren, der ich angeblich sei. Er legte mir seine Hand auf mein Herz und zog meine auf seins. Wir hielten inne und atmeten tief ein und aus. Dann legte er mich auf eine angenehm warme Decke und begann mich mit einer Feder zu streicheln. Er massierte meinen Rücken, meine Füße, meinen Po, meine Arme, meine Beine, meinen Kopf, die Brüste, den Bauch und nahm sich für alle Körperteile extrem viel Zeit. Es war ein angenehmes Gefühl, so intensiv und ohne Zeitdruck berührt zu werden. Ich genoss es, zu empfangen ohne zu geben. Jetzt hatte ich Sarah erst verstanden.

Ab und zu fragte er mich, ob alles in Ordnung sei. „Ja, ich bin tiefenentspannt.", gab ich zurück. Als er begann, meinen Intimbereich zu streicheln, hielt er vorher inne und legte seine Hand auf meine Vulva, als würde er mir damit seinen Respekt erweisen. Ich war überrascht, dass es mir überhaupt nichts ausmachte, seine Hand gewähren zu lassen und diese intimen Streicheleinheiten zu erhalten. Er strich sanft, mit wenig Druck und sehr langsam über meine geölte Intimzone. Es dauerte keine ganze Minute, bis ich begriff, dass mich in dieser Art und Weise zuvor noch nie ein Mann berührt hatte. Plötzlich wurde ich über diese Erkenntnis so tieftraurig, dass ich begann zu weinen.

Daniel hakte sofort nach, ob etwas nicht in Ordnung sei und was ich brauchte: „Soll ich dich halten? Sollen wir aufhören oder eine andere Stelle massieren?"

„Nein, es ist okay. Ich musste nur gerade feststellen, dass mich zuvor noch nie jemand so berührt hat, wie du es gerade tust und das ist unfassbar traurig für mich!"

Er hielt inne und nahm mich in seine Arme. Er wartete, bis ich mich beruhigt hatte. Dann gab ich ihm mit Blicken zu verstehen, dass es gut war und er fortfahren konnte. Doch diese Trauer konnte ich aus meinem Kopf nicht lösen. So sehr er sich um meine Klitoris in all ihrer vollen Größe von der Perle bis hinein in die Vagina bemühte, gelang es ihm nicht, mich zum Höhepunkt zu bringen.

Ich nahm seine Hände von meinem Intimbereich, richtete mich in den Sitz auf und dankte ihm: „Lass es für heute gut sein. Ich danke dir für deine Massage!"

Darüber schien er nicht besonders glücklich, aber er nahm es hin. „Ist alles okay?"

„Ja, ich bin noch nicht verloren!", brach ich weinend wieder zusammen und zog mir das neben ihm liegende Handtuch beschämt über mein Gesicht. „Tut mir leid!", entschuldigte ich mich für meinen wiederholten plötzlichen Gefühlsausbruch. Er legte sich schützend um mich und hielt mich fest.

„Passiert dir das oft, dass deine Klienten heulend zusammenbrechen bei so einer Sitzung?", schniefte ich.

„Nicht allzu oft, aber hin und wieder kommt es schon mal vor. Ist schon okay. Lass es einfach zu."

Er schloss das Ritual mit einer Umarmung und tiefem Blick in die Augen ab, bot mir etwas zu trinken an und gab mir noch fünf Minuten für mich allein. Als ich mich halbwegs wieder gefangen hatte, fragte er mich, wie ich es empfand.

„Es war eine interessante Erfahrung, sehr aufwühlend, hoffnungsvoll. Irgendwie krass."

Mit dieser Auskunft schien er noch nicht zufrieden zu sein. Also hakte er nach: „Hattest du höhere Erwartungen?"

„Nein, ich hatte keine Erwartung. Umso bemerkenswerter war es, dass für mich dabei so viel Gutes herausgekommen ist. Ich danke dir für diese Erfahrung."

„Sehr gern. Du darfst dich gern noch einmal eingeladen fühlen!"

„Ich werde darüber nachdenken."

Wir verabschiedeten uns.

Als ich aus seinem Sichtbereich verschwunden war, schnappte ich mir mein Handy und laberte Sarah eine irritierte Sprachnachricht darauf: „Hi! Ich bin jetzt hier raus. Du brauchst also nicht die Polizei suchen schicken! Es war eine grandiose Erfahrung für mich. Aber ich bin maximal verunsichert über das, was da eben passiert ist. Bereits nach wenigen Sekunden Gestreichle untenrum wurde mir das ganze traurige Ausmaß meiner sexuellen Vergangenheit bewusst und ich bin heulend zusammengebrochen. Sarah, es war einfach nur traurig, weil es mir wie Schuppen von den Augen fiel, dass ich all die Jahre nichts bekam von dem was ich verdient hatte!", schniefte ich ihr in den Hörer und merkt, wie mir schon wieder die Tränen über das Gesicht hinunterliefen.

Am nächsten Morgen erkundigte sich Daniel nach meinem Befinden: „Hi Anita! Wie fühlst du dich?"

„Besser! Gestern war schwer. In meinem Buch nimmt dein Kapitel vier Seiten ein."

„Uiii… also letztlich keine gute Erfahrung für dich?", fragte er verunsichert.

„Doch, eine spannende Erfahrung, die mich näher zu mir selbst gebracht hat. Ohne dich hätte ich doch niemals herausgefunden, dass die intime Berührung einer anderen Person so stimulierend auf mich wirken kann. Dass du meinen hässlichen Körper bedingungslos angefasst hast, ohne zu bewerten und ich mich wohlfühlen konnte, weil du keine Ansprüche an mich gestellt hast, hätte ich auch nicht erwartet. Von daher eine gute Erfahrung!"

An diesem Tag hing mir das Ereignis immer noch an. Ich überlegte, wie es nur dazu kommen konnte, dass ich es mit meinem Körper so schwer hatte, aber ich fand keine Antwort. In Gedanken ging ich die Massage noch einmal durch und stellte fest, dass sie überhaupt keinen erotischen Moment hatte, was mich wiederum sehr wunderte. Sollte man nicht auch erotische Momente nur mit seinem Sexpartner teilen und nicht mit irgendeinem fremden Masseur? Also entschied ich, dass es in Ordnung war, keine Erotik wahrgenommen zu haben. Als nächstes versuchte ich herauszufinden, warum ich selbstverstümmelnderweise das Ritual abbrach, ohne meinen erhofften Orgasmus entgegenzunehmen. Wieso konnte ich mich nicht fallen lassen und seine Berührungen zulassen? Warum beendete ich das Ritual vorzeitig?
Bei näherem In-mich-hineinhorchen hatte ich die Antwort gefunden: Ich war es mir nicht wert gewesen, dass Daniel weitere Zeit in mich investierte. Erschwerend kam hinzu, dass er leider seine weichen Streichbewegungen nicht weiterführte, sondern sich eher auf meine Vagina konzentriert hatte, die ich zwar in den letzten Wochen sensibilisiert hatte, die aber noch nicht so funktionierte, wie ich es mir wünschte. Ich fühlte mich von den Rein-Raus-Bewegungen seiner Finger total getriggert und dachte an die vielen Male zuvor, bei denen es auf diese Art und Weise auch schon nicht geklappt hatte. Dann

schmiss ich die Flinte ins Korn und brach lieber ab, in der Annahme, dass es sowieso zu nichts führen würde.

Auf der Heimfahrt von der Arbeit weinte ich über all diese Erkenntnisse und nahm mir vor, zu gegebener Zeit erneut Daniels Einladung zu folgen. Jetzt, da ich die Probleme kannte, die mich blockierten, konnte ich vielleicht besser damit umgehen. Was diese Massage für eine Rolle in meiner sexuellen Zukunft spielen würde, oder ob sie es überhaupt tat, konnte ich nicht sagen. Vermutlich war sie dazu da gewesen, mir meine Blockaden aufzuzeigen und damit umgehen zu lernen.

Einige Monate später hätte ich Daniel gern nochmal ein Feedback gegeben, allerdings hatte ich seine Kontaktdaten nicht mehr. Es wäre wie folgt ausgefallen: „Es wäre sinnvoll gewesen, in Erfahrung zu bringen, warum ich die Tantra-Massage in Anspruch nehme. Dann hätte ich dir erzählt, dass ich vorher noch nie einen vaginalen Orgasmus erlangt habe. Vermutlich hätte ich dir auch gesagt, dass der Sex in meinem bisherigen Leben leider sehr unzulänglich war. Damit hättest du dich besser darauf vorbereiten können, dass mich sämtliche Berührungen triggern werden. Du solltest auf jeden Fall vorher mit deinen Klienten den Ablauf eines Rituals besprechen. Sagen, dass es okay ist, wenn man weinend zusammenbricht. Ein Zeichen ausmachen, wenn die Berührung nicht mehr akzeptabel ist für deinen Klienten. Und dass es gewünscht ist, dass der Empfänger nach dem Ritual noch Zeit hat, um sich zu sammeln und mit dir darüber zu sprechen. Du darfst der Person gern suggerieren, dass noch Raum ist, um zu verstehen, was da eben passiert ist."

Wanderung

Als ich vier Tage später mit Rico – dem Kino-Date – wie vereinbart, wandern ging, hatte ich immer noch Schmerzen im Steiß. Zwar hatte Sarah meine Muskulatur nochmal gelockert, aber da ich immer in Schonhaltung saß und stand, verspannte sie sich immer wieder. Erschwerend kam noch hinzu, dass ich erneut eine WhatsApp vom Wahnsinnigen erhielt! Tags zuvor hatte ich mein Statusbild geändert, auf das er sich nun bezog. Ich, auf der Wiese stehend, in einem regenbogenfarbenen, halblangen Kleid und mit Sonnenbrille in beiden Händen. Meine Beine wirkten extrem schlank und lang, da ich das Foto mit Selbstauslöser gemacht und das Handy in Bodenhöhe aufgestellt hatte. Natürlich sah ich darauf gut aus. Er schrieb: „Das Bild macht mich richtig sehnsüchtig!"

Ich antwortete nicht. Ich nahm diese Nachricht nur zur Kenntnis und versuchte, nicht weiter darüber nachzudenken. Doch ich tat es trotzdem. Wieder schaffte er es, mich mit seiner Kontaktaufnahme aus der Bahn zu werfen. Dazu schmälerte die Verarbeitung der Tantra-Massage und die Tatsache, dass ich meine Tage hatte, massiv das Wandererlebnis mit Rico. Deshalb erklärte ich: „Tut mir leid, dass ich heute nicht so gut gelaunt bin wie sonst, aber ich blute und ich habe da so einen Typen am Wickel, der mich einfach nicht in Ruhe lassen will. Außerdem hat mich die Tantra-Massage ganz schön fertig gemacht. Lass uns einfach die Natur genießen und nimm es mir nicht übel, wenn ich heute nicht viel rede."

Damit kam er klar: „Ist gut. Solche Tage hat jeder mal."

„Ja, das ist wohl so."

„Wie war denn deine Massage?", wollte er wissen.

„Traurig, Rico. Sie war deprimierend und traurig!"

Er ging nicht weiter darauf ein. Vermutlich wollte er mir nicht zu nahe treten, was ich sehr respektvoll fand. Wir unterhielten uns dennoch gut, sammelten Pilze, kletterten durch das unwegsame Gebüsch, klauten Mais aus dem Feld und gingen im Anschluss Abendessen. Er war fasziniert, wie einfach es mit mir war und dass wir beide dieselben dummen Ideen hatten.

„Ich kenn keine Frau, die so ist, wie du! Bisher haben mich immer alle komisch angeguckt, wenn ich frischen Mais geklaut und gegessen habe. Das finde ich echt besonders an dir."

„Ich weiß nicht, was du für Leute kennst!", antwortete ich frech, „Ich komme vom Dorf, da macht man das regulär.".

Ich genoss die Unbeschwertheit mit ihm. Auch an diesem Tag machte Rico keine Anstalten der Annäherung. Möglicherweise gab es dafür auch keinen passenden Moment. Oder er nahm einfach nur Rücksicht. Vielleicht hatte er aber auch einfach gar kein Interesse mehr, weil ich an diesem Tag so komisch war? Das verunsicherte mich nun doch, aber ich ließ es erstmal gut sein.

Wir gingen noch beim Inder um die Ecke etwas essen und fuhren dann zurück. Er lud mich zu Hause ab. Wir verabschiedeten uns mit einer Umarmung und ich verschwand direkt unter der heißen Dusche, um meinem menstruierenden Körper etwas Gutes zu tun.

Mit Rico blieb ich weiterhin täglich in Kontakt. Wir erzählten uns, was mit unseren Kindern gerade nicht so toll lief und beeindruckten uns immer mal gegenseitig mit neuen Informationen über den anderen.

Beerdigung

Ein paar Tage später, an einem Samstagnachmittag, ging ich zur Beerdigung meines ehemaligen 70-jährigen Nachbarn Franz. Viele Jahre hatten wir nebeneinander gewohnt, bis ich wegen der Trennung nach Nossen zog. Er war vor wenigen Wochen an einem Krebsleiden verstorben und sollte nun beigesetzt werden.

Ich zog mein kleines Schwarzes an, packte die Sonnenbrille und den obligatorischen Blumenstrauß ein und begab mich auf den Friedhof.

An diesem Septembertag schien die Sonne so herrlich und warm, als hätte Franz sie extra für die Beisetzung bestellt. Ich wusste, er war in Frieden gegangen, anderenfalls hätte es sicher geregnet.

Es kamen nicht sonderlich viele Leute, denn mein Nachbar hatte sich keinen großen Abschied gewünscht. Ich drückte Franz' Frau wortlos und schloss mich der wartenden Trauergemeinde an. In der Trauerhalle nahmen wir still Anteil. Es wurde keine Rede gesprochen, das hatte sich der Verstorbene so gewünscht. Wir gingen gemeinsam hinter dem Bestatter her, der die Urne mit dem Rest meines verbrannten Nachbarn trug und versammelten uns vor dem winzigen Loch, in dem diese nun versenkt werden sollte.

Wie wir so hintereinanderher marschierten, überlegte ich, ob irgendwann „Samba De Janeiro" eine passende Begleitmusik auf meiner Beisetzung sein könnte? Meine Gäste sollten auf jeden Fall nochmal ausgelassen mit mir feiern können, um sich dann weinend von mir zu verabschieden. Soviel war für mich schon mal klar!

Meine Trauer über den Verlust des Verstorbenen hielt sich in Grenzen. Wir hatten uns zwar gelegentlich gesehen und Smalltalk gehalten, aber eine übermäßig enge Bindung gab es zwischen uns nicht. Ich bedauerte die Angehörigen und war dennoch irgendwie tieftraurig.

Als ich an der Reihe war, mich von meinem Nachbarn endgültig zu verabschieden, legte ich meinen Blumenstrauß nieder, krümelte einige Streublüten in das kleine Loch hinein und sprach in Gedanken zu ihm: „Franz, ich sag tschüss. Lass es dir gut gehen, da wo du jetzt bist und pass auf uns alle auf. Und bitte tu mir einen Gefallen und nimm meine unzulängliche, sexuelle Vergangenheit mit zu dir. Ich will sie nicht mehr haben. Ich hatte sie lange genug! Ich weiß, du kannst damit nichts anfangen, aber bei dir ist sie gut aufgehoben. Danke dafür!"

Somit nahm ich Abschied. Von Franz. Von meinem ungenügsamen Sexleben, was mich ständig behinderte. Ich begann zu weinen. Ich trauerte um die viele verschenkte Zeit. Ich ließ die Traurigkeit aus mir herausfließen und wischte schniefend die Tränen aus meinem Gesicht. Es fiel gar keinem auf, dass ich etwas ganz anderes zu Grabe getragen hatte als alle anderen annahmen.

Als ich mit Schniefen fertig war, fiel mir eine enorm große Last von den Schultern. Die Sonne schien so wunderbar über den Friedhof, den ich mir in seiner ganzen Schönheit betrachtete. Wie friedlich es hier war!
Auf dem Heimweg hörte ich im Auto das Anna-und-Elsa-Lied: „Ich bin frei, endlich frei! Und ich fühl mich wie neu geboren! Ich bin frei, endlich frei! Was vorbei ist, ist vorbei!"

In den nächsten Tagen malte ich die idyllische Friedhofsszene mit Acryl auf eine recht große Leinwand. Nachdem das Bild fertiggestellt war, hing ich das „Alles-wird-gut"-Gemälde ab und den Friedhof an dessen Stelle. Jeden Tag besah ich es mir zufrieden und freute mich, dass nun mein innerer Ballast darin verschwunden war.

Radtour, Caipi und Olé

Nach unserer Wanderung wollte Rico dennoch weiter mit mir ausgehen. Das fand ich erstaunlich, freute mich jedoch sehr darüber. Er schlug vor, am Wochenende eine Radtour zu machen. Da mein Ex eine Knie-OP hatte, nach der er mehrere Wochen lang die Kinder nicht betreuen konnte, bat ich meine Eltern, auf die drei kleinen Scheißer aufzupassen, damit ich mit „Jemandem" radeln gehen konnte.

Da meine Eltern gute Menschen sind, nahmen sie selbstverständlich meine Kinder gern über das Wochenende zu sich und ich schickte Rico den Daumen-hoch-Smiley per WhatsApp.

„Du planst die Route. Ich komm nur mit. Reise- und Urlaubsplanung, genauso wie Wochenend-Spektakel organisieren, kotzt mich einfach nur an. Das ist deine Aufgabe.", forderte ich ihn auf.

„Gar kein Problem. Ich mach sowas gerne. Du musst mir nur sagen, wie viele Kilometer du fahren kannst."

„Ähhhhhhh, na vielleicht um die 30 Kilometer? Keine Ahnung. Kommt auf die Strecke an. Vielleicht auch mehr.", schrieb ich ihm. „Und wenn du den Versorgungsrucksack packst, denk bitte daran, dass ich gern Fruchtsecco trinke und Popcorn esse!"

„Alles klar. Ich hol dich am Samstag gegen elf bei dir zu Hause ab."

„Perfekt! Ich freu mich!"

Bevor ich mit Rico radeln gehen konnte, musste ich jedoch dringend noch die notwendige Steißbehandlung von Sarah über mich ergehen lassen. Sie war scharf darauf, dass blöde Ding, welches in meinen Hintern ragte, zurück zu drücken und ich hatte mich bereits eine weitere Woche mit hartnäckigen Schmerzen herumgequält. Also rief ich sie an und bat: „Du... es geht nicht mehr! Du musst das jetzt machen!"

Sarah war von meinen wenigen Worten verwirrt und fragte: „Hä? Was denn machen?"

„Na Finger in den Po und das Steißbein zurückdrücken! Ich krieche auf dem Zahnfleisch!", erklärte ich ohne Umschweife.

„Ohhhh ja! Sehr gern! Schaffst du es heute Mittag vorbeizukommen?"

„Ja, werde da sein! Aber mit Freude hat das ganz und gar nichts zu tun!"

Kurz gesagt: Ich war da und es war echt nicht lustig! Sarah führte ihren Finger zärtlich und mit viel Gleitgel in mein Poloch ein, für das ich mich riesig schämte, da es von einer Hämorrhoide geziert wurde, die ich der Geburt meiner Kinder zu verdanken hatte. Das Resultat war ernüchternd und Hoffnung erweckend zugleich: „Du, das Steißbein steht gar nicht nach innen. Ich kann es weder ertasten, noch zurückdrücken! Ich versuch nochmal die Verspannungen von außen zu finden."

„Waaaaaas?", fragte ich entgeistert, „Da hast du mir jetzt echt umsonst in den Hintern gelangt?"

„Naja, Anita, so umsonst war es nicht! Wir wissen jetzt, dass die Schmerzen nicht davon kommen und können die eine Sache somit ausschließen. Außerdem können wir nun von uns behaupten, eine gaaaaaaaanz tiefe Freundschaft zu haben!", zwinkerte Sarah mir witzelnd zu und schlug vor: „Am besten, du lässt die Sache mal beim Orthopäden abklären. Vielleicht ist das Ding ja gebrochen."

Zwei Tage später ergatterte ich einen Termin beim Orthopäden. Zuvor erklärte ich der Vorzimmerdame am Telefon, dass ich vor einigen Wochen ganz ungünstig auf meinen Steiß gefallen war, ich die Sache von meiner persönlichen Fachfrau-Physiotherapeutin abklären lassen hatte und diese vermutete, dass Ding sei gebrochen. Der Telefonjammer hatte mir wenigstens einen zeitnahen Termin verschafft. Der Orthopäde knackte einmal wie ein Metzger meinen unteren Rücken, machte danach ein Röntgenbild und erklärte mich für geheilt. Es sei nur eine Prellung. Diese dauere circa 10 bis 14 Wochen, bis man davon nichts mehr spüre. Mit dieser Behandlung war ich zwar nicht den Schmerz, aber wenigstens den Wahnsinnigen endgültig los!

Ein paar Tage später, es war besagter Samstag, holte Rico mich ab, lud mein Fahrrad auf sein Autodach und wir düsten nach Meißen. Von da fuhren wir mit dem Rad in Richtung Riesa. Das Wetter war herrlich. Für September war es angenehm warm. Ich hatte ein kurzes Achselshirt und meine schwarze Radlerhose an. Rico trug ein phänomenal cooles, weißes Hemd mit Fischmotiv und eine kurze Hose. Wenn ich hinter ihm her radelte, konnte ich förmlich das Meer sehen.

Da mein Frühstück schon eine Weile zurücklag, bat ich Rico gegen 13 Uhr, einen kleinen Verpflegungsstopp einzulegen. Wir suchten uns ein lauschiges Plätzchen im Schatten, auf einer Wiese an der Elbe. Er hatte an alles gedacht und breitete seine große Picknickdecke aus. Dann holte er aus seinen Fahrradtaschen diverse Tupperdosen mit Nüssen, Obst, Datteln und Popcorn hervor, drückte mir einen Fruchtsecco in die Hand und öffnete die Flasche. Wir stießen auf uns und einen schönen Ausflug an. Eine ganze Weile saßen wir da und unterhielten uns. Die Art und Weise, wie er die Dinge sah, gefiel mir zunehmend. Auch er hatte bereits eine Trennung hinter sich und scheute sich nicht, meine Situation mit seiner zu vergleichen. Er sprach offen über seine Ex und über seine Gefühle. Somit lieferte er mir wirklich viele Momente der inneren Sprachlosigkeit. Ich war perplex über so viel Geradlinigkeit und Aufgeräumtheit. Er wusste genau, wo seine Baustellen waren und an welchen Problemen er nach seiner Einschätzung noch arbeiten musste. Er wusste auch, dass manches eben in ständiger Bearbeitung bleiben musste und keinen Stillstand zuließ. Auch wenn ich dieses Wort mittlerweile einer schlechten, manipulierenden Charaktereigenschaft zugewiesen hatte, musste ich feststellen, dass es doch immer noch seine gute Seite hatte: Wahnsinn!

Ich legte mich auf den Bauch und genoss für kurze Zeit die Ruhe. Die letzte Woche war für mich sehr anstrengend gewesen. Auf Arbeit war einiges zu tun gewesen und zu Hause die drei Kinder zu managen, war auch kein Zuckerschlecken. Daher genoss ich es, alle Viere von mir zu strecken und einfach mal auszuruhen. Rico zupfte vorsichtig einige Grashalme von der Rückseite meines Shirts.

„Oh, war das ein Tier?", fragte ich. „Du kannst ruhig weiter zupfen. Das gefällt mir. Gegen eine Massage hätte ich auch nichts einzuwenden.", zwinkerte ich ihm zu. Er nahm meine Einladung gern an und kraulte mir den Rücken. Ein Gefühl von Zufriedenheit durchströmte mich. Wissend, dass er von mir keine Gegenleistung erwartete, genoss ich den Moment der Nähe, des schönen Wetters und der Stille.

Dann packten wir unseren Kram zusammen und fuhren weiter bis nach Riesa. Mir graute ehrlich gesagt davor, die ganze Strecke wieder zurückfahren zu müssen. Weder konnte ich einschätzen, wieviel Kilometer wir bereits hinter uns lagen, noch wie viele wir noch zurücklegen mussten. Aber mein persönlicher Reiseleiter beruhigte mich: „Keine Sorge. Notfalls gibt es in Riesa einen Bahnhof. Wenn es nicht mehr geht, können wir da zur Not einsteigen und mit dem Zug zurückfahren."

Das nahm mir etwas den Druck. Obwohl ich natürlich auch einen gewissen Ehrgeiz hatte! Schneller als gedacht, hatten wir unser Etappenziel erreicht. Ich lud Rico auf ein Eis ein. Wir schauten dem Treiben auf dem Marktplatz zu, auf dem ausgerechnet an diesem Tag eine Christopher-Street-Day-Kundgebung stattfand. Leider waren die Kostümierungen nicht ganz so ausgefuchst, wie ich es von Veranstaltungen in Köln oder Leipzig im Fernsehen gesehen hatte. Lustig war es allemal.

Nach einer ausgiebigen Eis-Pause stiegen wir wieder auf unsere Räder und traten den Heimweg auf der anderen Elbseite an. Gegen 18 Uhr erreichten wir planmäßig ein Restaurant, wo wir uns mit Blick auf die Elbe in den Biergarten setzten, gemütlich zu Abend aßen und nach einem Hugo, der mir krass in die Beine ging, weiter Richtung Meißen fuhren. Ab und an hing ich mich an Ricos Hose und ließ mich von ihm mitziehen. Meine Beine waren schwer vom Sekt, aber das Ende der Strecke war zu sehen. Da wir beide nicht wollten, dass der Abend bereits endete, setzten wir uns kurz vor Meißen nochmal eine Stunde an die Elbe und schwatzten weiter über Gott und die Welt. Es wurde dunkel und kalt. Wir fuhren zum Auto, verstauten die Räder und Rico fuhr mich zurück nach Hause.

„Das war echt eine coole Tour! Hat mir sehr gefallen, mit dir zu radeln!", bedankte ich mich.

„Freut mich. Ich hab es auch sehr genossen mit dir. Und ehrlich, man merkt dir nicht sonderlich an, dass du nicht regelmäßig Fahrrad fährst. Du hattest eine gute Geschwindigkeit. Ich könnte mir gut vorstellen, mit dir mal an die Ostsee zu radeln."

„Das wollte ich schon immer mal machen!", bestätigte ich.

Als wir bei mir zu Hause ankamen und mein Rad vom Auto gehoben hatten, bat ich ihn mit in meine Wohnung: „Komm, du wolltest doch mal meine Bilder anschauen, wenn du schon nicht zu meiner Vernissage kommen kannst. Hast du Lust dazu?"

„Voll gerne!", bestätigte er mit leuchtenden Augen. Ich stellte meine Ausstellungsstücke kurzerhand in meiner ganzen Wohnung breit, legte die Bildbeschreibungen dazu, die ich einige Tage zuvor auf Arbeit gedruckt und laminiert hatte und ließ ihn mit sich und meinen Werken alleine, um fix zu duschen. Nach fünf Minuten stand ich frisch gewaschen, geölt und vollständig bekleidet wieder neben ihm.

„Hast du jetzt etwa geduscht? Das ist doch unfair von dir! Da schäm ich mich, weil ich jetzt stinken muss!", sagte er beschämt. Es war ein verdammt niedlicher Anblick. Wie ein kleiner Junge stand er da.

„Quatsch! Du kannst doch auch duschen gehen. Ist doch alles da. Außerdem stinkst du doch gar nicht. Komm, ich gebe dir ein Handtuch und du gehst fix unter die Dusche."

Gesagt, getan. Währenddessen stellte ich die beäugten Bilder wieder zurück auf einen Haufen an der Wand und sammelte die Bildbeschreibungen wieder ein. Dann mixte ich mir einen ordentlichen Cocktail. Ich hörte, wie Rico die Treppe ins Wohnzimmer hochkam und fragte ihn: „Rico, willst du auch einen Caipi?"

„Puhhhh. Wenn ich jetzt einen Caipi trinke, kann ich dann nicht nach Hause fahren! Das musst du jetzt entscheiden, ob auf deinem Sofa noch Platz ist und du möglicherweise noch eine Zahnbürste für mich findest.", gab er zu bedenken. Diese blöde Antwort überließ mir nun die Entscheidung, wie der Abend ausgehen würde. Verdammt! Er hatte mich voll im Würgegriff. Ich holte noch ein Glas aus dem Schrank und mixte einen zweiten Drink, ohne ihm zu antworten. Zwar war ich mir nicht klar, was genau sein Anliegen war, denn nach der sehr angenehmen Rückenmassage folgte seinerseits kein weiterer Annäherungsversuch. Aber was hatte ich zu verlieren?

„Lass uns raus gehen auf die Bank. Es ist noch so herrlich warm draußen." Mit diesen Worten drückte ich ihm sein Mixgetränk in die Hand. Wir rauchten ein paar Zigaretten und tranken unsere Cocktails. Dabei werteten wir das Erlebte aus. Als es mich langsam fröstelte, gingen wir rein. Ich füllte unsere Getränke erneut auf und setzte mich auf die Küchenarbeitsplatte. Rico stand vor mir. Seine leuchtenden, grünen Augen glühten mich förmlich an. Das war der Augenblick, in dem ich meine Arme zu ihm ausstreckte, ihn am Kragen schnappte, zu mir heranzog und küsste. Mein Gott! Was war er für ein guter Küsser! Unvergleichlich und um Welten anders und besser als alles was ich zuvor hatte. „Meine Güte! Weißt du, dass du ein unglaublich guter Küsser bist, Rico!", unterbrach ich kurz. Dann küsste ich ihn erneut.

Es kribbelte überall, als er langsam begann, mich am ganzen Körper zu streicheln und mich an sich heranzuziehen. „Olé!", dachte ich mir! Spätestens an dieser Stelle wusste ich, dass dieser Abend mit Sex enden würde. Ob ich mich darüber freuen könnte, wagte ich zu bezweifeln. Aber wenigstens würde ich das Gefühl des Begehrtwerdens in vollen Zügen genießen.

Rico war zärtlich und nicht übereifrig. Er ließ sich extrem viel Zeit und küsste jede einzelne Stelle meiner Haut. Es fühlte sich an, als würde er in dieser Nacht alles versuchen gutzumachen, was jeder andere zuvor verkackt hatte. Er fragte sogar nach Gleitgel, bevor er mich intim berührte. Das war der erstaunlichste Erstkontakt, den ich mir erträumt hatte.

Nachdem wir den ganzen Tag auf dem Fahrrad zugebracht und zwei Caipirinha getrunken hatten, war auch Ricos Männlichkeit nicht mehr zum Einsatz zu bringen. Hänger! Da war er wieder! Warum nur immer bei mir? Ich konnte es nicht mehr nachvollziehen. Lag es wieder daran, dass ich ihn mit meiner super autoritären Art und Weise unter Druck setzte? Ich machte keinen Hehl daraus und fragte verzweifelt: „Was ist los? Liegt es an mir? Habe ich dich zu sehr unter Druck gesetzt? Stimmt irgendetwas nicht? Hab ich irgendwas Blödes gesagt?"

„Nein, Anita. Du bist genau richtig. Es liegt an mir. Ich hatte eine stressige Woche auf Arbeit und das Rauchen und die Cocktails... Es liegt auf keinen Fall an dir! Du kannst nichts dafür. Ich muss einfach wieder mehr auf mich selbst achten und kann mich nicht auf Arbeit so verausgaben!"

Ein Wunder! Es lag NICHT an mir! Gott sei Dank! Endlich jemand, der seinen Körper verstand und mir klipp und klar sagen konnte, woran es seiner Einschätzung nach lag. Dann ergänzte er noch kleinlaut: „Außerdem habe ich es mir heut Morgen im Bett schon zwei Mal selbst gemacht, als ich an dich gedacht habe!"

Das fand ich äußerst mutig und lustig zugleich. Ich lachte offenherzig über sein Geständnis und er stimmte mit ein. Sein Hänger war mir total egal, denn er hatte sich so liebevoll und fürsorglich gekümmert, wie es schon lange niemand mehr getan hatte. Ich zog ihn ins Bett und kuschelte mich an ihn ran. Er strahlte so viel Wärme und Geborgenheit aus, die ich einfach nur neben ihm liegend absorbieren durfte. In dieser Nacht schliefen wir beide den Schlaf der Gerechten. Weder hatte ich Alpträume, noch schrie ich im Schlaf. Welch großer Fortschritt!

First time is the deepest!

Am nächsten Morgen bereitete ich uns aus den wenigen Dingen, die uns der Kühlschrank noch bereithielt, ein leckeres Frühstück zu, während er im nächsten Ort Brötchen holte. Danach schlüpften wir erneut ins Bett. Wir knutschten und er ließ seine großen, weichen Hände über mich gleiten, als wäre ich eine Gottheit. Damit ließ er sich unheimlich viel Zeit. Es schien ihm zu gefallen, dass ich seine Berührungen so genoss. Einige Zeit später wechselten wir auf das Sofa über. Sein Hänger-Problem hatte sich leider seit der vergangenen Nacht nicht in Wohlgefallen aufgelöst, aber das wiederum spielte für uns beide überhaupt keine Rolle. Ich fasste ihn an, er fasste mich an. Obwohl ich Rico noch nicht besonders lang kannte, vertraute ich ihm und beschloss, alles anzunehmen, was er bereit war mir an diesem Tag zu geben. So wie ich es bei der Tantra-Massage gelernt hatte.

Er verwöhnte mich mit seinen Händen, benutzte dabei Gleitgel und berührte mich so sanft, wie es Tantra-Daniel getan hatte. Immerhin musste ich an dieser Stelle nicht mehr weinen, da ich wusste, was mich erwartete und ich vorsorglich mein trauriges Sexleben mit dieser Erfahrung beerdigt hatte. Dennoch kämpfte ich innerlich mit mir. Ich versuchte meinen Kopf auszuschalten, aber es gelang mir nicht. So viele Gedanken schwirrten darin herum. Ich dachte: Wie sehe ich aus, wenn ich gleich komme? Wird es ihn abstoßen? Dauert es ihm zu lange? Bestimmt hat er schon keine Lust mehr, mich zu streicheln? Ich bin schuld, dass er hiermit seine Zeit vergeudet. Es ist mir peinlich, dass er es mir macht! Warum kann ich nicht einfach auf normale Weise kommen? Was stimmt mit mir nicht? Von Scham- über Schuldgefühlen war alles dabei. Während ich auf der Lustkurve nach oben robbte, wie ein im Dreck liegender Soldat, bedeckte ich mein Gesicht mit einem Kissen. Nicht weil ich vielleicht zu laut schreien würde. Nein, weil ich nicht wollte, dass Rico es sah, wenn ich kam. Sicher würde ich eine total hässliche Fratze ziehen. Dann fielen mir meine hängenden Brüste wieder ein. Auch die versuchte ich, mit der freien Hand noch zu bedecken. Gott! Was für eine Anstrengung das war! An so viele Dinge nicht denken zu wollen und den Kopf abzuschalten, um sich ganz und gar der Ekstase hingeben zu können.

Rico war unermüdlich und strich mir sorgsam über meinen ganzen Intimbereich und massierte meine Vagina an der Stelle, die ich ihm vorher gezeigt hatte, bis ich eine gefühlte halbe Stunde später zum Höhepunkt kam. Direkt danach brach ich weinend zusammen, rollte mich in Embryonalstellung zusammen und bedeckte mein Gesicht. Rico legte sich an mich heran und hielt mich einfach nur fest. Ich schämte mich für mich selbst und schluchzte diese Scham aus mir heraus. Dass er da war und mich im Arm hielt, zeigte mir erneut, wie bedingungslos seine Nähe war und dass er wenigstens verstand, dass ich heulte, weil etwas in mir nicht okay war.

Einige Minuten später hatte ich mich halbwegs beruhigt, löste mich wortlos aus seinen Armen und verschwand im Bad, um wieder klar in der Birne zu werden. Ich schüttelte diese ganzen furchtbaren Gedanken ab, wusch mein verheultes Gesicht, zog mich wieder an und setzte mich zu meinem Beglücker. Wenig später verabschiedeten wir uns knutschend voneinander und ich holte meine Kinder bei Oma und Opa ab.

Am nächsten Tag schrieb ich ihm: „Rico, ich hab am Sonntag nicht geheult, weil es so schön war, sondern weil es das erste Mal für mich war."

„Das habe ich gemerkt. Es hat auf mich gewirkt, als ob du eine riesige Last auf deiner Seele hattest und in dem Moment noch etwas dazu kam."

„Die Last bin ich selbst.", antwortete ich. „Das war ein gigantischer Kampf mit mir."

„Das kenn ich. Ging mir ähnlich, nach meiner Ehe. Aber es wird mit der Zeit besser. Da kommt es auch auf die Unterstützung des Partners an."

Ich wusste, dass er verstand, was mein Problem war. Endlich konnte jemand nachvollziehen, was ich sagte und war bereit, mir aus dieser Miesere herauszuhelfen. Ein Lichtblick und erneutes „Olé!"!

Mittwoch an der Kiesgrube

Zehn Tage später, an einem Mittwoch, trafen wir uns erneut. Mittwochs kam immer meine Mutter zu uns nach Hause, brachte meine mittlerweile 94 Jahre alte Oma mit und kümmerte sich um die Kinder. Meistens gingen wir Eisessen und holten im Anschluss etwas Leckeres vom Döner. Meine Mutter brachte dann die Kinder ins Bett, während ich von meiner Omi ausgiebig gekrault wurde und mir dabei ihre Lebensgeschichte anhörte. Zu meiner Oma hatte ich einen besonderen Draht. Wir standen uns sehr nahe. Daher nannte sie mich stolz ihr *Lieblingsenkel*!

„Und?", fragte sie. „Was macht die Liebe?"

Ich strahlte sie zufrieden an und nickte. Sie wollte es jedoch genauer wissen und bohrte nach: „Also was denn jetzt? Mit oder ohne?"

„Oma, was auch immer das jetzt bedeuten soll!?! Auf jeden Fall mit!", grinste ich. Meine Oma hatte oft davon erzählt, wie ihr Ehemann – mein Opa – sie ständig betrogen hatte und dass Karma ein Arsch sei und er deshalb so zeitig gestorben ist. Mein Opa war ein gutherziger, alter Mann gewesen. Ich liebte ihn. Wie er als Ehemann war oder als Vater konnte ich nicht beurteilen. Dennoch hatte ich Mitgefühl mit meiner Oma. Scheinbar hatte sie in ihrer Vergangenheit mit ihm viel durchgemacht. Einmal sagte sie zu mir: „Anita! Dumm war ich! Dumm, blöde und naiv! Spätestens als er mit der Sekretärin was hatte und die schwanger wurde, hätte ich die Reißleine ziehen müssen! Aber nichts habe ich! Da haben es Frauen in der heutigen Zeit schon um einiges leichter. Ich war damals noch auf deinen Großvater angewiesen. Von was hätte ich denn leben sollen?"

Ja, das stimmte wohl. Ich hatte es in vielen Dingen im Leben einfacher und dennoch war das Leben selbst nicht besonders einfach gewesen. Oft wünschte ich mir, zu den 80 Prozent der Bevölkerung zu gehören, die über sich und ihr Dasein überhaupt nicht nachdachten. Die vor sich hin lebten, ohne Sinn und Verstand. Ach, was wäre das Leben dann einfacher für mich! Allerdings hatte ich just in diesem Moment gar nichts auszusetzen und genoss die Zufriedenheit und Omas Kraulen.

Insgeheim hatte ich sogar Verständnis für das ganze Fremdgehen meines Opas, aber das konnte ich meiner Oma so nicht sagen. Er war als Jugendlicher im Krieg gewesen und hatte viele Dinge gesehen, die ihn prägten. Er sah Dresden brennen und die zerbombte Stadt. Dann ging er in Kriegsgefangenschaft und wer weiß, was er da alles erleben musste. Ich nahm an, dass er Schreckliches erfahren hatte und wusste, dass das Leben viel zu kurz war, um nicht jede

Möglichkeit offenherzig zu nutzen. Und da gehörte der kleine aber feine Beischlaf in der Nachbarschaft oder mit der Sekretärin eben mit dazu. Ich konnte es ihm nicht verübeln. Wenn er noch leben würde, hätte ich ihn einfach mal gefragt. Bestimmt hätte er mich nur angezwinkert mit seinem schelmischen Grinsen.

Jedenfalls erklärte ich meiner Mutti kurzerhand, dass ich am Mittwoch direkt nach der Arbeit ein Meeting hatte und erst gegen elf Uhr am Abend wieder zurück sei: „Ist das okay für dich oder ist das zu spät?"
„Nein, ist okay. Ich bring mir was zum Lesen mit und Oma parke ich vor dem Fernseher."
Rico sendete mir den Standort seiner Wohnung in Dresden, nahe dem Flughafen. Nach der Arbeit fuhr ich für einen kurzen Zwischenstopp in den Elbepark, um noch ein paar neue Unterhosen für das mittlere und das kleinste Kind zu kaufen. Dazu noch Socken und zwei neue BHs für mich. Wie ich es hasste, Unterwäsche für mich zu kaufen! Das war jedes Mal ein Desaster! Glücklicherweise war ich im Wäschegeschäft die einzige Kundin. Ich schwirrte zur Tür herein, wartete noch höflich, bis die Verkäuferin mich fragte, ob sie mir helfen könne und dann polterte ich sofort los: „Ja, sehr gern. Ich brauche einen BH. Einen der passt. Irgendeinen. Bringen sie mir bitte einfach, was sie haben. Ich bin wenig anspruchsvoll, nur passen soll er. Wenn sie sich ein bisschen geschickt anstellen, machen sie heute das Geschäft des Tages, weil ich nur einmal im Jahr BHs kaufen gehe. Und nun noch die Krux an der Sache: Wir haben nur zehn Minuten Zeit. Ich habe ein Date!"
Total überfordert blickten mich die aufgerissenen Augen der verdutzten Verkäuferin an. Sie stammelte irgendetwas, dass ich nicht verstand: „.... nuschel.... nuschel... nuschel... Farbe?"
Ich: „Egal."
Sie: „Sie machen es mir aber nicht gerade leicht! Was hatten sie denn sonst immer für eine Marke an?"
Ich: „Passionata, den mit der Spitze drüber."
Sie: „Gut, ich bring was. Welche Größe?"
Ich: „80 B."
Sie hing mir drei verschiedene Teile in die Umkleide. Ich zog wie der Blitz alles an und aus und an und aus. Entschied mich nach weiteren zehn Anproben für zwei akzeptable, formgebende Schalen-BHs und war nach exakt zehn Minuten wieder draußen.

An der Kasse wischte sich die Verkäuferin kurz den Schweiß aus dem Haaransatz und hielt noch einmal kurz inne, indem sie ihre Hand beruhigend auf ihr Herz legte. Sie holte tief Luft und gab dann die zwei Dinger in der Kasse ein. „Mein Gott, das war aber ein Marathon mit ihnen!", schnaufte sie freundlich. Ich bedankte mich und eilte aus dem Geschäft.

Es war ein herrlich warmer, sonniger Septembertag. Am Morgen waren es nur elf Grad gewesen, daher hatte ich für mein Date mit Rico diverse Klamotten zur Auswahl in den Kofferraum gepackt. Ich entschied mich für den schwarzen, kurzen Rock und ein hellblaues Oberteil. Auf dem Parkplatz zog ich mich ungeniert um, ölte meine trockene Haut vorsorglich ein und checkte nochmal fix meine Mascara. Alles saß. Ich konnte nun zu meinem Beglücker fahren, worauf ich mich wirklich freute.

Natürlich war ich aufgeregt. Wie würde er mir begegnen nach unseren letzten WhatsApps und fand er mich immer noch so gut wie die Male zuvor? Wo er doch jetzt begriffen haben musste, dass ich keine einfache Frau war, sondern ständig an mir selbst zweifelte?!

Ich parkte vor seiner Haustür, stieg aus dem Auto in die Hitze und wartete. Ich zündete mir eine Kippe an und plötzlich stand er vor mir. Ich ging auf ihn zu, um ihn zu umarmen. Er gab mir zu verstehen, dass er nicht wünschte, in dem Maße begrüßt zu werden, wie wir es eigentlich getan hätten. Ich fragte: „Die Kinder?" „Japp. Der Bus, der gerade hinter dir lang fährt... da sitz mein Großer drin. Lass den erstmal fix wegfahren, dann darfst du.", grinste er verlegen. Na klar. Das konnte ich verstehen. Unsere Kinder würden wir erst dann einweihen, wenn wir uns sicher waren, dass aus uns etwas Festes würde. Das hatten wir von Anfang an so abgesprochen. Jetzt war noch nicht der Zeitpunkt dafür. Der Bus war kaum weg, als ich ihm um den Hals fiel und ihn ausgiebig küsste. „Und? Was denkst du, was wir jetzt machen? Hast du einen Plan?", wollte ich wissen. „Nö. Puhhhh!", überlegte er kurz und schlug dann vor: „Wir könnten zur Kiesgrube fahren. Da war ich schon lange nicht mehr. Da könnten wir baden." „Ja, das ist eine gute Idee. Ich habe zufällig ein Handtuch dabei. Das muss dann für uns beide reichen!"

Er war begeistert über meine spontane Zusage. Es machte den Eindruck, als ob er damit nicht gerechnet hatte. Rico stieg neben mir ins Auto und wir fuhren zur Kiesgrube, wobei er mich durch die unbekannten Ortschaften leitete, bis wir an irgendeinem Waldrand anhielten und das Auto abstellten. Diesmal hatte ICH an die Picknickdecke und den Fruchtsecco gedacht. Wir gingen eine ganze Weile, bis wir eine geeignete Stelle fanden, an der wir uns niederlassen konnten. Ich packte die Decke auf den Sand und wir setzten uns eng nebeneinander. Dann zündete ich mir eine Zigarette an und stieß mit Rico auf einen schönen Abend an. Wir quatschten eine ganze Weile und knutschten. Es war ein echt romantischer und hochsexueller Ort, an dem wir hier waren.

Das Wasser war etwas kalt, aber eine kleine Abkühlung war nicht schlecht. Wir gingen nackt baden und fanden uns im Wasser immer wieder. Er rettete mich vor den dicken Karpfen, die immer wieder neben uns aus dem Wasser sprangen. Ich fühlte mich mit ihm so sicher wie schon lange nicht mehr. Was für ein perfekter Moment.

Nach wenigen Minuten des Badens begann ich ordentlich zu frieren und huschte wieder raus in die Sonne. Als Rico wenig später hinterherkam, trocknete ich ihn mit meinem Handtuch ab. Er wärmte mich auf der Decke mit seinem großen, warmen Körper. Wir lagen noch im Sand bis es schon fast dunkel wurde und betrieben intensives Petting, weil ich meine Tage hatte. Er machte mich verrückt mit seiner ganzen Art und Weise.

Zu vorgerückter Stunde bekamen wir Hunger und brachen auf, um in einer nahegelegenen Kneipe noch etwas essen zu gehen. Danach fuhr ich Rico nach Hause, verabschiedete mich intensiv knutschend von ihm und trat den Heimweg an.

Motorradfahrt & drei Mal Beglückung

Am Samstag darauf besuchte Rico mich erneut bei mir zu Hause. Da ich mir wenige Wochen zuvor erst ein Motorrad vom Typ Yamaha 600 mit 48 PS angeschafft hatte, wollte ich es unbedingt bei diesem sonnigen, trockenen Wetter ausfahren.

„Reitest du mit mir auf meinem roten Hengst?", hatte ich ihn wenige Tage vorher gefragt. Er wusste, dass ich damit das Motorrad meinte.

„Hm... ich hab gar keinen Helm. Da schau ich mal, ob ich einen organisieren kann. Notfalls muss ich mir noch einen kaufen. Würde schon gerne eine Runde mit dir drehen!"

An besagtem Samstag fuhr ich kurz vor Ricos Ankunft eine kleine Proberunde zur nächsten Tankstelle, füllte noch mal acht Liter Benzin nach und rollte mit ordentlicher Beschleunigung zurück nach Hause, wo mein Besuch bereits auf mich wartete. „Und?", fragte ich etwas aufgeregt, „Hast du einen Helm dabei?" Er war sich unsicher und antwortete: „Weiß ich noch nicht so richtig!"

„Also ja! Na dann los. Setz auf das Ding! Wir fahren jetzt eine kleine Runde!"

Ich merkte sofort, dass es ihm nicht ganz egal war, mit mir mitzufahren und dass er vor der Fahrt großen Respekt hatte. In seinen Gesichtszügen konnte ich sowohl Angst als auch Abenteuerlust erkennen. Gott, wie mich dieser Mann faszinierte!

Ich wies ihn kurz in die Verhaltensregeln eines Sozius ein, die da waren: „1. Niemals gegen die Kurve lehnen! 2. Niemals gegen die Kurve lehnen und 3. lehne dich um unser beider Leben Willen niemals gegen die Kurve! Wenn es dir zu schnell wird, gib mir ein Zeichen. Halt dich am besten an mir fest und umfasse meinen Bauch!"

Dann ging es los. Die ersten zwei Kilometer ließ ich ihn schwitzen und beschleunigte was das Zeug hielt, fuhr dann allerdings ruhiger, da die Strecke relativ kurvenreich war und ich kein geübter Motorradfahrer war. So eine gute Selbsteinschätzung hatte ich. Was Rico nicht wusste, war, dass ich einen kurzen Besuch bei Sarah und ihrem Mann Martin einplante. Ich wollte, dass die beiden ihn kennenlernten, um mir zu bestätigen, dass er ein toller Mensch war, der gut zu mir passen könnte.

Als wir bei Sarah und Martin zu Hause abstiegen, hatte ich reichlich Adrenalin in mir. Auch Rico stieg zittrig vom Motorrad ab und war froh, dass es erstmal eine Kaffeepause gab.

„Komm, Rico! Wir gehen erstmal auf das Trampolin und hüpfen unsere Energie raus. Das wird guttun und löst hoffentlich meine Verspannung im Nacken!", dann sprang ich fünf Minuten alleine und wurde mehr oder weniger entsetzt oder auch überrascht von ihm dabei beobachtet. Im Nachgang gab es einen Kaffee. Wir schwatzten noch mit den beiden Gastgebern und fuhren eine unaufgeregtere, angenehmere Strecke zurück nach Hause. Diese Tour hatte mir besonders gefallen. Zum einen hatte ich meiner besten Freundin Sarah nun endlich den Mann vorgestellt, der den Faktor „normaler Mann mit diversen Vorzügen" mitbrachte und zum anderen konnte ich Rico von meinen Qualitäten als Motorradfahrerin überzeugen. Ich mochte es, wenn er sich an mir festhielt und das Gefühl über uns beide die Kontrolle zu haben. Während der Fahrt tätschelte ich ihm ab und an den Oberschenkel, um ihm zu suggerieren, wie mutig er war. Außerdem fasste ich ihn einfach sehr gerne an, vor allem um ihm meine Zuneigung zu zeigen.

Da es bereits anfing zu dämmern, war es gut gewesen, dass wir uns nicht allzu lang bei meinen Freunden aufhielten und den Heimweg zeitig antraten. Im Dunkeln war ich nicht scharf darauf mit dem Motorrad zu fahren. Der Lichtkegel war nicht besonders groß und die Straßen wurden feucht und schmierig.

Zu Hause löste mein mutiger Sozius sein Versprechen ein, mich zu bekochen. Ich half ihm nur wenig und ließ ihn machen. Dabei stellte ich amüsiert fest, dass er sichtlich nervös war und nichts falsch machen wollte. Wie er so dastand, leicht hektisch und ein wenig verlegen, sah er schon verdammt niedlich aus. Ich schmunzelte darüber und klatsche ihm von hinten auf den Po. Ab und an hielt ich ihn von seiner Arbeit ab, in dem ich seinen Körper umschlang oder über seinen Rücken strich und wir uns küssten. Es war ein wunderbar prickelndes Gefühl, seine Nähe zu spüren. Wenn er sein Becken an mich herandrückte, spürte ich seinen erigierten Penis. Dieser Kochmoment war hochgradig erotisch und wir genossen beide das Herauszögern der Bettgeschichte. Zum Abendessen servierte Rico uns Lachs in Blätterteig mit Fenchelgemüse und es war absolut köstlich!

Ich bedankte mich mit einem intensiven Kuss bei meinem Privatkoch und gab ihm zu verstehen, dass ich nun für ein Dessert in Form von körperlicher Zuwendung bereit war. An diesem Abend nahm er sich wieder enorm viel Zeit für mich und meinen verkorksten Körper. Inzwischen hatte ich ihm einige Kapitel dieses Buches vorab zur Info gesendet. Unter anderem das über den Wahnsinnigen und auch den Absatz, über mein Selbstempfinden nach den Geburten. Rico behauptete, dass es seiner Ex-Frau genauso gegangen wäre, er aber davon damals leider nichts mitbekommen habe. Das es scheinbar keine Seltenheit sei und dass es nur darauf ankäme, über alles offen zu sprechen!

Was für einen Mann hatte ich denn hier vor mir? War das denn noch Zufall, dass er verstand, was in mir vorging oder sich wenigstens versuchte in mich hineinzuversetzen? Keine Ahnung! Jedenfalls war jegliche Antwort seinerseits ein Kreuz in meinem „Normaler Mann mit diversen Vorzügen"-Bonusheft wert. Rico ließ mich an diesem Abend zwei Mal zum Höhepunkt kommen und am nächsten Morgen, nach erfolgtem Frühstück, sogar noch ein drittes Mal. Ich war fix und fertig nach dieser Nacht und überglücklich! Noch nie hatte jemand so dermaßen viel Zeit für mich hergegeben. Noch nie!

Das Schamgefühl, welches ich beim ersten Mal mit ihm empfunden hatte, war zwar noch da, wurde aber mit jedem Orgasmus kleiner und kleiner. Und ich musste nicht mehr heulen. Das war ein großer Fortschritt! Jedoch kam dafür das leidige Thema, nicht eng genug zu sein, wieder in mir hoch. Es war mir unangenehm und daher fragte ich peinlich berührt, ob er das Gefühl habe, dass ich viel zu weit sei.

„Nein, Anita! Es ist alles in Ordnung! Wenn ich es nicht wüsste, würde ich nicht bemerken, dass du bereits drei Kinder hast. Mach dir darüber überhaupt keine Gedanken! Es ist alles okay an dir!"

Diese Antwort ließ mich entspannt aufatmen. Wobei die Tatsache mit dem Hänger noch immer nicht ausgestanden war und ich dennoch skeptisch daran dachte, ob jemand mit Funktionsstörung die Enge bzw. Weite meiner Vagina überhaupt fachgerecht beurteilen konnte. Trotzdem war ich gelöster, nachdem ich die Frage gestellt hatte. Rico war aus tiefstem Herzen ehrlich, das spürte ich. Er konnte nicht lügen und das hatte er auch nicht nötig. Wieso sollte er mir also irgendeinen Quatsch über meine Muschi erzählen, den er gar nicht ernst meinte? Nur um mir das Gefühl zu geben, ich sei okay? Um mein Retter zu sein? Ich hatte keinen Retter mehr nötig! Das hatte ich selbst geschafft, aus eigener Kraft! Die letzten Jahre waren nicht leicht gewesen und es gab sehr viele Tage, an denen ich mich nicht ertragen konnte. Zu fett, zu hässlich, zu dumm, zu alles! So war ich nun nicht mehr! Das hatte ich abgelegt und verstand nun, dass ich nur selbst für meine Rettung aufkommen konnte. Niemand würde es lange mit mir aushalten, wenn ich ständig gerettet werden müsste. Das es auch jetzt noch Tage gab, an denen ich mich nicht schön fand oder mich in meiner Hülle unwohl fühlte, war ganz natürlich. Das lag am Wetter und am Menstruationszyklus. Aber ich passte besser auf mich auf und hörte in mich hinein, um immer auf der Hut zu bleiben, meinen Selbstzweifel nicht wieder zu nah an mich heranzulassen.

Rico wusste, dass ich diesen Kampf ausfocht, den er selbst auch vor einigen Jahren gekämpft hatte und auch er erkannte, dass es ein niemals endender Prozess war.

Wir radelten am späten Vormittag noch eine kleine Runde durch die benachbarten Ortschaften. Ich mochte es unheimlich, mit ihm aktiv zu sein. Alles war so unkompliziert und spontan. Keine zweiwöchige Vorbereitungszeit. Kein langes Diskutieren. Sicherlich lag das auch daran, dass weder seine noch meine Kinder uns begleiteten. Irgendwie waren wir frei, ohne ein schlechtes Gewissen zu haben.

Gegen 16 Uhr mussten wir uns wohl oder übel bereits wieder verabschieden, da mein Besucher seine Kinder bei der Ex abholen und vorher den ausgeliehenen Helm zurückbringen wollte. Dabei fielen Rico die zwei Bücher auf, die auf dem Tisch lagen und er fragte mich interessiert: „Was ist das? Darf ich mir die mal ausleihen?"

„Ja, gerne. Wenn du zum Frauenversteher werden willst, fängst du erst mit dem Orgasmusbuch an und dann im Anschluss kannst du das Tantra-Massage-Buch durcharbeiten. Kann auf keinen Fall schaden!", sagte ich lächelnd. Er griff zu dem erstgenannten *COMING SOON – Orgasmus ist Übungssache* und steckte es in seine Tasche. Ich schaute ihn verdattert an und erklärte ihm: „Du bist krass! Das Buch wollte ich mit meinem Ex gemeinsam lesen, aber er hat es abgelehnt, da es ja nur um mich ginge und du nimmst es jetzt einfach mit und willst es grundlos lesen?"

Mir kamen fast die Tränen. Es war eine Mischung aus trauriger Gewissheit, hinsichtlich der Trennung zu meinem Ehemann alles richtig gemacht zu haben und der glücklichen Fügung, diesen unbeschreiblichen Rico kennengelernt zu haben. Innerlich machte ich im Bonus-Heft ein weiteres Kreuz.

Ein Teenager und zwei sehr lange Wochen

Rico fuhr am Montag mit seinen beiden Kindern in den Urlaub. Sie machten eine Kreuzfahrt mit einem der kleineren AIDA-Schiffe und sahen sich die Fjorde in Norwegen und Schweden an. Jeden Morgen erhielt ich eine *Guten-Morgen-lieber-Sonnenschein-Nachricht* mit einem Bild von ihm und freute mir darüber die Seele aus dem Leib. Wie konnte jemand nur so niedlich und fürsorglich sein?

Zwar hatte ich gerade andere Gedanken und den Kopf voll mit Vorbereitungen, da ich für meine Vernissage am folgenden Samstag noch einige Erledigungen zu tun hatte. Dennoch ging er mir keinen Tag aus dem Kopf. Er war mein erster Gedanke, wenn ich morgens die Augen öffnete und mein letzter, wenn ich zu Bett ging. Ich fühlte mich wie ein frisch verliebter, 16-jähriger Teenager! Fehlten nur noch die vielen, eitrigen Pickel im Gesicht und der Duft des wilden Tigers, dann wäre die Sache perfekt gewesen.

Nach erfolgter Ausstellung meiner seit Mai gemalten und gezeichneten Acrylbilder, selbst hergestellten Schwibbögen und einem grandios-mutigem Live-Vortrag des Anna-und-Elsa-Titels „Ich lass los", fuhren auch meine Kinder mit mir, meinen Eltern und meiner 94-jährigen Oma am Sonntag darauf in den Urlaub.

Meine Mutter hatte dafür eine Ferienwohnung für uns alle im Spreewald gebucht. Glücklicherweise musste ich mich diesbezüglich um nichts kümmern, da ich bekanntlich Urlaubsplanung verabscheute.

Rico war gefühlt der größte Fan meiner Ausstellung, obwohl er leider nicht dabei sein konnte, aufgrund der AIDA-Kreuzfahrt. Die paar Bilder, die ich ihm sendete und das Video von meiner Gesangseinlage hatten ihn so sehr begeistert, wie keinen anderen: „Anita, ich bin sprachlos! Dein Gesang ist einfach toll und deine Bilder so ausdrucksstark! Ich weiß nicht, was ich noch sagen soll!"

Seine Komplimente über meine Arbeiten schmeichelten mir. Womit ich allerdings gar nicht gut zurecht kam, waren körperbezogene Nettigkeiten. Wenn er mir mitteilte, dass er meine Brüste besonders schön fand, konnte ich ihm das nicht abkaufen. Also bat ich ihn, auf derartige Komplimente zu verzichten.

Eines Abends schlürfte ich mit hängenden Schultern in die Küche unserer Ferienwohnung. Meine Mutter hatte ein Kartenspiel vorbereitet und wartete bereits auf uns. Als sie mich ansah, fragte sie missgestimmt und verärgert: „Was ist denn nun wieder mit dir los? Habe ich schon wieder etwas falsch gemacht oder steht dir die Unterkunft nicht an?" Sowas ging mir gehörig auf den Senkel! Ich hing durch und konnte keinen Gedanken mehr geradeaus denken und dann machte meiner Mutter mir auch noch Vorwürfe? „Nein, Mutti! Das ist es nicht. Ist schon gut. Ich…", entgegnete ich ihr genervt und enttäuscht zugleich, als sie mich unterbrach. „Na aber irgendetwas muss es ja sein, dass du seit Tagen so ein genervtes Gesicht ziehst und dich an nichts beteiligst und erfreuen kannst! Da kann es ja wohl wieder nur an mir liegen!"

„Nein, es liegt nicht an dir, Mutti. Es kann nicht immer alles an dir liegen! Und wenn du die Güte hättest, mich mal ausreden zu lassen, wüsstest du auch, warum es mir nicht gut geht. Aber du hörst mir gar nicht zu und fällst mir immer gleich ins Wort!", gab ich mit Nachdruck zurück. Da die Kinder im Wohnzimmer nebenan vor dem Fernseher saßen, konnte ich das lauter werdende Gespräch nicht fortführen. Wütend trottete ich sogleich wieder ab, weil ich mir diesen Schuh nicht auch noch anziehen wollte. Ein bisschen Trost von ihrer Seite wäre schön gewesen, aber sie war viel zu sehr damit beschäftigt, den Fehler bei sich zu suchen. Das hatte ich übrigens in meiner Kindheit von ihr übernommen und versuchte diese Eigenschaft seit einigen Monaten mühevoll abzulegen. Vermutlich würde das ein Kampf auf Lebenszeit, denn es gab hin und wieder Momente, vor allem zwischen meiner Mutter und mir, die mich total triggerten. Und anders herum war es genauso. Dieser Moment gehörte scheinbar zum Problem meiner Mutter, die sich von mir daran erinnert fühlte, wie minderwertig sie angeblich zu sein schien. Zwar konnte ich das sofort erkennen, dennoch war ich darüber traurig, dass sie nicht sah, wo MEIN Problem eigentlich gerade lag. Nämlich darin, dass ich furchtbaren Liebeskummer hatte und Trost suchte. Trost, den ich bei meinen Kindern nicht erbitten durfte, weil es mir auch nicht zustand, mich bei ihnen auszuweinen. Die einzige Person, die mich noch hätte in den Arm nehmen und trösten können, wäre meine Oma gewesen, aber die hörte schwer und die Gefahr des lauten Redens, so dass es jeder im näheren Umkreis von drei Zimmern gehört hätte, war zu groß gewesen. Also schrieb ich Rico weiter täglich, wie sehr ich ihn bereits vermisste und dass ich die Tage rückwärts zählte.

Am Abend nach unserer Auseinandersetzung schrieb mir meine Mutter: „Gute Nacht… tut mir leid, wollte dir den Tag nicht versauen."
„Ich hab doch einfach nur Liebeskummer, Mu. Du hast mir nicht den Tag verdorben. Es ist nur traurig, dass du immer denkst, es hätte was mit dir zu tun und dass du an allem schuld wärst. Bist du doch aber gar nicht!"

Meine Mutter wusste seit einigen Wochen von Rico. Spätestens nachdem ich von unserem Ausflug an die Kiesgrube wiederkam, konnte ich nicht länger geheim halten, dass es ihn gab, weil meine Augen leuchteten, sobald ich an ihn dachte. Allerdings wollte meine liebe Mutter von dem ganzen Zwischenmenschlichen überhaupt nichts wissen. Es fühlte sich immer schwierig an, mit ihr darüber zu sprechen. Ich spürte, dass es ihr Unbehagen bereitete, wie damals, als ich ihr peinliche Sex-Fragen stellte. Auch wenn ich über irgendwelche sexuellen Dinge nicht im Ansatz sprach, wusste sie doch, dass wir kein enthaltsames Techtelmechtel miteinander führten, sondern auch intim miteinander waren. Und genau das war es offenbar, was sie so abstoßend fand.

Mit Sarah sprach ich einige Male über diese absurde Haltung meiner Mutter. Ich konnte einfach nicht verstehen, warum sie sich nicht ein kleines bisschen für mich freuen konnte und warum ihr Gespräche über Sex so unangenehm waren. Sarah hingegen konnte nicht verstehen, warum ich von meiner Mutter permanenten Fürspruch und Absolution benötigte: „Bei anderen Leuten ist es dir doch auch egal, was sie von der Sache halten! Warum ist es dir so wichtig, dass deine Mutter mit allem einverstanden ist, was du machst?"
Das war eine gute Frage!
Während des ganzen Urlaubes verbrachte ich die Nächte damit, mich nach Rico zu sehnen, über Sarahs Absolutions-Thema nachzudenken und die Seiten dieses Buches mit meinen Gedanken zu füllen. Ich nahm mir vor, meine Mutter mit dem Thema irgendwann, in weiter Zukunft, anzusprechen.

Am nächsten Morgen, als meine Mutter in der Küche stand und Kaffee kochte und die Kinder noch seelenruhig schliefen, erklärte ich ihr leise, was mich so verzweifeln ließ: „Mutti, ich fühl mich total in die Zeit zurückversetzt, als ich das erste Mal verliebt war. Ständiges Gefühls-Auf-und-Ab, mein Kopf ist permanent abwesend, ich bin unkonzentriert. Mein Gott! Wenn mir das mal einer gesagt hätte, dass ich mit fast 40 Jahren so eine Scheiße nochmal durchmachen muss, hätte ich ihm einen Vogel gezeigt! Wie ein pubertierender Teenager komme ich mir vor! Totales Kopf-Chaos. Und außerdem kann mir doch keiner weißmachen, dass sich neu verlieben schön anfühlt! Alles Schwindelei! Der ganze Stress, den ich dabei empfinde, ist die Hölle! Und wenn ich darüber nachdenke, dass es vielleicht nächste Woche schon vorbei sein könnte, kotz ich noch viel mehr ab. Eine Achterbahn der Gefühle! Ich habe gar keine Lust mehr auf sowas!"
Mit den Worten: „Das hast du doch alles selber so gewollt! Ich könnte es mir auch nicht vorstellen, den ganzen Affenzirkus nochmal mitzumachen!" hatte

meine Mutter das Gespräch hinsichtlich meiner verzweifelten Gefühlslage beendet. Kein in den Arm nehmen, kein Verständnis, kein Trost.

Mittlerweile waren es bereits ganze zwei Wochen, in denen Rico und ich uns nicht gesehen hatten. Von meiner Seite her konnte ich nicht behaupten, dass sie wie im Flug vergingen. Unser Urlaubswetter war sehr durchwachsen und meine Motivation, mich einem kinder- und gerontologie-tauglichen Tagesprogramm anzuschließen, sank gen Null. Trotzdem tat ich es der Kinder wegen. Im Schneckentempo traten wir eine Radtour an oder wanderten zwei Kilometer am See entlang. Es war hochgradig deprimierend, da ich immerzu das Gefühl hatte, etwas würde fehlen. Zugleich wusste ich natürlich, das sagte mir jedenfalls mein Verstand, dass es doch nicht sein konnte, dass mir ein fast fremder Mensch, mit dem ich mich erst wenige Male getroffen hatte, so nahe ging. Dieser Gedanke beunruhigte mich.

Verrannte ich mich da in etwas? Oder bildete ich mir Gefühle ein, die gar nicht existierten? War möglicherweise nur die Tatsache schön, mal wieder in den Arm genommen zu werden und Geborgenheit zu erfahren? Ich konnte all diese Fragen zu diesem Zeitpunkt einfach nicht beantworten. Wenn sich so nicht Zuneigung anfühlte, wie denn dann?

Rico ließ ich an meinen Gedanken teilhaben und schrieb: „Ich habe Angst! Das war so alles nicht geplant und ich kann es nicht verstehen, dass du mir nach den paar Mal Treffen schon so fehlst. Da stimmt doch was nicht!"

„Bitte hab keine Angst!", war seine prompte Antwort. „Lass uns einfach schauen, was kommt. Keiner kann das voraussehen. Wir lassen uns Zeit und lernen uns besser kennen, okay?" Mehr als ein erleichtertes „Okay.", brachte ich nicht hervor. Das mochte ich besonders an ihm. Er war so aufgeräumt und klar in seinem Denken und er war sich über uns total bewusst. Er wollte sich nicht vor mir verstellen und legte besonderen Wert darauf, dass ich es auch nicht tat. Oft überlegte ich, ob ich mich anders verhielt, wenn ich bei ihm war.

Ich fand in der letzten Urlaubsnacht die Antwort darauf, die ich ihm an diesem Abend nicht mitteilte: „Ja, ich bin in deiner Nähe jemand anderes! Ich muss dir nichts beweisen, mich nicht für dich aufhübschen, kann dir unverblümt meine Meinung ins Gesicht sagen, ohne darüber nachdenken zu müssen. Du siehst meine Schwächen vom ersten Tag an, genau wie meine Stärken. Ja, ich bin jemand anderes, weil ich strahle, wenn du mein Energielevel aufgefüllt hast mit Herzenswärme und Berührungen und mit deinen Worten. Ich hoffe, du wirst damit klarkommen, wenn ich nicht mehr wer anderes sein kann, weil der Alltag mich nicht mehr leuchten lässt. Davor habe ich Angst!"

Einige Tage später schickte ich Rico diese Zeilen und seine Antwort lautete wie folgt: „Anita, auch ich bin im Alltag gestresst und verrenne mich. Auch ich bin nicht so ausgeglichen, wie mit dir, wenn ich eine ganze Woche meine Kinder hatte und nur noch funktioniere. Wir sind Menschen und keine Maschinen! Aber genau das Gefühl zu haben, sich fallen lassen zu können, wenn man zu seinem Partner kommt, macht das nicht eine Beziehung aus? Dass der andere einen tief innendrin kennt, mit seiner Nähe und Verletzlichkeit? Die Angst, die du beschreibst, heißt Kennenlernen. Die Zeit nach den Schmetterlingen und der rosaroten Brille, der Alltag. Vielleicht sind wir die Schultern, an die wir uns anlehnen können? Ich habe da ein gutes Gefühl. Wir haben uns zwei Wochen nicht gesehen, trotzdem brennt es immer noch in mir! Das kenn ich so gar nicht von mir. Und vielleicht verbrenne ich mir die Finger, aber das Risiko will ich eingehen! Ich sehe dich immer noch, wie du auf dem McDonald's-Parkplatz ankommst und ich durch die Autoscheibe in deine Augen blicke. Du hast mich total aus dem Konzept gebracht! Angst habe ich auch. Wer weiß, was du denken wirst, wenn du mich das erste Mal gestresst im Alltag siehst? Unser Buch ist erst ein paar Seiten beschrieben und hat noch viele unbeschriebene Seiten. Es liegt an uns, wie wir sie füllen. Lass uns bitte nicht wegen Angst die schönsten Kapitel auslassen! Du bist für mich etwas ganz Besonderes und gehst mir nicht mehr aus dem Kopf. Alles weitere zeigt die Zeit."

Seine Worte beruhigten mich enorm. Er verlangte also gar nicht von mir, immer zu strahlen. Nein, er wusste genau, dass im Alltag auch kritische Situationen auf uns zukommen würden, die es zu meistern galt. Aber ob es überhaupt einen Alltag geben würde?

Am Freitag fuhr ich mit meinen beiden Jungs zurück nach Hause, um nach einem kurzen Zwischenstopp in unseren vier Wänden nach Leipzig weiterzureisen, wo wir am Abend das lang ersehnte Konzert von *The Boss Hoss* genossen. Schon auf der Urlaubsrückfahrt riefen wir gemeinsam den Kindsvater an und meldeten die Jungs für Samstag früh gegen 10 Uhr bei ihm an. Tobi hatte die Kinder schon sehr lange nicht mehr gesehen und freute sich sehr darauf, sie endlich wieder in die Arme schließen zu können.

Mindestens genauso groß war meine Freude, mich direkt nach der feierlichen Übergabe unserer Kinder auf den Weg nach Dresden zu begeben und Rico endlich wieder zu sehen! Unsere kleine Mausi blieb noch mit Oma, Opa und Uroma bis Sonntag im Spreewald. Von ihren Großeltern wurde sie auf der Rückfahrt direkt bei Papa abgeliefert.

Wiedersehen

Ich sendete Rico meinen Live-Standort als ich losfuhr, damit er ungefähr abschätzen konnte, wann ich bei ihm sein würde. Es goss wie aus Eimern, doch die Autobahn war glücklicherweise frei. Die Fahrt kam mir endlos vor. Ich war total nervös und machte mir Gedanken, wie sich unser Wiedersehen gestalten würde. Vielleicht fand er mich ja nach zwei Wochen gar nicht mehr so toll und unsere vielen Nachrichten waren alle hinfällig? Oder aber er würde mich direkt von oben bis unten abknutschen, weil er sich so freute, mich wiederzusehen. Je näher ich seinem Wohnort kam, desto ruhiger wurde ich. Vor der Haustür fand ich sofort einen Parkplatz und daneben stand ER, mit Schirm bewaffnet, und eilte mir entgegen. Ganz gentleman-like hielt er mir den Schirm auf, zog mich aus dem Auto an seine Brust und küsste mich leidenschaftlich. Ich war hin und weg!

So hatte ich sie mir überhaupt nicht vorgestellt, unsere Begrüßung. Aber besser ging es ja wohl nicht! Ich holte meinen Kram aus dem Auto und wir huschten hinein. Seine Wohnung war hell, gemütlich, aufgeräumt und sauber. Ich beneidete ihn kurz für seinen Garten und die geringe Kaltmiete. Dann widmeten wir uns den wesentlichen Dingen, nämlich uns!

Wir verschwanden in sein Bett und nahmen uns, wie auch die Male zuvor, besonders viel Zeit füreinander. Es war wundervoll, dass Rico meinen Körper so begehrenswert fand. Ich konnte mich ihm ganz und gar hingeben, ohne das Gefühl zu haben, etwas stimmte nicht mit mir. Er massierte meinen schwabbeligen Bauch und meine nicht mehr ganz so taufrischen Brüste. Er saugte an meinen Brustwarzen und streichelte mich an jeder erdenklichen Stelle meines Körpers. Wir benutzten Öl für meinen Intimbereich und es fühlte sich großartig an, wenn er in mich eindrang. So musste es wohl damals auch mit meinem Ex gewesen sein, erinnerte ich mich. Dieser abschweifende Gedanke, war vermutlich der Grund, warum ich trotz großer Bemühungen von Rico nicht zum Höhepunkt kam. Aber ich teilte ihm meinen Gedanken nicht mit, weil ich es unpassend fand. Was hatte Tobi sich auch heimlich während des Liebesspieles mit Rico einfach in meinen Kopf geschlichen, verdammt?!

Für den Abend hatte ich relativ spontan zwei Tickets für die Komödie bestellt, zu der wir, nach erfolgtem Körperkontakt und kurzer Instandsetzung in der Dusche und vor dem Spiegel, aufbrachen. Rico lotste uns mittels öffentlicher Verkehrsmittel durch die gesamte Stadt und ich folgte ihm wie ein Kleinkind händchenhaltend. Das war ein vertrautes Gefühl, mit ihm so durch die Straßen zu schlendern. Wir gingen kurz beim Asiaten eine Kleinigkeit essen und fanden uns im Anschluss zur Lachveranstaltung ein.

Die Vorstellung war superwitzig und wir lachten viel. Ich hatte den Eindruck, dass jeder andere uns ansah, weil wir uns so verknallt anstrahlten. Auf dem Rückweg mit den Öffis wurde es zwischen uns etwas unaufgeregter. Das lag unter anderem daran, dass wir bereits den ganzen Tag viele, intensive Gespräche geführt hatten – jedenfalls in der Zeit, in der wir keinen Sex hatten – und daran, dass ich langsam müde wurde. Schließlich konnte ich die Tage zuvor kaum schlafen. Als wir bei Rico zu Hause ankamen, machten wir uns bettfertig und widmeten uns erneut intensiv unseren Körpern. In seinen Armen schlief ich anschließend ruhig und total befreit von jedweder Last ein.

Am Morgen gingen wir logischerweise in die dritte Sex-Runde. Allerdings waren meine Vulva und auch meine Vagina schon ziemlich in Mitleidenschaft gezogen. Mein kompletter Intimbereich war mächtig angeschwollen und schmerzte leicht. Das viele Geficke war meine „Kleine", wie Rico sie immer nannte, gar nicht mehr gewohnt.

Am Sonntag kochten wir gemeinsam und gingen in den Wald. Ab und an fanden wir uns in seinem Bett wieder und ich schlief noch eine weitere Nacht bei ihm. Am Montag verabschiedeten wir uns nach einem kleinen Guten-Morgen-Stecker und gingen auf Arbeit.

In Folge sahen wir uns täglich und agierten miteinander, als wären wir ein lang verheiratetes, glückliches Paar, was beziehungsinternen, regelmäßigen Sex praktizierte. Wobei man hier ehrlicherweise sagen musste, dass Rico weiterhin zeitweise Potenzprobleme hatte und ich während der ganzen Woche nicht fähig war, einen Orgasmus zu erleben. Mein Kopf war ständig an und ich konnte trotz aller Kraft, die ich dafür aufbrachte, meine Gedanken nicht ausschalten.

Die Angst war zu groß, dass es sich in den nächsten Wochen, Monaten oder gar Jahren genauso entwickeln würde, wie es sich mit meinem Ex entwickelt hatte: Ich ging immer leer aus, bald hätte ich kein Interesse mehr an körperlicher Nähe und früher oder später bedeutete es das Beziehungs-Aus.

Dafür, dass wir jedoch vorerst nur so etwas wie eine Freundschaft Plus führten, waren meine Ängste etwas sehr weit vorausgedacht, das war mir klar. Meinem ständig drehenden Gedankenkarussell war das aber egal. Jedenfalls hielt die Angst meinen Kopf so sehr davon ab, mich kommen zu lassen, dass ich eben nicht kam. Ich setzte mich selbst damit wieder so unheimlich unter Druck, dass es mich frustrierte.

Erschwerend kam hinzu, dass ich von hartem, ausholendem Ficken überhaupt nichts hielt und wir eher tantrischen Blümchensex praktizierten. An sich fand ich das überhaupt nicht schlimm. Ich sollte doch egoistisch sein und das war ich. Wir taten nur, was uns Spaß machte. Wir fragten gegenseitig nach, ob es sich so gut anfühlte oder ob zu fest oder zu weich angefasst wurde. Er korrigierte mich und ich korrigierte ihn. Dennoch löste ein unachtsamer Satz, den Rico ganz beiläufig äußerte, in mir weitere Bedenken aus. Nämlich, dass tantrischer Blümchensex möglichweise für ihn gar nicht ausreichen würde. So wie ich begriff, dass etwas in mir ganz spontan kollabierte, brach ich das Liebesspiel ab und bat Rico, mich einfach nur festzuhalten. Ich musste mich kurz sammeln, denn eine unglaubliche Traurigkeit überkam mich, wie ein Tsunami. Am liebsten hätte ich losgeheult. Er hielt mich fest und gab mir die Zeit, die ich brauchte. Dann strich er mir zärtlich von der Nasenspitze über meinen viel zu langen, krummen Nasenrücken bis hoch in den Haaransatz und fragte: „Ist alles okay, Babe? Was ist los? Was denkst du?"

Es war ihm natürlich klar, dass ich nicht okay war, sondern dass es mich wieder eiskalt von hinten durch die Brust erwischt hatte. Ich schüttelte den Kopf: „Keine Ahnung. Lass mich kurz in mich reinspüren. Ich kann es selbst nicht erklären."

Nach einer ganzen Weile des Festgehaltenwerdens, konnte ich mein Problem endlich erkennen und versuchte zu erklären: „Du hast über deine Ex erzählt. Du hast gesagt, ihr hattet keine Gemeinsamkeiten, nur eure Hobbys haben euch verbunden: Sex und Radfahren. Sex mit MIR wird immer eine Herausforderung für dich sein. Ich habe Angst, dass du das langfristig nicht mitmachen wirst. Und außerdem weiß ich auch nicht, ob dir das, was wir hier tun, genügt. Ich mag keinen harten Fick-Sex. Ich bin langsam und es kostet mich alle Kraft, meinen Kopf auszukriegen, wenn du es mir machst. Ich fühle mich gerade unzulänglich, klein und minderwertig. Warum das so ist, kann ich dir nicht sagen. Ich will nicht verglichen werden, aber du tust es doch unweigerlich. Ist Sex mit mir vergleichbar mit deiner Ex-Freundin oder irgendwem? Ist das, was wir bisher hatten gut für dich oder nur ausbaufähig? Ich kann gerade gar nichts einschätzen. Da sind so unheimlich viele Zweifel in mir."

Dann weinte ich lautlos und verbarg mich in Ricos starken, beschützenden Armen. Die Antwort auf meine vielen Fragen kannte ich bereits. Er war bereit, mich und meinen Körper, den ich immer noch nicht besonders schön, aber wenigstens mittlerweile ganz passabel fand, so anzunehmen, gern zu haben und zu akzeptieren. Er hatte genauso gern Sex mit mir, wie ich mit ihm und es war mir total bewusst, dass meine Zweifel völlig aus der Luft gegriffen waren, aber sie waren nun mal da und er sollte an ihnen teilhaben. Das war nun mal ich! Auch Zweifel gehörten zu mir. Genauso wie meine spontanen Ideen oder mein beständiger Drang etwas aktiv tun zu müssen zu mir gehörten.

Für mich stand spätestens nach meiner Trennung von meinem Ex fest, dass es wichtig war, den Partner in sein Gefühlschaos einzubeziehen, damit der andere die Beweggründe kannte und entsprechend reagieren konnte.

Rico verstand teilweise meine Zweifel: „Mir ging es ähnlich nach meiner Trennung. Mach dir bitte nicht so viele Gedanken. Ich finde dich einfach wunderbar und auch den Sex mit dir. Wenn mir etwas nicht gefällt, sage ich es dir und du machst das bitte auch! Es gibt überhaupt keinen Grund, an irgendetwas zu zweifeln. Lass uns doch einfach nur das machen, wonach uns ist. Ich vergleich dich nicht. Ich genieße einfach nur! Oder hast du das Gefühl, dass ich nicht mag, was wir machen? Du bist eine ganz tolle Frau, Anita! Und ich liebe alles, was wir bisher gemacht haben, auch Spazierengehen im Wald. Es tut mir leid, dass ich diesen blöden Kommentar über meine Ex-Freundin gesagt und dich damit verletzt habe. Das wollte ich nicht! Du bist mir total wichtig und ich mag dich wirklich besonders gern!"

Mit großen, feuchten Augen sah ich ihn an und sagte flüsternd: „Danke!"

Wir lagen noch einige Minuten schweigend und kuschelnd nebeneinander, um das Gesagte zu verarbeiten, dann fügte ich hinzu: „Für den Kommentar musst du dich gar nicht entschuldigen. Ich finde nicht, dass er in irgendeiner Form unpassend war. Ich konnte doch auch nicht ahnen, dass mein Kopf wieder irgendeinen Quatsch daraus entnimmt. Bitte sprich weiter ganz offen mit mir über alles und halte dich nicht zurück. Mach ich ja auch nicht. Und nein, ich habe nicht das Gefühl, dass du nicht magst, was wir miteinander machen."

Altersgemäß

Unser sexuelles Miteinander bezeichnete ich augenzwinkernd als „altersgemäß". Das hatte jedoch nur den einen Grund: Den Hänger!

„Rico, kann es sein, dass dein Penisproblem doch nicht vom Alkohol und vom Rauchen kommt? Vielleicht liegt e daran, dass du so viele meiner sexuellen Erkenntnisse bereits gelesen hast und dich das in irgendeiner Form stresst?", wollte ich wissen und führte weiter aus: „Das sollte es nicht! Ich habe dir die Ausschnitte zum Lesen gegeben, damit du verstehst, was ich zukünftig nicht mehr will und was ich verdient habe. Lass uns bitte über alles offen reden. Ich liebe es, mit dir Sex zu haben, aber noch geiler wäre es natürlich schon, wenn dein Penis nicht immer wieder schlapp machen würde. Kannst du dir dazu in den nächsten Tagen mal Gedanken machen? Wenn ich dich irgendwie unterstützen kann, sag es mir, aber ich denke, das Problem liegt in deinem Kopf."

„Eins kann ich dir jetzt schon sagen: Es hat rein gar nichts mit dir zu tun. Du bist sexy und attraktiv. Ich steh auf deine Brüste und auf alles an dir. Und auch wenn du wieder fünfzehn Kilo zulegen würdest, wäre es mir egal, weil du dann immer noch derselbe, besondere, tolle Mensch bist! Kann sein, dass es Kopfsache ist, aber wo das Problem liegt, weiß ich ehrlich gesagt nicht."

Ich freute mich besonders über sein Kompliment und auch darüber, dass er mir nicht die Schuld in die Schuhe schob, so wie es seine Vorgänger getan hatten. Mein Übergewicht von fünfzehn Kilo hatte ich innerhalb kürzester Zeit durch totale Appetitlosigkeit und nichts mehr essen im Zeitraum Dezember bis März weggezaubert. Ich hatte große Angst, dass sich nun die ganzen Kilos wieder heimlich zurückschlichen. Zwar achtete ich penibel darauf, dass ich wenig Kohlenhydrate zu mir nahm und mich ausgewogen ernährte, aber Schokolade und Eis waren wieder meine besten Freunde geworden. Rico hatte ich von Anfang an zu verstehen gegeben, dass die Person, die er jetzt vor sich sah zwar schlank war, aber die Person, die er möglicherweise im nächsten Jahr neben sich sitzen hatte, fünfzehn Kilo mehr wog. „So bin ich nicht im Normalfall. So sehe ich nicht aus, wenn ich normal und regelmäßig esse! Ich absorbiere alles, was ich meinem Körper zuführe. Rechne also nicht damit, dass ich in einem Jahr noch genauso schlank bin! Obwohl ich es mir für mich wünschen würde. Denn ich habe endlich wieder mein Wohlfühlgewicht erreicht."

Am Freitag schlich sich in mir diese unangenehme Wahrnehmung ein, dass es schon jetzt nicht mehr richtig kribbelte, wenn wir uns sahen. Verunsichert schrieb ich Sarah eine WhatsApp: „Huhu! Ich bin verwirrt! Der Typ gliedert sich in mein Leben ein, ohne Komplikationen und als wäre er schon immer da gewesen. Aber das Gekribbel ist schon fast verflogen. Muss das so? Ich glaube nicht!"

„Kann ich schlecht sagen. Wie war es denn bei Tobi damals?"

Ich überlegte sehr lange. Am Sonntag besuchte ich Sarah spontan zu Hause. Sie wies mich darauf hin, dass ich ihr noch gar nicht auf die Frage, wie es denn mit meinem Ex-Mann gewesen sei, geantwortet hätte. Ich beschrieb, dass ich ihr darauf noch keine Antwort hatte geben können, da ich noch immer darüber nachdachte: „Soweit ich mich erinnern kann, hat es mindestens ein halbes Jahr lang gekribbelt. Dann kamen die Auseinandersetzungen mit meiner Schwiegermutter hinzu und das Kribbeln verschwand. Ich weiß nicht, was ich davon halten soll, dass es nicht mehr viel kribbelt. Vielleicht muss es das auch gar nicht, weil schon so viele andere tolle Dinge wie Vertrauen und Geborgenheit dazugekommen sind? Oder ist das ein Zeichen für irgendetwas Schlechtes? Bin ich zu verkopft?"

Sarah überlegte kurz und sagte: „Naja... ihr seid eben ziemlich schnell vom Date-Modus in einen Alltags-Modus gewechselt. Das muss aber nichts Schlechtes sein. Im Gegenteil. Stell dir doch mal vor, ihr müsstet euch für jedes Treffen eure Zeit freischaufeln und könntet alltägliche Dinge wie Kochen, Einkaufen oder Spazierengehen nicht ohne Umstände wahrnehmen. Das wäre doch ein gigantischer Stressfaktor. In so kurzer Zeit schon so viel Alltag miteinander zu verbringen, kann doch schön sein. Also was genau stört dich jetzt an der Situation? Das was du bisher so erzählt hast, klingt durchweg gut und fühlt sich nach meiner Einschätzung absolut richtig an. Außerdem bist du keine 16 mehr. Und vielleicht würde es ja auch noch kribbeln, aber du lässt es nicht zu, weil es dir Angst macht. Kann das nicht auch sein? Nimm es doch einfach an, Anita. Und denk nicht zu viel darüber nach."

„Meinst du, ich bin da zu pragmatisch? Hm... kann sein. Dass ich keine 16 mehr bin, weiß ich auch. Und es ist ja auch nicht so, dass es gar nicht mehr kribbelt. Der Sex mit Rico fühlt sich echt sehr vielversprechend an. Ich glaube, die Häufigkeit erinnert mich an meine erste Zeit mit Tobi. Da war ich zwar keine 16 mehr, aber als Jugendliche könnte ich mit 19 noch durchgehen, oder? Na wenigstens kann sich meine Intimzone nach dem vielen Miteinander in der kommenden Woche ausreichend erholen, weil wir uns da leider nicht treffen können, wegen der Kinder! Ich sag dir! So geschwollene Lippen hatte ich das letzte Mal vor 20 Jahren!", witzelte ich. Noch offensichtlicher konnte ich nicht reden, da Sarahs Kinder ihre Ohren überall hatten. Daher brachen wir das Gespräch an dieser Stelle ab.

Auf dem Nachhauseweg von Sarah dachte ich darüber nach, dass ich mich ständig an meinen ehelichen Geschlechtsverkehr zurückerinnerte, wenn ich mit Rico intim war. Obwohl ich meine sexuelle Vergangenheit doch zusammen mit meinem Nachbarn beerdigt hatte. War ich etwa der Annahme gewesen, eine so lange Zeit einfach aus meiner Erinnerung löschen zu können? Da war ich wohl falsch gewickelt! Gut, ich hatte das Problem erkannt. Das war schon mal der erste Schritt. Nun galt es, dieses Problem anzugehen und zu bearbeiten, bis es keine Rolle mehr spielte. Aber wie sollte ich das nur anstellen? Anscheinend blockierte mich der Gedanke, in mein altes Verhaltensmuster zurückfallen zu können so sehr, dass ich während des Sex damit beschäftigt war, ihn auszuschalten. In Folge dessen, war mein Kopf an und mein sexuelles ICH konnte nicht annehmen, was mir Rico geben wollte. Verdammt! Was für eine Scheiße! Wie kam ich denn nur aus dieser Nummer heraus?

Rico war mittlerweile auch auf einem guten Weg, sein Problem in Angriff zu nehmen. Er schrieb: „Ich merke, dass bei mir auch was nicht stimmt. Bin aber noch nicht dahintergekommen. Daher vermutlich auch meine Hänger. Hat aber nichts mit dir zu tun! Muss mal in mich hineinhören."
Ob es wirklich so war, dass es nichts mit mir zu tun hatte, bezweifelte ich sehr! Sicher lag es nicht an meinen Äußerlichkeiten oder an meiner Person. Er sagte mir immer wieder, dass er alles an meinem Körper mochte und ich glaubte ihm. Aber vielleicht triggerte ich ihn auch in irgendeiner Weise und er bemerkte es gar nicht. Das konnte eine Bewegung sein, ein Blick oder die Art und Weise, wie ich ihm über sein dünnes Haar strich. Also fragte ich: „Was vermutest du? Mir nicht gerecht zu werden? Kein guter Vater zu sein?"
„Vermute aktuell die Vater-Sohn-Beziehung und die Ansprüche an mich selbst."
„Kann sein. Welche Ansprüche stellst du denn an dich und warum? Gibt es dazu eine Notwendigkeit oder Veranlassung? Manchmal kann man nicht mehr geben, als man hat. Und wenn es wenig ist, muss es für den Moment ausreichen. Ich kann z.B. gerade nicht meine ganze Energie den Kindern übertragen, weil ich sie selbst zu meiner Genesung beanspruche. Das ist okay für mich. Man muss sich nur dessen bewusst werden. Also: Welche Ansprüche und warum?"
Er schrieb: „Das kann ich noch nicht in Worte fassen. Bin noch dabei in mich zu hören."
Ob ich ihn möglicherweise triggerte, fragte ich ihn nicht. Er sollte erstmal in sich gehen und der Ursache selbst auf die Spur kommen.

Mir ging es jedenfalls so. In meiner Ehe hatten der Ex und ich auch diverse Stellungen ausprobiert und hin und wieder erwischte ich mich beim Sex mit Rico dabei, dass ich daran dachte. Es waren oftmals neutrale Erinnerungen. Seltener dachte ich an den wenigen, unzulänglichen Verkehr, den wir in den letzten Jahren hatten. Aber diese Gedanken kamen mir ständig in die Quere und ich hatte keinen blassen Schimmer, wie ich sie abstellen konnte.

„Süßer, beim Schreiben meines Buches kam mir noch eine andere Idee zu deinem Hänger-Problem.", stieg ich zwei Tage später wieder darauf ein, „Kann es sein, dass ICH dich triggere? Das muss nicht unbedingt etwas sein, dass dich an mir stört. Womöglich ist es nur eine Kleinigkeit, die dich an etwas Zurückliegendes mit deiner Ex erinnert. Da es situativ passiert, ist das naheliegend. Mir geht es nämlich so."

„Gute Frage. Ist möglich. Ich bin noch dabei und gehe in mich. Was ist es bei dir? Kannst du es beschreiben, was es auslöst? Das ist echt ein guter Ansatz. Gehe dem nach. Danke, du bist toll!"

„Ja, kann ich. Es sind die Erinnerungen an unbedeutenden, freudlosen Sex. Schon die Tatsache, dass ich erinnert werde, blockiert mich. Ob die Erinnerung neutral oder irgendwie mit einer Gefühlsregung behaftet ist, spielt dabei keine Rolle. Der Kopf ist an, obwohl er aus sein muss. Der Druck, den ich mir dabei selbst mache, ist unbeschreiblich groß. Wie ein Teufelskreis. Weiß nicht, wie ich das unterbinden kann. Viel Alkohol hat am besten geholfen.", und das meinte ich nicht lustig. Das war mein purer Ernst. Nur konnte ich mir doch nicht immerzu vor dem Sex einen Caipi mixen oder einen viertel Liter Sambuca einlassen! Die Lösung musste eine andere sein, sonst würde ich sehr zeitnah zur Alkoholikerin mutieren.

„Danke für deine Worte. Lass uns doch am Montag darüber reden, wenn du magst.", schrieb Rico zurück. Ehrlich gesagt, wusste ich nicht, was es darüber noch zu reden gab. Ich hatte alles gesagt. Er konnte an meinem Problem genauso wenig ändern wie jeder andere, der nicht ICH war. Aber dass er mir dieses Angebot machte, rechnete ich ihm hoch an. Ja, gerne würde ich ihm erklären, was in mir vorging, wenn wir bei der Sache waren und an einigen Situationen hatte ich ihn bereits teilhaben lassen. Nicht seinetwegen sondern meinetwegen. Um meine Probleme aufzudecken, half es mir eben, das Körperliche zu unterbrechen und Rico auf mein Gedankenkarussell aufsteigen zu lassen. Ich hatte zu keiner Zeit das Gefühl, dass ihn das störte. Im Gegenteil. Er befürwortete es, wenn ich mit ihm offen sprach und meine komplexen, verwobenen und teilweise unsinnigen Chaosmomente mit ihm teilte. Aber was war, wenn es für das Erinnerungs-Problem gar keine sinnvolle Lösung gab? Es machte mich unzufrieden und deprimierte mich.

Nun hatte ich schon so viel für mein neues Körpergefühl getan. Ich sah mir meine hässliche Muschi tagelang im Spiegel an, redete mir ein, sie sei ein prächtiges und schönes Ding. Ich gab mich Monate lang dutzenden Selbststudien hin und las Bücher. Ich hatte Sex mit Bekloppten und Wahnsinnigen und jetzt auch mit einem besonderen, liebevollen Menschen und trotzdem blieb ich immer wieder an irgendeiner Ecke hängen und kam nicht weiter vorwärts. Warum nur?

Wieso konnte ich nicht zu den Frauen gehören, die einfach ihre Beine spreizten, den verdammten Penis ihres Sexualpartners in sich aufnahmen und dabei innerhalb kürzester Zeit und ohne weitere Stimulation zum Orgasmus kamen? Warum war ich nur so furchtbar anstrengend und kompliziert? So gern ich außerhalb im Mittelpunkt stand und von allem abweichen wollte, so gern wäre ich in sexueller Hinsicht einfach ganz normal gewesen! Es kotzte mich an und ich begann so langsam, wieder an meinen ganzen Fortschritten zu zweifeln.

Zu meiner Selbsttherapie hatte ich mir bereits vor vielen Wochen zum Ziel gesetzt, meine wunderschöne, prächtige Vulva in all ihrer Schönheit zu zeichnen. Vor einigen Tagen nahm ich mir nach langer Zeit mal wieder den kleinen Handspiegel, den ich mir zur Intimbegutachtung extra bei Rossmann gekauft hatte, und schaute mir das Ding erneut an. Es war nach all dieser Zeit wieder genau so hässlich geworden, wie ich es vor einem guten Jahr vorgefunden hatte. Es gab nichts Schönes an meiner Vulva! Sie war runzelig, dunkel, labyrinthartig und abstoßend! Ich konnte sowas nicht zeichnen! Aus Prinzip nicht! Und erst recht nicht als etwas Ästhetisches! Davon abgesehen, hätte es vorausgesetzt, dass ich es mir sehr oft und intensiv hätte ansehen müssen und das wollte ich nicht. Wie kam nur Rico damit klar. Ich schämte mich vor mir selbst, für meine abstoßende Muschi. Wie konnte er das Ding auch noch lecken oder fingern wollen oder hineinstoßen? Das konnte er nicht wollen! Nein, das konnte niemand wollen!

Ich verstand, dass ich wieder am Anfang stand. Was zum Henker hatte ich falsch gemacht? Musste ich mir jetzt mein ganzes Leben lang einreden, dass ich eine wundervolle Prachtmuschi hatte und ihr jeden Tag meinen Dank zum Ausdruck bringen, damit sich der Gedanke in mir hielt? Ich weinte lautlos vor mich hin.

Rico versuchte mich aufzubauen, aber es gelang ihm nicht: „Anita, lass den Kopf nicht hängen. Es ist ein ewig andauernder Prozess. Wenn ich darf, bin ich für dich da und gehe den Weg mit dir. Ich habe dich gerne und sehe noch viel in uns. Du bist eine tolle Frau, nur dein Selbstbewusstsein muss noch ein bisschen aufpoliert werden."

„Das liegt beim Nachbarn, 1,50 m tief. Du siehst... viele Probleme und das, obwohl ich so lösungsorientiert bin. Ich weiß nicht, ob du lieber das Weite suchen solltest!", schlug ich entmutigt vor.

„Anita, NEIN!", schrieb er entsetzt über meinen Vorschlag, „Ich möchte nicht das Weite suchen! Die Entscheidung treffe immer noch ich selbst! Jeder Mensch hat Probleme. Die Wenigsten erkennen diese und suchen nach einer Lösung. Währen meiner Ehe bin ich auch ziellos durch die Gegend geirrt und habe alle Probleme auf andere projiziert. Da bist du schon so viel weiter! Ich kenne kaum jemanden, der sich so bewusst ist wie du. Ich wäre glücklich, wenn ich nur einen Bruchteil davon hätte. Und das Problem ist vielleicht nicht die Akzeptanz deines Liebesdreiecks. Kann es sein, dass dies nur die Wirkung ist und die Ursache wo anders liegt?"

Was für eine gute Frage! Ich dachte kurz darüber nach und stellte entsetzt fest, dass Rico mit dieser These recht hatte.

„Ja, das KANN nicht nur so sein, das IST so!", antwortete ich. Die Ursache fand ich erschreckenderweise ganz schnell. Sie fiel mir wie Schuppen von den Augen: „Das Ding funktioniert nicht wie es soll. Wenn es nicht angewachsen wäre, würde ich es wegschmeißen! Aber mich hat ja keiner gefragt, ob ich so ein kaputtes Ding haben will. Und jetzt muss ich damit klarkommen."

Trotzig wie ein kleines Kind und wütend über diese defekte Muschi, zu der ich verdonnert wurde und unsäglich verzweifelt, begann ich, diese Tatsache zu betrauern. Auch Ricos lieb gemeinter und sehr niedlicher Aufmunterungs-versuch half nichts: „Mein kleiner Sonnenschein, da ist nichts kaputt. Bitte glaub mir das! Ich finde deine Muschi ansprechend und heiß. Das lasse ich mir auch nicht ausreden. Kann ich nicht einfach vorbeikommen und dich in den Arm nehmen?"

Nein, das ging natürlich nicht. Seine Kinder mussten durch ihn beaufsichtigt werden und meine waren bei mir. Keiner von ihnen ahnte etwas von unserem *Was-auch-immer* und das sollte auch noch eine ganze Weile so bleiben. Ich nannte es *Was-auch-immer*, was wir miteinander hatten. Ich wollte es jedenfalls nicht *Beziehung* nennen. Erstens, weil ich das Risiko einer Beziehung nicht eingehen wollte. Das war zu gefährlich. Da hätte ich mir doch eingestehen müssen, dass ich Rico mehr mochte als ich dachte. Außerdem würde eine sogenannte Beziehung nur unsäglich großes Leid bedeuten, wenn sie einseitig beendet würde. Das wollte ich unbedingt vermeiden. Zweitens, weil wir doch eine Freundschaft plus führten, oder nicht?

Deprimiert, traurig und hoffnungslos ging ich an dem Abend 23 Uhr ins Bett und heulte bis ich in den Schlaf fand.

Freundschaft plus, Verhütung und Kinderwunsch

„Nenne es, wie du willst, Anita!", sagte mir Sarah. „Aber sei dir darüber bewusst, dass es etwas Tiefes ist und keine Oberflächlichkeit beinhaltet. Du besprichst mit Rico all diejenigen Dinge, die du wichtig findest und die dich beschäftigen. Und er ist bereit, mit dir diese Gespräche zu führen. Er lehnt sie nicht ab und hält dich nicht für übergeschnappt, wenn du ihm sagst, er solle in sich hineinhorchen. Das verstehen die Wenigsten. Ob du es nun Beziehung oder Freundschaft plus nennst, ist dabei völlig egal. Allerdings halte ich eine Freundschaft plus für weitaus oberflächlicher als das, was ihr da miteinander habt!"

Ja, das sah ich genauso. All die Gespräche, die ich über mein miserables Sexleben gern mit meinem Ehemann geführt hätte, führte ich nun mit dem tiefsinnigen Rico aus Dresden. Irgendwie war ich darüber glücklich, dankbar und ab und an auch überrascht. Wirklich oft fragte ich mich, warum ich all diese Erkenntnisse nicht schon viele Jahre vorher machen und mit Tobi darüber reden konnte. Dafür war es nun zu spät. Weder wollte ich zurück zu meinem Ex, noch vermisste ich ihn. Aber das Gefühl, versagt zu haben und zu merken, dass die Probleme alle in mir verborgen lagen, machte mich betroffen. Teilweise empfand ich sogar eine Art Schuld. Ich hatte ihm Sex mit mir verwehrt, weil ich keinen Spaß daran hatte. Doch war er nicht auch ein Mensch mit Bedürfnissen, der sich nach Befriedigung sehnte?

Zufriedenheit schaffte mir nur die Gewissheit, ihn aus der Gefangenschaft in die Freiheit entlassen zu haben, indem ich den Mut gefasst hatte, mich aus dieser Ehe zu lösen. In unser Beider Interesse. Ja, diese Entscheidung zu treffen, war nicht leicht gewesen und dauerte über drei Jahre lang. Aber es war der richtige Weg, den sowohl mein Ex als auch ich gingen. Er war nun wieder für sich selbst zuständig. Konnte sich um seine eigenen Bedürfnisse kümmern, sich darüber wieder bewusst werden. Und ich genauso.

Was mir im letzten halben Jahr halbwegs gelang, sah ich bei ihm bislang noch nicht. Er war bereits in unserer Ehe vor zehn Jahren stehen geblieben und stand auch acht Monate nach unserer Trennung noch am gleichen Fleck. Tobi tat mir darum fast leid. Ich hatte ihn eingekleidet, frisiert, unsere Urlaube geplant, unser Mittagessen gekocht oder wenigstens bestimmt, was es gab. Vermutlich hatte ich ihn im Laufe der Jahre so manipuliert, dass er gar nicht mehr wusste, wer er eigentlich war und welche Interessen er noch hatte. All diese Dinge waren mir klar geworden und ich erkannte meinen Fehler. Einen Fehler, den ich nicht wiederholen wollte. Weder wollte ich jemanden an meiner Seite, der sich als mein permanenter Retter fühlte, noch jemanden, dem ich den Koffer packen musste, wenn wir in den Urlaub fuhren. Ich wollte einen Mann, der meinen Urlaub plante, der selbstständig seine Klamotten einkaufte, packte und erkannte, wann es Zeit war, den Rasierer mal wieder zu bemühen. Einen der mich darauf hinwies, dass es mir nicht gut ging und mich dazu anspornte, mich um mich selbst zu kümmern. Keinen der sich dauerhaft um mich kümmern musste. So jemanden wie Rico! Aber was hatten wir da für einen Was-auch-immer-Status erreicht? Hatten wir die Freundschaft-plus-Nummer bereits nach kurzer Zeit überschritten?

Als ich mich mit meiner Freundin Katja einige Tage zuvor in Meißen zu einem unbeschwerten Abendessen traf, fragte sie mich nach meinem aktuellen Beziehungsstand und ich begann mit leuchtenden Augen zu berichten: „Also wir haben uns auf Freundschaft plus geeinigt. Wir führen echt krass tiefe Gespräche, vor allem über unser Intimleben. Er hat schon diverse Auszüge aus meinem Buch gelesen und er hat richtig viel Zeit für mich, wenn wir miteinander schlafen. Die ganze letzte Woche haben wir zusammen verbracht wie ein altes Ehepaar und es klappt super. Außerdem fahren wir im November gemeinsam nach Belgien. Das war relativ spontan. Ich freu mich schon riesig darauf."

„Hat er Kinder?"

„Ja, einen Sohn, 12, und eine Tochter, 10."

„Kann es sein, dass du total verknallt bist?", stellte Katja fragend fest.

„Ja, ein bisschen schon.", schmunzelte ich verlegen.

„Und warum dann keine Beziehung?"

„Das macht doch alles irgendwie kompliziert, oder nicht? Wie soll denn eine Beziehung aussehen, die den wochenweisen Wechsel der Kinder beinhaltet und bei der man die nächsten zehn Jahre nicht zusammenziehen kann, weil 35 Kilometer Entfernung zwischen den Schulen unserer Kinder und den jeweils anderen Elternteilen liegen? Und was ist, wenn sich die Kinder nicht verstehen? Darüber will ich noch gar nicht nachdenken. Das stresst mich jetzt schon."

„Also wir haben unsere Kinder relativ schnell miteinander bekannt gemacht.", erzählte Katja. „Uns war klar, dass es ein Ausschlusskriterium sein würde, wenn die Kinder den Partner nicht mögen oder miteinander nicht klarkommen. Zieh das nicht so lange raus! Das macht die Sache nur noch komplizierter!"

„Aber ein Zusammenziehen, wie bei euch, käme für uns beide die nächsten Jahre überhaupt nicht in Frage. Wenigstens bis die Kinder ausgezogen sind oder fertig mit der Schule. Das ist doch Scheiße! So führt man doch keine reguläre

Beziehung!?! Was soll das denn werden? Und dazu kommt, dass ich noch nicht mal geschieden bin. Wenn ich dem Ex jetzt mitteilen müsste, dass es einen neuen Partner in meinem Leben gibt, würde sich vermutlich seine Gefühlslage zu meinen Ungunsten verändern. Darauf habe ich auch überhaupt keinen Bock! Wenigstens will ich die Scheidungsmodalitäten vorher geklärt haben."

Mit wenigen Sätzen erläuterte ich Katja meine geringen finanziellen Forderungen an meinen Ex-Mann, um dann über Umwege auf das nächste, sehr spannende Thema überzuleiten: „Sag mal, nimmst du eigentlich die Pille oder wie verhütet ihr? Ich hätte ja nicht gedacht, dass Verhütung für mich noch einmal ein Thema sein würde, aber scheinbar muss es das nun. Schließlich habe ich ja wieder Sex und das auch nicht wenig!"

Katja lachte offenherzig über das Gesagte. So kannte und mochte sie mich. Kein Blatt vor den Mund und gerade heraus, genau wie sie es auch war. Nur Katjas Vorteil war es, dass sie über ein gewisses Maß an notwendigem, diplomatischen Geschick verfügte. Dieses fehlte mir leider gänzlich.

Dann erklärte sie: „Also ich nehme keine Pille. Ehrlich gesagt, arbeitet doch hier eindeutig die Zeit für uns. Irgendwann ist sowieso damit Ritze und wir kommen in die Wechseljahre. Ich gebe der ganzen Sache noch zehn Jahre, dann war es das mit Fruchtbarkeit. Mein Mann ist da ein echter Kämpfer! Er zieht vorher immer raus!"

Staunend hörte ich mir an, was sie von sich preisgab. Ganz Unrecht hatte sie damit nicht. Ich nickte anerkennend. Dann fuhr sie fort: „Manchmal ist es schon echt nervig und unschön. Aber auf der anderen Seite gibt es in ein paar Jahren etwas, worauf wir uns beide freuen können. Nämlich endlich zu jeder Tages- und Nachtzeit ungeschützten Sex haben zu können. Ist das nicht eine coole Vorstellung, seine Beziehung dann nach so langer Zeit noch einmal auf ein neues Level zu heben?"

Ob das so geil war, bezweifelte ich! Für mich war ein Kondom immer noch der sicherste Weg. Die Pille zu nehmen, kam nicht in Frage, da ich im Alter von 16 Jahren bereits unter der Einnahme der Pille eine tiefe Beinvenen-Thrombose davontrug, von der ich auch jetzt noch zehrte. Vor allem an heißen Tagen, fiel mir das Treppensteigen besonders schwer, weil das Blut in meinem linken Oberschenkel den Rückweg nicht mehr fand. Jede Art von hormoneller Verhütung wurde mir in Folge dessen ärztlich untersagt. Ab und an dachte ich darüber nach, ob eine Spirale oder sogar die Sterilisation eine sinnvolle Lösung wäre. Allerdings ging einer meiner Söhne mit einem Jungen zur Schule, dessen Mutter auch mit einer Spirale verhütet hatte. Also schloss ich eine Spirale wieder aus. Ben, das Spiralenkind, war suppenblöde. Meine Vermutung war, dass diese doofe Kupferspirale in seinem Hirn verwachsen war, denn in der Gebärmutter seiner eigenen Mutter war sie, laut ihrer Aussage, nicht mehr auffindbar gewesen.

Es kam letztlich nur der gute alte Gummi oder die totale Endlösung (also Sterilisation) in Frage. Wobei Letzteres mir auch nicht besonders gefiel. Durch den Kaiserschnitt, der zur Geburt meines großen Sohnes erfolgt war, hatten sich in meiner Gebärmutter bereits Vernarbungen gebildet, die ich täglich beim Duschen weich massierte und die Sarah mir mit ihren heilenden Händen jedes Quartal aufs Neue freimachte. Einmal drückte sie mir einen Punkt oberhalb der Brust zwischen Schulterblatt und Achsel, der über einen Meridian mit meiner Gebärmutter zusammenhing, so heftig, dass ich sie anflehte: „Bitte lass mich nicht steeeeeeerbeeeeeeen!"

Einem neuen operativen Eingriff, der weitere Narben in meinem Unterleib mit sich brachte und der theoretisch gar nicht notwendig war, wollte ich mich tatsächlich nicht unterziehen. Somit schied auch die Möglichkeit der Sterilisation für mich aus. Also bangte ich weiter jeden Monat, dass endlich meine Regel wieder einsetzte. Das hatte doch so gar nichts mit Entspanntheit zu tun! Als ich auf dem Heimweg von Meißen nach Nossen erneut darüber nachdachte, wurde mir dieses Problem erst richtig bewusst, welches mich von erfülltem Geschlechtsverkehr abhielt: Die Verhütungsthematik!

Ich konnte keinen entspannten Sex haben, wenn ich nicht zu 100 Prozent sicher war, dass keine ungewollte Schwangerschaft daraus resultierte. Das war doch ganz logisch! Und nach drei gesunden Kindern, einer Abtreibung und einer Fehlgeburt noch ein Kind zu bekommen, schloss ich ganz und gar aus! Ich war zu alt für so eine Scheiße! Weder mit Rico, noch mit einem anderen Mann wollte ich ein weiteres Kind bekommen. Dahingehend war meine persönliche Familienplanung abgeschlossen. Irgendwann wollte ich die Verantwortung abgeben können und meine drei Schnuckis in ihre Freiheit entlassen, um meine eigene wieder zu erlangen. Das war vielleicht egoistisch, aber es war die Wahrheit.

Eine Woche nach dem Gespräch mit Katja erklärten Rico und ich unsere Freundschaft plus für beendet und wechselten in den Status *Beziehung*. Wir hatten uns bei Bumble Mitte August gematcht, uns Anfang September das erste Mal gesehen und nun war es mittlerweile Mitte Oktober.

Kuscheln unter Tränen

Rico zehn Tage lang nicht sehen zu dürfen, war eine enorme Belastung für meine kleine Seele. Ich vermisste ihn an jedem einzelnen Tag. Auf Arbeit konnte ich keinen klaren Gedanken mehr fassen, ohne an ihn zu denken und wie gut sich alles mit ihm anfühlte. Es war so leicht mit ihm und unbeschwert. Er machte mich komplett.

Zwar hatte ich Bedenken, was wohl würde, wenn er auch meine ganzen Schwächen und Macken erst kannte, aber diese schob ich vorerst zur Seite. Ab und an ploppte die Angst dennoch wieder auf. Als ich während meiner Arbeitszeit heimlich von einer Baustelle, die ich betreute, für einen kurzen Zwischenstopp von 30 Minuten zu Rico nach Hause fuhr, um mit ihm einen Kaffee zu trinken, zu fummeln und zu knutschen, war es wieder soweit. Wir lagen Arm in Arm auf seinem Sofa und ich genoss dieses Gefühl der innigen Zuneigung, der Wärme und Geborgenheit, als ich plötzlich zu weinen anfing. Er war wie immer gigantisch liebevoll und hielt mich fest. „Es ist alles gut, Anita! Ich bin doch da!", sagte er tröstend. „Ich weiß!", flüsterte ich mit gebrochener Stimme.

Er fragte nicht warum ich weinte, sondern akzeptierte meine Verletzlichkeit in dieser Situation. Er ließ mir die Möglichkeit und die Zeit, mich selbst zu begreifen und, wenn ich dazu bereit war, mit ihm darüber sprechen. Wie wundervoll diese Eigenschaft doch war! Er verachtete mich nicht für mein Gewimmer und er war auch nicht von mir und meinen ständigen Gefühlsausbrüchen genervt. In welcher Beziehung war denn bitteschön so etwas möglich? Ich kannte nur eine einzige! Die von Sarah und Martin.

Erst einige Stunden später erkannte ich, dass es die Angst vor dem Verlust war, die mich so traurig gemacht hatte. Da saßen wir und knutschten, während die totale Glückseligkeit in mir Einzug hielt und dann zog plötzlich und unerwartet diese unbegründete, aber starke Verlustangst in mir ein. So sehr ich auch versuchte mich dagegen zu wehren, gelang es mir nicht. Dieser Mann zog mich mental und körperlich so unheimlich an, dass ich ihn schon jetzt nicht mehr aus meinem Leben wegdenken wollte. Aber die Vernunft sagte mir, dass es doch jederzeit dazu kommen konnte. Und so winselte ich in seinem Schutz und nahm seinen Trost in mir auf.

Am Abend schickte ich Sarah eine Sprachnachricht: „Du, ich glaube, du musst mir nochmal helfen! Ich bezweifle, dass eine Beziehung zu dem Zeitpunkt schon angemessen ist. Ich bin ja jetzt erst circa ein dreiviertel Jahr getrennt. Zwar habe ich behauptet, dass es sich schon länger einsam angefühlt hat und das ich schon sehr lange mit mir alleine bin, aber irgendwie schleppe ich doch noch so viele ungeklärte Dinge mit mir herum... Und Rico löst immer wieder Trigger in mir aus. Ich würde behaupten, es könnte mir bei jedem anderen Menschen vermutlich auch passieren, aber ich weiß nicht ob es mir auch zu jedem anderen Zeitpunkt passieren würde. Ist es für eine neue Partnerschaft nicht vielleicht zu früh? Heut Morgen habe ich einen kurzen Abstecher zu Rico gemacht, weil ich ihn so unendlich sehr vermisst habe. Und plötzlich bin ich beim Knutschen einfach so in Tränen ausgebrochen, weil ich Angst habe, ihn zu verlieren. Das ist doch nicht normal! Würde mir das denn auch noch in einem Jahr passieren? Bin ich noch nicht bereit? Das ist ein komischer Gedankengang, aber ich weiß, du wirst meine Frage nachvollziehen können. Hast du dazu einen Tipp?"

Und glücklicherweise war Sarahs Antwort ganz nach meinem erhofften Geschmack: „Ich finde es genau richtig, wie es ist. Ich habe selbst erst letztes Wochenende wie ein Baby weinend in Martins Armen gelegen, weil mir ein Schmerz in mir bewusst wurde, den ich bis dahin verdrängt hatte. Es gibt keine richtige Zeit. Es gibt nur Entscheidungen."

Dazu musste man wissen, dass Sarah und Martin schon seit über fünfzehn Jahren miteinander zusammen waren. Also spielte es vermutlich wirklich keine Rolle, wann und warum man zusammenbrach, sondern nur die Tatsache, dass man einen Partner an seiner Seite fand, bei dem man diese Emotionen zeigen und besprechen durfte. Ich dankte Sarah, die mir damit eine gewisse Sicherheit verschaffte.

Ekelhafte Tatsachen und Absolution

An einem sonnigen Mittwoch – meine Mutter hatte wieder die Kinder geholt und wartete schon bei mir zu Hause – war der Moment der Momente gekommen: „Mutti, du musst dann mal mit mir vor die Tür kommen. Ich muss dir dringend was erzählen!", bat ich sie aufgeregt.

Es war bereits Ende Oktober und draußen war es kalt. Die Kinder hatten vorgeschlagen die erste Fuhre Plätzchen zu backen. Ich willigte ein. Den Teig, den wir am Vorabend zusammengerührt hatten, rollten wir nun gemeinschaftlich aus und stachen diverse Weihnachtsformen aus. Auch unsere 94-jährige Uroma half beim Bestücken der Backbleche. Die Kinder waren zufrieden, naschen zu dürfen und zogen sich im Anschluss in ihre Räumlichkeiten zurück um zu spielen. Das war genau der richtige Zeitpunkt, um meine Mutter über meinen neuen Beziehungsstatus zu informieren. Wir gingen also vor die Tür und ich erzählte ihr von Rico. Zunächst tat sie gänzlich unbeeindruckt, doch schnell schlug ihre Mimik um. Ich spürte förmlich ihre Sorge durch sie hindurchleuchten. Nach einigen Erklärungen meinerseits zog ich das Handy aus meiner Jeans und zeigte ihr voller Stolz einige Bilder von ihm. „Aha!", machte sie relativ neutral. Dann blätterte ich auf dem Display weiter und ein schönes Bild von Rico und mir beim Knutschen tauchte auf. Es war ein unverfängliches Foto, ohne sichtbare Zungenakrobatik. Einfach nur Mund auf Mund. Ich lächelte glückselig in mich hinein, als es aufploppte. Mit der Reaktion meiner Mutter rechnete ich allerdings überhaupt nicht! Sie schüttelte sich angeekelt, streckte dabei ihre Zunge raus und machte ein zerknautschtes Gesicht. Ungefähr so wie ich, wenn ich an die Berührung einer Katze dachte. Und jeder wusste, dass ich Katzen furchtbar ekelhaft fand! Schon die Vorstellung davon, das Fell anzufassen, ließ mich schaudern. Scheinbar ging es meiner Mutter ebenso. Nur, dass Rico die vermeintliche Katze war.

Entsetzt über ihre Reaktion ließ ich das Handy wieder in die Hosentasche gleiten, schaute sie fragend von der Seite an und brach die Situation enttäuscht ab, indem ich zurück ins Haus ging. Ich ließ es gut sein und fragte nicht weiter, warum sie das getan hatte. Wir wechselten das Thema und gingen nicht erneut darauf ein. Es fühlte sich enttäuschend für mich an. Was genau war denn an unserem Bild so eklig gewesen, dass sie es mir zeigen musste? Rein gar nichts! Es war ein tolles Foto, welches uns ganz innig und harmonisch miteinander zeigte. Das Glück strahlte förmlich aus unseren Gesichtern heraus. Und genau an diesem Glück wollte ich meine Mutter, meinen Herzensmenschen, teilhaben lassen. Und dann kam so eine beschissene Reaktion von ihr?

Ich war enttäuscht darüber, dass sie sich für mich nicht freuen konnte. Wieso konnte sie mir mein neues Glück nicht gönnen und was genau war ihr Problem? Diese Frage beschäftigte mich sehr lange. Ich vermutete, dass sie mit ihrer eigenen Sexualität auch nicht im Reinen war und da irgendetwas ganz tief in ihr drin auch total im Arsch war. Da meine Mutter und ich aber über solche Dinge nie sprachen, fragte ich nicht danach. Ihr Ekel bezog sich weder auf mich noch auf Rico. Es musste irgendetwas mit ihr zu tun haben und nicht mit mir! Es ging nicht um MEIN Glück. Nein, das sah sie in diesem Moment nicht, sondern nur ihre eigene Angst, dass ich womöglich in den Armen eines Fremden lag, der mich nicht wertschätzte und meine Gutmütigkeit ausnutzte oder sogar, im schlimmsten Fall, ein Pädophiler war, der es auf meine Kinder absah. Dennoch beschloss ich in diesem Augenblick, dass meine Eltern Rico nicht in den nächsten Wochen zu Gesicht bekommen würden. Erst recht nicht, nach so einem fragwürdigen Verhalten meiner Mutter.

Als ich Sarah von dieser Sache erzählte und ihren Rat einholte, fragte sie mich nur: „Welche Reaktion hast du denn erwartet?"
„Freude für mich? Dafür, dass ich wieder glücklich bin? Oder eine Art *Es ist okay für mich.* vielleicht?"
„Wieso willst du von deiner Mutter Absolution erteilt bekommen? Es kann dir doch egal sein, was sie davon hält, wenn es sich für dich richtig anfühlt! Deiner Mutter muss nicht alles gefallen, was du tust und mit wem du es tust! Es ist doch auch okay, wenn sie mal anderer Meinung ist als du. Das geht dir doch umgekehrt nicht anders. Erwarte daher keine Absolution! Auch nicht von deiner Mom!"
Wahrscheinlich hatte Sarah wie immer recht. Dennoch fragte ich mich in den nächsten Wochen oft, wieso ich ständig diesen Gedanken hegte, es meiner Mutter recht machen zu wollen und ihr zu gefallen. In einem weiteren Gespräch mit Sarah stieß ich darauf, dass diese Erwartungshaltung an mich selber aus einer seit meiner Kindheit implizierten Kernaussage meiner Mutter herrührte: „Du bist wie dein Vater!"
Mein Vater war nicht mein Vater! Er war lediglich mein Erzeuger! Und mit diesem Menschen wurde ich seit ich denken konnte verglichen. Im Zuge dessen tat ich bis zum jetzigen Zeitpunkt alles dafür, nicht wie mein Erzeuger zu sein, sondern mich von ihm abzuheben und die Dinge besser zu machen, die er verbockt hatte. Mein Erzeuger war ein langzeitarbeitsloser Alkoholiker, der im Alter von 60 Jahren so viele körperliche Gebrechen hatte, dass er kaum noch laufen konnte. Eigentlich hatte ich Mitgefühl für seine Situation. Ich war sein

erstes Kind. Nach der Scheidung meiner Eltern bekam er mit seiner neuen Frau, die zwei Kinder in die Beziehung mitbrachte, noch weitere fünf Kinder. Davon war ich im Laufe seines Lebens das wohl Unwichtigste geworden. Es fiel mir daher umso schwerer, mit dem Druck der Unzulänglichkeit umzugehen. Rückblickend wurde mir sogar mein Talent zum Backen als vom Vater vererbte Gabe zugesteckt. Als ob nicht jeder Trottel backen könnte, der im Stande ist, ein Rezept zu lesen!

Ich backte also Stollen zu Weihnachten, der mindestens genauso gut schmeckte, wie der meines Vaters, wenn nichts sogar noch besser! Ich arbeitete fleißig und verdiente mein eigenes Geld, um nicht auf Kosten des Steuerzahlers vor mich hin zu existieren. Ich machte Sport, um dem körperlichen Verschleiß vorzubeugen und ich engagierte mich ehrenamtlich. All das tat mein Erzeuger nicht! Immerzu machte es den Eindruck, als müsste ich meiner Mutter und der ganzen Welt beweisen, dass ich ICH war und nicht ER! Ich tat was ich konnte, doch meine Mutter fühlte sich manchmal so durch meine bloße Anwesenheit an ihn erinnert, dass sie bereits eskalierte, wenn ich zur Tür hereinkam. Was konnte ich also tun, um mir selbst den Druck zu nehmen, ihr ständig gefallen zu wollen? Ich wusste es nicht. Es konnte nur von Vorteil sein, das Problem erkannt zu haben.

Mein Problem war also: Ich wollte meiner Mutter gefallen und nicht mit meinem Erzeuger verglichen werden. Absolution forderte ich nur, weil mir meine eigene Bestätigung nicht ausreichte. Die nächste Zeit würde ich daher damit zubringen müssen, ausgiebig darüber nachzudenken, womit ich mich selbst bestätigen konnte, ohne auf die Bestätigung meiner Mutter oder sonst wem zu hoffen. Das hatte sicher wieder was mit Selbstbewusstsein zu tun. Daran arbeitete ich schon eine ganze Weile. Manchmal war es da und manchmal war es weg. Das wiederum war total zyklusabhängig. Wenn ich zum Beispiel meine Regel hatte, war es im Keller verschwunden.

Ein paar Tage später schrieb meine Mutti mir per WhatsApp: „Hi meine Maus! Alles gut bei dir?"
„Geht so. Auf Arbeit ist es gerade zum Kotzen und für Fasching habe ich auch momentan nichts übrig!"
Die neue Faschingssaison rückte mit großen Schritten näher. Viele Jahre zuvor hatte ich immens viel Zeit und Kraft in die Vorbereitungsarbeiten der Abendveranstaltungen einfließen lassen, für die ich jedoch in diesem Jahr überhaupt keine Nerven hatte. Ich entschuldigte mich bei meinen Vorstandskollegen, die vollstes Verständnis für meine derzeitige Situation

aufbrachten. Die wenige Verantwortung, die ich jetzt noch trug, war allenfalls vernachlässigenswert. Die Showtänze für die Ladies und die Kinder saßen. Auch die Kostümfrage war geklärt. Aus dem restlichen Programm hielt ich mich großzügig raus und half auch nicht beim Ausschmücken der Räumlichkeiten, da ich entweder die wenige verfügbare Zeit mit Rico verbrachte, oder meine Kinder betreuen musste.

Meine Mutter verstand den Zwiespalt in mir. Sie war und ist auch schon viele Jahre Mitglied im örtlichen Faschingsclub und konnte gut nachvollziehen, wie es mir ging. Manchmal war das Jahr eben zu kurz, um noch eine 5. Jahreszeit dazwischenzuschieben. Sie fragte mich fürsorglich: „Das klingt nicht gut. Wie kann ich dir helfen?"

Ich überlegte kurz. Was konnte meine Mutter tun, damit es mir besser ging? Spontan fiel mir nur diese eine Sache ein und ich antwortete direkt: „Vielleicht, indem du dich zukünftig nicht mehr vor Ekel schüttelst, wenn ich dir meinen Partner auf einem Foto zeige? Das würde schon sehr helfen."

Meine Mutter schickte den Daumen-hoch-Smiley, einen Knutsch-Mund-Smiley und ein kurzes: „Okay!"

Möglicherweise war sie sich ihrer kränkenden Reaktion vor der Haustür gar nicht bewusst gewesen und hatte darüber nicht weiter nachgedacht. Dies nahm ich jedenfalls an. Es konnte also nichts schaden, sie mit ihrer Nase darauf zu stupsen und ihr mitzuteilen, dass ich es scheiße fand. Somit war die Sache für mich erstmal erledigt. Ich hatte ein gutes Gefühl, ihr meinen Standpunkt in einem kurzen, knackigen Satz dargelegt zu haben. Schließlich hatte sie mich doch danach gefragt.

Der Tanzstundenabschlussball

Unser großer Sohn besuchte mittlerweile die neunte Klasse des Gymnasiums. Üblicherweise wurde in den Schulen in diesem Jahrgang ein Standard-Tanzkurs angeboten, der durch einen Tanzstundenabschlussball krönend beendet wurde.

Sohnemanns Lust auf die große Abschlusszeremonie hielt sich in Grenzen. Man hätte eher Unlust dazu sagen müssen. Nach mehrfachem gut Zureden, überzeugte ich ihn trotzdem davon, dass es doch eine schöne Erfahrung sei, an so einer offiziellen Veranstaltung teilzunehmen. Und wie es eben immer war: Wenn man gar keine Lust auf irgendetwas hatte, wurde die Party meistens doch am schönsten.

Wir organisierten also leihweise einen Anzug und bestellten zwei Tickets, je eins für Tobi und eins für mich. Die Großeltern wollte unser Sohn nicht mitnehmen und ich akzeptierte seine Entscheidung. Schließlich hatte ich auch überhaupt kein Bedürfnis, neben meinen furchtbaren Ex-Schwiegereltern zu sitzen und mir den Abend mit dummen Sprüchen verderben zu lassen.

Mit Tobi vereinbarte ich, erst unseren Sohn abzuliefern, der bereits 90 Minuten eher da sein sollte, um den ganzen Ablauf noch einmal durchzugehen, und Tobi im Anschluss abzuholen. Wir wollten gern gemeinsam zur Veranstaltung gehen.

Als ich mit meinem Erstgeborenen einige Tage vor dem Abschlussball nach Hause fuhr, erinnerte ich ihn daran, dass ich direkt nach Fasching in den Urlaub nach Belgien fahren würde.

„Fährst du etwa alleine?", wollte er wissen.

„Nein."

„Mit wem fährst du, wenn du uns schon nicht mitnimmst?", warf er mir fragend vor.

„Schatz, ich fahr mit Rico.", erklärte ich.

„Ist das dein Freund?"

„Ja, ich denke schon. Jedenfalls treffen wir uns regelmäßig und ich mag ihn sehr."

„Und wann gedenkst du, ihn uns vorzustellen?", fragte er spitz.

„Wir hatten doch schon mal darüber gesprochen, dass ich euch erst einen neuen Partner vorstellen werde, wenn ich mir sicher bin, dass er zu einem festen Bestandteil meines Lebens werden soll. Da bin ich aber noch nicht mit Rico. Es fühlt sich danach an, aber ich will mir erst sicher sein! Vielleicht nach unserem Urlaub! Ist das okay für dich?"

„Ja, das verstehe ich. Aber wenn du schon alleine nach Belgien fährst, ohne uns, dann will ich nächstes Jahr wenigstens auch mal fliegen!"

„Schatz, das Jahr war super anstrengend für uns alle, auch für mich. Bitte sei nicht sauer, weil ich ohne euch fahre. Ich habe mir diese Auszeit wirklich verdient und brauche sie. Ob wir nächstes Jahr fliegen, kann ich dir nicht versprechen. Bitte gib mir die Möglichkeit, deinem Papa selbst von Rico erzählen zu dürfen. Kannst du die Neuigkeit noch so lange für dich behalten?"

„Ja, ist gut." Er wirkte bedrückt. Ich spürte, dass er jetzt schon ein schlechtes Gewissen seinem Vater gegenüber hegte. Er tat mir leid, aber ich wollte meinen Kindern für die Zukunft mitgeben, dass es im Leben immer weiter ging und dass es nur darum ging, glücklich zu sein. Sowohl im Beruf als auch in der Partnerschaft. Und wenn dazu ein neuer Partner notwendig war, dann war es nun mal so.

Meinen mittleren Sohn informierte ich am nächsten Morgen beim Frühstück. Die Kleine war zu Besuch bei Omi, der Älteste schlief noch. Also saßen wir zu zweit am Tisch und konnten uns ungestört unterhalten.

„Schnucki, ich wollte dir nur sagen, dass ich einen Freund habe. Sein Name ist Rico und ich habe ihn echt sehr gerne. In zwei Wochen fahre ich mit ihm zusammen nach Belgien. Wir machen einen Städtetrip. Das ist furchtbar stressig für Kinder, deshalb fahren wir nur zu zweit, weil es für euch zu anstrengend würde. Ist das für dich in Ordnung?"

„Ja, okay. Ich freu mich für dich, Mama.", sagte er wohlwollend.

„Über was freust du dich denn? Darüber, dass ich Urlaub mache oder darüber, dass ich einen Freund habe?"

„Beides. Ich freue mich, wenn du glücklich bist, Mama!"

Mein kleiner Knuddelbär nahm mich an sich heran und drückte mich. Eine Träne des Stolzes und der Freude kullerte über meine Wange. Ich knutschte ihn und hielt ihn ganz fest in meinen Armen.

„Danke, mein Liebling! Ich lieb dich besonders doll!"

Am Abend des Balles fuhr ich also meinen jugendlichen Prachtfalter im dunkelblauen Anzug und Fliege zur Location. Er brachte seiner Tanzpartnerin einen Blumenstrauß mit und sah einfach aus wie der Traum einer jeden Schwiegermutter! Sicherlich schielten die vielen Mädchen schon eine ganze Weile nach ihm, nur mein Schnucki wollte vom anderen Geschlecht noch nichts wissen. Das fand ich nicht schlimm. Er sollte sich ruhig mit Partnerschaft, Sex und den damit verbundenen Befindlichkeiten jede Menge Zeit lassen. Je länger, desto besser! Schließlich hatte körperliche Nähe auch mit innerer Reife zu tun.

Und ich wollte ihn unbedingt an meinen ganzen Kenntnissen teilhaben lassen, die ich im letzten Jahr gewonnen hatte. Nur wusste ich nicht, wie ich ungefragt mein Wissen an ihn herantragen konnte, ohne dass es für ihn peinlich wurde. Mir war gar nichts peinlich, was ich mit ihm besprechen wollte. Aber ich konnte auch nicht einfach so aus einer Laune heraus meine Infos mit ihm teilen und ihn damit total verunsichern. Bestimmt würde er, wenn es soweit war, meinen Rat suchen und mich danach fragen und dann konnte ich mit meinem Fachwissen über den weiblichen Körper punkten und er würde möglicherweise nicht die gleichen Fehler machen wie sein Vater und ich. Das war jedenfalls mein übergeordnetes Ziel, jedoch nicht für diesen Abend.

Nachdem ich den Großen abgeworfen hatte, fuhr ich zu Tobi. Gern wollte ich die Zeit nutzen, um ihn vorsichtig darauf vorzubereiten, dass ich einen neuen Mann an meiner Seite hatte, von dem ich ausging, dass er vermutlich den Rest meines Lebens nun mit mir teilen würde.

Als ich bei ihm zu Hause ankam, stand er bereits rauchend vor der Haustür. Eine große Anspannung ging von ihm aus. Auf den ersten Blick erkannte ich, dass er seinen Hochzeitsanzug trug und ich dachte mir heimlich: „Naja… da kommt der wenigstens nochmal an die frische Luft."

Ich glaube, es wäre für ihn besser gewesen, den Anzug rituell zu beerdigen oder ihn wegzugeben. Was wollte er denn noch mit diesem Anzug, den er zu unserer Hochzeit getragen hatte? Und wieso geißelte er sich damit selbst? Ob er gar nicht verstand, dass es manchmal gut war, Dinge wegzutun und Gedanken abzulegen? Oder machte es ihm einfach gar nichts aus, das Ding zu tragen?

Wir begrüßten uns freundlich, rauchten noch eine Zigarette und gingen gemeinsam rein. Das Gefühl des Verlustes und des Versagthabens hatte ich schon seit einigen Monaten nicht mehr, wenn ich das Haus betrat. Ich fühlte mich frei und gelöst. Es gab keinerlei Verbindung mehr zu diesem Ort und das war gesund und gut so. Es machte mir bewusst, dass ich schon einen großen Schritt nach vorn gegangen war.

Kaum saßen wir auf dem Sofa, als Tobi schon total verstockt lospolterte: „Also, wenn du es mir nicht erzählen willst, von dir aus, dann fang ich jetzt einfach mal an! Ich bin ja nicht blöd! Du konntest mir in den letzten Wochen schon gar nicht mehr in die Augen schauen und unser Großer hat mir gestern Abend am Telefon gesagt, du hättest was mit mir zu besprechen. Ich kann doch eins und eins zusammenzählen!"

Ich unterbrach ihn, als ich verstand, warum er so aufgebracht war. Unser Sohn hatte ihn also bereits vorab informiert? Ich nahm es ihm nicht übel. Er wollte schließlich Gerechtigkeit walten lassen, aber ein bisschen überrascht war ich dennoch: „Was hat er dir denn am Telefon erzählt? Ich hatte ihn doch gebeten, es dir selbst erklären zu dürfen. Und ja, ich will dir gerne etwas erzählen, aber du musst mir schon auch die Möglichkeit dazu geben, überhaupt zu sprechen!"

„Er hat nur gesagt, du hättest mir etwas Wichtiges mitzuteilen. Also habe ich ihn gefragt, ob du einen Freund hast und er hat geantwortet, dass er dazu nichts sagen will, weil du mit mir selbst sprechen möchtest!"

Die Situation hatte ich mir so nicht vorgestellt. Ich wollte auf einfühlsame Art und Weise darüber informieren, um meinen Ex nicht zu verletzen. Wobei mir durchaus bewusst war, dass es ganz schmerzfrei vermutlich zu keinem Zeitpunkt abgehen würde. Wie würde es mir denn in seiner Situation gehen? Würde ich mir nicht auch die Frage stellen, wie er mich so schnell zur Seite legen und etwas Neues beginnen konnte? Nun ja, das Gespräch war nicht wie erhofft gestartet, aber ich musste nun das Beste daraus machen.

„Ja, Tobi. Ich habe einen Freund. Sein Name ist Rico. Er wohnt in Dresden und hat zwei Kinder."

Alles was ich ihm noch zu Rico erklärte, hörte er bereits nicht mehr. Er versank in einem großen Loch und brach unmittelbar danach weinend zusammen. Ich saß nur da und hörte mir an, was er mir zu sagen hatte. Das war ich ihm schuldig. Ich hörte mir seine Gedanken und Sorgen an, seine Ängste und seine unaufgeräumte Wahrnehmung. Ich empfand großes Mitgefühl für ihn. Er war noch nicht ansatzweise einen Schritt nach vorn gegangen oder hatte damit begonnen, unser Kapitel zu beenden und ein neues zu beginnen. Es lagen so viel Schmerz, Zerrissenheit und Kummer in seinen Worten, dass ich sie gar nicht wiedergeben konnte. Aber auch Vorwürfe brachte er sich selbst und mir gegenüber zum Ausdruck. Ich nahm alles hin und hielt es aus.

Ich wusste ganz genau, an welcher Stelle der Verarbeitung er stand. An dieser Stelle war ich schon vor zehn Monaten gewesen und sie dauerte an. Er betrauerte das Ende unserer Ehe. Ich wollte für ihn da sein und ihm dabei helfen nach vorn zu gehen. Und dazu gehörte es nun mal, sich den Vorwürfen zu stellen und Fragen zu beantworten. Das konnte ich inzwischen. Dafür war ich bereit.

Schluchzend erklärte er mir: „Ich fühle mich wie ein Versager! Ich habe es nicht hinbekommen mit dir unsere Ehe zu halten!"

„Das Gefühl kenne ich. Mir ging es wie dir. Aber du darfst dich von dem Gedanken lösen. Wir haben alles versucht und es hat einfach nicht hingehauen. Du hast genauso wenig versagt wie ich. Im Gegenteil! Wir haben eine Lösung gesucht, um beide wieder glücklich zu werden. Und die Lösung war für uns beide die Trennung. Diesen mutigen Schritt gehen nicht viele Paare. Aber wir waren mutig! Wir haben uns gegen ein Leben in Unzufriedenheit und Ablehnung, gegen ständige Vorwürfe entschieden. Es ist okay, dass es sich im Moment für dich so anfühlt, aber werde dir darüber klar, dass du nicht versagt hast! Geh nach vorn und schließe ab. Such dir jemanden zum Reden und zum Aufarbeiten. Das ist super wichtig! Manche Probleme kann man nicht alleine bewältigen. Sieh dir die Lage aus einer anderen Perspektive an, um zu verstehen, was es mit uns gemacht hat, was es mit DIR gemacht hat. Hast du jemanden, mit dem du so intime Gespräche führen kannst? Wenn nicht, sprich mit Sarah. Sie hat es dir angeboten."

„Ja, ich habe jemanden. Mit Sarah will ich nicht darüber sprechen. Ich weiß, dass ihr euch sehr nahe seid. Da würde ich mich nicht wohlfühlen mit ihr."

„Das ist in Ordnung. Musst du auch nicht. Aber teile dich einem Freund mit. Sprich über deine Gedanken und Gefühle, damit du dir über das, was dich traurig macht, bewusst werden kannst. Such nach Auswegen und finde wieder zurück zu dir! Ich mache mir selbst genug Vorwürfe. Wir haben beide irgendwann aufgehört zu sein, wer wir waren. Wie oft habe ich dich gebeten, dir wieder ein Hobby zu suchen und deine Freundschaften wieder aufleben zu lassen, aber du wolltest es nicht. Vielleicht ist jetzt der richtige Zeitpunkt dafür gekommen?", schlug ich vor.

„Weißt du... ich habe mich in den letzten Jahren nur noch wie dein Angestellter gefühlt. Habe dich gekrault, dir was zu trinken geholt, Essen gekocht. Ich habe alles gemacht, um es dir recht zu machen! Irgendwann konnte ich es einfach nicht mehr, weil du mir nichts mehr entgegengebracht hast!", rechtfertigte er sich.

„Ich weiß. Auch ich hatte keine Kraft mehr, für dich eine gute Partnerin zu sein. Aber keiner von uns hat darum gebeten, es dem anderen recht zu machen! Wann ist das denn passiert, dass wir uns selbst nicht mehr wertschätzen konnten? Ich kann es dir ehrlich nicht sagen. Aber jetzt spielt das doch auch gar keine Rolle mehr. Keiner von uns will dahin zurück. Wir hatten eine gute Zeit und ich nehme viele tolle Momente mit in meine Zukunft. Aber ich lerne auch aus den negativen Erfahrungen, die wir miteinander gemacht haben. Ich wollte nie, dass du mein Angestellter bist. Und du wolltest vermutlich nie, dass du für mich wie ein viertes Kind warst."

Meine Emotionen hielten sich in Grenzen. Über all das Gesagte war ich schon lange hinweg. Die meisten Gedanken hatte ich bereits verarbeitet und abgeschlossen. Es gab zwar ab und zu Momente mit Rico, wo es mich von hinten durch die Brust traf, aber damit konnte ich mittlerweile halbwegs gut umgehen, weil ich mir selbst wieder total bewusst und nahe war. Vermutlich so nahe, wie ich es zuvor nie war.

Tobi zu trösten fiel mir nicht schwer. Allerdings hatte ich nicht das Bedürfnis, mich ihm an den Hals zu werfen und ihn zu drücken. Es reichte ein festes Tätscheln seines Knies. Er weinte verzweifelt: „Ich habe dich wirklich sehr geliebt und ich werde es immer tun!"

Dabei hielt ich sein Knie fest unter meiner Hand und sagte: „Ich weiß! Auch du wirst immer ein Teil in meinem Leben bleiben."

„Hat dieser Rico auch Kinder?"

„Ja, zwei. Hatte ich dir vorhin schon erzählt, aber das hast du scheinbar schon gar nicht mehr gehört."

„Wie alt?", wollte er wissen.

„Zehn und Zwölf." Dann fuhr ich nach einer kurzen Pause fort: „Das Angebot steht übrigens nach wie vor, dass du ihn gern kennenlernen kannst, bevor ich ihn unseren Kindern vorstelle. Rico selbst hat es nach der Trennung von seiner Ex-Frau auch so gehandhabt. Seine damalige neue Freundin und seine Ex sind wohl erstmal eine Stunde zusammen spazieren gegangen. Find ich lustig. Ich hätte nicht gedacht, dass es andere Getrennte auch in Betracht ziehen, den neuen Partner kennenlernen zu wollen. Wenn du also magst und dazu bereit bist, würde ich nach meinem Urlaub mit ihm gern darauf zurückkommen. Es sei denn, der Urlaub wird scheiße und alles löst sich in Luft auf. Kann man ja nie wissen."

„Ja, das würde ich gern.", sagte er nickend und „Ich will dich schließlich in guten Händen wissen, Schatz!... Oh, bitte entschuldige! Aber du bist eben mein Schatz und wirst es immer bleiben."

„Ist gut. Dann spreche ich mit ihm. Er wird dir sympathisch sein, da bin ich mir sehr sicher. Bitte hab aber keine Angst, dass er dich als Vater ersetzten wird. Das kann er gar nicht! Du bist ein toller Papa, wenn nicht sogar der Beste. Das weißt du und das habe ich dir immer schon gesagt."

„Danke! Ich weiß.... Hab ich dir eigentlich schon erzählt, was die erste Reaktion meiner Mutter war, als ich ihr mitteilte, dass wir uns getrennt haben?"

„Nein. Ich will es auch nicht wissen!", unterbrach ich ihn sofort.

„Doch! Ich muss es dir aber sagen! Es war wieder so typisch!"

Wieder bat ich ihn: „Nein, bitte sag es mir nicht! Es wird mich nur wieder unglaublich aufregen. Wir wollen doch dann gleich zum Abschlussball. Da habe ich keine Lust mit einem dicken Hals hinzugehen!"

„Trotzdem. Ich muss es dir sagen! Sie sagte: „Krieg ich da jetzt wenigstens eine ordentliche Schwiegertochter?". Mehr nicht! Nur diesen Satz!"

Ich war sprachlos! Mein erster Impuls war blankes Mitgefühl für Tobi. Ich stellte mir vor, wie er vor seinen Eltern stand. Seine Mutter, die von Anfang an gesagt hatte: „Anita passt einfach nicht zur dir!", die nun in ihrer Vermutung bestätigt wurde. Eine Mutter, die in einer solchen Situation verpflichtet war, Trost zu spenden und ihren Sohn in den Arm zu nehmen. Eine Mutter, die es nicht schaffte, über ihren eigenen Schatten zu springen und selbstlos ihr Mitgefühl auszudrücken und ihren Sohn in einer emotional belastenden, traurigen Situation aufzufangen und zu halten. Was war diese Frau doch für ein furchtbarer Mensch! Kein Wunder, dass unser Verhältnis zueinander so derartig gestört war.

Tobi tat mir unendlich leid. Er hatte in seiner Familie keinen Rückhalt bekommen und kurz flammte in mir der Vorwurf an mich selbst wieder auf, ihm meine Familie entrissen zu haben, in der er sich so herzlich aufgehoben fühlte. Dann folgte der zweite Impuls: Was zur Hölle sollte es eigentlich bedeuten: Eine ordentliche Schwiegertochter??? Was war denn bitteschön an mir nicht ordentlich??? Ich ging arbeiten, erledigte den Haushalt, war eine halbwegs vernünftige Mutter, gute Köchin, schnitt meinen Jungs die Haare, engagierte mich wo ich nur konnte. Was war es also, was mich in ihren Augen so unzulänglich erscheinen ließ? Vielleicht die Tatsache, dass ich nicht immer ihrer Meinung war oder dass ich kein kirchlicher Mensch war? Oder etwa, dass ich ihr anscheinend das letzte Kind einfach weggenommen hatte, um das sie sich sowieso kaum gekümmert hatte?

Als ich meine Gedanken sortiert hatte und in Worte fassen konnte, sagte ich zu Tobi: „Es tut mir leid, dass deine Mutter dich nicht trösten konnte. Ich hätte es mir für dich gewünscht und es macht mich unsagbar traurig, dass deine Familie dich nicht unterstützen konnte. Ich weiß nicht, was für ein Problem sie mit mir hatte. Aber ich wünsche dir von ganzem Herzen, dass du irgendwann eine Partnerin finden wirst, die den Ansprüchen deiner Mutter genügt und mit der sie gut klarkommt."

Dankend nickte er mir zu und erwiderte: „Weißt du, was ich ihr geantwortet habe?"

„Nein. Was?", fragt ich.

„Dass ich mir meine Freundin immer noch selbst aussuche, unabhängig davon, was sie von ihr hält. Das habe ich bei dir auch gemacht und ich werde es wieder so machen! Es geht hier schließlich um mein Leben und nicht um ihres!"

„Das hast du gesagt?", fragte ich erstaunt und fügte noch hinzu: „Wow. Das war aber eine deutliche Ansage! Finde ich gut. Womöglich solltest du ihr auch irgendwann mitteilen, dass sie oftmals der Grund für unsere Streitigkeiten war und sie sich zukünftig einfach nicht mehr in Be- und Erziehungsthemen reinhängen sollte."

Tobi nahm meine Hand: „Ich will doch nur, dass es dir gut geht und du glücklich bist!"

„Das wünsche ich dir auch von Herzen!"

Wir umarmten uns. Es fühlte sich respektvoll, verständnisvoll und irgendwie auch hoffnungsvoll nach vorn blickend an. Dann wischten wir die Tränen aus unseren Gesichtern und beschlossen, das Gespräch zu beenden.

„Ich danke dir, für deine Ehrlichkeit und Offenheit, Tobi. Ich weiß, dass wir uns weiterhin gut verstehen werden, nicht nur den Kindern zuliebe, sondern auch weil wir uns weiterhin liebhaben. Lass uns einfach an dem anknüpfen, was wir schon alles miteinander geschafft haben und versuchen, immer eine gute Lösung zu finden. Ich weiß, dass wir das können. Und sei dir sicher, dass mich dabei weder meine Eltern noch ein neuer Partner in irgendeiner Weise beeinflussen können! So... und jetzt sollten wir uns langsam auf die Socken machen, sonst kommen wir noch zu spät!", sagte ich abschließend.

Wir stiegen ins Auto und fuhren zum Abschlussball unseres großen Sohnes. Wie er mit seiner Tanzpartnerin den Saal betrat, schauten Tobi und ich uns mit feuchten Augen an. Ohne dafür Worte finden zu müssen, wussten wir: Den Menschen da vorn hatten wir wirklich gut hinbekommen. Ja! Wir waren gute Eltern und würden es auch weiterhin sein! Sicher waren wir nicht perfekt, aber das brachte das Leben nun mal so mit sich. Und dieser kleine Scheißer, der da eben erst aus mir herausgeschnitten wurde, stand nun als ein erwachsener Mann vor uns. Er war klug, sympathisch, freundlich, zuvorkommend, herzlich, höflich, vernünftig, vorausschauend und besaß alle guten Eigenschaften, die ein Mensch eben noch so haben konnte.

Mit vor Stolz geschwellter Brust und einem bisschen Mimimi durfte ich im Anschluss mit ihm Walzer tanzen. Mein Gott, beinahe hätte ich vor lauter Freude losgeheult, so glücklich war ich in diesem Moment.

Kopfsache

Nach diesem Gespräch mit meinem Ex fühlte ich mich wesentlich befreiter. Ich hatte keine Angst mehr, vor den Kindern etwas Falsches zu sagen oder vor eventueller Streitgefahr zwischen Tobi und mir. Wir waren beide gelöst und entlastet aus dem Gespräch herausgegangen, hatten uns zu verstehen gegeben, dass es in Ordnung war, wie es war und dass wir gute Eltern waren. Doch eine Sache ließ mich die nächsten Tage nicht los: Das Gefühl der Unzulänglichkeit im Bezug auf das Ex-Schwiegermonster.

Es kam sogar soweit, dass ich mitten in der Nacht in Ricos Bett und in seinen Armen schlafend, davon träumte, die bekloppte Kuh vom Turm zu stoßen. Dabei schien ich laut gerufen und gegen die Wand geschlagen zu haben. Jedenfalls weckte mich Rico mit den Worten: „Liebste, es ist alles okay! Ich bin doch da!"

„Warum war ich ihr denn nicht gut genug? Was hätte ich denn noch machen müssen, um ihre Erwartungen zu erfüllen? Ich habe doch schon alles gemacht!", fragte ich ihn weinend.

„Ich kann es dir nicht sagen. Es wäre vermutlich egal gewesen, weil du es ihr sowieso nicht recht gemacht hättest. Nach allem, was du erzählt hast, ist sie einfach nur ein furchtbarer Mensch! Daran kannst du nichts ändern. Aber jetzt bist du frei und hast mit ihr nichts mehr zu tun. Du musst dir darüber keine Gedanken mehr machen. Es ist vorbei! Du bist gut so wie du bist! Du bist nicht unzureichend! Nein, du bist genau richtig, Anita!"

Rico umarmte mich tröstend und hielt mich fest. Es fühlte sich sicher an und voller Zuneigung. Ich glaubte ihm, wusste jedoch, dass ich meine neue Aufgabe erkannt hatte. Nämlich mit meiner Ex-Schwiegermutter abzuschließen und ihre ständigen Vorwürfe in eine Kiste zu packen und wegzutun.

Rico und ich waren täglich intim, wenn wir uns sahen. Manchmal auch mehrfach. Ich genoss es sehr, wieder so etwas wie ein Sexleben zu führen, begehrt zu werden und Schmetterlinge im Bauch fliegen zu lassen. Für mich war dabei von Anfang an klar, dass es beim Körperlichsein nicht nur um Penetrations-Sex ging, sondern vielmehr um die Berührungen, die man sich und seinem Partner schenkte. Obwohl ich annahm, dass ich diese Herangehensweise bereits mehrfach kommuniziert hatte, erwischte ich mich dabei, wie ich zunehmend genervter reagierte, wenn Rico sich wieder mal für seinen Hänger entschuldigte.

„Hör doch bitte auf, dich zu entschuldigen! Du weißt doch, dass es mir nichts ausmacht. Und ich weiß, dass wir der Lösung total nahe sind. Du musst sie nur noch entdecken und laut aussprechen. Es kränkt mich, wenn du denkst, du müsstest dich für dein Potenzproblem entschuldigen! Ich erwarte von dir nicht, dass er steht! Ich erwarte nur deine Berührungen. Das reicht mir völlig. Na klar wäre es schön, wenn er irgendwann funktionstüchtig wäre, aber setz dich doch nicht ständig selbst unter Druck. Außerdem fühl ich mich dabei auch nicht wohl, wenn ich nackt vor dir liege, du mich leckst und trotzdem keinen hochkriegst. Meinst du, mich irritiert das weniger? Vielleicht gefalle ich dir ja doch nicht so, wie du immer sagst und es liegt doch an mir?"

„Ist gut. Habe ich verstanden. Ich versuche, es sein zu lassen mit dem Entschuldigen. Und nein! Definitiv liegt es nicht an dir! Du bist mega attraktiv! Es ist nur ein Problem in meinem Kopf!"

„Ja, ich weiß! Aber es stresst mich, wenn du immer darauf hinweist, dass es da ist. Mittlerweile weiß ich nicht mal mehr, ob ich dich überhaupt noch berühren darf. Kann ich deinen Schwanz denn anfassen, oder setzt dich das auch schon unter Druck? Ich bin mir total unsicher, was ich noch darf und was nicht, damit du entspannen kannst."

„Du darfst alles. Ich genieße jede Berührung von dir an meinem ganzen Körper."

„Okay, gut zu wissen. Ich mag es nämlich besonders, mich an dir zu reiben und dich zu berühren. Das macht mich unheimlich an."

Wir führten sehr häufig diese Gespräche. Ich bestand darauf, dass wir uns mitteilten, was in uns vorging und bewegte. Nur so konnten wir einen intensiven Zugang zueinander aufbauen und Verständnis für den anderen Partner aufbringen. Und wenn das bedeutete, den Sex zu unterbrechen, dann war es eben so!

Ich mochte es besonders, was mich ziemlich überraschte, Rico oral zu befriedigen. Ich konnte mich nicht daran erinnern, wann mir blasen jemals angenehm gewesen war. Aber zu meiner eigenen Verwunderung tat ich es bei ihm sehr gern. Es erregte mich maximal und ich genoss es regelrecht, seinen Penis in meinem Mund zu spüren oder ihn mit meinen Händen zu verwöhnen. Als ich gerade zugange war, unterbrach mich Rico mit den Worten: „Du musst das nicht machen!"

Ich reagierte nicht darauf, weil es mir natürlich glasklar war, dass ich sowas nicht machen musste. Aber ich wollte! Erneut teilte er mir mit Nachdruck mit: „Du musst das echt nicht machen!"

„Ja, hab ich gehört. Gefällt es dir nicht, was ich mache? Soll ich aufhören? Habe ich irgendetwas falsch gemacht?"

„Nein, es ist total schön. Aber du musst dich nicht verpflichtet fühlen!"

„Hä? Wieso das denn?", fragte ich irritiert. „Unterstellst du mir, ich würde dir nur einen blasen, weil ich es muss?"

Jetzt wurde ich wütend über so viel Unverständnis und erklärte lauter werdend: „Wenn ich in den letzten Wochen eins gelernt habe, dann, dass ich gar nichts mehr mache oder machen lasse, was mir keinen Spaß macht und was ich nicht selber will! Darüber bin ich lange hinaus! Du kannst dir also total sicher sein, dass ich weder aus einer Erwartungshaltung heraus noch auf deine persönliche Bitte etwas tue, das ich nicht will! Und von dir verlange ich das Gleiche!"

Wie ich ihm alles erklärte, merkte ich, dass ich darüber so derartig wütend wurde, dass ich ihn anbrüllte: „Nach meiner Ehe hatte ich genau zwei Männer im Bett. Der eine war dumm und der andere war wahnsinnig. Beiden habe ich keinen geblasen, weil ich es nicht wollte. Ich kann mich nicht erinnern, wann ich den Schwanz meines Ex-Mannes das letzte Mal im Mund hatte. Es hat mich angeekelt ihn in die Hand zu nehmen oder in den Mund und es war genauso widerlich, ihn in mich reinkommen zu lassen. Über diesen Punkt bin ich definitiv hinaus! Das war meine Aufgabe: Zu lernen, was ich will und was ich nicht will. Und ich habe gelernt! Deine Unterstellung, ich würde Dinge tun, die ich nur mache, weil sie anscheinend von mir erwartet werden, finde ich frech und anmaßend!"

Wütend verließ ich die Situation, verschwand im Garten und rauchte erstmal eine Zigarette, um runterzukommen. Draußen war es kalt. Ich hatte mir nur meine Softshelljacke übergeworfen. Darunter war ich nackt. Es zog von der Zehe bis hoch zum Hals. Die Kälte war vermutlich gut, um mir augenblicklich über das Geschehene klar zu werden. Warum wurde ich so wütend? Ging es denn hier tatsächlich um mich oder hatte Rico mir etwas ganz anderes mitteilen wollen? Es fiel mir wie Schuppen von den Augen: Er hatte Angst davor, dass ich mich verpflichtet fühlte, es ihm schön zu machen, obwohl ich es gar nicht wollte. Das war sein Problem. Das ich mich gekränkt fühlte, obwohl er mir eben sein Herz ausgeschüttet hatte, fühlte sich in diesem Moment total peinlich an.

Ich ging wieder rein. Er kam mir bereits die Treppe runter entgegen, fiel mir um den Hals und entschuldigte sich für seinen „dummen" Kommentar.

„Nein, bitte entschuldige dich nicht! Hast du nicht verstanden, was eben passiert ist? ICH muss mich bei dir entschuldigen, dass ich gleich wütend geworden bin! Was hast du denn gedacht, als ich dich verwöhnt habe?"

„Ich dachte, du würdest es nur mir zu liebe machen und nicht, weil du es schön findest!"

„Ja genau! Aber du kannst dir sicher sein, dass ich es schön finde. Sonst würde ich es nicht machen. Du hattest Angst und warst dir deshalb unsicher. Die Angst davor, nicht zu wissen, was ich davon halte, hat dich blockiert. Es ist gut, dass du deine Zweifel geäußert hast. Ich konnte nur nicht gleich verstehen, dass es DEINE Zweifel waren und habe das Problem gleich bei mir gesucht. Aber es hatte tatsächlich gar nichts mit mir zu tun. Vielleicht ist das die Ursache für deinen Hänger?"

Irgendwie war es eine befreiende Situation. Wir waren in der Lage, unsere körperlichen und mentalen Befindlichkeiten ohne Fremdeinwirkung, nur mit Achtsamkeit, selbst zu lösen. Für mich war das ein großartiger Fortschritt mit Rico.

Wir gingen wieder ins Bett. Natürlich knüpften wir nicht wieder an das vorherige Liebesspiel an. Ich spürte seinen Ballast und dass da noch etwas war, was er mir mitteilen wollte, drängte ihn aber nicht dazu, es mir anzuvertrauen. Seinen Kopf legte ich auf meine Brust und gab ihm Raum, sich an mich zu schmiegen, bis er bereit war, darüber zu sprechen. Es dauerte gar nicht lange, da richtete er seinen Kopf auf, stütze ihn auf seinen Unterarm und begann, seinen Ballast abzuwerfen: „Das, was du mir da vorhin erzählt hast, hat meine Ex-Frau auch zu mir gesagt, als wir in der Paartherapie waren. Sie fand es auch ekelhaft, meinen Penis anzufassen. Und sie hat gesagt, sie hätte nur noch mit mir Sex gehabt, weil sie annahm, es würde von ihr erwartet. Ich hatte Angst, dass es dir genauso geht und ich will dich nicht zu etwas zwingen oder dir den Eindruck geben, du sollst etwas tun, was du nicht willst. Es ist gut zu wissen, dass du das nicht machst. Da bist du schon echt weiter als die meisten Frauen, die ich kenne! Du bist wirklich was ganz Besonderes, Anita! Ich will dich nicht verlieren!"

Ich strich diesem tollen Mann, der sich mir so offenbarte, über die wenigen verbliebenen Haare und über sein rundes Gesicht. Ich mochte seine vollen Lippen, seinen Bart, seine grasgrünen Augen. Er strahlte so viel Herzlichkeit und Wärme aus und war trotz seiner stattlichen Statur doch so zerbrechlich. Und ich dankte ihm dafür, dass er mir seine Erkenntnis schenkte. Ja, wir hatten beide eine Vergangenheit und jeder brachte sein Paket aus den vorangegangenen Beziehungen mit. Die Angst, aus den Fehlern der Vergangenheit nicht gelernt zu haben oder die gleichen Fehler wieder zu machen, saß tief und würde uns beide wohl noch einige Zeit begleiten. Aber das war uns beiden klar. Und diese Klarheit schärfte unsere Sinne.

Im Anschluss nahmen wir uns wieder Zeit für unsere Körper und liebten uns innig. Es war ein so vertrautes, wohlwollendes Zusammensein, ohne jegliche Absichten. Am nächsten Morgen wurde ich von Rico sanft und liebevoll geweckt. Ich wusste nicht, was er in mir auslöste, dass ich das permanente Bedürfnis hatte, mit ihm schlafen zu wollen. Schon wenn ich die Augen aufmachte und seine Nähe spürte, zog er mich magnetisch an und alles in mir vibrierte und verlangte nach ihm. An diesem Morgen liebten wir uns fast zwei Stunden. Keiner von uns kam zum Höhepunkt, aber das war auch nicht unser Ziel gewesen, denn nur der Weg war das Ziel. Das Gefühl in ihn hineinschlüpfen und ganz von ihm eingesaugt und umhüllt zu werden war gigantisch. Es war so viel mehr als nur Sex und hatte eher etwas von miteinander verschmelzen. Sein Penis stand dauerhaft. Vermutlich hatte er in der Nacht davor seine Blockade gelöst. Ob es so war, würde sich zeigen. Vielleicht waren da auch noch andere Dinge in seinem Kopf, die im täglichen Miteinander erst aufploppen würden. Dennoch war es bedeutsam für mich, denn es bestätigte seine Aussage, dass nicht ich das Problem verursacht hatte.

Slow-Sex

Einige Tage später hatte ich ein kind- und Rico-freies Wochenende. Solche Tage waren nicht einfach für mich. Zwar hatte ich in den letzten Monaten gelernt, mit mir alleine besser zurecht zu kommen, dennoch bedurfte es ein hohes Maß an Überwindung, nicht in alte Muster zurückzufallen und mich zu bemitleiden. Nachdem ich bis um acht geschlafen und mich bis halb zehn im Bett hin- und hergewälzt hatte, entschied ich, aufzustehen und zu frühstücken. Danach widmete ich mich einige Zeit dem Haushalt, wusch Wäsche, hängte sie draußen auf die Leine und bezog mein Bett neu. Dann erledigte ich hier und da noch ein paar Kleinigkeiten in der Wohnung und beschloss, dass schöne, sonnige Herbstwetter für eine Fahrradtour zu nutzen. Also schwang ich mich gegen dreizehn Uhr auf mein Rad und ließ mich von der Sonne leiten, ohne Ziel. Da ich noch nicht besonders ortskundig war, folgte ich nur meiner Nase. Die Hoffnung, irgendwie wieder nach Hause zu finden, wurde durch die Mitnahme meines Smartphones abgesichert.

Eine Stunde und fünfzehn Kilometer später, fand ich mich in einer kleinen Ortschaft wieder. Hier war ich vor vielen Jahren zum letzten Mal gewesen, um meine Freundin Anne zu besuchen. Wir hatten uns seitdem nie wieder gesehen. Ich dachte manchmal an sie, aber der Kontakt war abgebrochen, weil sie sich keine Zeit nahm, unsere Freundschaft zu pflegen und ich die dauerhafte Zurückweisung nicht ertragen konnte. Wenn ich nun einmal in diesem Ort war, zu dem mich Gott weiß wer, hergeführt hatte, sollte ich dann nicht einfach mal bei Anne klingeln? Ob sie überhaupt noch hier wohnte?
Wie fremdgesteuert fuhr ich auf den kleinen Dreiseitenhof direkt neben der Kirche. Es sah alles noch genauso aus wie damals. Ein Klingelschild oder irgendeinen Hinweis auf einen Namen suchte ich vergeblich. Ich nahm also meinen Mut zusammen, stieg die Treppe zur Haustür hinauf und klingelte. Eine halbe Minute später steckte Anne ihren Kopf aus der Tür und staunte.
„Hi Anne. Ich weiß nicht, ob du mich noch kennst. Ich bin's: Anita!"
„Na klar erkenne ich dich! Na das ist aber eine Überraschung! Los, komm rein!", empfing sie mich herzlich und drückte mich vor lauter Freude fest an sich heran. Was für eine skurrile Situation! Ich ging ihr hinterher. Sie entschuldigte sich mehrfach für das Chaos in ihrer Küche, da sie sich für heute vorgenommen hatte, Quitten einzukochen und im Nachgang für Ordnung zu sorgen. Sie war alleine. Ihre beiden Kinder waren bei ihrem Ex-Partner. Es stellte sich heraus, dass es das Schicksal war, welches uns an diesem Tag zusammengeführt hatte. Denn Anne war die meiste Zeit gar nicht zu Hause auffindbar. Unmittelbar bevor

ich an ihrer Tür klingelte, hatte sie erst ein Telefonat mit ihrem Freund beendet, der sie aufgefordert hatte, sich doch heute noch mit Freunden zu verabreden und sie sagte ihm, dass sie sich ganz sicher sei, dass heute wohl noch irgendjemand Wichtiges vorbeikommen würde. Dieser Irgendjemand war ich! Welch schöne Fügung.

Es stellte sich schnell heraus, dass wir uns nach all dieser langen Zeit noch immer sehr zugetan waren. Wir erzählten uns alles über die letzten großen Einschnitte in unserem Leben und quatschten ohne Punkt und Komma, so als hätte es nie diese lange Pause gegeben.

„Anita, warum hat es denn in unserer Freundschaft damals diesen Abbruch gegeben? Ich kann es mir gar nicht mehr erklären? Wir haben dich und Tobi wirklich als Freunde empfunden und wir hatten doch auch eine tolle, gemeinsame Zeit!"

Ohne lange darüber nachdenken zu müssen, antworte ich: „Ganz einfach: Ich kam damit nicht klar, dass du mich immer auf die Wartebank geschoben hast. Manchmal hätte ich dich echt gebraucht, aber du warst nicht da. Ich glaube, es war der pure Eigenschutz. Ich wollte nicht verletzt werden. Heute sehe ich das aus einer anderen Perspektive: Es war einfach nicht unsere Zeit. Aber vielleicht ist jetzt unsere Zeit und wir können diese Freundschaft wieder aufnehmen. Ich würde mich jedenfalls sehr darüber freuen. In den letzten Jahren habe ich immer mal an dich gedacht. Du warst in vielen Dingen eine Inspiration für mich!"

Anne wurde fast ein bisschen rührselig. Wir gingen eine große Runde spazieren und sie erzählte über ihre neue Partnerschaft. Wir stellten fest, dass wir aktuell in sehr ähnlichen Lebenssituationen waren. Beide lebten wir getrennt von den Vätern unserer Kinder. Wir waren beide frisch verliebt und hatten beide ein pubertierendes Kind. Auch das Thema Sex kam zum Tragen. Ich scheute mich nicht, Anne mitzuteilen, dass mein bisheriges Sexleben unerfüllt war und dass ich mit zwei Knallköpfen etwas angefangen hatte, die mir dabei geholfen hatten, meine Aufgaben zu erkennen und daraus zu lernen. Ich erzählte ihr auch von meiner Tantra-Massage und von Rico, für den ich so etwas wie Liebe empfand. Auch Anne hatte ihre sexuelle Vergangenheit als unbefriedigend wahrgenommen und war total begeistert darüber, wie offen ich über all diese Dinge sprach.

„Anita, du sprichst mir aus der Seele. Ich hab das genauso empfunden, wie du es beschrieben hast. Kannst du dir vorstellen, dass ich in den letzten sechs Jahren zu meinem Körper gar keine Verbindung mehr hatte? Ich habe gearbeitet und für die Kinder funktioniert. Dass ich ein sexuelles Wesen bin, hatte ich bei all dem total vergessen. Noch nicht mal Selbstbefriedigung hat für mich eine Rolle gespielt. Ich war einfach ausgeschaltet. Erst als Philipp in mein Leben trat, wurde mir wieder bewusst, dass ich eine Frau bin und sexuelle Bedürfnisse habe!"

„Ach echt? Das ist ja wirklich krass. Aber sicherlich auch normal, wenn man alleinerziehend ist und den Kopf voller Gedanken hat. Und wie ist der Sex jetzt für dich? Immer noch unbefriedigend?"

„Nein, überhaupt nicht. Im Gegenteil. Philipp ist total fürsorglich. Er schenkt mir Erfahrungen, die ich zuvor nie machen durfte. Er nimmt sich Zeit und ist mega entschleunigt. Ich habe mir dazu auch in den letzten Wochen verschiedene Podcasts angehört und Bücher gelesen. Kennst du Slow-Sex? Ich glaube, sowas machen wir. Wir sind ganz bewusst beieinander und spüren intensiv in uns hinein. Er nimmt sich unendlich viel Zeit und hat auch nicht das Verlangen, immer zum Höhepunkt kommen zu müssen. Ich glaube sogar, mit Sex im herkömmlichen Sinn hat das gar nichts mehr zu tun. Weil es vielmehr um Liebemachen oder Liebe schenken geht. Ein wunderbares Gefühl, fast magisch."

Den Begriff Slow-Sex kannte ich noch nicht. Das was Anne beschrieb, klang jedoch total sinnvoll und ich beschloss, mir die nächsten Tage einige Informationen zum Thema einzuholen.

Als es schon zu Dämmern begann, verabschiedete ich mich von ihr und radelte zurück nach Hause. Was für ein toller Tag es doch geworden war! Geleitet von der Sonne wurde ich mit einem wiedergewonnenen Herzensmenschen, einem grandiosen, tiefsinnigen Gespräch und neuen Impulsen zum Thema Slow-Sex belohnt. Danke, Schicksal!

Am darauffolgenden Tag, ein Sonntag, hörte ich von früh bis mittags diverse Podcasts zum neuen Thema. Dann brachte ich alle neu gewonnenen Eindrücke auf Papier und schrieb von Mittag bis tief in die Nacht weiter an meinem Buch. So richtig schlau wurde ich aus dem Podcast-Gebrabbel nicht. Scheinbar gab es mehrere Phasen beim Slow-Sex, aber nirgends wurden sie benannt oder beschrieben. Den Hintergrund verstand ich: Es ging darum, ganz gezielt das Tempo beim Geschlechtsverkehr herauszunehmen und sich intensiver jeder einzelnen Berührung und Bewegung anzunehmen, in sie hinein zu spüren und vergessene oder nie bewusst wahrgenommene erogene Zonen an sich oder an seinem Partner zu entdecken. Das Streicheln und das achtsame Insichhineinhorchen standen sehr im Vordergrund. Auch war es ein Ansatz, die

Geschlechter im nicht erigierten Zustand zusammenzuführen, um zu checken, wie es sich anfühlte. Die gesamte Herangehensweise nahm beiden Parteien den Druck, zum Höhepunkt kommen zu müssen, denn es gab keinen festgemachten Zeitraum. Nein, das Liebesspiel hatte nicht zum obersten Ziel den Orgasmus zu erreichen, sondern gemeinsam zu lieben und den Partner ganz und gar wahrzunehmen. Diese Slow-Sex-Praktik half anscheinend Männern mit Erektionsproblemen und sollte vor allem auch für langjährige Beziehungen ein Ausweg aus der Routine sein. Grundsätzlich konnte jeder Slow-Sex praktizieren, der bereit war, sein Gegenüber sehr tief in sich blicken zu lassen.

Rico schickte ich im Anschluss zwei ausgewählte Podcast-Folgen und bewertete diese wie folgt: „Verdammt langer Podcast. Im Prinzip sagt er aus, was ich dir auch schon oft gesagt habe: Alles kann, nichts muss. Orgasmus ist nicht zwingend. Aufhören ist zu jeder Zeit okay. Viel Achtsamkeit und viele Emotionen. Teilweise machen wir das schon, denke ich. Könnte man noch weiter ausbauen."

„Hab es mir angehört. Danke, dass du mich teilhaben lässt. Finde es sehr interessant und vielleicht machen wir auch mal eine Übung? Ich möchte mich dir noch weiter öffnen und auf emotionaler Ebene noch näherkommen!"

„Wir sind uns bereits sehr nahe. Jedenfalls näher als ich es die letzten zehn Jahre mit irgendwem war. Aber ja, sehr gerne noch tiefer. Ich bin froh und dankbar für alles, was du mir zeigst, gibst und mit mir teilst!"

Mätresse mit Körperkomplexen

Die nächsten Tage hatten wir beide wieder die Kinder und sahen uns nicht. Bis auf Mittwoch! Ich verabredete mich spontan mit Rico während meiner Mittagspause bei ihm zu Hause. Ich vermisste ihn so dermaßen und konnte es kaum erwarten, ihn endlich wieder in meine Arme zu schließen, kurz zu quatschen und ein bisschen zu knutschen. Allerdings kam er mir schon halb nackt die Treppe herunter entgegen. Ich war begeistert. Was für eine Erscheinung er war!

Wir küssten uns ohne viele Worte. Er drückte seinen steifen Penis, der sich noch hinter seiner Boxershorts versteckte, an mein Becken und zog mich zeitgleich ganz geschickt aus. Es kribbelte wieder wie verrückt in mir. Sein Verlangen steckte mich an und wenige Treppenstufen später lagen wir in seinem Bett und liebten uns. Mit Slow-Sex hatte das überhaupt nichts zu tun, aber ein Quickie konnte in dem Fall auch nicht schaden.

Obwohl mir jede Faser seiner Erregung und sein dauerhaft erigiertes Glied zeigte, dass er total auf mich abfuhr, sagte mir mein Kopf etwas anderes. Als er dann auch noch „Du bist eine wunderschöne Frau, Anita. Ich mag deine Brüste!" sagte, war es bei mir vorbei. Ich brach innerlich zusammen und fing wieder mal zu heulen an. So langsam wurde es mir doch unangenehm, ständig zu heulen, wenn wir miteinander zugange waren. Aber ich konnte es nicht mehr aufhalten.

„Es tut mir leid,", entschuldigte ich mich, „aber ich hatte dich gebeten, mir keine körperbezogenen Komplimente zu machen! Damit kann ich einfach nicht umgehen. Ich glaube dir, was du sagst, aber ich kann es selbst nicht an mir sehen. Ich versuche es, aber ich sehe nicht was du siehst!", heulte ich leise, während er mich festhielt.

„Ist gut.", tröstete er mich.

„Du bist so ein schöner Mann, Rico. Ich finde dich sehr attraktiv. Du könntest jede andere haben."

Ich brauchte eine kurze Pause, dann zog ich ihn wieder an mich heran und wir machten da weiter, wo wir kurz aufgehört hatten. Viel Zeit blieb uns nicht mehr bis zu seinem nächsten Termin. Ich stellte fest, dass ich offenbar für Quickies nicht gemacht war. Jedenfalls war es aktuell schwierig. Ich bekam meinen Kopf dabei nicht schnell genug frei und der Zeitfaktor war nun mal nicht zu verachten. Ich verzichtete darauf, ihm Hinweise zu geben, wo er mich berühren sollte, damit ich vielleicht zum Höhepunkt kommen konnte, da es bei mir unter dem Zeitdruck vermutlich sowieso nicht funktioniert hätte. Ich genoss seine Geilheit und seine Berührungen, bis er kam. Aber ich ging leer aus.

„Deine Mätresse muss los, damit du deine Telko abhalten kannst.", sagte ich scherzhaft. In mir sah es jedoch anders aus! Die Angst, wieder in mein altes Verhaltensmuster zurückgefallen zu sein, schockierte mich. Machte ich jetzt etwa wieder einen Rückschritt, um ihm zu gefallen und äußerte dabei nicht mehr klar meine Bedürfnisse? Ich musste darüber nachdenken.

„Du bist nicht meine Mätresse. Du bist meine Freundin!", stellte er klar. Aber das ungute Gefühl auf dem Weg ins Büro hielt weiterhin an.

Jetzt war der Tiefpunkt schon wieder erreicht. Mein Selbstwertgefühl sank rapide ab. Gab es eigentlich noch andere Menschen, die meine Probleme hatten, oder war ich damit alleine?

Ich fragte Sarah: „Kannst du mir nochmal einen Tipp geben? Ich habe das Gefühl, ich geh einen Schritt vor und zwei zurück. Seit einigen Wochen kotzt mich mein Körper wieder so sehr an, dass ich mich kaum noch gern nackt zeigen möchte. Außerdem habe ich Angst davor, meine neu gewonnenen Liebeskenntnisse nicht mehr für mich umzusetzen und in alte Muster zurückzufallen. Was kann ich denn machen?"

„Anita, du solltest dich ab heute jeden Abend nackt vor den Spiegel stellen und dich betrachten und in dich hineinfühlen. Fühle all den Ekel und die Scham, die Hässlichkeit und die Abscheu. Und dann versuche die Ursache dafür zu finden. Du weißt, wo die Ursache liegt, oder?"

„Ja, in meiner Erziehung. Aber meine Mutter hat doch nichts falsch gemacht!", sagte ich verzweifelt. „Ich kann ihr doch nicht dafür die Schuld in die Schuhe schieben, dass ich so geworden bin!"

„Nein, das muss nicht bedeuten, dass sie etwas falsch gemacht hat. Sie hat ihr Bestes gegeben und dir all ihre Liebe geschenkt. Du darfst sie auch weiter als den tollen Menschen annehmen, der sie ist. Aber erkenne, dass diese schlechten Gefühle zu deinem Körper nicht von dir kommen, sondern dass es dir eingetrichtert wurde, egal auf welche unbedachte, unauffällige Art und Weise."

„Das ist eine Mammutaufgabe, Sarah! Ich weiß nicht, ob ich das schaffe. Bisher habe ich nackt vor meinem Spiegel gestanden und versucht, wenigstens eine einzige Stelle zu finden, die ich akzeptabel finde. Das war schon schwer genug. Irgendwann muss ich doch mal fertig sein damit. Sicher werde ich jeden Abend eine halbe Stunde über mich heulen!", vermutete ich.

„Das wird so werden, aber das ist gut so, weil es eben jetzt dran ist!"

Und es kam so.

Am ersten Abend stand ich nur fünf Minuten vor dem Spiegel im Flur und weinte bitterlich. Darüber, dass mein Körper so hässlich war, dass ich so unzulänglich war und ihn nicht annehmen konnte. Ich besah mir meinen Intimbereich und bemitleidete ihn für sein Versagen. Dann schaute ich auf meine Hände. Gute Hände. Sehr arbeitsame, fleißige Hände, mit denen ich schon viel erreicht hatte. Mein Gesicht ließ ich aus. Es hätte mich zu viel Kraft gekostet.

Als ich im Bett lag, zückte ich erneut das Handy und schrieb Sarah: „Hab es probiert. Hab fünf Minuten meine Vulva angeglotzt und sie bemitleidet."

„Probiere es morgen mal mit den Augen. Das Problem ist weitaus größer als deine Vulva.", riet sie mir.

„Ja, ich denke auch, dass ich da in meine ganze Unzulänglichkeit hineinschauen werde."

Am nächsten Tag, ein Freitag, fuhr ich, wie gewohnt, erst zum Kindergarten, um die Kleine abzugeben und dann auf Arbeit. Die Autobahnzufahrt war voll gesperrt, also versuchte ich, die nächste freie Auffahrt zu nutzen. Schon nach kurzer Strecke geriet ich in einen Stau. Nach anderthalb Stunden Stopp-and-Go nahm ich die nächste Ausfahrt, meldete mich kurz telefonisch bei meinem Chef ab und fuhr wieder nach Hause. Erst arbeitete ich die wenigen E-Mails im Homeoffice ab, führte noch einige Telefonate mit dem Prüfstatiker und meinem Kollegen, um die Übergabe für die folgende Woche sicherzustellen, da ich am Sonntag mit Rico nach Belgien fahren würde.

Als alles soweit abgearbeitet war, ging ich zum erneuten Versuch an den großen Spiegel im Flur. Wieder machte ich mich nackt und betrachtete meinen ganzen Körper: Meine Brüste waren schlaff geworden, aber das war nach meiner Einschätzung altersgemäße Entwicklung. Mein Po war ganz passabel. Der Bauch hatte einige Spuren von den Schwangerschaften davongetragen, aber die waren nicht der Rede wert. Die Arme und Beine waren mit keiner Gefühlsregung behaftet. Ich fand sie ganz in Ordnung. Dann blickte ich wieder meine Hände an. Sie hatten in den vielen vergangenen Jahren, aber vor allem auch im letzten Jahr großartige Dinge geschaffen. Sie konnten zeichnen, schreiben, meine Kinder und Rico berühren. Sie konnten Kuchenteig zusammenrühren und Essen kochen. Sie hatten sogar ein ganzes Haus saniert und Stein auf Stein gesetzt. Ich war dankbar und stolz, so aktive, begabte Hände zu haben. Mein Körper war nicht mehr der neueste und hatte sicherlich auch einige Gebrauchsspuren vom Leben davongetragen, aber das war okay. Wenn ich also meinen Körper tatsächlich gar nicht so abscheulich fand, keine

Abneigung oder Ekel vor mir selbst empfand, was war es dann, was ich in diesem scheiß Spiegel sehen sollte?

Ich wagte den Blick in meine Augen, wie Sarah es mir geraten hatte, denn die Vermutung lag nahe, dass ich darin die Antwort finden würde, wie sie gesagt hatte. Sie blickten mich traurig an. Sie zeigten mir eine gebrochene, verletzte Person, die ihren eigenen Platz in der Welt noch nicht gefunden hatte. Das konnte nicht ich sein!!! Ich stand doch hier, hatte Arbeit, Freund, Kinder, Freunde, alles!

„Wie kam es dazu, dass du dich so elend fühlst?", fragte ich diese Frau, die mir gegenüberstand und sie antwortete mir: „Weil ich noch nie jemandem ausgereicht habe. Ich bin unzulänglich!"

„Wer hat das behauptet und aus welchem Grund?", fragte ich weiter.

„Keiner hat es behauptet, aber ich habe es dem Gesagten entnommen."

„Was wurde gesagt?"

„Du bist wie dein Vater! Du bist ein Farbklecks auf einem weißen Blatt Papier! Du bist hässlich, weil du dick bist und rote Haare hast! Du verhältst dich wie dein Vater!"

„Und was hat das mit dir gemacht?"

„Ich habe versucht, ein anderer Mensch zu sein, weil ich nicht richtig bin. Ich habe alles daran gesetzt, nicht wie mein Vater zu sein und den Ansprüchen meiner Mutter zu genügen. Ich wollte ihr immer beweisen, dass ich nicht bin wie er! Das ich nicht ungenügend bin, sondern besser. Ich wollte richtig sein!"

Während des Zwiegesprächs mit mir selbst kullerten mir dicke Tränen der Traurigkeit und der Erkenntnis über die Wangen und tropften auf meine Brust. Es sah so aus, als würde sogar mein Körper über diese Einsicht weinen. Der Gedanke, nicht gut genug zu sein für jemanden führte also zu meinen miserablen Körperkomplexen und nicht mein Körper selbst. Nicht genug zu sein für meine Mutter und für all die Trottel, die mich beleidigt, vorgeführt und mich schlecht gemacht hatten. Ich trauerte um mich selbst, ließ den Schmerz der vielen vorangegangenen Verletzungen zu mir und wog mich darin, bis es gut war. Gefühlt dauerte das den ganzen Tag an. Und das sollte ich nun täglich machen? Gott, war das anstrengend und irgendwie maximal deprimierend.

Urlaub mit Schokolade, Selbstbetrachtung und Pommes

Am selben Tag packte ich – zwischen Faschingsveranstaltung und Selbstmitleid – meine Reisetasche. Tags darauf verreiste ich mit meinem grandiosen Urlaubsplaner nach Belgien.

Wir fuhren mit dem Zug bis Brügge, kuschelten, knutschten und unterhielten uns angeregt über alles Mögliche. Es war eine schöne, leichte Zweisamkeit. Dennoch mischte sich ab und zu ein kleiner Zweifel dazwischen: Was war, wenn wir feststellten, dass wird doch nicht so gut harmonierten oder uns in den nächsten Tagen gar nichts mehr zu erzählen hätten? Und überhaupt: War es richtig gewesen, ohne meine Kinder zu verreisen? Mein schlechtes Gewissen konnte ich nicht so ohne Weiteres ausschalten.

Rico war guter Dinge. Er hatte diesbezüglich keine Ängste: „Also ich denke, wir werden so viel sehen, was wir auszuwerten haben. Wieso sollten wir uns dann nichts mehr zu erzählen haben? Meinen Kindern habe ich erklärt, dass ich die Auszeit für mich brauche, um wieder für sie da sein zu können. Und bisher haben wir uns so toll verstanden, also habe ich auch keine Sorge, dass wir uns auf den Keks gehen werden. Und wenn doch, sind wir beide erwachsene Leute und können gegebenenfalls auch mal etwas alleine unternehmen."

In Brügge checkten wir in unser Hotel ein und erkundeten am Abend noch für zwei Stunden die wunderschöne, beleuchtete Altstadt. Wir liefen händchenhaltend durch die Straßen, die schon hier und da mit weihnachtlich geschmückten Schaufenstern versehen war. Dann aßen wir in einem kleinen Restaurant total leckeres, belgisches Essen mit Pommes und gingen zurück ins Hotel.

Hier nahm ich meine Körper-Challenge erneut vor dem Spiegel im Bad auf, schaute mich von oben bis unten an, bewunderte erneut meine unglaublich tollen Hände und fand meinen Körper wieder ganz okay. Diesmal spürte ich, wie langsam Wut auf meine Mutter in mir aufstieg. Ich wurde wütend auf sie, weil sie mich regelmäßig mit meinem Erzeuger verglichen und mir dieses absurde Gefühl der Unzulänglichkeit eingepflanzt hatte. Ich weinte meinen Schmerz, meine Wut und die Verzweiflung aus mir heraus und glitt anschließend mit verheultem Gesicht in Ricos verständnisvolle, warmherzige Arme. Sie hielten mich bedingungslos fest, ohne zu fragen und vermittelten mir Sicherheit und Vollkommenheit.

Am nächsten Abend stellte ich während der Spiegel-Challenge fest, dass ich meine Füße dafür hasste, dass sie nicht richtig funktionierten. Ständig hatte ich Schmerzen, da diese scheiß Dinger bereits vor zehn Jahren angefangen hatten, zu verknöchern. Ich musste Einlagen in meinen Schuhen tragen, um der Fehlstellung entgegenzuwirken. Und wem hatte ich diese genetische Veranlagung zu verdanken? Meinem Erzeuger natürlich! Nun kam zu allem Übel also neben der Wut auf meine Mutter auch noch die Wut auf meinen leiblichen Vater hinzu, der mir diese Krankheit beschert hatte. Natürlich wusste ich, dass es nicht seine Schuld war, aber das war meiner Empfindung in diesem Moment total schnuppe! Außerdem war ich wütend auf ihn, weil er anscheinend genauso unzulänglich für meine Mutter war wie ich. Wieso konnte er denn nicht einfach richtig sein? Dann wäre ich vielleicht auch nicht falsch gewesen und der permanente Vergleich wäre ausgeblieben. War er aber nun mal nicht und demzufolge konnte ich es auch nicht sein. Jedenfalls für meine Mutter nicht. Für Rico war ich es und auch für Sarah.

An den nächsten beiden Tagen fand ich meine Schultern echt beeindruckend. So hatte ich mich noch nie gesehen! Mein Gott, was waren diese Schultern belastbar und stark! Sie hatten schon so viel Last getragen: Meine Kinder, schwere Baustoffe und auch meinen inneren Ballast. Ich war dankbar, so tolle und verlässliche Schultern zu haben. Auch meine muskulösen Oberarme gefielen mir. Sie hatten einige Narben von dem Geritze aus meiner Jugend, welche ich mir mit scharfen Messern selbst zugefügt hatte. Sie erinnerten mich an die große Verzweiflung, mit der in meiner Pubertät alles angefangen hatte. Ja, die Narben waren schon lange da. Der Hass auf meinen Körper hatte zeitig angefangen und mir Verletzungen beizubringen, um zu spüren, dass ich noch da war, hatte mir damals ein gutes, befreiendes Gefühl verschafft. Heute brauchte ich es nicht mehr.
Dann wieder der Blick in meine Augen. Heute hasste ich neben dem Erzeuger und meiner Mutter noch meine Halbgeschwister! Sie hatten all die Liebe und Zuwendung von meinem Erzeuger erhalten, die ich nie von ihm bekam. Außerdem hatten sie sich. Geschwisterliebe erfuhr ich nie. Eine Feststellung, die mich schmerzte und auf die ich sogar neidisch war. Ich fühlte mich im Stich gelassen von meinem Vater und von meinen Halbgeschwistern. Abgestoßen, einsam und übrig geblieben. Logischerweise heulte ich darüber wie eine Wahnsinnige und hüllte mich darin ein, bis es gut war.
Rico teilte ich auch an diesem Abend wieder meine neuen Erkenntnisse mit, während ich in seinem Schutzmantel der Geborgenheit lag und schluchzte.

Die kommenden Tage musste ich mich gar nicht mehr im Spiegel betrachten. Ich legte mich ins Hotelbett, zog mir die Decke über den Kopf und ging in mich, um zu spüren, dass ich sehr großes Mitgefühl mit mir selbst hatte. Ich sah dieses kleine Kind. Verlassen von seinem Vater. Ein zwölfjähriges Mädchen, welches trotz Abmachung nicht an dem besagten Tag von seinem Vater abgeholt wurde. Das Gefühl, vergessen worden zu sein, die Enttäuschung darüber. Ich blickte auf das Kind aus der Perspektive eines Erwachsenen und empfand tiefes Mitgefühl. Ich sagte ihm: „Du hast keine Schuld! Es lag nicht in deiner Verantwortung! Es war die deines Vaters! Er war wütend auf dich. Aber das entschuldigt nicht, dass er dich nicht abgeholt hat! Du darfst traurig darüber sein und auch enttäuscht!" Was hat diesen Vater dazu gebracht, sein Kind im Stich zu lassen? War es nur Wut oder hat er sich vielleicht auch überflüssig gefühlt? War es einfacher ohne mich für ihn? Kam er sich wie ein Versager vor, weil er mir nichts Materielles bieten konnte? Ich fühlte mich jedenfalls wie einer! Vor meiner Mutter und auch vor meinem Erzeuger. Wieder heulte ich, bis ich keine Kraft mehr dafür hatte. Meine Verzweiflung war also die eines verletzten Kindes.

Während ich mich allabendlich dieser Selbstdiagnose unterzog, unternahmen wir tagsüber diverse Ausflüge in Museen, Ausstellungen, Turmbesichtigungen oder Bootstouren, und kosteten uns durch alle möglichen Schokoladenmanufakturen und Pommesbuden. Mit Rico Urlaub zu machen war traumhaft! Wir planten kurzfristig, wo es hinging und dann liefen wir der Nase nach los. Der Plan änderte sich jedoch meistens spontan nach unserer Laune. Bis auf die Tatsache, dass ich mir am vierten Tag eine fette Nebenhöhlenentzündung zuzog und mein Magen sich mittels Sodbrennen gegen den vielen Schokoladenkonsum wehrte, war unsere gemeinsame Zeit ein Traum! Wir verstanden uns blind und es fühlte sich so an, als wären wir schon viele Jahre miteinander vertraut. Logischerweise verließen wir nie vor elf das Hotelzimmer, weil wir ausgiebigen, vielseitigen Sex hatten. Auch unsere Abende schlossen wir natürlich mit gepflegter Körperlichkeit ab. Zudem hatte ich eine Schwäche dafür, in jeder Kirche, die wir besuchten, Rico in irgendeiner dunklen Gruft seinen wunderschönen Penis zu massieren, bis er schön dick anschwoll. Das war für uns beide ziemlich stimmungsvoll und sehr erregend. Als unser Urlaub endete, war ich mir zu 100 Prozent sicher, dass Rico der Partner war, mit dem ich meine zweite Lebenshälfte verbringen wollte!

Zusammenführung

Nachdem wir nun also Brügge, Gent und Brüssel besichtigt hatten, ging es sieben Tage später, am Sonntag, wieder mit dem Zug nach Hause. Bei dieser Gelegenheit nahm ich das Gespräch bezüglich der Zusammenführung unserer Familien erneut auf. Wir hatten dazu bereits im Urlaub gesprochen und er war der Sache gegenüber aufgeschlossen begegnet. Nachdem wir so gut miteinander harmonierten, war es doch nur nachvollziehbar, dass der Wunsch in mir aufkeimte, noch mehr Zeit mit Rico verbringen zu können. Dies setzte jedoch voraus, dass wir uns auch gegenseitig besuchen konnten, wenn unsere Kinder da waren. Also musste der nächste Schritt der sein, sie uns gegenseitig bekannt zu machen und herauszufinden, ob sie uns annahmen oder ob wir unsere Liebschaft direkt beenden konnten.

Das Gespräch im Zug lief jedoch in eine andere, von mir nicht erwartete Richtung. Er war der Meinung, er wolle damit noch warten, um seine Kinder nicht zu schnell in eine neue Situation hineinzuziehen. Ich wiederum war bereit für diesen Schritt. Zumal ich auch sehen wollte, ob es sich lohnte, weitere Liebe in diese Beziehung zu stecken. Wenn unsere Kinder unsere Partner nicht mochten, war es möglicherweise nicht für uns beide tragbar. Auch die Kinder untereinander sollten wenigstens so etwas wie Akzeptanz füreinander aufbringen. Warum also noch ewig damit warten und worauf denn, zum Geier? Darauf, dass es zerbrach? War er sich im Bezug auf mich so unsicher? Wieso? Nach dieser Unterhaltung sank meine Laune rapide nach unten. Ich wollte darüber nicht weiter nachdenken und wechselte das Thema: „Darf ich heute Nacht noch bei dir verbringen, Babe?"

„Eigentlich kommen heut Abend noch die Kinder zu mir. Aber wenn wir sehr spät zu Hause ankommen, würde ich meine Ex fragen, ob sie die Kids heut Nacht nochmal behält. Dann sehr gerne. Lass uns schauen, wann wir zu Hause sein werden."

Diese Antwort war ernüchternd. Ich merkte, wie sich ein Kloß der schlechten Laune und der Frustration in mir bildete. Warum konnte er nicht für diese eine Nacht einfach die Kinder nochmal an seine Ex verkaufen? Auf eine Nacht kam es doch nun wirklich nicht mehr an. Nun ja, die Hoffnung starb schließlich zuletzt. Bis wir in Dresden ankamen, ließ er mich also im Unklaren. Erst auf dem Weg vom Hauptbahnhof bis zu ihm nach Hause wurde ich darüber informiert, dass in zwei Stunden seine Kinder geliefert würden. Ich war maximal enttäuscht und beschloss, bockig zu sein.

„Gut. Dann hol ich nur fix meinen Autoschlüssel und fahr gleich nach Hause.", sagte ich beleidigt.

„Wieso? Du kannst doch noch mit reinkommen!"

„Nein, wieso sollte ich den blöden Abschied denn noch um eine Stunde herauszögern? Das macht es doch auch nicht besser!"

Ich war sauer auf Rico, weil er die Kinder mir vorzog und ich nicht wollte, dass unsere gemeinsame Zeit so abrupt endete. Ich wollte nicht wütend sein, sondern dankbar für die schönen Tage, aber man fühlt nun mal, was man fühlt. Bevor ich wieder losheulte, verabschiedete ich mich schmerzlos und ohne zurück zu blicken an seiner Wohnungstür und ging. Während ich den langen Flur durch das große Mehrfamilienhaus nach draußen ging, liefen mir schon dicke Tränen des Abschieds über die Wangen. Scheiße! Die nächsten drei Wochen würden wir uns nun also nicht sehen können. So eine verdammt lange Zeit! Wie sollte ich das denn nur aushalten? Wo ich ihn doch schon jetzt nicht mehr loslassen wollte! Aber scheinbar ging es ihm nicht genauso, sonst hätte er doch die Sache mit der Familienzusammenführung nicht so abgeschmettert.

Am nächsten Tag schrieb ich ihm per WhatsApp: „Eine Partnerschaft bedingt in meinen Augen das Zusammenwohnen, auch wenn dabei weiterhin zwei Wohnorte bestehen bleiben. Vorausgesetzt unsere Kinder kommen mit dem jeweils anderen klar. Du kannst mit der Zusammenführung noch lange warten, aber deren Entscheidung fällt innerhalb von wenigen Sekunden. Ob jetzt oder später... es wird die gleiche Entscheidung bleiben. Und wenn sie negativ ausfällt, bleibt uns nur, uns zehn Tage lang nicht zu sehen und dann vier Wochentage miteinander zu teilen. Das ist nicht erstrebenswert und würde mich auf Dauer furchtbar unglücklich machen!"

Seine Antwort lautete: „Ja, ich bin bei dir. Eine Partnerschaft bedingt ein enges Zusammenleben. Für mich geht es aber sehr schnell mit den Kindern. Ich möchte ihnen nicht wieder etwas zeigen, was dann doch schneller als gedacht in die Brüche geht. Je länger ich darüber nachdenke, desto weniger finde ich einen gangbaren Weg. Ich bin hin- und hergerissen!"

Hier wurde mir bewusst, wie sehr ihn dieses Thema stresste. Aber verstehen konnte ich es dennoch nicht. Wir hätten den Kindern doch nicht sofort mitteilen müssen, dass wir eine Beziehung führten. Es hätte doch gereicht, uns als Freunde vorzustellen. Verunsichert schrieb ich: „Das klingt nicht gut. Ich weiß nicht, was du willst. Vielleicht findest du es erstmal selbst heraus!"

Was sollte das denn nun heißen? Ging er davon aus, dass wir uns in den nächsten Wochen trennen würden? Warum? War ich doch zu anstrengend für ihn? Lag es an meinen vielen Kindern? Panik kam in mir auf.

„Ich weiß, was ich will.", antwortete Rico. „Du bist was ich will! Auf der anderen Seite will ich aber auch meinen Kindern ein Gefühl von Beständigkeit geben. Wie wird es auf sie wirken, wenn wir in drei Monaten feststellen, dass es mit uns doch nichts wird?"

„Traurig, dass ich dir das Gefühl vermittle.", gab ich niedergeschlagen und verletzt zurück.

„Anita, das Gefühl hat nichts mit dir zu tun. In meiner letzten Beziehung habe ich unüberlegt Entscheidungen übernommen. Die Folgen davon spüre ich noch heute in der Beziehung zu meinen Kindern. Mein Gefühl zu uns ist ein gutes. Ich denk nicht, dass es in drei Monaten vorbei ist. Lass mich bitte einfach darüber nachdenken."

Puhhhh! Mit allem hatte ich gerechnet, nur nicht damit, dass er darüber nachdachte, ob wir eine Zukunft miteinander hatten oder nicht. Aber dies las ich aus seinen Nachrichten heraus.

Die nächsten zwei Tage weinte ich mich wieder in den Schlaf. Nicht wegen meiner Mutter oder wegen meines Erzeugers, sondern weil ich Angst hatte, dass Rico sich gegen mich entscheiden würde. Ich hatte verdammt große Angst. Meine Nachrichten an ihn waren kurz, informativ, aber wenig gefühlvoll. Ich konnte ihn einfach nicht verstehen und versuchte, mich zu schützen, indem ich ihm nur pragmatische Antworten gab. Irgendwie war es enttäuschend. Aber was die Sache noch viel schlimmer machte, war diese quälende Sehnsucht nach ihm. Ich vermisste ihn so schrecklich sehr, dass ich tagsüber wieder keinen klaren Gedanken mehr denken konnte und jeden Abend darüber heulend wach lag.

Im Auto hörte ich mir in Dauerschleife Sarah Connors „Vincent"-Lied an und sang verzweifelt mit: „Mama, ich kann nicht mehr denken! Ich glaub, ich hab Fieber. Ich glaube, ich will das nicht! Mama, was soll ich jetzt machen? Ich glaub, ich muss sterben. Was, wenn mein Herz zerbricht? – Nein, mein Kind, das wird es nicht. Und bitte glaub mir, Schatz, du stirbst auch nicht! Es ist nur Liebe und da hilft keine Medizin!"

Einige Tage später kündigte Rico an, am Wochenende bei mir heimlich vorbeizukommen, wenn die Kinder abends schliefen.

„Ich will nicht, dass du heimlich vorbeikommst. Meine Kinder wollen dich kennenlernen.", antwortete ich auffordernd.

„Die Kinder am Wochenende?", fragte er nach und ich verstand es so, als wolle er darüber nachdenken, meine doch schon kennenzulernen.

„Nein, eher nicht. Ist doch blöd ohne deine!", gab ich zu bedenken.

„Okay, dann lass uns schauen, wie wir es anstellen mit der Zusammenführung."

Hä??? Jetzt war ich maximal verwirrt! Vor wenigen Tagen hieß es noch, er will seinen Kindern nicht zumuten, mich kennenzulernen und nun doch? Ich rief ihn kurzerhand an und fragte nach: „Hab ich dich falsch verstanden, oder denkst du nun doch darüber nach, in Kürze unsere Familien miteinander bekannt zu machen?"

„Ja, ich hab nochmal darüber nachgedacht. Sie haben auch schon nach dir gefragt und wie unser Urlaub war. Ich werde sie nach und nach darauf vorbereiten, dass es dich gibt und dann werden sie dich wohl auch kennenlernen wollen."

„Hab ich dich damit unter Druck gesetzt, dass du dich so schnell umentscheidest, oder wie kam es dazu? Das war nicht meine Absicht.", schwindelte ich halbherzig. Natürlich wollte ich, dass er sich umentschied!

„Nein, ich bin ein erwachsener Mann und kann schon ganz alleine Entscheidungen treffen. Das hat nichts mit dir zu tun. Ich merke es selbst, dass es richtig ist und wir nicht mehr lange damit warten sollten."

Ich freute mich über seinen Sinneswandel. Mir fiel ein großer Stein vom Herzen und so etwas wie Erleichterung nahm endlich wieder den Platz darin ein. Letztlich hatte ich die gleiche Angst wie Rico. Auch ich wollte nicht meinen Kindern ständig neue Partner vorstellen. Aber wann wusste man denn schon, ob es eine dauerhafte Beziehung würde, die ein Leben lang hielt? Konnte man sich da überhaupt jemals sicher sein? Ich hatte bereits eine Ehe verkackt, von der ich annahm, wir würden irgendwann mal als alte, runzelige, faltenwerfende Rentner auf einer Bank vor unserem Haus unserem Lebensabend entgegensehen. Was, wenn ich es wieder verkackte und schon im nächsten Herbst mit einem Neuen dastand? Man konnte sich nun mal nicht zu 200 Prozent sicher sein. Aber waren 100 nicht genug?

Auswertung mit Sarah

Eine Woche nach unserer Rückkehr aus dem Urlaub traf ich mich mit Sarah beim Training und berichtete ihr von meinen Spiegelerkenntnissen.

„Das hast du sehr gut gemacht. Ich bin mega stolz auf dich. Und konntest du die Themen denn auch schon verarbeiten? Meine Kollegen gehen ja zum Schreien in den Wald. Ich persönlich schlag da lieber auf das Sofakissen ein.", witzelte sie augenzwinkernd. „Aber ist auch nicht schlimm, wenn du das noch nicht bearbeiten konntest. Kannst du ja immer noch machen. War schließlich echt viel in diesem Jahr und du bist diesen Weg, zu dir selbst zu finden, voll schnell gegangen."

„Nein, hab ich noch nicht bearbeitet.", überlegte ich. „Meiner Mutter zu sagen, dass ich gerade total wütend auf sie bin, macht auch keinen Sinn. Sie würde es nicht verstehen. Meinen Erzeuger brauche ich es auch nicht erzählen. Er macht sich sicherlich bereits genug Vorwürfe, versagt zu haben. Ich denke, es wird der Wald UND das Sofakissen! Aber die letzten Tage hatte ich ein ganz anderes Problem: Ich bin so tieftraurig, dass ich Rico so lange nicht sehen kann, dass ich mich nun fragen muss: Warum ist Glück denn nur so schmerzhaft? Kann es sich dann noch um Glück handeln und um Glücklichsein, wenn ich den ganzen Tag nur traurig darüber bin, dass er nicht in meiner Nähe ist?"

„Woher kommt diese Traurigkeit?", wollte Sarah wissen.

„Ich weiß es einfach nicht. Aber ich bin kein Mensch mehr, seitdem ich aus Belgien wieder zurück bin. Zu Hause lache ich nicht mehr und funktioniere nur noch. Jeden Abend heule ich, weil er nicht da ist. Wenn diese Woche die Kinder nicht da gewesen wären, hätte ich mich wieder schön in dieser großen Verzweiflung gebadet, bei lauter Musik, Geheule und viel Alkohol."

„Ja, schon klar. Ein fieses Gefühl. Nur wo liegt seine Ursache? Vor was hast du Angst?"

„Dass er ein Schaumschläger ist. Dass ich die falsche Entscheidung treffe. Dass ich mich in etwas verrenne, was nicht echt ist."

Sarah bohrte erneut nach: „Gibt er dir das Gefühl, dass es so ist?"

„Nein. Niemals. Es fühlt sich so gut an mit ihm... so, als wären wir schon ewig miteinander zusammen."

„Also sind all diese Gedanken nur in deinem Kopf und spiegeln nicht die Realität wider!", gab sie zu bedenken. „Anita, das ist Verlustangst, was du da empfindest! Die wird nie ganz verschwinden. Du solltest anfangen, an die schönen Momente mit ihm zu denken und dich darauf zu freuen, ihn wieder zu sehen. Du musst keine Angst davor haben, dass er geht. Er wird nicht gehen! Rico ist ein ganz toller Mensch an deiner Seite."

„Ich weiß. Aber was ist, wenn ich ihm zu anstrengend werde und er diesen Weg nicht mit mir gemeinsam gehen kann? Es geht nicht mehr ohne permanent in mich hineinzuspüren und meine Gedanken zu ordnen. Ich brauche das auch bei meinem Partner! Aber wenn ich ihm dahingehend Fragen stelle, findet er in den seltensten Fällen sofort eine Antwort. Meistens denkt er einige Tage darüber nach, bis er zu einer Idee kommt. Und eine Idee bedeutet noch keine Lösung. Ich fürchte, er wird mir nicht lange folgen können und von mir genervt sein."

„Nein, das wird er nicht.", war sich Sarah sicher und erklärte weiter, „Er ist schon auf deinem Weg, aber er ist eben ein Mann. Die brauchen für alles länger. Das erlebe ich bei Martin auch ständig. Er macht viel länger rum, um auf einen hilfreichen Gedanken zu kommen. Das ist normal. Du musst ihm Zeit geben. Aber ich bin mir sicher, ihr werdet gemeinsam weitergehen."

„Das würde ich mir wünschen! Wenigstens konnte ich ihn heute kurz für eine halbe Stunde während der Mittagspause sehen!", grinste ich nun schelmisch. Sarah wusste selbstverständlich, dass es bedeutete, das wir Sex hatten.

„Ich hoffe, dass ich in den nächsten Tagen nicht noch tiefer ins Loch falle und von dem heutigen Besuch zehren kann.", sagte ich. „Für die Kinder kann ich momentan auch überhaupt keine gute Mutter mehr sein!"

„So ein Quatsch! Du BIST eine gute Mutter!", widersprach sie mir.

„Nein, ich denke nicht! Aktuell schmiere ich nur am Morgen die Frühstücksbrote, sehe zu, dass jeder was zum Anziehen hat und ein warmes Bett. Ich lese jeden Abend vor und bestehe darauf, 20 Uhr das Kinderzimmer zu verlassen."

„Na siehst du! Eine schlechte Mutter würde all das doch nicht machen! Und wer entscheidet schon, welche Mutter gut oder schlecht ist? Kann es sein, dass du dich mit deiner Mutter vergleichst und sie auch in dieser Beziehung wieder die Ursache für dein Problem ist?"

„Nein, ich glaube nicht, dass ich mich an ihr orientiere, eher am Ex. Der kann den ganzen Tag damit zubringen, die Kinder zu belustigen und der Kleinen beim Malen zuzuschauen. Das kann ich einfach nicht. Ich muss aktiv was machen. Wenn wir was spielen, spiele ich entweder mit, oder beschäftige mich anderweitig. Ich käme gar nicht darauf, dabei zuzugucken!"

„Du bist dir aber im Klaren, dass dein Ex damit nur seine eigenen Komplexe kompensiert, oder?", fragte sie. „Erst war er dein Beschützer und Retter und später hat er sich ganz und gar seinen Kindern gewidmet, um zu kompensieren, was mit ihm nicht in Ordnung ist. Das ist doch auch nicht gesund! Und dass du das nicht konntest, war doch bestimmt auch schon während eurer Ehe so, oder? Wieso sollte es sich dann jetzt ändern? Die Kinder kennen dich doch gar nicht anders, also ist es für sie okay. Akzeptiere doch einfach, dass du Dinge anders handhabst als er. Und deine Art der Erziehung fördert eher noch die Selbstständigkeit der Kinder. Sie erwarten doch gar nicht von dir, dass du sie immerzu bespaßt, aber sie wissen, dass du da bist, wenn sie dich brauchen."

„Ja, das wissen sie, denke ich. Und es ist ja auch nicht so, dass ich gar nichts mit ihnen mache, aber es fühlt sich meistens so an, als wäre es nicht genug. Ich schiebe schon totale Panik, wenn ich an dieses Wochenende nur denke. Ich schaffe es einfach nicht, alle unter einen Hut zu bringen oder irgendetwas Sinnvolles zu planen, sodass jeder zufrieden ist. Ich krieg es einfach nicht hin, weil ich eben alleine nicht genug sein kann.", sagte ich verzweifelt und bemerkte, wie mir langsam eine Übelkeit in den Magen kroch, die versprach, dass ich in den nächsten fünf Minuten noch kotzen gehen würde. Zwar hatte ich heute nicht viel gegessen, aber so ganz klar war mir nicht, warum es mich jetzt ausscheren sollte.

In der Vergangenheit hatte ich es schon oft erlebt, dass mir nach dem Training plötzlich speiübel wurde und ich noch während der Heimfahrt anhalten und mich übergeben musste. Sarah überlegte kurz und hatte wie immer eine Antwort auf das, was ich sagte: „Aber auch das sind nur DEINE Gedanken! Mein Kairos-Coach hat mir neulich in einem Seminar dazu etwas Einprägsames gesagt: Man soll sich nicht bei seinen Kindern für einen Tag oder einen Zeitraum, der nicht gut gelaufen ist, entschuldigen. Kinder lieben ihre Eltern bedingungslos. Für Kinder ist es egal, wie ihre Eltern sind. Es werden trotzdem immer die besten Eltern der Welt sein. Sie stellen keine Ansprüche, nur den Anspruch der Liebe. Und Kinder im Alter von Null bis zur Pubertät hinterfragen ihre Eltern und deren Verhalten auch nicht. Es macht also gar keinen Sinn, sich schlecht zu fühlen. Sie nehmen, was sie an Zuneigung kriegen. Und manchmal kann man eben nur so viel Kraft und Liebe geben, wie man selbst übrighat. Das ist völlig okay. Überleg doch mal, was du in diesem Jahr alles geschafft hast und wieviel Energie du dafür verwendet hast. Das war doch der Wahnsinn! Ist doch klar, dass dein Körper irgendwann mal Luft holen und rebooten muss. Außerdem ist dein Großer schon gar nicht mehr auf dich angewiesen. Der ist schon fertig und wird nur noch von seiner Umwelt und seinen Freunden geprägt. Hier hast du überhaupt keinen Einfluss mehr. Lass es gut sein und akzeptiere es, wenn er euch am Wochenende nicht mehr begleiten will, weil es ihm zu blöde ist. Das ist völlig okay für sein Alter!"

Ich dachte kurz darüber nach und schlussfolgerte zaghaft: „Vermutlich hast du recht. Vielleicht muss ich gar nicht MEHR sein als ich bin? Vielleicht reicht es aus, was ich gebe? Nur fühlt es sich eben manchmal nicht so an."

Ich krümmte mich, weil mein Magen so derartig schmerzte. „Sorry, ich muss erstmal kotzen gehen!", entschuldigte ich mich, um fix um die Ecke zu verschwinden. Als ich wiederkam fragte Sarah: „Du weißt schon, dass der Magen mit *Zuhause* zu tun hat? Vor einem Jahr hast du doch auch immer auf dem Heimweg gebrochen. Ich dachte, es wäre die Belastung gewesen, weil du wieder in dein ungewisses, unruhiges Zuhause fahren musstest. Woran liegt es heute? Das ist doch kein Zufall, dass wir über deine Kinder und das Wochenende sprechen und dir plötzlich so schlecht wird, dass du kotzen gehen musst."

„Die blanke Panik vor dem Wochenende, was mich erwarten wird, schätze ich. Aber ich werde versuchen, mir darüber bewusst zu werden, dass ich genug für meine Kinder bin und dass ich es ihnen aufgrund der großen Altersspanne gar nicht recht machen kann. Für deine Anregungen danke ich dir ganz sehr!"

Sarah begleitete mich noch zum Auto, wo ich einen erneuten Schwächeanfall erlitt. Sie nahm ich in ihre Arme: „Hier, ich gebe dir jetzt mal ein bisschen was von meiner Energie ab. Die kann man nämlich auch weitergeben. Du musst sie nur annehmen.", dabei drückte sie mich lange und ausgiebig. Ich weinte erleichtert, denn es fühlte sich wie Trost an.

„Danke!", hauchte ich gebrochen. „Weißt du. Ich kann zurzeit die Nähe meiner Kinder ganz schlecht ertragen. Sie würden mir sicherlich auch von ihrer Energie gern etwas abgeben, aber ich nehme viel lieber Ricos in mir auf. Ich reib mich von oben bis unten mit ihm ein, wenn er bei mir ist."

„Ja, das ist gut. Er ist ein toller Mann mit ganz viel Energie. Deine liegt noch tief, aber wenn du sie einmal entdeckt hast, wird sie groß und erfüllend sein! Gib dir noch ein bisschen Zeit und sei nicht so hart mit dir!"

Wir verabschiedeten uns und ich fuhr mit schwerem Magen nach Hause zu meinen Kindern.

Am nächsten Tag spürte ich bereits die Erleichterung, die mir das Gespräch mit Sarah gebracht hatte. Ich sah, dass die Kinder mich so liebten, wie ich war und dass sie von mir nicht mehr verlangten als ich geben konnte. Wir planten für Sonntag einen Ausflug nach Pillnitz mit Sarah und ihrer Familie. Darauf bereitete ich alle mit ausreichend Vorlauf vor, so dass sich jeder noch Freispielzeit einrichten konnte. Dazwischen dekorierten wir die Wohnung weihnachtlich und backten Plätzchen. Befreit von diesem unendlichen Druck, den ich bereits in meiner Ehe spürte, als Mutter nicht genug gegeben zu haben.

Auch die Angst um Rico konnte ich durch gute Gedanken an ihn ersetzen. Zwar dachte ich immer noch jede zweite Sekunde daran, wie schön es doch wäre, wenn er uns mit seinen Kindern begleiten könnte, aber es schmerzte nicht mehr wie die Tage zuvor. Es war wesentlich erträglicher geworden.

Nun rückte auch noch der Geburtstag meines Erzeugers näher. Ein Ereignis, dem ich bislang immer mit Unmut entgegensah. Auch diesmal überlegte ich mir ganz genau, ob ich ihn besuchen sollte an seinem Ehrentag. Schließlich sahen wir uns fast das ganze Jahr nicht. Erwartete ich nicht auch von ihm, dass er mir wenigstens das eine Mal im Jahr einen Besuch abstattete, um seine Vaterpflicht zu erfüllen? Jedes Jahr haderte ich aufs Neue mit mir, ob ich seine traurig schauenden Blicke auf mir ertragen konnte, die mir sagen wollten: „Es tut mir leid, dass ich nicht mehr für dich geben konnte!"

Er und ich waren uns scheinbar in dieser Sache gar nicht so unähnlich. Ich begriff, dass wir beide das Problem, nicht genug sein zu können, teilten. Immer, wenn ich ihn in der Vergangenheit besucht hatte, fühlte es sich an, als würde ich unter seiner Last die nächsten drei Wochen lang zerbrechen. Ich machte mir Vorwürfe, dass ich womöglich in meiner Jugend etwas Falsches gesagt oder getan haben könnte. Aber diesmal wusste ich, dass es in seiner Verantwortung lag. Ich hatte keine Schuld! Er war der Schuldige gewesen. Ich war das Kind. Und wie ich so darüber nachgrübelte, ob es mir wohl dieses Jahr wieder so gehen würde, erkannte ich, dass es Zeit war, ihm zu vergeben.

Ich musste kein Mitleid mehr mit ihm haben und auch keine Wut. Es war gut! Ein tiefes Gefühl von Frieden zog in mir ein. Auch meine Halbgeschwister konnten für diese Situation nichts, in die sie ihre und meine Eltern unabsichtlich gebracht hatten. Auch ihnen konnte ich nicht mehr böse sein. Nein, ich hatte sie allesamt sehr gern, auch wenn ich nicht ansatzweise zu ihrer Familie gehörte. Sie waren dennoch ein Teil von mir und ich nahm sie als diesen in mich auf und vergab ihnen, dass sie bislang nicht mehr für mich sein konnten. Und ich nicht mehr für sie.

Verzweiflung, Groll und Seelenheil

Da Rico in der kommenden Woche auf Dienstreise sein und wir uns dann eine weitere Woche nicht mehr sehen würden, bot er erneut an, an diesem Abend vorbeizukommen. Ich schrieb: „Na gut. Du darfst kommen. Aber erst gegen 20 Uhr, wenn die kleinen im Bett sind. Der Teenie weiß Bescheid, dass du kommst. Ich habe ihm die Wahl gelassen, sich zurückzuziehen oder dich kennenzulernen. Ich hoffe das ist okay für dich."
„Also nicht heimlich treffen? Ich darf mit raufkommen? Bist du dir sicher? Na gut. Ich freu mich."
Na klar war ich mir sicher! Aber er kam an diesem Sonntag nicht. Nein, er schob diverse andere Gründe vor. Stattdessen bat er, auf der Rückfahrt seiner Dienstreise, in gefühlten 200 Tagen, bei mir anhalten zu dürfen, wenn ich alleine war.
Es war suspekt und machte eher den Eindruck, als hätte er Angst auf die Ablehnung meiner Kinder zu stoßen. Wieder war ich mega enttäuscht. Ich konnte gar nicht genau benennen, warum oder auf was. Vielleicht enttäuschte ich mich selbst, weil ich die Erwartung hatte, dass er kommen würde oder möglicherweise war ich nur von seiner Entscheidung enttäuscht und dass er mir nicht schon tagsüber sagen konnte, dass es ihm abends um acht schon zu spät war, noch 30 Kilometer hin und wieder zurückfahren zu müssen. Jedenfalls fühlte ich mich elend und leer.
Was würden wir denn in diesen zwei wenigen Stunden seines Aufenthaltes mit uns anfangen? Sicherlich würden wir Sex haben, bei dem er sich wieder hingebungsvoll mit seinen Fingern um mich bemühte und danach würde er sich wieder davonmachen, ohne dass wir viele Worte miteinander gewechselt hatten oder sich die Gesamtsituation geändert hatte oder wenigstens besprochen wurde. War es das, was ich mir unter einer Beziehung vorstellte? Ganz klares NEIN! So langsam begann ich zu zweifeln, ob es für uns eine gemeinsame Zukunft gab und wenn ja, wie diese denn aussehen sollte.

Am Abend darauf rief er mich aus seinem Hotel an. Sein angeblich kaputter Dienstwagen, der den Weg am Vorabend wegen eines vermeintlichen Defektes nicht zu mir geschafft hatte, war problemlos bis Frankfurt gekommen. Wie merkwürdig. Ein kaputtes Auto fuhr also keine 30 Kilometer zu mir, aber 400 Kilometer nach Frankfurt? Während unseres Telefonats teilte ich ihm mit, dass ich sauer auf ihn war: „Du hast doch von Anfang an gewusst, dass du gestern nicht kommen würdest! Warum hast du dann nicht einfach die Eier in der Hose gehabt, es mir tagsüber zu sagen? Den ganzen Tag über hatte ich mich auf dich gefreut. Ich war echt total enttäuscht, als deine Absage kam. All deine Argumente waren zwar nachvollziehbar, aber die hast du nur zum Schein hervorgeholt, damit du mir nicht sagen musst, dass du meinem Sohn nicht begegnen willst. Du warst feige! Du hast mich angelogen!" Wütend und energisch fuhr ich fort: „Und deshalb bin ich stinksauer auf dich! Wenn du mich deinen Kindern nicht zeigen willst, ist das die eine Sache! Aber für meine Kinder trage doch ich die Verantwortung!"

Es folgten die üblichen Floskeln, die ich schon kannte, wie: „Sorry. Ich muss da nochmal in mich hineinhören." und „Es geht mir mit den Kindern zu schnell.", oder „Das liegt an der vergangenen Beziehung mit Luise."

Gott, wie ich diese beschissene Luise hasste! Aus tiefstem Herzen verabscheute ich sie dafür, dass sie sich an Rico angeheftet hatte wie eine Klette, ohne Sinn und Verstand! Und nun wurde er damit nicht fertig! Aber er ließ sich auch nicht dabei helfen, eine konkrete Ursache zu finden oder mal näher in sich zu gehen. Jede meiner Fragen blieb unbeantwortet: „Wovor hast du genau Angst? Auf die Ablehnung meiner Kinder zu stoßen? Was wird deinen Kindern Schlimmes passieren, wenn sie mich kennenlernen? Wieso hast du mir gestern nicht die Wahrheit gesagt, nämlich, dass es dir nicht recht ist, irgendeines meiner Kinder zu treffen? Warum denkst du, dass ich mit einer klaren Abfuhr nicht zurechtkäme? Denkst du es ist schön für mich, von dir so hingehalten zu werden?" – keine Reaktion.

Ich ließ den ganzen Dampf ab: „Weißt du... du sagst, du willst mich weiter kennenlernen. Aber was an mir kennst du noch nicht? Ich kenne viel an dir. Nur eine Sache kenne ich noch nicht. Und diese Sache ist echt wichtig für mich: Dich als Vater zu sehen. Wie bist du, wenn du ein Papa bist? Wie bist du im Umgang mit deinen Kindern? Was ist dir wichtig in der Erziehung? Harmonieren unsere Erziehungsweisen miteinander? Wenn nicht, weiß ich nicht, ob das mit uns eine Zukunft haben kann. Wie soll ich dich aber in dieser wichtigen Rolle kennenlernen, wenn du eine Zusammenführung scheust? Echt... mittlerweile ist es sogar okay für mich, wenn du damit noch warten willst, aber dann sei so ehrlich und sag es mir einfach und mach nicht so ein Hickhack mit mir!"

Er entschuldigte sich, diesen Gedanken bisher noch nie bedacht zu haben.

„Gut, ich komme damit klar, dass du es jetzt nicht willst.", versuchte ich die Situation zu beenden, „Aber ich weiß nicht, wie lange ich noch damit klarkommen werde. Jetzt ist fast Dezember, das ist dir zu früh. Dann habe ich im Januar komplett die Kids, weil der Ex zur Kur fährt. Das ist eine lange Zeit, in der ich mich jeden Tag auf das Elendste quälen werde, weil ich dich nicht sehen kann. Meine ganze Energie geht dafür drauf, zu warten, bis ich dich

wiedersehen darf. Weißt du eigentlich, wie anstrengend das für mich ist? Ich kann dir heute noch nicht sagen, ob ich am Freitag deine verdammte Mätresse sein will! Vielleicht ist es leichter für mich, dich nicht für kurze zwei Stunden sehen zu müssen?!?"
Ich heulte verzweifelt und wütend zugleich. Wir verabschiedeten uns fast wortlos.

Den ganzen nächsten Tag verbrachten wir mit einer Kommunikationspause. Übrigens die erste, seit wir uns bei *Bumble* gematcht hatten. Ich sah den ganzen verdammten Tag auf das Handy und wartete, dass er sich endlich meldete, aber er tat es nicht. Gegen zehn Uhr morgens schickte ich eine verheulte, herzzerreißende Sprachnachricht an Sarah, die mich direkt danach anrief und mich zu trösten versuchte: „Ich kann verstehen, dass du wütend bist, weil er gelogen hat. Ich kann aber auch verstehen, dass er noch Zeit braucht. Du solltest dringend darüber nachdenken, wieso du dich so elend fühlst, wenn er nicht da ist. Ich kenne das Gefühl auch!"
„Ehrlich, nach meinem Anschiss überlegt er es sich mit mir bestimmt nochmal anders! Ich bin einfach so unfassbar wütend auf mich selber, dass ich ihn so nah an mich herangelassen habe!"

Zu Hause machte ich mir nach der Arbeit meine Playlist an. Ich ließ mich mit diversen Liedern berieseln und tanzte durchs ganze Wohnzimmer, um meine ganze Energie loszuwerden. Als ich zu dem Song „Wenn du mich lässt" von *Montez* vor meinem eigenen Bild stand, welches ich Mitte des Jahres mit Acryl gezeichnet hatte, sang ich dieser wunderschönen nackten Frau, die sich verletzlich vor großen, grünen Tropenblättern rekelte, den folgenden Text:
„Unendliche Weite in deinen Augen. Würd so gerne tauchen bis zum Grund. Was du Schwäche nennst, find ich besonders. Ich lieb deine Art und für mich ist dein Chaos Kunst. Du musst mich nicht zum Lachen bringen. Und nicht so tun als geht's dir gut. Musst mir nicht irgendetwas vorspielen. Wie du bist, bist du genug. Wie du bist, bist du gut! Ich spür, es frisst dich auf. Die Gedanken so laut, es tut weh. Und obwohl du's nicht zeigst, dass es dich grad zerreißt, ich kanns sehn. Kann dich sehen! Ich werd dich lieben, auch wenn du's grad nicht kannst! Werd für dich lügen, auch wenn du's nicht verlangst. Ich werd für dich kämpfen und wenn ich mich dabei verletz. Ich werd dich lieben, wenn du mich lässt!"
Ich kannte die Gedanken dieser Frau auf dem Bild! Aus meiner Perspektive sah ich nun auf sie. Konnte sie denn nicht sehen, wie schön sie war und welche wunderbaren Fähigkeiten sie hatte? Was machte sie so traurig und verletzt? Ich hatte Mitgefühl mit ihr und wenn sie vor mir gestanden hätte, hätte ich sie

tröstend in den Arm geschlossen. In dem Moment verstand ich, dass ich diesen Song für mich selbst gesungen hatte. Die blaue Nackte war ein Selbstporträt gewesen. Das Bild hatte ich „Paradiesvogel" genannt. Der Wunsch nach einem makellosen, perfekten Körper und nach Freiheit hatte das Gemälde geschaffen, vor dem ich nun stand und weinte.

Wenige Tage später, ein Freitag, rief mich Rico an. Es war Mittag und er befand sich auf der Rückfahrt von seiner Firmenweihnachtsfeier. Ich wusste, dass er es aufgrund des Schneechaos nicht bis kurz vor vier zu mir schaffen würde. Da ich zum Kindertraining musste und gegen sechszehn Uhr starten würde, war ein Treffen also wieder nicht möglich. Er gab seinen Standort durch und bestätigte meine Vermutung. Mein Hirn verstand zwar den Grund, aber mein Herz wurde dennoch schwer. Wieso konnte er nicht einfach seine Ex-Frau anrufen, ihr mitteilen, dass er länger brauchte und eine einzige Nacht bei mir schlafen?
Nach erfolgtem Training fuhr ich geknickt nach Hause, trank zwei gut gemischte Caipis und wankte gegen neunzehn Uhr im Dunkeln ins Nachbardorf. Der Weg führte unter der Autobahnbrücke durch, über weite, mit Bäumen gesäumte, verschneite Felder. Ich heulte meine Freudlosigkeit und Enttäuschung aus mir heraus und boxte wütend mit den Fäusten an den ersten, verdammten Baum, der mir dafür geeignet schien.
„Warum zieht meine Mutter so an mir und will mich täglich sehen und du blöder Trottel nicht?!", war meine erste vorwurfsvoll gebrüllte Frage. „Und wieso kannst du nicht einfach auf meine Fragen antworten, damit ich dich verstehen kann?"
Ich schlug den scheiß Baum in Grund und Boden, bis ich keine Kraft mehr hatte und meine Hände bluteten. Den Schmerz darin spürte ich kaum. Dann richtete ich meine Wut an meine Mutter und brüllte über das weite Feld, bis sich meine Stimme überschlug: „Warum war ich denn nicht richtig für dich? Und wieso kannst du nicht akzeptieren wie ich bin?"
Weinend brach ich auf dem scheiß Feld zusammen. Der Alkohol und die ganze Anstrengung bewegten mich dazu, einfach liegen zu bleiben und nie wieder aufstehen zu wollen. Nach wenigen Minuten spürte ich jedoch die Kälte und raffte mich auf, weiterzulaufen. Drei Kilometer später drehte ich um und führte auf dem ganzen Rückweg mit meiner Mutter und Rico im Wechsel ein Zwiegespräch. Natürlich kannte ich die Antworten bereits.
Meine Mutter liebte mich und machte sich große Sorgen. Sie sah, dass es mir nicht gut ging, dass ich permanent unruhig war. Sie wollte nur sichergehen, dass ich mich nicht zu Tode soff oder vor Einsamkeit einging. Nur konnte ich ihr in

der Realität nicht von all meinen Gedanken über sie erzählen, weil sie sich sonst unendliche Vorwürfe machen würde, die gar nicht sie zu verantworten hatte. Und auch Rico konnte ich verstehen. Seine Kinder standen für ihn klar im Fokus und das war gut so. Diese Wut in mir hatten weder er noch meine Mutter zu verantworten, sondern es waren meine eigenen Gefühle. Ich überlegte, was ich in den letzten Monaten getan hatte, um diese unendliche Einsamkeit in mir zu überwinden und nahm mir vor, in den nächsten Tagen wieder besonders aktiv zu sein, um nicht ständig an ihn denken zu müssen. Trotzdem behielt ich es mir vor, mich von dieser dauerhaften Situation zu lösen, wenn ich es nicht mehr aushielt. Im Moment fühlte es sich an, als hätte ich einen geliebten Menschen verloren. Schlimmer konnte es also auch bei einer Trennung nicht mehr werden.

Tags darauf fuhr ich zur Geburtstagsfeier von Martin, Sarahs Mann. Hier lernte ich Sarahs Freundin Evi kennen. Sie war auch Seelenversteherin, wie Sarah. Irgendwie kamen wir ins Gespräch und ich erzählte ihr, dass ich seit der Rückkehr aus meinem Urlaub mit Rico jeden Tag ein klein bisschen mehr starb. „Was gibt dir Rico, wenn du bei ihm bist?", fragte Evi mich.
„Zuneigung, Geborgenheit. Liebe.", sagte ich.
„Scheiß auf Liebe! Das ist nur so ein Gefühl. Was gibt er dir noch?"
„Das Gefühl richtig zu sein.", antwortete ich, ohne lange zu überlegen.
„Aha!", fragte Evi mit gespielter Überraschung und hakte nach: „Bist du denn nicht richtig?"
„Doch, bin ich. Aber nicht für jeden."
Sie bohrte weiter: „Bist du richtig für dich?"
„Ja, ich denke schon. Mittlerweile habe ich meinen Frieden mit mir gemacht."
„Aber warum kannst du dir dann nicht so viel Liebe schenken wie Rico es kann?", wollte Evi wissen. „Du sagst selbst, dass er dir das Gefühl gibt, richtig zu sein. Warum gibst du es dir also nicht selbst?"
Auf diese Frage hatte ich keine Antwort. Ich schaute sie fragend an.
„Nimm dir mehr Zeit, liebevoll mit dir selbst umzugehen.", riet sie mir, „Creme dich nach dem Duschen ganz bewusst ein, spüre die Zuneigung zu dir selbst. Nimm dich an. Umarme dich selbst. Streichle dich, wenn du nach Berührungen verlangst. Mach dir klar, dass nur du die Ursache beheben kannst und kein anderer. Das Problem ist: Du bist dir selbst nicht genug! Also mach, dass du dir selbst zureichst! Das hat mit keiner anderen Person zu tun als mit dir!"
Ja, das verstand ich. Skeptisch schaute ich ins Leere und verarbeite die vielen Informationen. Da war ich mit der einen Mammutaufgabe (dem Spiegelgucken)

noch gar nicht richtig fertig, schloss sich bereits die nächste Herausforderung an. Herrje! Wie sollte ich denn jemals mit mir fertig werden? War es denn überhaupt möglich, irgendwann in die Phase der totalen Selbstliebe und Zufriedenheit zu finden oder würde es ein niemals endender Weg bleiben? Auch diese Antwort kannte ich: Wenn man einmal damit angefangen hatte, so tief in sich zu gehen, blieb einem nichts anderes übrig, als sich dauerhaft Fragen zu stellen und sich täglich aufs Neue mit seinen inneren Quälgeistern zu beschäftigen. Gut war, dass ich bereits einige Probleme kannte und gelernt hatte, damit umzugehen. Die letzten Tage der Wut und Verzweiflung fraßen mich innerlich auf und ich wusste, dass es nur an mir liegen konnte. Auch wenn ich Evi für ihre erhellenden Worte dankbar war, machte es mir Angst. Wäre es nicht wesentlich einfacher gewesen, jemand anderem die Schuld für mein Unwohlsein in die Schuhe schieben zu können? – Auf jeden Fall! Und das hatte ich die letzten Tage doch auch versucht. Aber tief in mir ahnte ich, dass Evi mit ihrer Behauptung recht hatte und das Problem in mir selbst lag. Wie scheiße von ihr! Anders wäre es doch viel einfacher für mich gewesen. Ein bisschen Verachtung für Rico, ein bisschen Mitgefühl und Trost für mich.

Im Vergleich zu dem Leben vor knapp einem Jahr hatte ich meine Erwartungshaltung gesenkt, erkannte, dass ich ein wertvoller Mensch war – mit wirklich vielen guten Eigenschaften. Außerdem lernte ich, dass mein Körper gar nicht so scheiße aussah, wie ich mir eingeredet hatte und das niemand anderes als ich selbst für mein eigenes Seelenheil zuständig war. Einmal sagte ich zu Rico: „Weißt du, für diejenigen Menschen, die mich mögen, bin ich eine echte Bereicherung!"
Zu dieser Erkenntnis gratulierte mir Sarah eindringlich: „Anita, herzlichen Glückwunsch! Schön, dass du das endlich verstanden hast!"
Es waren wirklich viele kleine Schritte dafür notwendig gewesen und mit jedem Schritt nach vorn, fühlte es sich leichter an. Aber es gab auch Hindernisse, die für mich unüberwindbar schienen. Der Spiegel war so etwas gewesen. Dennoch nahm ich diese Aufgabe an. Wie aber sollte ich nun auch noch Sich-selbst-genug-sein lernen? Ich fuhr nach Hause und dachte noch darüber nach, während ich die nächsten drei Stunden wach im Bett lag. Dabei umarmte ich mich, als würde Rico neben mir liegen. Es fühlte sich befremdlich, aber gut an. Das war es also, was ich von nun an üben musste?
Am Morgen danach erhielt ich eine Nachricht von Rico. Ich wartete bereits darauf, dass er mir in einer ellenlangen WhatsApp erklären würde, dass er auf mein ganzes Gefühlschaos keine Lust mehr hatte. Kurz überlegte ich, ob ich es

mir jetzt antun wollte, sein Geschriebenes zu lesen. Meine beiden ehemaligen Arbeitskolleginnen wollten jeden Moment zum Brunch bei mir aufschlagen. Besser, ich versaute uns allen nicht den Tag und würde die Nachricht erst später lesen, wenn die beiden weg waren. Obwohl sechs Schultern zum Ausweinen mehr Last tragen konnten als meine zwei. Also las ich.

Er war mindestens genauso hin- und hergerissen, wie ich. Zum tausendsten Mal teilte er mir mit, dass seine Kinder Vorrang hatten, dass er mich erst näher kennenlernen wollte und dass er das Gefühl hatte, ich würde ihn unter Druck setzen, entweder jetzt Beziehung mit Zusammenführung der Kinder oder Beziehungsende. Es fühle sich zurzeit nicht gut an für ihn und er wüsste weder ein noch aus.

Als ich meiner Freundin Jule die Tür öffnete, stand ich mit feuchten Augen da. Sie fiel mir voller Freude, mich wiederzusehen um den Hals und bedankte sich für die Einladung. Ich zeigte ihr verzweifelt Ricos Nachricht und behauptete: „Wenn er schon nach drei Monaten so zerrissen ist, kommt er doch nicht weiter. Das war es sicherlich mit uns."

Doch Jule schätze die Lage ganz anders ein: „Also ich habe nicht den Eindruck, dass es das war. Anita, da steht drin, dass er dich liebt. Er hat nur für diese aktuelle Situation keinen Ausweg."

„Ich ehrlich gesagt auch nicht. Wie lange soll das denn noch so gehen, dass wir uns kaum sehen? Ich bin ratlos. Er schreibt, dass er seinen Kindern zeigen will, dass er auch alleine gut klarkommt. Was will er mir denn damit sagen?"

Wir lenkten das Gespräch auf leichtere Themen, gingen eine große Runde durch den Schnee spazieren und verabschiedeten uns gegen dreizehn Uhr wieder voneinander. Ich sah mir im Anschluss ein Märchen im Fernsehen an und hielt mich dabei fest im Arm.

Am Nachmittag verabredete ich mich zum Besuch auf dem örtlichen Weihnachtsmarkt mit meiner Nachbarin Babett, wo wir einen Glühwein tranken und Bratwurst aßen. Dann wartete ich auf Ricos Anruf, den ich erbeten hatte, um der ganzen Sache endlich auf den Grund zu gehen und diesem Heckmeck, egal in welche Richtung es gehen würde, zu beenden.

Am Abend telefonierten wir also. Es war ein gutes Gespräch, in dem ich ihm ehrlich mitteilte, dass es mit mir und meiner nervigen Fragerei immer so weitergehen würde und dass er sich überlegen solle, ob er damit klarkommen konnte. Meine ganzen Zweifel wurden von seinen Worten in Luft aufgelöst, aber ihm während dieser wichtigen Unterhaltung nicht gegenübersitzen und seine Gesichtszüge analysieren zu können, machte es mir dennoch schwer, mich gänzlich von meinen Ängsten zu lösen.

In den nächsten Tagen beschränkte ich mich mehr und mehr darauf, ihn nicht mehr mit aller Kraft zu vermissen, sondern mir selbst mehr Wohlwollen zu schenken. Dennoch fühlte es sich täglich so an, als würde Rico jeden Tag weniger Kraft in uns investieren. Seine Nachrichten wurden sachlicher. Er verzichtete auf liebevolle Smileys und auch auf eine direkte Anrede, sowas wie: „Hi Babe!" oder „Guten Morgen meine Sonne."
Ich war nur noch „Hey du.", oder „Hi.". Auch war es schwer einen neuen Termin für ein Treffen mit ihm zu finden. Zwar wollte ich Freitag nach der Arbeit wieder für eine kurze Stunde vorbeikommen, aber er fragte mich ungefähr drei Mal, wann genau ich kommen würde. Obwohl er mir bereits am Montag einen Zeit-rahmen von drei Stunden suggeriert hatte, der für mich klar feststand. Außerdem wollte oder konnte er sich nicht dazu aufraffen, eine Entscheidung hinsichtlich der Tage zwischen Weihnachten und Silvester zu treffen. Wollte er die Tage mit mir oder ohne mich verbringen?

Sarah hatte mich zu einem Mädelsabend am 30. Dezember eingeladen. Ich war nun hin und hergerissen ihre Einladung anzunehmen, da eine Antwort von Ricos Seite immer noch offenstand. Wollte er denn nicht lieber die wenige kostbare Zeit mit mir nutzen? Ich wusste, dass seine Kinder nur an Silvester bei ihm sein würden. Die Tage davor war er frei.
„Willst du am 30.12. mit mir Zeit verbringen? Wenn nicht würde ich Sarahs Einladung zur Girls-Night annehmen.", fragte ich hoffnungsvoll. Nun erklärte er umständlich, dass die Kinder, wie jedes Jahr, bereits am 30. gebracht würden. Wieder anders als er vorher gesagt hatte. Sollte ich diese Erklärung also als Absage verstehen? Ich hakte erneut nach. Seine Antwort kam schnell und war wieder total sachlich: „Na dann... ab zum Mädelsabend!"
Logischerweise war ich enttäuscht. Wieder würden wir uns nicht sehen. Und er ließ so mir nix, dir nix meine Hoffnungen zerplatzen. Unsere Beziehung fühlte sich seit einer Woche unsicher und zerbrechlich an. So, als wäre ich für ihn irgendwie ständig ein Störfaktor. Wenn ich ihn danach fragte, verneinte er meine Vermutung, ihm auf den Senkel zu gehen. Ich wusste, wenn er dann wieder vor mir stand, waren diese Gefühle schnell wieder verflogen, aber wir sahen uns nun mal nicht sehr oft. Und das wiederum verstärkte meine Unsicherheit, wenigstens für den Moment.

Für Freitagabend hatte ich nun spontan meine Kinder an Oma und Opa verkauft und bot ihm an, er könne nach meinem Training vorbeikommen. Allerdings saß die Angst der vergangenen Abfuhr noch fest in mir, also bat ich ihn: „Wenn du es doch nicht schaffst, sag bitte einfach rechtzeitig Bescheid!"

Seine Antwort lautete: „Doch, ist fest eingeplant.", und später: „Soll ich vom Weihnachtsmarkt was mitbringen? Mandeln? Um acht werde ich nicht ganz schaffen!"

„Mach so, wie es dir passt. Nur sag bitte nicht erst um acht ab! Du brauchst nichts mitbringen! Hab noch den ganzen Schrank voll mit Nikoläusen!"

„Willst du, dass ich absage?", fragte er verunsichert.

„Rico, was ist denn los mit dir? Ist alles gut zwischen uns?", fragte ich verwirrt, „Nein! Will ich nicht! Aber wenn es absehbar ist, dass es nichts wird, gib mir bitte rechtzeitig Bescheid!".

So langsam schwante mir Schlimmes. Ich versuchte, mich nicht heiß zu machen. Auch übermäßige Freude auf seinen Besuch kam nicht auf. Ich wollte mir nicht die schrecklichsten Abschiedsszenen ausmalen, die diese Konversation in mir auslösen könnte.

„Mir liegt noch unser letztes Telefonat schwer im Magen und ich bin mit mir beschäftigt. Lass uns morgen reden, wird schon.", schrieb er zurück. Jetzt war mein Kopfkino so richtig an und die Sorge, was mich am nächsten Tag erwarten würde, riesig.

„Okay, das beruhigt mich so gar nicht! Dann lass ich dich jetzt besser in Ruhe.", schrieb ich.

Freitag

Tags darauf klingelte gegen 21 Uhr mein Handy. Rico. Er hatte bereits vor einer halben Stunde geschrieben, dass er auf dem Weg zu mir war. Nun fragte er, ob er mit seinem Auto auf dem Parkplatz vor dem Hoftor stehen bleiben könne. Da ich ihn vom Fenster aus nicht sehen konnte, kam ich ihm entgegen, um die Parksituation zu prüfen. Ich befand sie für gut und wartete auf ihn an der Haustür.

Ein kurzes „Hi" und ein noch kürzeres Bussi auf den Mund war unsere Begrüßung gewesen. So distanziert war er noch nicht mal am allerersten Tag zu mir. Das war definitiv kein gutes Zeichen! Er stand vor mir, wie ein kleiner fremder Junge. Verunsichert und alles an ihm schrie: „Ich bin dich nicht wert!" Lautlos sang ich für ihn das gecoverte *Montez*-Lied, was ich einige Tage zuvor für mich selbst gesungen hatte: „Ich spür, es frisst dich auf, die Gedanken so laut, es tut weh! Und obwohl du's nicht zeigst, dass es dich grad zerreißt, ich kann's sehn. Kann dich sehn!"

Mein Bauchgefühl hatte den ganzen Tag schon vermeldet, dass es ein beschissener Tag würde. Nun wusste ich warum. Was dann folgte, war mir bereits klar, als er mir an der Tür „Hi" gesagt hatte, aber dennoch hoffte ich, dass wir uns wieder einfangen würden.

Wir gingen nach oben ins Wohnzimmer. Ich goss ihm einen Tee ein. Er erzählte über seine Zahnarztbehandlung, irgendwelche Autos und anderen Blödsinn, der mich nicht besonders interessierte. Er tat alles dafür, die Zeit totzuschlagen und ich wartete ab, bis er vielleicht von selbst anfangen würde, über das Wesentliche zu sprechen, nämlich über uns. Zwischendurch unterbrach ich ihn und fragte: „Sag mal, schläfst du heute eigentlich hier oder fährst du dann wieder nach Hause?"

Mir war doch klar, was hier lief! Er eierte um den heißen Brei herum, um mir nicht sagen zu müssen, was er sich zu Hause hatte einfallen lassen. Das machte mich für den Moment wütend und traurig zugleich. Ich war kein Kind mehr! Man konnte erwachsene Gespräche mit mir führen. Wenn er also heute noch aussprach, dass er sich trennen wollte, würde er doch sicher nicht noch bei mir schlafen, oder?

„Doch, schon. Wenn ich darf?", fragte er unsicher bittend.

„Ja, ist okay. Aber ich werde jetzt ins Bett gehen. Die letzte Woche hat echt viel Kraft gekostet und ich bin müde."

Er dackelte mir ins Bad hinterher. Wir putzten Zähne nebeneinander. Ich zog mich aus, legte mich ins Bett und er fragte mich wieder eine total banale Frage,

worauf ich wütend und genervt antwortete: „Du, ich hab gar keine Lust darüber nachzudenken! Viel wichtiger ist doch die Frage: Wann willst du anfangen, mit mir über die letzte Woche zu sprechen? Und was willst du mir mitteilen?"
Nach einer Stunde des Smalltalks fühlte er sich sichtlich ertappt. Er senkte verlegen den Kopf, zog noch seine Hose aus und huschte mit unter die große IKEA-Bettdecke, um sich dicht an mich heranzulegen. Wieder ließ ich ihm Raum zu sprechen, doch er fand keinen Anfang. Es war traurig und aufreibend zugleich. Nach einigen Minuten des Schweigens begann ich das unvermeidliche Gespräch: „Was sind das für Gedanken, die dir seit unserem letzten Telefonat durch den Kopf gehen?" Dann nahm das ganze verdammte Elend seinen Lauf...

„Ich weiß auch nicht warum, aber die ganze letzte Woche konnte ich keinen klaren Gedanken fassen. Das was du über Luise und meine Ex-Frau gesagt hast, hat mir Angst gemacht. Du hast sie beschimpft und ich habe ehrlich nicht verstanden, was du damit gemeint hast! Damit komme ich nicht klar!"
„Zu deiner Ex-Frau habe ich gar nichts gesagt!", stellte ich erstmal klar und erklärte dann weiter: „Mit der bist du doch auch fertig. Wenn du über sie sprichst, kannst du dich klar abgrenzen. Euch verbindet nur noch der Kontakt zu euren Kindern. Aber diese Luise hängt dir noch an und du merkst es nicht! Wenn du ein Problem findest, schiebst du ihr dafür die Ursache in die Schuhe. Sie hat dich total vereinnahmt. Und dafür, dass du sie nicht loslassen kannst, hasse ich sie! Das ist alles."
Es folgte eine Pause, die er zum Nachdenken nutzte. Dann bestätigte er, dass er mich nun verstanden hatte, doch das Problem war noch nicht geklärt.
„Was hast du noch für Gedanken?", hakte ich weiter nach. Dabei rannen mir bereits die ersten kummerbehafteten Tränen übers Gesicht.
„Ich weiß es nicht!"
„Das ist schlecht, denn ich weiß ganz genau, worauf dieses Gespräch hinausläuft. Wieso weißt du es dann nicht? Was willst du mir noch sagen?", drängte ich ihn.
Er überlegte lang, um Worte zu finden, die mich nicht verletzten: „Ich habe sehr viel darüber nachgedacht, was du gesagt hast. Ich dachte erst, dass DU noch nicht bereit bist für eine neue Beziehung. Aber das ist wohl nicht so. Die letzten Tage habe ich mich im Spiegel angeschaut und war hin- und hergerissen. Ich will ein guter Vater sein, aber zurzeit bin ich gar nichts. Auf Arbeit bau ich nur noch Scheiße. Ich ernähre mich nur noch von ungesundem Scheiß und irgendwie bin ich komplett überfordert mit allem. Die Minis wachsen mir über den Kopf und ich krieg nichts mehr auf die Reihe. Das fing an, als du unbedingt

wolltest, dass wir uns die Kinder vorstellen. Vielleicht bin ich es ja, der noch nicht für eine Beziehung bereit ist?!"

Alles was er sagte, konnte ich nachempfinden und hatte vollstes Verständnis. Aber ich wusste natürlich auch, was das für uns bedeuten konnte: Eine Trennung. Wenigstens zeitweise. Wenn nicht sogar für immer.

„Habe ich dich vielleicht getriggert? Das Kinderthema hatten wir doch besprochen. Ich hab dir gesagt, dass ich dir die Zeit gebe, die du brauchst. Was ist es dann? Und wieso bist du mit dir selbst so unzufrieden? Womit verunsichere ich dich? Ich war immer ehrlich und habe dich eingeladen, über alles mit mir zu sprechen."

„Ich weiß es wirklich nicht!", flüsterte er verzweifelt.

„Was bedeutet das für uns, Rico?", fragte ich weinend und er blickte auf den Fußboden und sagte leise: „Dass ich mich erstmal um meine Probleme kümmern muss."

„Mit mir oder ohne mich?", fragte ich. Aber die Antwort kannte ich bereits.

„Ich weiß es nicht!", log er, denn auch er kannte sie ganz genau!

Nach einer kurzen Pause des Schweigens erklärte ich wehmütig: „Du hast mich die letzten paar Tage in deinen WhatsApps gar nicht mehr liebevoll angesprochen. Mir war da schon nicht mehr wohl mit uns. Da wusste ich, dass du zerrissen bist. Ich wollte dir nur sagen, dass du auf „Hey du" scheißen kannst! Ich will nicht „Hey du" für dich sein! Das klingt wie irgendjemand. Ich bin nicht irgendwer! Du sagst zu deiner Ex „Hey du!" am Telefon. Ich ertrage es nicht, nur irgendwer für dich zu sein. Ich bin wenigstens Anita. Schreib mich bitte nie wieder mit „Hey du" an!".

„Ist gut. Das habe ich verstanden."

Es war ihm bewusst, was ich meinte. Er musste sich nicht weiter erklären, denn ich wusste, dass er zu mir gekommen war, um sich zu verabschieden.

Weinend und kraftlos legte ich mich an Ricos Brust und begann, mich von seinem Körper zu verabschieden. Er wusste nicht, dass seine Selbstfindung viele Monate dauern würde, aber ich tat es! Wir sprachen also nicht über Tage oder Wochen. Wir sprachen von viel, viel länger. Und es war mir klar, dass er zwar Hilfe brauchte, aber nicht unbedingt meine. Ich strich über seinen Bauch, seine schönen, muskulösen Oberschenkel und über seine Arme, die mich schon so oft gestützt hatten. Ich rieb mich noch einmal mit so viel Rico ein, wie ich nur nehmen konnte, obwohl es niemals reichen würde für die viele Zeit, die er sich selbst nun geben musste.

„Bitte schlaf mit mir!", hauchte ich ihm mit gebrochener Stimme ins Ohr und er tat mir den Gefallen. Noch ein letztes Mal mit dem Mann, der meine Vulva verwöhnt hatte wie keiner zuvor. Jede Berührung von ihm in mich aufnehmen und seinen Penis, der wie noch kein anderer in mich hineingepasst hatte – fast wie ein Puzzlestück – ein allerletztes Mal in mir spüren. Seine Wärme, seine großen Hände auf meiner Haut, wie sie mich zärtlich überall streichelten und mir Zuneigung und Zuspruch gaben. Wir liebten uns ohne zu küssen. Es fühlte sich falsch und richtig zugleich an. Seine Hände suchten nach meinem Intimbereich. Ich zog sie weg. Der Gedanke, mich von ihm verabschieden zu müssen, blockierte meinen Kopf. Auf einen Orgasmus war ich so gar nicht aus! Es war im Grunde genommen total sinnlos, es mir noch machen zu wollen. Es wäre sowieso nicht gegangen! An alles dachte ich, nur nicht an sinnliche, erotische Intimität. Herzzerreißend und hoffnungslos erschien mir das Ganze. Es war ein skurriler Akt, der nicht zur Erfüllung meiner und vermutlich auch nicht seiner sexuellen Bedürfnisse hatte dienen sollen, sondern nur ein Akt des Abschiednehmens war. Ich empfand tiefes Verständnis für Rico und trauerte um ihn und um meinen Verlust.

„Bitte fick mich einfach ganz fest. So dass es weh tut!", bat ich ihn schluchzend.

„Ich kann dir nicht weh tun!"

„Doch, du kannst! Du hast es schon! Mach es einfach, damit mein Schmerz sich im ganzen Körper verteilen kann."

Er versuchte mich zu trösten, während ich alles tat, damit es endlich wehtat, aber er unterstütze mich nicht dabei. Meine Vagina verstand mich jedoch sofort. Sie schwoll an und verengte sich. Nach wenigen Minuten tat mir alles weh. Nicht nur meine Hände, die sich krampfhaft an Rico festhielten, nicht nur mein gebrochenes Selbst, nein, auch meine verdammte Muschi! Ich rollte mich schmerzdurchzogen zur Seite und heulte meine ganze Verzweiflung ins Kopfkissen.

Rico vergoss keine Träne. Ab und zu schniefte er, aber vermutlich hatte ihm irgendwann mal jemand eingetrichtert, dass große Jungs nicht weinen dürfen. Er war genauso traurig wie ich und er bedauerte zutiefst, dass ich so litt.

„Es tut mir leid, Anita! Ich wollte dir niemals wehtun!"

Das wusste ich. Aber es tat trotzdem weh! Ich stieg aus dem Bett, um mir ein Wasser zu holen, dabei spürte ich, wie mein ganzer Körper krampfte. Ein stechender Schmerz zog sich über meine rechte Seite bis zum Nabel und pochte so verdammt laut, dass man es außerhalb hätte hören müssen. Ich fiel zusammen und hockte mich kurz hin. Alles an dieser Situation war krampfig, so wie mein Körper auch. Nachdem ich getrunken hatte, legte ich mich wieder zurück ins Bett.

„Ich hab die ganze Woche keinen Alkohol getrunken!", heulte ich verzweifelt.

„Warum erzählst du mir das?"

„Weil ich dachte, das könnte ein Argument sein, nicht zu gehen!"

„Warum sagst du das, Anita?"

„Ich bin nicht dumm, Rico! Ich weiß, wie sich ein Abschied anfühlt!"

Er blieb stumm.

Weinend wartete ich, bis er eingeschlafen war. Neben ihm zu liegen, konnte ich einfach nicht mehr ertragen, deshalb ging ich zum Schlafen in eines der freien Kinderzimmer. Ich vermisste ihn, obwohl er da war. Hatte ich mich denn tatsächlich so in ihm getäuscht oder war ich selbst schuld an diesem Kack gewesen? War es nicht gut, dass er sich seinen Problemen stellte? Doch, das war es! Ich musste ihn gehen lassen, damit er sich selbst heilen konnte. Und ja, vermutlich hatte ich ihn zum Nachdenken angeregt und diesen Prozess befeuert, aber warum ging er diesen Weg nicht mit mir gemeinsam? Alles war so frustrierend! Hätte er mich nicht einfach mit seinem verdammten Penis foltern können, damit ich ihn wenigstens hassen konnte? Nein, ich hasste ihn nicht! Ich liebte ihn. Ich liebte ihn so sehr, dass ich ihn gehen lassen würde.

Ich schlief unruhig und in meinen Träumen fiel ich immerzu in ein enges, tiefes Loch, riss dabei die Hände hoch und brüllte angsterfüllt. Das waren die Momente, in denen ich von meinem eigenen Geschrei aufwachte. Früh um sechs war das Bedürfnis, Rico wieder in meine Arme zu schließen, wieder da. Also kroch ich zurück unter die große Decke und zog ihn so fest, wie ich konnte, an mich heran. Wieder rieb ich mich mit ihm ein und absorbierte seine Nähe. Wieder hatten wir Sex, der zu nichts führte, nur zum Abschied. Wieder konnte ich seine Finger an meinem Intimbereich nicht ertragen und schob sie zur Seite. Ich wollte ihm nichts schuldig bleiben. Auch keinen Orgasmus! Wieder brachen wir irgendwann ab und legten uns in Löffelchenstellung hintereinander, um uns gegenseitig ein letztes Mal zu halten. Es war subtil. Wir schliefen noch eine Stunde, dann fanden wir uns erneut körperlich zusammen. Keiner von uns kam, aber das war egal. Darum ging es nicht mehr. Es ging nur noch um Abschied.

Gegen halb acht holte ich im Nachbarort frische Brötchen beim Bäcker. Als ich wiederkam, stand Rico wie ein kleiner Junge in meinem Wohnzimmer und fragte mich verunsichert: „Kann ich dir etwas helfen?"

Ich konnte mich an keine einzige Situation erinnern, in der er mich das je gefragt hatte. Na klar hätte er den verdammten Tisch decken können oder Kaffee kochen. Meine Küche war so minimalistisch klein, da hätte er locker alles gefunden. Außerdem hatten wir schon mehrfach zusammen gekocht und das ganze Geschirr gemeinsam wieder in den Schränken verstaut. Wieso fragte er mich also diese überflüssige Frage? Ich kannte die Antwort! Er traute sich nicht.

Eingeschüchtert und verunsichert von irgendwem oder von irgendetwas, war er nicht mehr in der Lage, die einfachsten Entscheidungen zu treffen, ohne sich nicht zu fragen, ob es die richtige war. Er hatte sich selbst in eine Ecke getrieben, aus der er nicht herauskam. Ich war mir darüber bewusst, dass ich ihn in seiner Selbstsicherheit unterstützt hatte. Ich hatte sie gefeiert und dann aufgedeckt, dass sie nur als eine Schutzhülle existierte, als seine Schutzstrategie. Irgendwie erinnerte Rico mich an mich selbst. Ich hatte Mitgefühl mit ihm!

Wir frühstückten schweigend. Ab und zu lief mir eine Träne der inneren Zerrissenheit über die Wange und er tätschelte mitfühlend meine Hand. Dann legte ich mich aufs Sofa, da mein Körper unter der Last des inneren Schmerzes beschlossen hatte, langsam und qualvoll zu zerbrechen. Mein Rücken tat nun also mindestens genauso weh, wie mein Herz und zwang mich zur Ruhe. Rico setzte sich zu mir. Nach dem langen Schweigen fragte ich ihn: „Was ist es genau, was dich so an dir zweifeln lässt?"

„Ich kann es dir nicht sagen!"

„Kann es sein, dass du in den letzten Wochen zu wenig Zeit für dich in Anspruch genommen hast? Was ist mit Yoga und mit Radfahren?"

Er überlegte kurz und sagte dann: „Ja, das kann sein."

„Dann solltest du vielleicht da wieder anfangen."

„Ja, ich denk darüber nach."

„Ich sehe, dass du unsicher bist, aber ich weiß nicht, was dich so verunsichert. Wieso ist es so, dass du dich selbst nicht wertschätzt? Bin ich es, die dich verunsichert?"

„Puhhh, ich kann es dir echt nicht sagen. Du bist es auf jeden Fall nicht! Es hat gar nichts mit dir zu tun!" Damit hatte er mit Gewissheit recht. Das Problem lag tief in ihm verborgen.

„Vielleicht würde es dir helfen, einen Zettel zu machen, wo du mal all das Gute, was du bisher geschaffen hast, was du gut kannst, darauf notierst.", schlug ich vor. „Dann wirst du sehen, dass es verdammt viele Dinge gibt, die du kannst!"

Eine Weile saßen wir schweigend nebeneinander auf dem Sofa. Dann verstand ich urplötzlich, warum Rico damit so gehadert hatte, mich nicht in das Leben seiner Kinder zu lassen. Er schien schon länger mit dieser Ungewissheit zu ringen, ob ich die richtige Partnerin für ihn sein könnte. Ich hingegen war mir da total sicher.

„Ich verstehe dich endlich in Bezug auf deine Kinder! Du warst dir nie sicher mit mir und konntest mich deshalb nicht in ihr Leben lassen. Es fällt mir wie Schuppen von den Augen, dass das der Grund ist. Das war mir überhaupt nicht bewusst! Aber das ist okay für mich. Jetzt ist es bei mir angekommen! Ich habe es nun verstanden und kann deine Entscheidung nachvollziehen."

Wir gingen eine Runde spazieren. Es fühlte sich fremd an, ihn an meiner Hand zu halten. Wie, wenn man am Sterbebett einer geliebten Person sitzt und auf den Tod wartet. Man bedauert das Ableben, ist aber insgeheim froh, dass es die Person bald geschafft hat. Aber dennoch wünscht man sich, mehr Zeit mit ihr zu verbringen.

Nachdem ich mir von ihm in der letzten Woche so viele sinnlose Nachrichten durchgelesen und das gestrige, einstündige Smalltalk-Gespräch mich so verbraucht hatte, war ich seine lapidaren Reden leid. Als Rico während unseres Spazierganges, der wirklich alles von mir abverlangte, wieder damit anfing, wendete ich mich von ihm ab und schrie all meine Wut mit einem einzigen, schmerzerfüllten Brüller raus auf das weite Feld! Ich sackte zusammen und weinte bitterlich. Denn ohne, dass er es bis dahin ausgesprochen hatte, war mir klar, dass er sich mit den gestrigen Worten von mir getrennt hatte. Nur den Abschied zögerte er nun mit diesem lächerlichen, bizarren Spaziergang hinaus. Einige Minuten später stand ich wieder auf und lief kraftlos weiter, ohne auf ihn zu warten. Er dackelte wie ein kleiner Junge, dem man einen Anschiss erteilt hatte, hinter mir her. Einige 100 Meter weiter, hatte ich mich wieder halbwegs eingekriegt, blieb stehen und wartete auf ihn. „Rico, ich sehe dich! Ich kann den tollen Mann sehen, der du bist! Aber du kannst es nicht! Erst letzte Woche habe ich mein Bild von der blauen, nackten Frau angesungen. Weißt du, was ich ihr gesungen habe?" Er schüttelte den Kopf.

„Das Lied von Montez: *Ich werd dich lieben, auch wenn du's grad nicht kannst!* Du weißt, dass das Bild ein Selbstporträt von mir ist? Ich habe es mir gesungen! Und jetzt würde ich es gern für dich singen!"

Wir nahmen uns in die Arme und standen ca. fünf Minuten so da. Wieder vergoss er keine einzige Träne, obwohl er tieftraurig war. Ich weinte für ihn mit und bedauerte ihn um sich selbst. Er steckte in einer Sackgasse fest. Leider konnte ich ihm nicht helfen, weil er mich nicht ließ. Treuherzig sah er mich an und sagte: „Vielleicht werde ich irgendwann mal unverhofft vor deiner Haustür stehen, wenn ich mit mir fertig bin."

„Ich kann und werde nicht auf dich warten!", antwortete ich verrotzt.

Wir gingen zurück zum Haus, wo ich ihn an seinem Auto mit einer langen Umarmung verabschiedete. Dann stand ich an der Haustür und wartete, bis er vom Hof fuhr. Meine Augen waren verquollen vom vielen Geheule, meine Nase verstopft. Ich fühlte mich elend und entkräftet. Obwohl ich ihm so viel Raum gelassen hatte, die wenigen, wichtigen Worte auszusprechen, fand er während seines ganzen Aufenthaltes nicht den Mut und die Kraft, mir zu sagen, dass dies unsere Trennung bedeutete. Alles an dieser Situation war skurril und bizarr. Ich hatte noch nie von einem Paar gehört, dass sich zehn Stunden lang getrennt hatte!

Trauer und Trost

Als ein Schatten meiner selbst schlich ich in meine Wohnung zurück und legte mich gebrochen aufs Sofa. Nina Chuba sang ununterbrochen das Lied „Glas" in meinem Kopf: „Gib mir 'n Teil von dir ab oder alles was du hast und ich mach mich wieder ganz. Rotes Kleid und Kir Royal, ich trag Ohrringe aus Glas damit du mich brechen kannst." – Rico hatte mich gebrochen!

Etwa eine Stunde nachdem er gegangen war und ich die Zeit bitterlich weinend in Embryonalstellung verbracht hatte, schrieb mich Sarah an: „War Rico gestern da?"

„Ja. (weinender Smiley)"

„Also ist es nicht gut gelaufen?"

Ich kam nicht zum Antworten. Sie rief mich direkt an, um sich nach der Lage zu erkundigen. Logischerweise hatte ich ihr am Freitag schon mitgeteilt, dass ich ein ungutes Gefühl hatte und gebangt hatte, ob er überhaupt kommen würde. Sarah nahm sich Zeit, sich mein ganzes Gejammer und meinen Kummer anzuhören. Ich berichtete ihr von dem Wunsch, dass er mich fest fickte, damit es weh tat, um ihn wenigstens dafür hassen zu können. Ich erzählte ihr davon, dass ich ihn verstand und ihm wegen dieser Entscheidung nicht mal einen Vorwurf machen konnte. Und sie hörte mir zu und tröstete mich mit ihren liebevollen, umarmenden Worten.

„Sarah, er hat zu mir gesagt, dass er das Gefühl hat, sein Fundament sei instabil. Ich habe ihm dann erzählt, dass wir auf Arbeit auch gerade ein Fundament für einen Balkon errichten. Ich selbst habe das Material bestellt. Mein Kollege hat den Bagger zum Ausheben der Erde geordert. Ein anderer bringt den Bewehrungsstahl und den Beton ein. Damit habe ich ihm sagen wollen, dass man ein Fundament nicht unbedingt alleine bauen muss. Es werden viele Bausteine und einige Leute dazu benötigt. Warum lässt er mich nicht helfen, sein Fundament mitzubauen? Ich kann ihn nicht dafür verurteilen, dass er verstanden hat, dass es in ihm drin etwas Unverarbeitetes gibt. Ich freue mich für ihn, dass er diesen Schritt jetzt gehen will. Aber es tut verdammt weh, zu sehen, wie er leidet. Und es schmerzt, dass er mich nicht an sich teilhaben lässt!"

„Anita, das ist wunderbar! Das ist wahre Vergebung! Und das ist auch echte Liebe. Den anderen gehen zu lassen, obwohl es einem selbst das Herz zerbricht und ihm keine Vorwürfe zu machen! Das ist die hohe Kunst! Das Beispiel mit dem Fundament ist mega! Wenn du mich fragst, wird ihn noch nie eine Partnerin so zum Nachdenken animiert haben wie du es getan hast! Egal wie euer Weg aussehen wird, er wird dir ewig dankbar sein, dass du ihm den Anstoß dazu gegeben hast. Das wird er dir nie vergessen!"

Doch Sarahs Worte machten die Sache auch nicht leichter. Ich kommentierte verheult: „Das ist alles möglich. Aber gerade fühlt es sich wie Sterben an!"

„Und das ist okay! Du darfst traurig sein! Weil es auch traurig ist, wenn man von jemandem verlassen wird, den man liebt.", tröstete sie mich.

„Weißt du, er hat mich in der letzten Woche mit so vielen lapidaren Infos zugeschwallt, nur um mir nicht mitteilen zu müssen, dass er sich trennen will. Heute habe ich ihn gebeten, dass er mich nicht mehr anruft, weil ich nicht einschätzen kann, was er mir tatsächlich am Telefon sagen will... also um Missverständnisse zu minimieren. Und ich habe ihm gesagt, er soll mir nur noch Nachrichten schicken mit Informationen, die für ihn von Bedeutung sind. Außerdem habe ich ihm mitgeteilt, dass ich diese eine scheiß Charaktereigenschaft an ihm überhaupt nicht mag: Dass er lieber irgendetwas sagt, als das, worauf es wirklich ankommt. Mein Gott, Sarah. Ich will einfach in dem großen Loch von heute Nacht versinken und nicht mehr wieder auftauchen müssen!"

„Du bist eine ganz tolle, starke Frau, Anita! Gib ihm Zeit. Egal wie es weitergeht. Vielleicht war er ja eine weitere Aufgabe in deinem Leben, so wie der Wahnsinnige oder Borussia Dortmund für dich waren."

„Hör auf!", bat ich sie. „Das habe ich ihn auch gefragt, ob er den Eindruck hat, dass ich seine persönliche Wahnsinnige bin, aber er hat es verneint. Ich kann nicht auf ihn warten. Das wird so viel Zeit in Anspruch nehmen, bis er zu sich gefunden hat! Ich dachte echt, dass es was für immer werden könnte."

„Ja, das dachte ich auch.", stimmte Sarah zu und erklärte dann: „Du hast ihm eine erwachsene Beziehung angeboten. Eine, in der man die Kinder mit einbezieht, um sich regelmäßig sehen zu können und er kam damit nicht klar. Und selbst als du ihm mehr Zeit dafür gegeben hast, kam er nicht klar. Wenn du mich fragst, hat er ein ganz großes Problem mit Beziehungsenge."

Erneut brach ich in Tränen aus und konnte kaum noch ein verständliches Wort aus meinem Mund herausbringen. Geduldig hörte Sarah mir weiter zu, wie ich ihr mitteilte: „Das hat ihm diese furchtbare Ex-Freundin eingebrockt. Dafür hasse ich sie wie die Pest!"

„Das glaube ich nicht. Die Sache wird wohl schon viel länger zurückliegen. Vielleicht hat seine Mutter so geklammert?"

„Das kann sein. Der Vater war gewalttätig und ich kann mir vorstellen, dass seine Mutter ihn besonders schützen wollte, vor allem vor dem prügelnden Vater. Gut möglich, dass er sich deshalb so schnell eingeengt fühlt. Aber das weiß er nicht. Er sagt, er hätte mit seinem Erzeuger abgeschlossen. Aber abschließen kann man nur, wenn man vergeben hat und das hat er bis heute nicht. Ist bestimmt auch schwer. Aber ich kann ihm doch nicht solche dicken Brocken vor die Füße schmeißen! Da muss er selbst hinfinden!", gab ich zurück. Sarah war von meinen Worten beeindruckt: „Meine Güte! Jetzt bist du schon so gut in Spiri-Kram, dass du schon selbst therapierst! Sehr geil! Aber ja, da hast du natürlich recht. Du kannst ihm nur immer mal wieder ein paar Krumen hinwerfen. Entweder er hebt sie auf, oder er lässt sie liegen. Mehr kannst du nicht tun. Und das hast du ganz offensichtlich getan und Rico ist auch willig sie zu nehmen. Nur eben viel langsamer, als du sie nehmen würdest und das ist auch okay."

Nach unserem Gespräch hatte ich wenigstens das Gefühl, jemand würde mich verstehen. Ich machte mir keine Vorwürfe, etwas falsch gemacht zu haben oder nicht richtig zu sein. Ich wusste, ich war genau richtig! Und als mir diese Erkenntnis in all meiner unendlichen Traurigkeit kam, war es für den Moment gut.

Eine halbe Stunde später brachte ich mein verheultes Gesicht wieder in Ordnung und begab mich zum Basketballspiel meines mittleren Sohnes. Mein Ex-Mann saß bereits am Spielfeldrand und begrüßte mich mit den Worten: „Hi. Du siehst heute aber schlecht aus. Ist alles in Ordnung bei dir?"

Mein Gott! Ja, er kannte mich eben. Darauf hätte ich gefasst sein sollen. War ich aber nicht. Natürlich ging es mir nicht gut! Ich wollte gerade nur sterben. Die einzige lebenserhaltene Maßnahme waren meine Kinder und Eltern natürlich. Also riss ich mich zusammen und log: „Echt? Ich fühl mich auch ein bisschen unwohl. Krieg bestimmt bald meine Tage."

Ihm direkt auf die Nase zu binden, dass mich das große Glück schon wieder verlassen hatte, brachte ich nicht fertig. Er hätte mir sicherlich sein Mitgefühl zum Ausdruck gebracht und mich gedrückt, weil er ein sozialkompetenter, liebevoller Mensch war. Ich traute ihm nicht zu, dass er heimlich seinen kleinen Triumph über das Scheitern meiner neuen Beziehung feiern würde. Eine Woche wollte ich Rico zugestehen, unaufgefordert vor meiner Tür zu stehen. Wenn er bis dahin nicht kam, würde ich es den Kindern und meinem Ex spätestens mitteilen. So konnten sie wenigstens verstehen, warum es mir so scheiße ging.

Am Abend fuhr ich mit dem Basketball-Sieger zu meinen Eltern. Wir besuchten den örtlichen Weihnachtsmarkt, den meine Mutter organisiert hatte. Ich war sehr stolz auf sie und unser Besuch sollte als Zeichen meiner Wertschätzung dienen. Als meine Mutti und ich gemeinsam einen Glühwein tranken, drückte ich sie und sagte: „Mutti, ich bin verdammt stolz auf dich! Du hast diesen Weihnachtsmarkt ins Leben gerufen und alles organisiert und geplant. Das hast du sehr gut gemacht! Ich hab dich lieb!"

„Ja, ich bin selbst ein bisschen stolz auf mich, wie ich das alles so gemacht habe!", strahlte sie und fragte mich dann besorgt: „Und bei dir, kleine Anita? Alles gut? Wie läufts?"

„Lauwarm das Bein runter, Mutti!", antwortete ich und bemerkte bereits, wie meine Stimme dabei wieder brach. Eigentlich wollte ich meine Misere an diesem Abend nicht offen aussprechen, um die Contenance nicht zu verlieren.

„Wieso denn? Was ist denn passiert?", fragte sie mitfühlend.

„Rico ist heute gegangen.", sagte ich niedergeschlagen und verkniff mir die neu aufsteigenden Tränen mühsam.

„Oh nein! Das tut mir ganz sehr leid, Anita!"

Dann nahm meine Mutter mich unverhofft in ihre Arme, wie sie es schon lange nicht mehr getan hatte und drückte mich ganz fest an sich heran. Ich war ihr so dankbar für diese Geste, der ich so lange hinterhergejagt war und mit der ich überhaupt nicht gerechnet hatte. Ich verzieh ihr augenblicklich ihre doofen Sprüche zu meinem angeblich selbstgewählten Elend, wie dem eines 16-jährigen Teenagers und verstand, dass sie selbst mit der Trennung von mir und meinem Ex noch nicht abgeschlossen hatte. Nun war sie offensichtlich soweit, zu akzeptieren, dass es den Ex in meinem Leben nicht mehr als Partner gab. Und möglicherweise ließ sie deshalb auch wieder die Nähe und den Trost für mich zu.

Den ganzen darauffolgenden Tag brachte ich mit Trauern und Weinen zu. Im Wechsel irrte ich durch meine Wohnung wie ein Geist oder lag flennend auf dem Sofa. Abends lud ich meine imaginäre Nachbarin zu mir ein und trank einen Lillet mit ihr. Als ich schon im Bett lag und mein nasses Kopfkissen wendete, erhielt ich eine Nachricht von Rico: „Dein Stollen ist echt lecker. Vielen Dank dafür. Hab mein Heft jetzt angefangen zu füllen. Möchte da jetzt dahinter bleiben und einen Weg finden. Denk an dich."

„Einen Weg finden gelingt den wenigsten Menschen alleine. Denk darüber nach, dir Unterstützung zu suchen. Und da du gestern nicht bereit warst, es auszusprechen, möchte ich es heute tun: Unser Beziehungsstatus heißt „getrennt". Das war mir wichtig für meine Verarbeitung."

„Ja, das ist traurigerweise so. Du hast eine negative Charaktereigenschaft von mir kennengelernt: Davonlaufen."

„Glückwunsch zur Erkenntnis.", schrieb ich schnippisch zurück.

„Anita, ich hoffe, du kannst trotzdem irgendwie gut schlafen. Gute Nacht."

„Ja, wird bestimmt richtig klasse. So wie gestern, da hab ich auch so gut geschlafen.", antwortete ich zynisch, „Das war mega! Da war so ein kleiner Junge bei mir, der sich verabschieden wollte, aber kein Wort rausgekriegt hat. Sehr befremdliche Situation. Weinen konnte er auch nicht, obwohl er sehr traurig war. Grüß ihn lieb von mir, wenn er dir begegnet und frag ihn doch mal, was sein Erzeuger mit seiner Mutter gemacht hat und wie er sich dabei gefühlt hat?!"

Rico ging darauf ein: „Der Junge wollte sich nicht verabschieden. Er rennt vor sich selber weg."

Ich war so unendlich verletzt und wütend zugleich. Hätte er vor mir gestanden, hätte ich ihn lautstark angebrüllt. Aber so formulierte ich es nur per WhatsApp: „Vor was denn, zum Henker? Hast du erwartet, ich würde dich anbetteln zu bleiben? Rico, ich war schon bei „für immer" mit dir und meine Schultern sind stark. Meine Hände sind kraftvoll. Ich hätte dich gehalten und gestützt und auch dein Fundament mit dir wieder in Schuss gebracht. Meinen Wohnungsschlüssel gab ich dir auch symbolisch zu meinem Herzen. Ich habe verstanden, dass du dich alleine heilen willst. Bitte reibe mich nicht noch mehr auf und lass uns den Kontakt ganz sehr beschränken, damit auch ich wieder heilen kann!"

„Ich habe Angst davor, verletzt zu werden.", kam von ihm zurück.

„Nein, du hast Verlustangst! Das sind zwei verschiedene Dinge! Verletzung resultiert aus einer Ursache. Verlust ist kein Resultat. Man wird verlassen und fühlt sich dann verletzt. Die Ursache ist der Verlust. Wo kommt die Angst her? Erst ging dein Erzeuger, später vielleicht Freunde, deine Frau, deine Mutter. Das Gefühl hat sich in dir so manifestiert, dass es dich lähmt. Frag dich doch einfach, ob ich dir das Gefühl vermittelt habe. Ja, ich denke, das habe ich. Als du dachtest, ich würde dich verlassen, wenn du mir nicht sofort deine Kinder vorstellst. Für mich war das Thema durch, aber du hältst daran fest und an deiner Angst vor Verlust. Es tut mir leid, dass ich dich unwissentlich getriggert habe. Es ist aber nur ein Gefühl. Ein dummer Gedanke in deinem Kopf und er entspricht nicht der Realität. Du kannst ihn fühlen, darüber nachdenken, ob er Sinn macht, ihn abarbeiten und wegtun."

Schweigen.

Tod und Verwesung

Die nächsten Tage wechselte ich weder meine Unterwäsche, noch ging ich duschen oder aß. Ich starb. Am langen Arm verhungernd.

Als Sarah wissen wollte, wie es mir ging, schrieb ich ihr knapp: „Geht beschissen. Ich warte und weiß nicht auf was und auf wann. Gestern war ich schon enttäuscht, als er nicht unverhofft vor meiner Türe stand. Heute werde ich es wieder sein!"

„Verstehe ich sehr gut. Sehnsucht, der Schmerz der Zurückweisung. Ich fühle sehr mit dir.", spendete sie Trost.

„Und hinzu kommt die totale Verunsicherung - nicht zu wissen, ob es echt ist.", antwortete ich.

„Was echt ist?"

„Liebe. Oder war es nur alles andere?", fragte ich.

„Lass es uns doch bei der nächsten Gelegenheit austesten.", schlug Sarah vor.

Über ihren Vorschlag dachte ich nach. Was, wenn es keine Liebe war, sondern nur die Idee einer intakten Beziehung? Was, wenn bei dem Test herauskam, dass ich mich selbst und auch Rico verarscht hatte? Seit Tagen spürte ich diesen inneren Groll gegen sein Verhalten. Ich war wütend auf ihn, dass er nicht die Eier hatte, sich verbal und deutlich von mir zu trennen. Auch darauf, dass er plötzlich entschieden hatte, sich selbst und seinen Selbstwert so derartig in Frage zu stellen, kotzte mich an. Am meisten war ich jedoch wütend auf seine Entscheidung, mich abzuschießen und ihm nicht helfen zu dürfen. Ich wusste, wie er mit sich focht und wie schmerzhaft es für ihn sein musste. Nur konnte ich ihm nicht zur Seite stehen. Er ließ es nicht zu. Diese Gedanken machten mir große Angst. Der kleine Junge, der da am Freitag bis Samstag bei mir war, war nicht der Mann gewesen, den ich mir einbildete zu lieben. Ich kannte ihn nicht. Er war mir fremd. Aber gehörte er nicht auch zu Rico dazu? Vielleicht war es doch besser, sich nicht testen zu lassen und im besten Wissen weiterzumachen. Was auch immer *Weitermachen* für uns bedeutete?!?

Während ich darüber nachsann, ob es für mich in Frage kam, Liebe austesten zu lassen, teilte mir Rico mit, dass er sich nach seiner ersten erfolgten Psychotherapiestunde auf jeden Fall mit mir treffen wolle.

„Wann soll das sein? In einem halben Jahr?", fragte ich sarkastisch.

„Nein. Mitte Januar."

Ich war entsetzt! Das waren weitere vier Wochen! Zur Erinnerung: In den vergangenen drei Wochen sahen wir uns nur zwei Mal. Einmal Fick und einmal Trennung. Für mich war an dieser Stelle klar, dass ich diesen hoffenden

Schmerz, der mich so auffraß, nicht länger mit mir herumtragen wollte und konnte, also antwortete ich: „Okay. Da melde ich mich hiermit offiziell ab. Danke für die schöne Zeit. Leider gelingt es mir nicht, dir böse zu sein. Das würde es für mich wesentlich leichter machen. Alles Gute für dich. Bitte schreib mir nicht mehr."

Leere und Hoffnungslosigkeit zogen in mein Inneres. Ich prügelte meinen sterbenden, nach Verwesung stinkenden Körper unter die Dusche und hielt mich an Evis Ratschlag, mir selbst ganz viel Liebe zu schenken. Keine einzige Träne hatte ich mehr übrig, da ich sie bereits in den letzten Tagen vergossen hatte.

Während ich mich langsam und liebevoll abseifte, meine Haut mit geschlossenen Augen spürte und mir die Zuneigung schenkte, die Rico mir nun nicht mehr geben wollte, fühlte es sich friedlich und angenehm an. Dafür nahm ich mir so viel Zeit, wie ich benötigte. Ich fühlte mich befreit, geliebt, getröstet und spürte die Vergebung an mich selbst - für den Fehler, den ich gemacht hatte, ihn so nah an mich heranzulassen. Danach trocknete ich mich ab, ging aus dem Bad in den Flur, blieb noch kurz vor dem großen Spiegel stehen, besah mich anerkennend und ging die Treppe zum Wohnzimmer hoch. Dieses lange Nichtessen und der tiefe Schmerz hatten mich so ausgelaugt, wie es nicht einmal die Trennung von meinem Ex-Mann getan hatte. Anschließend schleppte ich mich kraftlos zum Kühlschrank und räumte das ganze verdorbene, verweste Grünzeug und den schimmelig gewordenen Käse heraus. Irgendwie spiegelte dieser verdammte Kühlschrank mein Inneres der letzten Tage wider.

Nachdem ich mich gezwungen hatte, meinen Körper nicht weiter mit Nahrungsentzug zu geißeln, sondern liebevoll zu ihm zu sein und anzuerkennen, dass er sich wacker hielt und ganze Arbeit leistete, aß ich eine Kleinigkeit. Langsam kehrte die Kraft zurück. Im Anschluss brachte ich die grünen Leichen in den Müll.

Als ich von draußen reinkam, blieb ich am Ende der Wohnzimmertreppe stehen und besah mir, wie auch die Abende zuvor, mein Friedhofsbild. Ich nickte zufrieden. Es war mir gut gelungen. Jeden Tag erinnerte es mich daran, was ich alles im letzten Jahr wegtun konnte. So viel inneren Ballast trug es: Mein praktisch nicht vorhandenes Sexleben lag darin begraben, meine Ehe, die Wut auf meinen Erzeuger und auf meine Geschwister. Alles, was ich abgelegt hatte, packte ich in dieses schöne, friedliche Bild hinein. Und nun dachte ich darüber nach, ob ich auch bald Rico hinzufügen musste. Ich huschte ins Bett, als mein Handy plötzlich klingelte. Rico. Ich drückte ihn weg und schrieb: „Bitte ruf auch nicht mehr an!"

„Ich wollte dich fragen, ob ich dir dein Buch und deine Dose vorbeibringen darf. Und eventuell zwei Sätze sagen."

Was sollte das denn auf einmal? Erst wollte er mich wochenlang nicht sehen und jetzt, wo ich ihm die Pistole auf die Brust setzte, überlegte er es sich unter fadenscheinigen Vorwänden – einer dämlichen Dose zum Beispiel – doch anders? Es verärgerte mich, wie er reagierte, also antwortete ich kalt und trotzig: „Nein danke. Schmeiß einfach weg oder behalte es. Wie du willst."

„Kannst du einem Idioten verzeihen?", fragte er reuevoll. Auch diese Frage verstand ich nicht. Erst brach er mir das Herz, dann sollte ich ihm verzeihen? Seine Zerrissenheit strahlte sogar durch mein beschissenes Telefon. Ganz so einfach war es nun mal nicht, einem Menschen zu verzeihen, der einen verletzt hatte. Jetzt war nicht der Zeitpunkt, um verzeihen zu können. Nicht unter unbekannten Umständen. Nicht, ohne vorher gesprochen und seine Beweggründe verstanden zu haben. „Nein.", war alles, was ich dazu in diesem Moment sagen konnte.

„Dann schreib ich dir nicht mehr und ruf dich nicht mehr an. Ich liebe dich. Dich zu verlassen war der größte Fehler meines Lebens! Ich wünsch dir alles erdenklich Gute, Anita. Ich liebe dich."

Nach dieser Nachricht ergriff mich die Wut gänzlich und ich erwiderte: „Du bist ein feiges Kleinkind! Werde erwachsen und lerne, dich den Menschen die du magst mitzuteilen! Erst lässt du mich bis ich es für dich ausspreche im Ungewissen, dann verlangst du, dass ich weitere vier Wochen auf eine Entscheidung warte und dann setze ich dich vor vollendete Tatsachen und plötzlich fällt dir ein, du willst mich wegen der Übergabe einer Dose doch vor Juli 2024 wiedersehen? Ich plane mit dir und ich plane ohne dich. Wie soll das denn weitergehen? Ich habe drei Tage nichts gegessen und bin heute auf Arbeit zusammengebrochen. Ich kann nicht mehr!"

Es folgten mehrere Nachrichten, in der er mir versicherte, dass er an uns festhielt. Dann stellte ich fest: „Und auch jetzt sitzt du noch nicht im Auto und fährst einfach los, sondern wartest auf Entscheidungen, die andere für dich treffen. Das ist alles so unendlich traurig."

Es war schon spät. Er hatte Alkohol getrunken und war nicht mehr fahrtauglich.

Am nächsten Tag fragte ich: „Wirst du heute ins Auto steigen?"

Es folgte den ganzen Tag lang keine Reaktion. Ich weinte heimlich hinter dem PC während der Arbeit, auf der Fahrt zur Baustelle, auf der Fahrt nach Hause, beim Kaffeetrinken, einfach den ganzen Tag. Dann, gegen Abend, teilte er mit, dass er sich nun ins Auto setzen und zu mir kommen würde: „Hab das Bild dabei. Ich habe es aktuell nicht verdient."

„Das Bild gehört dir. Ich habe es dir geschenkt. Es kam von Herzen und du sollst es mir nicht zurückgeben. Bring es nur dann mit, wenn du darüber nachdenkst, es wegzuschmeißen und wenn es dir nichts mehr bedeutet."

Das Bild zeichnete ich Anfang Oktober. Es war ein abstraktes Motiv von uns beiden. Ich rot, im Hintergrund. Er blau, im Vordergrund. Verziert mit Blattgold strahlten wir uns umarmend an. Es wirkte kraftvoll und energetisch. Und obwohl Rico deutlich mehr Platz auf dem Bild einnahm und wesentlich größer war als ich, nannte ich es „Selbstporträt mit Accessoire". Ein Accessoire war theoretisch ein kleiner Dekorationsgegenstand, aber Rico war nicht klein. Das Gemälde trug die folgende Inschrift, auf der Rückseite des Holzrahmens: „In den Armen meines Accessoires fühle ich mich wunderbar wertvoll. Es gibt mir das Gefühl von Sicherheit und Vollkommenheit, obwohl ich weiß, dass ich nicht vollkommen bin. Mein Accessoire strahlt so hell, dass ich seine Strahlen einfangen und aufnehmen kann. Es spendet Wärme, Geborgenheit und das schöne Gefühl von Normalität. Mein Accessoire heißt Rico. In Dankbarkeit – Anita."

Als Rico bei mir zu Hause klingelte, roch, sah und schmeckte ich förmlich, warum er noch einmal gekommen war. Er wollte seine unüberlegten „Ich liebe dich"- und „Verzeihst du einem Idioten"-Nachrichten zurücknehmen und sich endgültig lösen. Die Dose und das Buch, welches er sich vor Wochen ausgeliehen hatte, brachte er mit. Mein Make-Up, das Deo und die Creme lagen wohl noch in seinem Spiegelschrank im Bad.

Wieder gab ich ihm Raum und Zeit. Überraschenderweise fing er diesmal von selbst an, über seine düsteren Gedanken, die ihn seit einiger Zeit quälten, zu sprechen. Ich hörte zu, fragte ab und an genauer nach. Alles was er sagte, klang sinnvoll. Nur eine Sache sagte er wieder nicht: Dass er für mich keinen Platz in seinem Herzen mehr hatte. Daher griff ich dem Ganzen vor und erklärte ihm: „Rico, in meinem Leben gibt es nur selten grau. Entweder schwarz oder weiß. Du wirst heute nicht gehen, ohne mir deutlich gesagt zu haben, für welche Farbe du dich entschieden hast. Ich werde mit jedweder Entscheidung klarkommen. Es wird wehtun, wenn du gehst, aber ich werde nicht daran zerbrechen. Du musst dich nicht um mich sorgen und du musst keine Rücksicht nehmen. Aber lass mich nicht wieder so hoffnungsvoll zurück wie beim letzten Mal. Sei einfach ehrlich!"

Und wie ich es laut aussprach, begriff ich, dass ich mir schon selbst die Antwort gegeben hatte, die er mir geben wollte.

Er nahm mein verquollenes, verheultes Gesicht in seine Hände, schaute mich tief an und sagte: „Ich kann zurzeit keine Beziehung führen, Anita! Ich muss erst meine Probleme lösen!"

„Ja, ich weiß. Aber warum kann ich nicht an deiner Seite sein?", schluchzte ich verzweifelt.

„Weil ich die Zeit für mich alleine brauche, um meine Gedanken zu ordnen.", sagte er klar.

„Wieso wolltest du mich neulich nicht küssen, als wir Sex hatten?", hakte ich weiter nach.

„Weil es zu sehr wehgetan hätte... in mir.", antwortete er bemitleidenswert und zeigte dabei auf sein Herz. Eine Sache war mir noch besonders wichtig: „Und warum hattest du ausgerechnet dann, wenn wir uns nicht küssen und so gar nichts mit uns beiden in Ordnung war, bei unserem letzten Mal überhaupt keine Erektionsprobleme?"

Überrascht antwortete er: „Keine Ahnung. Wieso fragst du das?"

„Ich weiß nicht, aber findest du es nicht auch komisch, dass dein Schwanz ausgerechnet in der beschissensten Situation gut funktioniert und in jeder anderen nur ab und zu? Dem solltest du dringend nachgehen. Hat vielleicht was mit Kontrolle zu tun."

Eine kurze Pause folgte.

„Was ist mit uns nach Belgien passiert, Rico? Habe ich irgendetwas gesagt oder gemacht, was dich so von mir wegtreibt?"

„Naja...", überlegte er und sprach weiter: „... in Belgien gab es schon ein, zwei Momente, in denen ich mich gefragt habe, ob ich mir das zukünftig vorstellen kann, aber welche das waren, kann ich dir nicht mal mehr so genau sagen."

Erstaunt über seine Aussage, hakte ich nach: „Hä? Auf einmal also doch? Als ich dich noch vor zwei Wochen danach fragte, hast du gesagt, es wäre alles super gewesen. Also hast du mich angelogen! Schon zum zweiten Mal! Denk nach!", forderte ich ihn barsch auf, „Was waren es für Situationen?", wurde ich lauter.

„Ich weiß es nicht! Am Ende gab es sie auch gar nicht. Ich kann es dir einfach nicht beantworten."

Am liebsten hätte ich ihm wütend eine reingehauen, wenn da nicht so viel Verständnis für den kleinen Jungen in ihm gewesen wäre. Er hatte mir vorenthalten, dass es Momente gab, die er für sich als kritisch empfand und war nicht in der Lage, sie zu benennen. Spätestens hier erkannte ich, dass er wirklich viele Dinge mit sich klären musste.

Wir schwiegen uns noch einige Minuten an. Dann nahm ich sein Gesicht in meine Hände und küsste ihn ein aller-aller-allerletztes Mal. Es sollte wehtun für ihn! Mir tat es schließlich auch weh. Er sollte genauso leiden wie ich es tat! Ich brachte ihn noch runter an die Tür. Wir rauchten schweigend eine Zigarette im Regen. Kurz bevor er ging versprach er mir: „Wir werden uns wiedersehen. Das weiß ich. Und dann wird es nicht mehr regnen. Ich liebe dich."

Ich nickte nur traurig. Er ging.

Einige Minuten blieb ich noch an der Haustür stehen und versuchte den ganzen Fickfack zu verarbeiten, der eben passiert war. Ich fasste zusammen: Er hatte sich getrennt, wollte, dass ich ihm verzieh, machte dann wieder einen Rückzieher, aber hielt mich mit dem Satz „Wir werden uns wiedersehen" hin. Mein Make-up hatte er bewusst vergessen, um gegebenenfalls erneut vor meiner Türe stehen zu können. Auch diesmal hielt er mich hin mit: „Ich liebe dich." Das ging zu weit! Trotz großer Gefühle, die ich für ihn empfand, beschloss ich, Rico zu meinem Friedhofsbild zu tun und seinen Verlust von nun an zu betrauern.

Da stand ich nun... Es war Mitte Dezember... an dieser Stelle befand ich mich doch bereits im Vorjahr, verdammt! Damals entschied ich, mich von meinem Ehemann zu verabschieden, verließ im Mai mein Haus und war den furchtbar schweren Weg des Wechselmodells für die Kinder gegangen. So viele verschiedene Menschen ließ ich im letzten Jahr in mein Leben und keiner blieb. Jedenfalls kein Neuer! Ich tröstete mich mit dem Gedanken, dass ich im vergangenen Jahr viele Dinge über mich selbst gelernt hatte und dass nicht alle Menschen mich verlassen hatten. Meine Eltern und meine Kinder standen an meiner Seite. Auch meine Freundin Sarah war immer noch da. Ab und an auch viele andere Leute, denen ich wichtig war, wie Bitchi, Katja, Juliane, Babett, Nancy und Silke. Ich war nicht mehr alleine! Ich war mir selbst genug. Und wenn Ricos Bedeutung in meinem Leben nur die gewesen war, zu lernen, dass ich mir selbst ausreichte, dann war dies wohl nur seine Aufgabe für mich gewesen, für die ich dankbar sein sollte. Tief in mir wusste ich das, aber trotzdem tat es scheußlich weh.

Baustelle

„Sarah, mein Leben fühlt sich an wie eine große, unübersichtliche Baustelle!", schluchzte ich meiner Freundin ins Telefon und holte weiter aus, „Ich finde es grundsätzlich gut, wenn etwas Baufälliges wieder instandgesetzt wird. Nur ist es verdammt anstrengend, wenn an jeder Ecke gebaut wird! Ich baue überall: An meinen Gefühlen, an meinem Selbst, an meiner Sexualität, an der Scheidung, am Verhalten zu meinen Kindern, am Abschied von Rico. Einfach alles befindet sich im Umbruch. Gut ist, dass nichts stagniert. Es gibt keinen Baustopp. Jeden Tag wird an jeder Stelle weitergebaut. Irgendwann wird die Baustelle bestimmt fertiggestellt sein... oder wenigstens ist sie dann nicht mehr ganz so unübersichtlich und groß, oder?", sagte ich hoffnungsvoll und sie bestätigte meine Einschätzung der momentanen Lage.

Wie sollte es denn nun mit mir weitergehen? Erstmal musste ich aufhören, zu hoffen, dass Rico irgendwann wiederkam. Ich wollte mich nicht mehr von ihm hinhalten oder anlügen lassen. Das hatte ich definitiv nicht verdient! Wenn das Schicksal jetzt eben keine Partnerschaft für mich vorsah, dann eben nicht!

Ich freute mich auf die Tage, an denen ich mich mit meinen alten Klassenkameradinnen auf dem Weihnachtsmarkt verabredet hatte oder nach den Feiertagen zu meiner Freundin Nancy nach Sachsen-Anhalt zu fahren. Am allermeisten freute ich mich jedoch, wenn das Jahr endlich zu Ende ging und ich einen Haken daran machen konnte.

Rückblickend betrachtet, tat mir Rico einen riesengroßen Gefallen mit dieser untypischen, zehnstündigen Trennung. Er gab mir die Möglichkeit, von ihm körperlich und mental Abschied zu nehmen. Er hatte meinen Schmerz in sich aufgenommen und mich getröstet. Das half mir unheimlich beim Trauern.

Während der nächsten Tage betrauerte ich also, dass Rico gegangen war. Es beschäftigte mich am meisten, wo der Fehler lag, den ich offensichtlich gemacht hatte. Aber egal in welche Richtung ich mich drehte, konnte ich keinen Fehler von meiner Seite her finden. Ich wusste mittlerweile, dass ich mich nicht verstellen musste, um jemandem zu gefallen. Ich hatte mich ihm komplett gezeigt, meine Gedanken mit ihm geteilt und meinen Körper. Ich war mutig gewesen und gab ihm alles, was ich hatte. Nun ärgerte ich mich darüber, dass er nicht dasselbe mit mir getan hatte und ich suchte dafür den Grund. Zwar wusste ich nun, dass er feige war und momentan nicht in der Lage zu sein schien, sich seinen Ängsten zu stellen, aber das alleine konnte nicht der Grund sein. War ich in Wirklichkeit wütend auf mich, weil ich ihm mein ganzes

Vertrauen schenkte und er es mir zurückgab wie ein nicht ausgepacktes Geschenk?

Im Telefonat mit Sarah versuchte ich all meine Fragen zu ergründen und aufzulösen: „Sarah, ich krieg es einfach nicht gelöst, wo der Fehler lag. Wieso bin ich so wütend auf ihn? Weil er mich abgewiesen hat? Weil er gelogen hat? Ich verstehe es nicht! Es wäre doch so viel einfacher, wenn ich die Ursache finden und abarbeiten könnte, damit die Trauer endlich zu Ende geht."

„Es gibt keinen Fehler, Anita!", beruhigte sie mich. „Du hast nichts falsch gemacht. Du hast dich ihm gezeigt, wie du bist, hast dich nicht verstellt und hast dich das erste Mal in deinem Leben in einer Beziehung so angenommen gefühlt wie du bist. Dass du ihm das alles gezeigt hast, war so mutig! Darauf kannst du stolz sein."

„Das bin ich.", bestätigte ich. „Aber irgendwie ärgere ich mich über mich selbst, weil ich so unbedarft und freiherzig auf ihn zugelaufen bin. Hätte ich vielleicht nicht machen sollen, um mich selbst besser zu schützen... aber das hätte sich nicht richtig angefühlt.", haderte ich.

„Nein, das bist du doch auch nicht! Eine deiner größten Stärken ist nun mal deine Klarheit, aus der du sehr schnell Entscheidungen treffen kannst. Sieh Rico als eine weitere Aufgabe, die du bewältigen musstest, um dir wieder ein Stück näher zu rücken. Und ich schwöre dir, er wird noch sehr, sehr lange an dich denken und an die Gedanken, die du ihm geschenkt hast. Auch du warst für ihn eine Aufgabe, an der er jetzt übrigens noch sehr lange arbeiten und wachsen wird. Du bist seine Inspiration für alles Weitere. Dafür hätte er niemals jemand besseren finden können und wird dir ewig dankbar sein, dass er dich auf diese Spur in seinem Leben gebracht hast. Momentan sitzt er alleine in einem kleinen Boot mitten auf dem Meer. Er sieht den Leuchtturm – der du für ihn warst oder bist – aber er kann ihn nicht erreichen, denn mit seinem Boot kann er aktuell nicht vorwärtsrudern. Er sucht noch die Paddel. Erst wenn er die gefunden hat, kann er losrudern ans Ufer. Du kannst am Ufer stehen und noch so laut rufen: „Mach doch jetzt mal los! Gib Gummi!". Er hört dich, aber die scheiß Paddel fehlen ihm. Die muss er nun selbst finden. Du kannst sie ihm nicht geben. Aber du hast ihm gezeigt, dass er überhaupt in dem verdammten Boot sitzt und ans Ufer rudern muss. Das war ihm doch selbst bislang noch gar nicht bewusst! Noch vor einem Jahr, saßt auch du in diesem Kahn alleine und guck doch, wo du jetzt bist!?! Du hast dabei eine enorme Geschwindigkeit an den Tag gelegt und bist förmlich gerast. Ich durfte dein Leuchtturm sein und ab und zu habe ich dir gewunken, um dir den Weg zu weisen. Rico steht noch am Anfang seiner

Reise. Der Fehler, den du suchst, liegt also nicht bei dir! Die Verantwortung ebenso wenig.", erwiderte Sarah.

„Ja, das klingt plausibel. Aber es ist trotzdem schwer mit ihm abzuschließen und nicht mehr sein Leuchtturm sein zu wollen."

Sarah ging verständnisvoll auf mich ein: „Ja, Trauern ist nicht leicht. Wirklich abschließen kannst du erst dann, wenn du vergeben hast. Dir und ihm. Und das wird noch ein bisschen dauern."

„Du weißt schon, dass ich erst kürzlich den Belgien-Urlaub gemalt habe? Da ist auch ein Leuchtturm drauf! Ist schon merkwürdig, dass du jetzt den Vergleich mit dem Leuchtturm anstellst.", wunderte ich mich. „Als ich das Bild malte, dachte ich, Rico wäre mein Leuchtturm. Ich stehe am Wasser und sehe über das weite Meer zu ihm hinüber, aber er ist nur über große Umwege für mich erreichbar. Die totale Sehnsucht steckt in diesem Bild. Jetzt scheint sich die Lage ja anders herum darzustellen. Was für ein Irrsinn!"

Immer wenn ich mit Sarah sprach, ging es mir danach wesentlich besser. Sie war eine Königin darin, meine Gedanken zu ordnen und mich wieder klarer sehen zu lassen. Sie war und ist mein Leuchtturm! Der Leuchtturm, der ich für Rico nun nicht mehr sein durfte.

Die nächsten Wochen waren mehr als schmerzhaft. Nachts lag ich, gekrümmt durch Heul- und Körperkrämpfe, im Bett und wünschte mir sehnlichst, dass dieses Elend bald ein Ende haben würde. Wenn ich genug weinen und den ganzen Frust, Groll und Schmerz aus mir herauslassen würde, dachte ich, dann wird es bestimmt morgen besser. Aber das wurde es nicht! Wo ich ging und stand, dachte ich an ihn und wie sehr er sich in mein Herz geschlichen hatte. Ich vermisste seine warme, weiche Stimme, seine Worte, seine Nähe. Einfach alles! Ich sah ihn an meinem Küchentisch sitzen, obwohl er nicht da war. Ich hörte ihn zu mir sprechen, spürte seine Hände auf meiner Schulter und roch ihn sogar, obwohl er nicht da war! Er war nicht mehr da!!!

Ich erinnerte mich an die wundervolle Urlaubsreise mit ihm. Mit jedem Gedanken an ihn brach ich ein kleines Stück mehr auseinander. Zum Essen musste ich mich zwingen und auch zum Aufstehen. Mein Dasein war freudlos und kraftraubend. Ich schleppte mich zur Arbeit, kümmerte mich wie ein Roboter um meine Kinder und existierte nur noch zum Schein.

Mehrfach bat ich Rico, sich nicht mehr bei mir zu melden, damit ich irgendwann die Reparatur an meinem gebrochenen Herzen beginnen konnte. Dennoch tat er mir den Gefallen nicht! Weihnachten stand vor der Tür. Er wünschte mir ein tolles Weihnachtsfest und dass all meine Wünsche in Erfüllung gehen mögen.

Ich fiel leise weinend in mich zusammen, wie ein Kartenhaus im Wind. Was dachte er denn, würde ich mir wünschen? Ihn zurück? Ich konnte ihn mir nicht zurückwünschen! Nicht nachdem er mir so das Herz gebrochen, mich angelogen und zurückgewiesen hatte. Mein sehnlichster Wunsch war tatsächlich, ihn endlich vergessen zu können und mit ihm abzuschließen. Er tat mir nicht mehr gut. Seine Aufgabe in meinem Leben war erfüllt.

Ich sah zurück auf eine wunderbare Zeit, die ich mit ihm verbracht hatte. Genau wie in meiner Ehe, empfand ich diese Zeit nicht als Verschwendung, sondern als Bereicherung. Ich schmiss sie nicht weg. Nein, ich nahm sie als das an, was sie war und versuchte nun meinen Frieden damit zu machen, verlassen worden zu sein.

Jedes Mal, wenn er mir wieder schrieb, riss die wenig verheilte Wunde, die er in mein Herz gerissen hatte, wieder ein Stück auf. „Ich will keinen Kontakt mehr!", schrieb ich trocken und blockierte seine Statusmeldungen. Jeden Tag löschte ich ein Bild von ihm auf meinem Handy. Vielleicht würde es dadurch leichter.

Pornos & Gangbang

Ich versuchte mich nun also wieder auf die wesentliche Baustelle zu konzentrieren, die mich neben Rico am meisten beschäftigte: Mein sexuelles Unvermögen!

Hier hatte ich meine Selbststudie abgebrochen, als ich begann, mit Rico Sex zu haben. Sicherlich war auch das eine Art Studie gewesen, die mich oftmals zu weiteren Schritten mit mir und meinem Selbstwert führte. Nun versuchte ich zurück zu all meinen Erkenntnissen zu gehen und nahm die Übung mit mir selbst wieder auf. Ich stellte fest, dass ich weiterhin das Bedürfnis hatte, Sex zu haben, unabhängig davon, ob es mir mental gut oder schlecht ging.

Als mir eine Freundin davon berichtete, dass sie mit ihren zarten dreißig Jahren bereits zu mehreren Sex-Partys war, stellte ich fest, dass ich mich in sexueller Hinsicht noch in der Pubertät befand, was ziemlich deprimierend war. Ich praktizierte Sex, aber es fühlte sich an, als wäre ich mit mir noch immer nicht viel weiter.

Die Tatsache, dass es Menschen gab, die deutlich jünger waren als ich und sich zu Swinger-Partys und Gangbangs trafen, verunsicherte mich enorm. Das Bedürfnis, an solchen körperlichen Massenveranstaltungen teilzunehmen, hatte ich überhaupt nicht. Sollten solche Treffen dem Reiz des Porno-Schauens gleichkommen oder dienten sie dazu, sich sexuell weiterzuentwickeln oder für den gewissen Kick?

Mir reichte ja meine ausgeprägte Fantasie völlig zu. Und überhaupt musste ich doch erstmal guten Sex mit mir oder mit einem festen Partner praktizieren können, um noch weitere Menschen daran teilhaben lassen zu können, oder? Wobei letzteres nicht ansatzweise mein erklärtes Ziel oder Bedürfnis war. Und noch dazu besaß ich nicht die notwendige Fähigkeit, mich bewusst zu entscheiden, Sex ohne Liebe bzw. ohne Gefühle zu praktizieren. Das hatte ich mit Borussia Dortmund versucht und auch mit dem Wahnsinnigen. Möglicherweise unter den falschen Voraussetzungen, aber trotzdem: Nein!

Mit Rico war ich im Zug nach Belgien zufällig auf das Thema Pornos gekommen. Ich hielt Pornos nicht für etwas Verwerfliches. Obwohl ich mich nicht erinnern konnte, wann ich den letzten gesehen hatte. Vermutlich in meiner Jugend oder damals, als mein Ex und ich auf dem Tablet unseres neunjährigen Sohnes diverse pornöse Links fanden. Irgendwie machte ich mir nichts daraus, war mir aber darüber bewusst, dass es viele Menschen gab, die Pornos schauten. Dennoch traf es mich schmerzlich, zu wissen, dass Rico auch zu den Konsumenten zählte.

„Schaust du auch jetzt noch welche, wo wir eine Beziehung führen, oder nur wenn du solo bist?", fragte ich neugierig. Er stammelte irgendetwas Unverständliches, was deutlich darauf hinwies, dass er auch in unserer Beziehung noch Filmchen schaute. Reichte ich und das, was er mit mir erleben durfte, etwa nicht aus? Dieser Gedanke ließ mich nach wie vor nicht los. Auch nicht nach unserer Trennung. Aber warum? War es nicht so, dass man sich irgendwann in einer länger währenden Beziehung langweilte und dann begann, sich gemeinsam Anregungen zu holen, um wieder in Schwung zu kommen? Unter diesem Aspekt waren auch die Sex-Partys irgendwie nachvollziehbar für mich. Aber wieso sah man Pornos, wenn man in einer frischen Beziehung war und seinen Partner noch mega begehrenswert fand?

Von Sarah wusste ich, dass Evi – die zu unserer vereinbarten Ladies-Night am 30.12. mitkommen würd – eine große Sex- und Tantra-Expertin war. Sie besuchte sogar SM-Partys, wo man sich in einem dunklen Keller vergewaltigen lassen konnte. Was für ein absurder Gedanke! Sie würde ich spätestens zum Frauenabend intensiv darüber ausquetschen. Vielleicht hatte sie auch eine Idee, wieso das Thema „Rico sieht Pornos in einer frischen Beziehung mit mir" mich so beschäftigte.

Der Mädelsabend ließ nicht lange auf sich warten. Die Frage, warum mich das Pornoschauen so aufwühlte, hatte ich mir inzwischen selbst beantwortet. Es löste in mir wieder unbewusst den Glaubenssatz aus, nicht gut genug zu sein und nicht auszureichen. Allerdings beschloss ich, dass die Unfähigkeit einer anderen Person, sich seiner eigenen Fantasie nicht bemächtigen zu können, um sich aufzugeilen, nichts mit mir zu tun hatte. Somit legte ich meine negativen Gedanken ab. Sofern es also erneut zu so einer Situation kommen würde, wusste ich nun, woher meine Abwehrreaktion resultierte und konnte möglicherweise besser darauf reagieren. Ich musste nicht mehr beleidigt und bockig sein wie ein kleines Mädchen, nur weil mein Partner Pornos schaute. Ich konnte ihm vorschlagen, sich ein paar nette Momente mit mir vorzustellen oder ihn bitten, mir zu zeigen, was genau er sich ansah.

Jedenfalls feierten die Mädels und ich einen tollen Abend. Ich hatte lecker gekocht und wir unterhielten uns über alles was uns interessierte. Natürlich kam ich nicht umhin, vor den Mädels meine Trauer über den Verlust von Rico zu zeigen, obwohl ich es nicht wollte. Es reichte nur eine blöde Frage von Evi und schon wimmerte ich wieder los.

Wieso konnte ich diesen Mann nicht einfach abhaken und loslassen? Hatte ich nicht erst vor einigen Monaten das Anna-und-Elsa-Lied „Ich bin frei, endlich frei!" gesungen? Verdammte Axt! Wieso fühlte sich jetzt alles so anstrengend und unkontrolliert an? Ich hatte Angst, was diese Beziehungserfahrung in Zukunft mit mir machen würde. War ich überhaupt noch in der Lage, eine angstfreie Beziehung führen zu können, nachdem ich so krass abserviert wurde?

„Anita, du musst es einfach fließen lassen!", riet Evi mir.

Scheiß auf fließen lassen! Was auch immer das bedeuten mochte. Ich hatte Wut auf Rico, weil er keine Eier hatte und mich über die Weihnachtsfeiertage mit Sprüchen wie „Ich hoffe, dass all deine Wünsche in Erfüllung gehen!" nervte. Was zum Geier dachte er denn, waren meine Wünsche? Wollte er, dass ich ihm hinterherkroch und ihn anflehen würde, zurückzukommen, damit er seine beschissene zweite Chance, die sonst immer funktioniert hatte, nutzen konnte? Ich wollte doch einfach nur die Wunde heilen lassen und keinen Kontakt mehr mit ihm. Jede WhatsApp riss die Wunde wieder auf, die eben einen zarten Grind gebildet hatte. Also weinte ich auch zum Mädelsabend bitterlich um ihn.

„Was meinst du denn mit ‚Es fließen lassen'...?", fragte ich mit tränenfeuchten Augen.

„Na, dass du manche Dinge im Leben eben nicht beeinflussen kannst. Du wolltest einen Bauplan für das Leben, aber den hat nun mal niemand. Es wird schon alles richtig kommen. Hab Vertrauen und lass es fließen. So wie deine Tränen, wie das Wasser, wie das Leben. Lass dir selbst mehr Raum."

Nachdem ich mich wieder so einigermaßen gefangen hatte, wechselte ich das Thema und fragte Evi, was genau sie so bei ihren Sex-Partys trieb: „Stehst du auf Schmerzen, oder wie muss ich mir das vorstellen? Reizt es dich, wenn es weh tut?"

„Nein! Das was wir machen, sind Rollenspiele. Ich werde dabei dominiert und führe Befehle aus, die mir der Dominante gibt. Das hat eher weniger mit Sex zu tun. Bei unseren Partys kommt es seltener zum Sex. Es geht dabei viel mehr um das Spiel und dabei Spaß zu haben und sich auszutauschen."

„Krass. Ich dachte, es ginge nur ums Ficken und dass der eine sich am anderen aufgeilt."

„Naja, Erotik steht dabei schon mit im Raum und auch Erregung, aber eben nicht der Sex. Jedenfalls nicht an erster Stelle.", stellte sie richtig.

Da mir das Konzept immer noch nicht ganz klar war, fragte ich weiter: „Okay. Und lässt du dir dabei auch Schmerzen zufügen?"

„Ja, schon, aber ich habe da meine festen Grenzen. Und wie bei jedem Spiel kannst du einfach aufstehen und gehen, wenn es dir zu viel wird. Außerdem gibt es Code-Wörter, bei denen der andere sofort aufhört. Und gerade bei solchen Partys sind alle sehr hellhörig. Sobald einer das Code-Wort ruft, wird auch von den anderen Gästen geschaut, ob alles okay ist oder ob man gegebenenfalls einschreiten muss."

„Und was ist mit Vergewaltigungsszenen im Keller?", hakte ich nach.

„Das ist was anderes! Hier vereinbaren sich die Akteure vorher ganz genau, was gemacht werden darf und was nicht. Das ist ein ganz schmaler Grat, aber dazu bin ich weniger aussagefähig, weil ich so etwas nicht praktiziere."

Meine Güte! Immer wieder ertappte ich mich dabei, wie unreif ich in sexueller Hinsicht war und wie weit die anderen. War ich prüde, nur weil ich nicht den Wunsch hatte, Sexpartys zu besuchen und mich verhauen oder foltern zu lassen? Oder gab es noch mehr Menschen, die auf Derartiges nicht standen?

Mein Ex hatte mir irgendwann mal vorgeworfen, dass er von seinen Kumpels oft angesprochen wurde, dass ich sicher eine totale Granate im Bett sei und er immer enttäuscht in sich hineingeschmollt hatte, da bei uns im Bett schon lange gar nichts mehr lief. Musste man denn überhaupt eine Granate sein? Und was genau machte denn eine Granate im Bett überhaupt aus? Gehörte zum Granate-Sein auch, sich mit Lederriemchen einbinden und an Handschellen festmachen zu lassen? Oder konnte man auch nur ganz einfach das als guten Sex bezeichnen, was man bereit war, mit seinem Partner zu teilen? Wieder einmal war ich maximal verunsichert. In den nächsten Wochen würde ich herausfinden, was eine sogenannte „Granate im Bett" aus Sicht eines Mannes ausmachte. Dazu würde ich ausreichend Gelegenheiten im Februar haben – zu diversen Faschingsveranstaltungen.

Meine ersten Recherchen führte ich bei meinen männlichen Arbeitskollegen durch. Die Antworten auf die Frage „Wann ist eine Frau eine Granate im Bett für dich?", waren die folgenden:

1. „Weiß ich nicht. Hatte ich noch nie!"

2. „Wenn sie sich mir ganz hingibt und gegebenenfalls auch auf eigene Ziele verzichtet. Und schöne Rundungen muss sie haben!"

3. „Das kann ich dir ganz genau sagen! Das ist eine Frau, die schon bevor ich gekommen bin, vier Mal hintereinander kommt, mit einer richtig glitschigen Muschi, die sich schön eng zusammenzieht, während sie kommt."

Okay, dachte ich mir. Zur Kategorie eins konnte jede Frau gehören. Zur zweiten Aussage hatte ich scheinbar bislang gezählt, aber mein Ex hatte mir nie davon berichtet, dass ich eine Granate im Bett gewesen sei. Daher nahm ich an, dass ich es schlicht und einfach nicht war. Also konnte die Tatsache des Verzichts seitens der Frau nur die halbe Miete sein. Hierzu wollte ich seit Längerem auch nicht mehr gehören! Was brachte mir denn der permanente Verzicht? Gar nichts! Und erst recht jetzt nicht mehr, wo ich gelernt hatte, egoistisch zu sein. Für Aussage Nummer drei hatte ich vollstes Verständnis. Ich konnte es mir durchaus vorstellen, dass es einen Mann total anturnte, wenn er seine Gespielin vier Mal zum Orgasmus brachte, wie auch immer er es tat. Schließlich waren hier alle Mittel recht! Allerdings war für mich klar, dass ich diese Granate wohl niemals sein würde, da ich bislang keinen vaginalen Orgasmus durch die Penetration eines Penis bekam. Vielleicht spielten also auch noch andere Faktoren eine Rolle? Zum Beispiel, wie erfinderisch oder experimentierfreudig frau ist oder ob frau sich rhythmisch mitbewegt, statt wie ein Brett auf dem Rücken liegend auszuharren? Ich erweiterte also meine Recherche diesbezüglich und nahm mir vor, jeden aussagewilligen Mann dazu zu befragen.

Neustart, der Zweite

Irgendwie fühlte sich das neue Jahr verzerrt an. Hatte ich echt angenommen, man könne mit ein paar Knallern und Raketen Erinnerungen hinter sich lassen und die Gefühle einfach so abschalten, um neu anzufangen? – Ja, das hatte ich! Wie dämlich konnte ich nur sein!
Silvester verbrachte ich zum ersten Mal in meinem Leben ohne meine Kinder. Es fiel mir deutlich leichter als ich angenommen hatte, da ich wusste, sie waren in guten Händen. Zusammen mit meinen Eltern, meiner Oma und jeder Menge Wildberry-Lillet begrüßte ich das neue Jahr. Doch schon am 1. Januar glitt ich in ein noch tieferes Loch der Traurigkeit für die weiteren Tage.
Ein Gefühl der Leere zog wieder in mir ein. Ich war antriebslos, deprimiert und entkräftet. Was würde mir dieses neue Jahr denn nun bringen, wenn ich es *fließen lassen* sollte? – Keine Ahnung! Ich hatte große Erwartungen und doch keine. Eine Mischung aus *alles und nichts*. Mein Verstand wusste, dass wieder bessere Zeiten kommen würden, aber mein Herz war nun mal gebrochen. Ich versuchte, mich auf die geplanten großen Ereignisse zu freuen, die vor mir lagen: Fasching im Februar, ein Konzert von *Das Lumpenpack* im März und den 60. Geburtstag meiner geliebten Mom. Eine noch nicht genau definierte Radtour mit meiner lieben Freundin Katja nach Prag im Mai, dem Konzert von Nina Chuba im Juni, vielen Badeseebesuchen mit meinen drei kleinen Scheißern im Sommer, dem Konzert von Pur im September und als krönender Jahresabschluss meinen 40. Geburtstag im Dezember. Dazu kam der geplante Druck meines zweiten Buches und eine Aufnahme meines selbst komponierten Ehe-Abschluss-Songs im Tonstudio. Das würde ein grandioses Jahr werden, oder!?!
Doch aktuell stand meine ICH-Baustelle still. Hatte ich noch kürzlich zu Sarah gesagt, es sei okay, dass mein Leben eine Baustelle ist, aber ich froh war, dass es keinen Baustopp gab, so war er nun da. Als hätte ich ihn durch diese Aussage heraufbeschworen!

Von meiner Arbeit kannte ich es: So ein Baustopp konnte sich über viele Monate hinziehen. Das Bauamt verlangte oft die Nachreichung von geänderten Plänen, forderte auf, Statiken einzureichen oder Nachweise zu erbringen. Was forderte also das Leben nun für Unterlagen von mir, damit der Bau weitergehen konnte? Einen geänderten Grundriss konnte ich ja schlecht an das Universum senden, damit es mir das „Go" zum Weiterbauen gab!?! Also nahm ich die Situation vorerst so an, wie sie war und akzeptierte den Baustopp, den ich sowieso nicht beeinflussen konnte. Weder war ich in der Lage an meiner Kunst

Hand anzulegen, noch an mir. Mit meinem Buch kam ich nur schleppend voran. Manchmal saß ich für zehn Sätze eine Stunde vor dem Laptop, aber die Worte flossen einfach nicht mehr. Auch hatte ich keinen kreativen Gedanken mehr übrig, um diesen mit Öl- oder Acrylfarbe auf eine Leinwand zu pinseln. Das letzte Bild von Dezember hieß „Ein Haufen Scheiße" und drückte meine derzeitige Gemütslage aus. Da gab es einfach nichts mehr hinzuzufügen! Vielleicht sollte ich mein Leben ohne Bauplan zeichnen? Planlos zu sein, war so überhaupt nicht meine Strategie! In der Planlosigkeit gefangen zu sein strengte mich unheimlich an!

Auf dem Haufen-Scheiße-Bild, ein Selbstporträt, hatte ich mich gezeichnet, wie ich aus einem großen, schwarzen Loch hervorkroch... umgeben von Scheiße. An den Armen sah man die Wunden, die ich mir beim Aufstieg zugezogen hatte. Eine Gliederkette führte aus dem Loch heraus – die Kette, an der ich mich mit eigener Kraft hochgearbeitet hatte, war das Symbol für Sarahs ständige Hilfe. Mein Gesicht war von tiefen Falten zerfurcht. Es schaute irgendwie stolz, erlöst, aber auch entkräftet und angeekelt. Wenn ich es auf dem Bild geschafft hatte, aus der Scheiße herauszuklettern, würde ich es doch auch im realen Leben schaffen, oder?

Ich besah mir noch einmal das Friedhofsbild an meiner Wohnzimmerwand. Ob ich dieses Jahr noch mehr hineinzugeben hatte, wusste ich nicht. Auf jeden Fall WOLLTE ich momentan nichts mehr in dieses Bild hineintun! Also nahm ich es ab und hing das *Haufen-Scheiße-Bild* an dessen Stelle. Es sollte mich täglich daran erinnern, dass ich es schaffen konnte, aus dieser beschissenen Ich-vermisse-ihn-Situation herauszusteigen und mich wieder in das Leben hinaufzuziehen!

Mittlerweile war es der 11. Januar. Im Hinterkopf schwirrte mir noch immer Ricos Info umher, dass er Mitte Januar seinen Termin beim Psychologen hatte. Womöglich setzte er sich ja danach tatsächlich mit mir in Verbindung? Was würde passieren, wenn er sich meldete? Ich glaubte nicht daran, weil er sich nicht trauen würde. Ich konnte mir nicht vorstellen, dass er den Mut fassen und einfach vor meiner Tür stehen würde. Und außerdem stellte sich für mich die Frage: Wollte ich das überhaupt? - Auf der einen Seite wäre es ein großer Zuspruch für mein Ego gewesen. Auf der anderen Seite war ich gerade dabei, mit ihm abzuschließen. Ich spürte, dass es weniger bis gar nicht mehr wehtat, an ihn zu denken oder Bilder von ihm auf meinem Handy anzuschauen. Es war nur noch die Angst vor der Zukunft, die in mir saß und mich so derartig lähmte.

Da ich Online-Dating nach dem Scheitern des Rico-Abenteuers abgewählt hatte, fragte ich mich nun, bei welcher Gelegenheit ich einen Mann kennenlernen konnte, dessen Mutter bereits verstorben war, der sich seiner Ängste und seines inneren Kindes bewusst war, der meine Urlaube zukünftig plante, und der nicht bei der erstbesten Gelegenheit die Flucht ergriff, sondern auch noch die offene Kommunikation suchte? Wo sollte es denn so jemanden geben? Das war doch ein uferloser Wunsch! Ich musste aufhören, mich mit der Partnersuche unter Druck zu setzen und mein Leben selbst in die Hand nehmen, wie auch den Sommer zuvor. Also: Scheiß auf Rico! Ich hatte ihm deutlich gesagt, dass ich nicht auf ihn warten würde!

Just in diesem Moment, als wäre sie mental mit mir an einer Schnur verbunden, postete Sarah wieder mal einen ihrer spirituellen Sprüche in ihrem WhatsApp-Status, den ich allerdings an dieser Stelle nicht mehr ganz zusammenbekam... irgendetwas mit Mut, Geduld und Kraft. Man solle atmen und die Dinge aus einer anderen Perspektive betrachten, dann würde es sich viel schneller gut anfühlen.

„Versuche ich ganz angestrengt, aber es ist noch nicht Mitte Januar.", antwortete ich unaufgefordert.

„Mitte Januar? Was ist da?", wollte sie wissen.

„R"

„Versteif dich mal nicht so. Vielleicht wird gar nichts passieren, vielleicht morgen schon ganz viel. Atme!", wies sie mich an.

Ja, im Grunde genommen hatte Sarah recht. Am Abend ging ich vor die Haustür und atmete gaaaaaaanz viel Nikotin zu meinem Caipi ein. Dann versuchte ich, meine verkrampften Schultern wieder zu lockern. Ich sog die kalte Winterluft in mich hinein und betrachtete die alte Linde vor dem Haus. Sie hatte schon viele Menschen ein- und ausgehen sehen. Fröhliche, Traurige, Neugeborene, Alte... und mich. Im Sommer hatte ich oft in ihrem Schatten gesessen oder gemalt. Und jetzt dankte ich ihr dafür, dass sie mich nahm, wie ich war. Ganz ohne Ansprüche an mich zu stellen. Wie krass! Da stand ich da, atmete und dankte einem maueralten Baum? War ich nun ganz übergeschnappt? – Nein, es waren die Kleinigkeiten im Leben, die mich seit dem Auszug aus meiner Ehe aufrechthielten und an denen ich mich erfreuen konnte. Dazu gehörte nun mal auch die alte, knorrige Linde, die nun in der Dunkelheit von unten angeleuchtet wurde und einfach da stand. Spontan fiel mir das folgende Gedicht an sie ein:

Unter dir, Linde, stehe ich,
die Arme weit in den Himmel gereckt.

Wohl behütet nimmst du mich,
so wie ich bin!

Tags darauf sendete mir Sarah ein Lied von Mia Aegerter „Kriegerin" mit dem folgenden Text: „Steh auf, steh auf, Baby, steh auf, wisch die Tränen weg und lauf. Mit fetten Boots und Schwert, schwing dich zurück auf's Pferd (...) Die Erde unter deinen Füßen brennt, und deine Haare fliegen im Gegenwind. Du bist eine Kriegerin, denn, was du willst, kriegst du hin. Ich seh noch Funken in deinen Augen, werd immer an dich glauben. Du bist eine Kriegerin!"
Ich hörte mir das Lied mehrfach auf der Heimfahrt von der Arbeit an. Sarah glaubte also an mich. Ich sollte den Kopf nicht hängen lassen und weiterreiten. Voller Dankbarkeit für so viel Zuspruch schrieb ich ihr zurück: „Ich hab dich lieb, Sarah! Es wird langsam weniger schmerzhaft. Habe nur Angst vor dem, was noch kommt. Danke, dass du für mich da bist!"
„Die Zukunft wird wunderbar, glaub mir! Du bist schon so weit gekommen & du darfst dich echt auf viele Höhepunkte freuen. Buchstäblich und metaphorisch. Ich hab dich auch lieb."
Und schon am nächsten Tag meldete sich der unbekannte Typ vom Tonstudio und schlug vor, mit mir meinen eigenen Song am kommenden Dienstag aufzunehmen. Wie geil war das denn? Manchmal fragte ich mich schon, ob das Universum meine Gedanken lesen konnte oder ob Sarah mit ihrer Behauptung recht hatte, dass man immer das bekommt, was man gerade braucht?

Am Tonstudio-Dienstag nahm ich mir frei. Freudig aufgeregt fuhr ich in das alte Industriegelände nach Dresden, in dem der Typ namens Harald sich ein kleines Aufnahmestudio eingerichtet hatte. Nach zehnminütigem Smalltalk gingen wir ans Werk. Er setzte sich an sein E-Piano und erklärte kurz, wie das Gerät funktionierte.
„Sag mal, was machst du eigentlich hauptberuflich?", fragte ich.
„Hauptberuflich bilde ich Erzieher an einer Berufsschule aus. Ursprünglich bin ich Diplom-Kirchenmusiker und habe viele Jahre Orgel gespielt. Nebenbei habe ich verschiedene Projekte gehabt und Filmmusiken geschrieben oder anderen Kram komponiert. Außerdem hatte ich mal eine eigene Band, aber als dann meine Kinder kamen, habe ich ihnen den Vorrang gegeben. Das ist halt das Blöde: Wenn man Musiker ist, bist du kaum zu Hause. Und das geht zu Lasten der Familie. Irgendwann habe ich festgestellt, dass ich einen Job brauchte, der mir ein regelmäßiges Einkommen und normale Arbeitszeiten verschafft. Jetzt mach ich nur noch musikalische Projekte, auf die ich richtig Bock habe. Sowas wie das hier!" Dann sagte er beiläufig: „Übrigens habe ich mir deinen Song nur

einmal angehört und hatte direkt ein komplettes Orchester im Ohr! Machst du sowas häufig oder hast du viel mit Musik zu tun?"

„Ohhh, echt? Ist ja cool! Meine Freundin hat auch direkt ein Orchester dazu gehört. Aber ich vermute, dass du das nicht für die vereinbarte Kohle mal mit drüber programmieren willst, oder?", fragte ich scherzend.

„Ich würde schon gerne, aber dazu braucht man echt lange. Da kann schon mal ein ganzer Monat ins Land gehen. Das ist ziemlich aufwendig. Nein, aber mal im Ernst: Ist das dein erster Song oder hast du das schon oft gemacht?"

„Ähhh, naja... im Tonstudio war ich schon mal. Da habe ich aber nur auf eine Karaoke-Version ein Lied eingesungen, um es meinem Mann zum Geburtstag zu schenken. Da waren wir ungefähr drei Monate zusammen. Deshalb ist mir ja auch wichtig, das Lied von dir produzieren zu lassen, damit ich ihm dieses zum Abschied schenken kann. Unsere Beziehung hat sozusagen mit einem Lied begonnen und schließt nun auch mit einem ab. Aber ein eigenes Lied geschrieben habe ich zuvor noch nie. Das ist mein erstes Mal. Bestimmt auch mein letztes.", erklärte ich.

„Ach was! Na dann hast du ja intuitiv alles richtig gemacht. Der Song ist schon super gut strukturiert und sehr melodisch. Auch der Text ist der Hammer! Du solltest überlegen, das Songwriting weiter zu vertiefen. Du hast echt Talent! Man schreibt nicht einfach mal so einen Song, der so eingängig ist!", schmeichelte Harald mir.

„Okay! Das geht echt runter wie Öl. Danke für dein großes Lob. Da bin ich gleich ein bisschen verlegen!"

Da ich kein Instrument beherrschte, bat ich ihn im Dezember, mir eine Klavierbegleitung zu meinem Stück zu schreiben. Diese sendete er mir vorab, doch ich hatte hier und da noch ein paar kleinere Änderungswünsche. Im ersten Schritt besprachen wir also die Änderungen. Harald probierte kurz aus und nahm dann die Tonspur für das Piano schrittweise auf. Dabei war er hochprofessionell und reagierte auf alle meine Vorschläge und Wünsche. Die Arbeit mit ihm machte mir mega-viel Spaß. Als das Klavier fertig aufgenommen und feinjustiert war, ging es mit dem Einsingen los. Durch die Aufregung hatte ich ein dauerhaftes Vibrieren in der Stimme, dass sich durch das ganze Lied zog.

„Nein, das müssen wir komplett nochmal machen. So zittrig will ich auf keinen Fall klingen. Am besten wir nehmen nur Teilstücke auf. Lass uns mit der ersten Strophe beginnen und dann den Refrain einzeln einsingen.", schlug ich vor.

„Ja, na klar. Das können wir gerne machen. Du machst ganz entspannt. Wir können das 100 Mal aufnehmen und dann die beste Variante rausfischen."

Langsam wurde ich etwas ruhiger. Da ich wusste, wie ich klingen wollte, brauchte ich noch zwei, drei Anläufe, bis die Strophe so klang, wie ich es mir ausgemalt hatte. Ich legte allen Schmerz und alle Gefühle hinein. Dachte an die Situation zurück, die in dem Lied beschrieben wurde und legte meine Seele auf das Mikrofon. Nach einer halben Stunde hatten wir den Gesang im Kasten.

Während Harald die Teile zusammensetzte und diverse Einstellungen vornahm, wurde mir mittlerweile bewusst, dass ich gerade dabei war, meinen eigenen Song zu vertonen. Wie krass war das denn? Wer konnte denn schon von sich behaupten, ein Lied selbst komponiert, geschrieben und auch noch gesungen zu haben? - ICH! So wie ich diesen Gedanken begriff, schwoll mir die Brust vor Stolz an und ich grinste nur noch vor mich hin.

„Ich komme gerade nicht drüber klar, dass du jetzt mein Lied produzierst! Darauf habe ich ein ganzes Jahr lang gewartet. Das Ding zu schreiben, dauerte nur 20 Minuten, dann verschwand es während meines Umzuges erst einmal in einer Kiste, dann in der Schublade, dann hab ich ewig keinen gefunden, der mir die Begleitung machte und nun ist es schon fertig! Wie geil! Ich bin sowas von beeindruckt!", lobte ich Haralds Arbeit und natürlich auch meine.

Die MP3 schob er mir noch auf mein Handy. Ich bedankte mich überschwänglich und quietschvergnügt bei ihm und fuhr damit nach Hause. Total euphorisch hörte ich mir MEINEN Song während der gesamten Fahrt in Dauerschleife an und staunte über mein großes Gesangstalent. Ja, ich klang wirklich nicht schlecht. Dann sendete ich das Ergebnis an alle meine Unterstützer. Zuerst an Sarah, dann an meine Eltern, an Silke und Juliane, an Bitchi und Nancy und alle, die meinen WhatsApp-Status gesehen und nach dem Lied gefragt hatten.

Dieses gigantische Hochgefühl der Euphorie und des Stolzes sowie das Bewusstsein, einen entscheidenden, großen Schritt nach vorn gemacht zu haben, wollte ich mir unbedingt bewahren. Aber ich wusste, es würde sein wie jedes Jahr zu Weihnachten: Erst befand man sich in Vorfreude, dann freute man sich extrem über die Geschenke, die man gab und bekam und dann... nichts! Aus der Euphorie in die Leere zu fallen, hatte ich nicht vor. Ich musste mir also diesen Moment konservieren, damit ich jederzeit auf diese wunderbare Erinnerung zurückgreifen konnte. Also versuchte ich mir abends im Bett meinen überragenden Triumph abzuspeichern und in mich aufzusaugen. Den Text ging ich in Gedanken noch einmal durch:

Lag wach die ganze Nacht,
kein Auge zugemacht
Und über unsere verfahr'ne Kiste nachgedacht.
Jetzt sitz ich neben dir,
du trinkst Kaffee mit mir.
Hab Angst, dass ich beinah den eigenen Verstand verlier.
Du weißt, es ist soweit,
wir hatten so viel Zeit,
um all die Dinge zwischen uns zu diskutier'n.
Wir haben's nicht geschafft,
hatten zu wenig Kraft.
Ich sag dir ehrlich, ich muss kapitulier'n.

Ich lass dich geh'n,
will wieder lernen auf eignen Bein' zu steh'n.
Hoffnungsvoll schaue ich nach vorn,
etwas ängstlich, aber ohne Zorn.
Haben wir nicht beide Glück verdient?
Haben wir nicht beide Glück verdient!

Die Tage ziehn dahin,
wo ich gefangen bin.
Und daran festzuhalten macht doch für uns keinen Sinn.
Die Kinder sind soweit,
sie hatten so viel Zeit,
um zu versteh'n, dass es bei uns nicht funktioniert.
Wann hat es angefang'?
Ich glaub es geht schon lang,
dass weder du noch ich den andren akzeptiert.

Ich lass dich gehn,
will wieder lernen auf eig'nen Bein' zu steh'n.
Hoffnungsvoll schaue ich nach vorn,
etwas ängstlich, aber ohne Zorn.
Haben wir nicht Beide Glück verdient?
Haben wir nicht Beide Glück verdient!

Am nächsten Tag schrieb ich meinem Ex eine kurze Nachricht: „Du, letzten März habe ich ein Lied für dich geschrieben. Gestern ist es fertig geworden. Ich möchte es dir gern schenken."

Wenige Minuten nachdem ich ihm die Musikdatei sendete, rief er mich an: „Das Lied ist echt toll geworden. Es spricht mir aus der Seele! Ich danke dir für dieses Geschenk! Das hast du echt gut gemacht! Ich bin stolz auf dich!", sagte er beeindruckt und etwas gerührt.

„Danke dir! Ich wusste nicht, wie du es aufnehmen würdest. Jetzt bin ich erleichtert. Und nun bin ich mir ganz sicher, dass wir das mit uns und den Kindern gut hinbekommen werden."

Hätten wir uns gegenübergestanden, wären wir uns sicherlich dankend in die Arme gefallen. Wissend, dass es gut war, wie wir uns entschieden hatten.

Das Feedback zu meinem Song war enorm. Die meisten Hörer sendeten mir Sprachnachrichten, aus denen man die Rührung und ihre Wertschätzung an meiner Arbeit deutlich heraushören konnte. Ich genoss diese großartige Anteilnahme und freute mich meines Lebens, dass aus einer kleinen Idee etwas Großes gewachsen war. Meine Güte war ich stolz auf mich selbst!

„Du hast eine wunderschöne Stimme, Anita!" und „Der Text ist ja der Wahnsinn. Ich hab mir das Lied schon viermal in Folge angehört und geheult wie ein Schlosshund." oder auch „Du bist ja ein Multitalent! Gehst du bald auf Tournee? Ich zieh den Hut. Bombastischer Song!", bestärkten mich riesig und boosterten mein Ego maximal.

Mein Paps hatte den Song erhalten, als er gerade einkaufen war und schrieb mir: „So... nun hast du es geschafft! Ich stehe im Baumarkt und weine wie ein kleines Kind! Mal sehen, wie lange mein Herz das noch mitmacht. Hast du ganz große Spitze gemacht!"

Und trotz oder vielleicht auch wegen der ganzen, schönen Aufregung dachte ich wieder wehmütig an Rico. Sollte ich ihn anrufen und ihn fragen, wie es ihm geht? Mir war ganz stark danach, meinem Drang nachzugeben, aber ein kleiner Zweifel wohnte in mir. Also funkte ich am Abend kurzerhand Sarah an und berichtete ihr von meinem Vorhaben: „Ich glaube, ich bin soweit. Ich habe genug Abstand gewonnen. Es tut nicht mehr weh, sondern es ist nur noch ein kleines Vermissen. Ich würde gern wissen, wie es ihm geht und ob er vielleicht noch ab und zu an mich denkt."

„Anita, was genau willst du wirklich von ihm wissen?", fragte Sarah skeptisch.

So ein Scheiß! Sie kannte doch die Antwort! Warum stellte sie mir dann diese blöde Frage, die mich davon abhalten sollte, ihn anzurufen? - Weil sie eben eine wahre Freundin war!

Nach kurzem Schweigen und dem Gefühl ertappt worden zu sein, antwortete ich: „Ich will wissen, wie seine Selbstfindung läuft. Und ob er manchmal noch an mich denkt. ... Und eventuell habe ich ja auch immer noch diesen Funken Hoffnung in mir, dass er es sich anders überlegt und zu mir zurückkehrt."

„Richtig, du hoffst und genau das ist der Fehler! Wenn er dazu bereit ist, wird er sich bei dir melden und bevor er nicht mit sich fertig ist, wird er sich nicht bei dir melden. Du weißt es!"

„Ja, ich weiß.", sagte ich niedergeschlagen. „Aber diese Hoffnung bringt mich um den Verstand. Ich hätte ihn so gern an meiner Seite."

Sarah gab zu bedenken: „Aber er ist noch nicht soweit. Und wer weiß, ob der Rico, der mit seiner Selbstfindung fertig ist, überhaupt noch zu dir passen wird?!? Wenn er dazu bereit ist, wird er den Kontakt mit dir suchen."

„Ich denke nicht! Dazu hat er keine Eier! Er ist nicht mutig genug. Ich habe ihm den Kontakt mit mir untersagt und daran wird er sich halten, statt irgendwann mutig zu sein!", erwiderte ich.

Doch auch auf diese Vermutung hatte sie eine passende Antwort: „Aber willst du denn einen Mann an deiner Seite, der nicht mutig ist? Das willst du doch gar nicht!"

„Ja, das stimmt auch wieder. Verdammt! Ich vermisse ihn einfach immer noch.", merkte ich.

„Gut, dass du es erkennst.", lobte sie mich und fuhr fort, „Auch das ist ein Grund, um ihn definitiv nicht anzurufen. Du schneidest dir doch selbst ins eigene Fleisch, denn er wird dir am Telefon jetzt nicht sagen, was du hören willst! Tu dir selbst den Gefallen und lass es einfach sein!", riet sie mir.

„Ist gut. Ich hab's verstanden. Ich ruf ihn nicht an! Du hast Recht. Dein Argument mit dem Mut ist überzeugend genug. Danke, dass du meinen Zweifel bestätigt und mich davon abgehalten hast."

In den folgenden Nächten träumte ich von Rico, konnte mich jedoch am Morgen nicht mehr daran erinnern, was ich geträumt hatte. Wieso verschwand er nicht einfach aus meiner Erinnerung? Wieso konnte ich ihn nicht einfach aus meinem Leben löschen? Musste ich ihm etwa auch ein Lied schreiben, um mit ihm abzuschließen oder noch ein Bild malen oder ihn mir abwaschen, so wie ich es mit Alex getan hatte? Ich wollte ihn doch gar nicht abwaschen! Rico gab mir so viel Gutes und Raum zur Selbstfindung. Das wollte ich doch eigentlich gar nicht vergessen, sondern dankbar in mir bewahren. Jeden Tag redete ich mir gut zu, ihn loszulassen und freizugeben. Und obwohl es sich nicht mehr wie Sterben anfühlte, trug ich die Idee, mit ihm mein Leben zu verbringen, weiterhin in mir. War das nur Hoffnung? War es die Liebe, die ich dachte, für ihn empfunden zu haben? Oder war es die Angst vor der Einsamkeit? Ich erwischte mich dabei, wie ich ihm eine gute Nacht wünschte und schickte ihm dabei einen liebevollen Gedanken. Ob er diesen empfing? War ich nicht doch seine Wahnsinnige und hatte mich an ihn geklettet?

Ende Januar wachte ich eines Morgens auf und da war er wieder! Dieser unerbittliche Schmerz, so stark, dass er mir bereits aus dem Gesicht ins Kopfkissen rann, bevor ich überhaupt die Augen öffnen konnte. Ich versuchte, mir mit einer Umarmung selbst Trost zu schenken und strich mit den Händen über meinen Körper, um seine Berührungen zu ersetzen. „Denk daran, Anita! Du musst dir selbst genug sein!", ermahnte ich mich. Aber auch wenn ich mir nun selbst genug war, vermisste ich ihn. Ob er manchmal noch an mich dachte und bereute, mich aus seinem Leben geschossen zu haben? Ich tat es jedenfalls.

Jeden Tag besah ich mir das Haufen-Scheiße-Bild. Wann konnte ich es endlich abnehmen? Wann war ich wenigstens für einen Moment damit fertig, mich aus dieser Situation herauszuboxen und wieder ins Licht zu treten?

Am nächsten Abend löschte ich wieder einige Fotos von Rico auf meinem Handy. Ich wollte nicht mehr in Versuchung kommen, ihn anzusehen. Am Ende der Löschung, hatte ich kein einziges Bild von ihm übriggelassen. Er war von meinem Handy verschwunden. Nur noch unser WhatsApp-Verlauf blieb. Wie die Woche zuvor haderte ich mit mir, ihm zu schreiben und mich nach seinem Befinden zu erkundigen. Ich nahm an, dass er entweder in seiner Selbstfindung feststeckte, oder sie ganz abgebrochen hatte, weil viele Dinge in der Aufarbeitung sehr weh taten. Vielleicht gehörte auch ich zu seiner Aufarbeitung? Ich weinte wieder zwei Stunden in mein Kopfkissen, bis ich den richtigen Text gefunden hatte: „Rico, es fällt mir immer noch schwer dich freizugeben. Jeden Tag meditiere ich die Gedanken an dich aus meinem Kopf heraus, aber sie finden immer wieder zurück. Es ist unheimlich schmerzhaft, nicht zu wissen, ob es dir gut geht. Jeder Kontakt mit dir macht mich jedoch wieder ein Stück kaputt. Ich denke, ich kann dich nicht loslassen, weil du mir deine Rückkehr in Aussicht gestellt hast. Bitte formuliere den endgültigen Schluss, damit ich zur Ruhe kommen kann."

Sarah wollte ich, wie so oft, an meinem Leben teilhaben lassen und informierte sie am nächsten Morgen: „Ich hab ihm doch geschrieben... nichts Hoffendes... nur, dass er seine Aussicht auf Rückkehr auflösen soll, damit ich abschließen kann."

„Du, das finde ich total in Ordnung. Du bist mir ja auch keine Rechenschaft schuldig, aber ich finde es nur verständlich. Lass mich gern wissen, was er dir geantwortet hat. Ich hoffe, es bringt dich irgendwie weiter. Egal in welcher Hinsicht!"

Ich schrieb: „Bislang blieb meine WhatsApp ungelesen und unbeantwortet. Vielleicht hat er mich blockiert? Wir werden sehen."

Gegen 14 Uhr ging ich Sarah erneut auf den Senkel: „Ich hasse warten! Er hat die Nachricht immer noch nicht gelesen. Hab gestern Abend wieder intensiv 2 Stunden lang Rotz und Wasser geheult. Als hätte er sich erst kürzlich verabschiedet. Ich weiß nicht, warum das jetzt alles wieder so hochkocht. Vielleicht liegt es am Vollmond? Hatte es mit Ablenkung versucht, war aber erfolglos. Es fühlt sich wieder wie Sterben an. Brauchst nix dazu sagen, ist eben so!"

Sarah schickte mir ein Knutsch-Smiley und ich wusste, dass sie mich verstand und in Gedanken Trost spendete.

Als ich am Nachmittag mit meinen beiden kleinen, kranken Schnuckis über das Feld spazierte, um zwischen Fieber und Durchfall einen 30-minütigen Freigang zu gewährleisten und unsere Hirne wieder freipusten zu lassen, erkannte ich den Grund für meinen gefühlsduseligen Rückfall: Es war die Enttäuschung darüber, dass der Januar verstrichen war und Rico nicht unverhofft vor meiner Tür gestanden hatte!

Nachdem ich die Kinder ins Bett gebracht hatte, ging ich vor die Tür, um noch eine Zigarette zu rauchen und checkte erneut das Handy. Jetzt erhielt ich die ersehnte Antwort von Rico: „Hallo liebe Anita. Es war nie meine Absicht dir weh zu tun oder dich kaputt zu machen. Ich denke jeden Tag an dich, bin aber noch nicht wieder ganz oben auf. Ich habe immer noch den Eindruck, dass ich noch nicht beziehungsfähig bin. Daher kann ich dir nichts anderes geben, als einen Schlussstrich. Finde bitte zu dir und streiche mich aus deinen Gedanken. Du bist ein lieber, guter und ganz toller Mensch. Entschuldige bitte die Schmerzen, die du durch mich erleiden musstest. Das war nie meine Intention. Du hast es verdient auf Händen getragen zu werden und glücklich zu sein. Gerne bin ich aber immer für dich da."

Ich brach weinend vor der Haustür zusammen und sank auf die Knie. Obwohl ich damit gerechnet hatte, diese Worte von ihm zu lesen, brachten sie mich erneut zu Fall. Nachdem ich mich in meine Wohnung zurückgeschleppt hatte, legte ich mich 20 Uhr total entkräftet ins Bett und schlief sofort ein.

Tags darauf betrauerte ich wieder ganztägig, auch auf Arbeit, meinen Verlust. Kaum ein klarer Gedanke kam auf und es ging mir körperlich von Stunde zu Stunde schlechter. Gigantische Rückenschmerzen suchten mich heim, sodass ich den Arbeitstag abbrach und mich vorzeitig auf den Heimweg machte. Zu Hause legte ich mich in die heiße Wanne und gab mich meinem Elend erneut hin. Nach einer halben Stunde des Jammerns im heißen Wasser entschloss ich mich, den ganzen Schmerz, die Traurigkeit und den Kummer über die Rico-Situation nicht länger ertragen zu wollen und wusch mir den ganzen Scheiß intensiv vom Körper. Als ich beim Verlassen der Badewanne feststellte, dass ich auch noch meine Periode bekommen hatte, verdonnerte ich diese dazu, den restlichen Rico-Ballast aus mir herauszubluten, damit ich endlich wieder ein normaler Mensch sein konnte.

Am nächsten Tag wunderte ich mich, wie viele Gedanken an ihn in mir waren, die nun sekündlich wechselnd, aber ohne eine starke Gefühlsregung in mir auszulösen, auf mich einprasselten. Ich sah uns in Belgien, im Wald, beim Sex, beim Kuscheln, ich, wie ich mich von ihm verabschiedete. Alle Erinnerungen kamen zurück, die ich in den letzten Wochen so eifrig zu verdrängen versucht hatte. Doch es waren friedliche Gedanken. Keine Wut. Keine Enttäuschung. Kein Schmerz. Als ob alle negativen Gefühle ausgeschaltet wurden mit einer lapidaren Reinigung meines Körpers.

Allerdings waren all diese Gedanken auch nicht einfacher zu ertragen als der vorangegangene Schmerz. Es machte den Eindruck, als wollte mein Hirn mich verarschen, indem es schubweise Ladung sendete. In einer gigantischen Geschwindigkeit – so als hätte man überhaupt keine Zeit, sich darüber bewusst zu werden, was man überhaupt fühlt, weil es einfach viel zu viele Situationen viel zu schnell abspielte. Wie im Schnelldurchlauf ging es über den ganzen Tag hinweg. Was für eine Anstrengung für den Kopf! Totaler Overload!

Den Tag darauf lag ich komplett flach... Mein Körper hatte den Dienst quittiert und den Error erreicht: Gliederschmerzen, Kopfweh und die totale Erschöpfung hatten mich niedergestreckt. An Sarah schrieb ich: „Vermutlich ist der Rico-Ballast kein leichter und macht deshalb das Ausscheiden so schwer. Hab letzte Nacht so krass geschwitzt, dass ich mir zwei Mal das T-Shirt wechseln musste. Wenn es hilft, ist mir alles recht!"

Was ich allerdings nicht voraussah und auch nicht wollte, war, bei meiner heißgeliebten Faschingsveranstaltung auszufallen. Das hatte ich mit „alles recht" nicht gemeint! Wo der Fasching doch eines meiner Februar-Highlights darstellte. Zumal ich für diese Veranstaltungen mit meinen Tanzgruppen das ganze Jahr über jeden verdammten Freitag trainiert hatte! Und nun war es so gekommen... auch zwei Tage später war ich noch nicht wieder fit. Ich lag rum und gab mich meinen Gliederschmerzen hin. Die Tanzgruppen mussten ohne mich klarkommen und ich würde meinen Lohn – nämlich ihren Applaus – nicht entgegennehmen können. Darüber war ich hochgradig frustriert!

Wenn so der Neustart in diesem Jahr weiterginge, würde ich zeitnah meinen Gutschein einlösen für „Ein frohes neues Jahr! - Einzulösen zu exakt dem Zeitpunkt, an dem dir das aktuelle Jahr so richtig kacke vorkommt und du dringend einen Neustart benötigst."! Doch dann erinnerte ich mich an meinen ersten glorreichen Höhepunkt im Januar und tätschelte mir imaginär auf die Schulter.

Wie es eben immer so war im Leben: Man ging zwei Schritte vor und einen zurück. Die Hoffnung auf Glück gab ich jedenfalls nicht auf! Dazu war ich viel zu weit gekommen und so viele tolle Ereignisse standen bereits auf dem Plan. Von denen, die noch nicht auf meiner To-Do-Liste standen, mal ganz abgesehen. Schließlich konnte man ja nie wissen, was das Universum noch für schöne Bescherungen für einen bereithielt.

Granaten-Fasching und Spagat

Niemals hatte ich angenommen, dass man eine stinknormale Waschung des Körpers auch mit einer mentalen Reinigung verknüpfen kann. Aber es war so! Zum ersten Mal hatte es mit dem Wahnsinnigen geklappt, den ich mir nach der Wanderung mit Rico in der Dusche abgewaschen hatte und der mich in Folge dessen nicht wieder kontaktierte. Die zweite heilende Waschung wirkte nun auch. Ich hatte es nicht gedacht, dass so große Gefühle tatsächlich weggewaschen werden konnten, doch es funktionierte und ich war überglücklich. Was nicht bedeutete, dass ich dieser ganzen spirituellen Geschichte nicht nach wie vor skeptisch gegenüberstand. Vielleicht würde es nur für ein paar Tage anhalten? Aber das war wenigstens etwas. Jedenfalls war ich wieder auf dem Weg, ein normaler Mensch zu werden.

Glücklicherweise ging es mir eine Woche nach *Overload* – also meinem totalen körperlichen Zusammenbruch – wieder körperlich so gut, dass ich wenigstens die zweite Faschingsveranstaltung mitnehmen konnte. Ich freute mich darauf, den Gardemarsch mittanzen zu können, da zwei meiner Tanzmädels ausgefallen waren und ich nach langer Zeit mal wieder in das hautenge Kostüm passte. Vielleicht war dieser Auftritt der letzte seiner Art, da das Alter mich nicht verschonte. In der Tanzgruppe war ich die Dorfälteste. Neben mir tanzten 14-Jährige. Es ging nicht mehr lange, dass ich die Bühne betreten konnte. Daher genoss ich die schöne Aufregung und das Kribbeln, als es auf die Tanzfläche ging. Meine Freundinnen Katja und Silke aus Dresden waren extra angereist und hatten Katjas besten Kumpel Sebastian mitgebracht. Außerdem kam meine Mutter zum Zuschauen. Sie war ein alter Profi und ich wollte, dass sie stolz auf mich war. Also legte ich meine ganze Energie in den Tanz, um meinem Fanblock zu zeigen, wie gut ich darin war, auf der Bühne zu stehen.

Ungefähr in der Mitte des Liedes kam das tänzerische Highlight: Ich ging in die Hocke, sprang euphorisch hoch, riss dabei die Beine in die Grätsche und landete in einem astreinen Spagat. Als mein Intimbereich auf dem Parket landete, spürte ich deutlich, dass ich mir soeben eine ernste, sehr schmerzhafte Verletzung im linken Oberschenkel zugezogen hatte. Profi, wie ich einer war, zog ich den Tanz bis zum Schluss durch und fing erst zu humpeln und zu hinken an, als das Publikum uns alle nicht mehr sehen konnte, weil wir hinter dem Vorhang verschwunden waren. Es hatte so richtig heftig geschmatzt, als ich unten aufkam, aber das Bein konnte ich wenigstens noch bewegen. Über den Abend schleppte ich mich hinkend und hopste mit meiner Mutter oder mit Katja, Sebastian und Silke an meiner Seite. Die Frage nach der Granate im Bett ging mir dabei die ganze Zeit im Kopf herum. Allerdings musste ich sie nun nicht mehr stellen. Denn zwei Wochen zuvor war ich mit Babett und Sarah zu Gast beim Fasching in Altmittweida, wo ich den beiden Ladies von meinem Vorhaben berichtete: „Leute, ich muss heute unbedingt verschiedene Männer interviewen und rausfinden, was genau eine Frau tun muss, um für einen Mann eine Granate im Bett zu sein!"

„Hä? Warum das denn?", fragte Babett irritiert.

„Na für mein Buch! Ich frage mich, was ich können muss, um so eine richtige Granate zu sein!", erklärte ich augenzwinkernd.

„Das ist doch völliger Blödsinn!", stellte Sarah fest. „Die Frage müsste doch total anders lauten!"

Das verstand ich nicht. Wir diskutierten eine Weile darüber. Ich erzählte ihnen von den drei unzulänglichen Antworten, die ich bereits erhalten hatte und dass ich für alle drei Varianten als Granate nicht in Frage kam oder besser gesagt, gar keine sein wollte.

„Anita, erstens kann eine Frau nur dann eine Granate im Bett sein, wenn sie sich völlig frei fühlt und sich ganz dem Sex hingeben kann, ohne den Kopf anzuschalten. Dazu muss der Mann auf jeden Fall mitwirkend die Voraussetzungen schaffen und sie selbst logischerweise auch. Und zweitens muss eine Frau gar keine Granate im Bett sein. Wem soll sie denn etwas beweisen? Die Frage ist für'n Arsch!", erläuterte Sarah relativ schroff.

Babett bestand darauf, dass nur ein absoluter Narzisst eine Frau zur Granate im Bett machen konnte, denn nur so einer verstand es, ein guter Liebhaber zu sein. Ein Narzisst müsse es sich schließlich unbedingt beweisen, dass er der beste Macher war. Aber auch diese Variante wollte ich für mich nicht ausschöpfen. Im Gespräch wurde mir klar, dass es gar nicht darauf ankam, besonders „granatisch" zu sein, sondern ausschließlich darum, dass man es mit seinem Sexpartner gerne tat. Nur dann konnte es gut werden und wenn der Kopf aus war und man an nichts denken musste, weil der Partner keine Erwartungen hatte, konnte man richtig abgehen. Ich strich die Granatenfrage für mich, da sie mit dieser Erkenntnis abgehakt war.

Ab und an suchte ich an diesem Abend den Saal nach Mr X ab. Das war der Typ vom letzten Jahr, der mir noch immer in Erinnerung war und zu dem ich gesagt hatte: „Jetzt ist nicht unsere Zeit, aber vielleicht sehen wir uns nächstes Jahr hier wieder!"

Nur noch schemenhaft konnte ich mich an sein äußeres Erscheinungsbild erinnern: wenige Haare, Brille, ca. 5 bis 10 cm größer als ich. Er war nicht da.

Unsere Zeit war weder letztes Jahr noch dieses. Ich sendete ihm einen liebevollen und dankenden Gruß und verabschiedete mich somit von ihm.

In der Woche meines Krankseins, also vor meiner sagenhaften Spagat-Verletzung, meldete sich unerwartet Borussia Dortmund per WhatsApp bei mir. Wir schrieben einfache, freundliche Nachrichten hin und her. Ich gab nicht viel Energie hinein und vernachlässigte das Antworten. Dies wiederum löste scheinbar eine gewisse Verärgerung auf der Gegenseite aus. Ich konnte mir nicht erklären, warum er nach einem Jahr wieder Kontakt mit mir suchte und fragte nach einigen Tagen des lästigen Schreibens, was genau er denn von mir erwartete. Seine Antwort kam prompt: „Na wir können uns doch mal auf einen Kaffee treffen?"

„Aber wieso? Was soll dabei herauskommen?", fragte ich genervt zurück. Beim besten Willen wollte ich weder Sex noch Kommunikation mit ihm! Vermutlich hatte mich nur mein schlechtes Gewissen dazu gebracht, überhaupt auf seine Nachrichten zu antworten. Und aus seinem Geschreibe ging ganz offenkundig seine nicht vorhandene Intelligenz hervor. Ich wollte nicht mit jemandem Kaffee trinken, der eins und eins nicht zusammenzählen konnte. Daher wiegelte ich ihn ab.

Ende Februar schrieb ich an Sarah: „Ich glaube, ich muss die Typen aus 2023 nun alle rückabwickeln! Prost Mahlzeit!"
Wenigstens hatte ich zwei von fünf bereits hinter mich gebracht: Mr X und Borussia Dortmund. Ehrlich, warum sollte es denn anders kommen? Als nächstes würde der Wahnsinnige folgen, dann mein Ex, der für uns aktuell die Scheidung vorbereitete und ganz zum Schluss würde sich vermutlich auch Rico dieses Jahr (2024) nochmal zur Rückabwicklung aufs Parkett trauen. Ich nahm mir vor, es zu nehmen wie es kam. Es fließen zu lassen und nicht zu versuchen, auf Dinge einzuwirken, die ich nicht beeinflussen konnte, weil sie von außen kamen. Genauso handhabe ich es nun am Spagat-Samstag!

Der Abend verlief trotz Verletzung sehr gesprächsoffen, feuchtfröhlich und gut gelaunt. Der Saal war rammelvoll und ich kam mit den verschiedensten Leuten ins Gespräch. Dann tanzte ich eine ganze Weile hinkend mit Katjas Kumpel Sebastian. Ich mochte seine geradlinige Art und dass er sich nicht all zu ernst nahm. Und irgendwie hatte ich das Gefühl, dass er Interesse an mir hegte. Als wir uns das erste Mal sahen, im Sommer 2023 bei Katja im Garten, war er mit seiner merkwürdigen Freundin zusammen und schien relativ unzufrieden mit seiner Lebenssituation zu sein. Als ich ihn an diesem Abend nach ihr fragte, war er darüber nicht besonders erfreut.

„Ja, irgendwie sind wir schon noch zusammen. Aber ich weiß nicht, wie lange noch. Es ist kompliziert!", erklärte er.

„Tja, Sebastian!", erklärte ich in Folge, „ich hätte dir jetzt sau-gern mal die Umkleidekabine gezeigt, aber ich habe ein Problem mit deiner Tussi! Grundsätzlich ja, aber aus Prinzip nein, weil du in einer Beziehung steckst und ich nicht für das Scheitern verantwortlich sein will!"

An diesem Abend war ich zyklusbedingt total rollig. Vermutlich konnte es jeder Mann riechen und sehen und ich machte keinen Hehl daraus, es vor meinen Dance-Ladies anzusprechen.

In den folgenden Nächten dachte ich lange und intensiv über die Rückabwicklungssache nach. Beim Wahnsinnigen war ich mir nicht sicher, ob diese schon erfolgt war, als er sich im Dezember an meinem Geburtstag gemeldet hatte und mir seine Kontaktaufnahme überhaupt nichts mehr ausmachte. Ich freute mich kurz darüber, dass er an mich dachte und schickte ihm eine belanglose Dankes-Nachricht zurück. Es hallte kein schlechtes Gewissen nach und auch nicht das Bedürfnis, ihm zu Hilfe zu eilen oder etwas anderes Gutgemeintes für ihn tun zu müssen. Vielleicht war er also auch schon durch mit der Rückabwicklung? Möglich war es jedenfalls. Dann dachte ich an die anstehende Scheidung. Mit meinem Ex hatte ich vereinbart, dass er alles vorbereiten sollte und ich nur noch die Papiere unterzeichnen würde. Wir wollten alles so schmerzlos und unkompliziert halten wie möglich. Ich war guter Dinge, dass es so kommen würde und wir uns nach der erfolgten Urteilsverkündung ein letztes Mal umarmen und endgültig Abschied nehmen könnten. Was mir allerdings Sorgen machte, war Rico. Ich wollte ihn nicht mehr. Aber würde ich noch genauso darüber denken, wenn er wieder vor mir stand? – Ja! Auch dann!

Was würde also Rückabwicklung mit ihm für mich bedeuten? Und überhaupt... was bedeutete es im Allgemeinen für mich? Wieso musste denn überhaupt alles rückabgewickelt werden? Ich hatte darauf eigentlich überhaupt gar keine Lust mehr, denn im schlimmsten Fall fraß es wieder Energie. Oder doch nicht? Hatte die Konversation mit dem Wahnsinnigen, der liebe Gruß an Mr X oder das bisschen Schreiben mit Borussia Dortmund denn Energie gekostet? – Eigentlich nicht! Es war sogar befreiend gewesen, sich darüber klar zu werden, dass es mich nicht mehr tangierte. Also doch fließen lassen!

Während ich also im Kopf alle Verflossenen rückabwickelte, bahnte sich in mir schon wieder das nächste Abenteuer an... und zwar mit Sebastian. Ich kam nicht umhin, die irrwitzigen und oftmals sexuell anrüchigen Gespräche vom Spagat-Samstag in mich einzusaugen und meine Fantasie damit zu füttern. Es gab an dem Abend mehrere Gelegenheiten, ihn einfach zu packen und abzuschleppen. Aber ich konnte nicht, weil er in einer Beziehung war. Als wir zu dritt draußen standen, guckte Katja Sebastian und mich an und forderte uns ungeniert auf: „Könnt ihr beide nicht einfach mal bumsen gehen? Ihr würdet echt so geil zusammenpassen!"

„Ich würde ja gerne, aber er ist in einer Beziehung!", rechtfertigte ich mich und zu Sebastian gewandt sagte ich: „Eigentlich ja, aber leider nein! Kümmere dich!"

Dann strich ich ganz unverblümt über seine nackte Brust, um sein gestutztes Brusthaar zu tätscheln. Ein Hauch Erotik lag in der Luft und ich hatte echt große Lust, mit ihm einfach irgendwohin zu verschwinden und Sex zu haben. Nur die Rahmenbedingungen stimmten nicht.

Gegen ein Uhr nachts kam Katja plötzlich auf die Tanzfläche. Sie gab zu verstehen, dass sie nun abgeholt wurden und sammelte Sebastian ein, mit dem ich gerade noch abzappelte. Wir tanzten mehr oder weniger unprofessionell so etwas wie Diskofox, wobei da noch sehr viel Luft nach oben war. Unerwartet drückte er mir seine Lippen auf meinen Mund und ich stand da, wie ein 11-jähriges Mädchen, welches ihren ersten Kuss erhielt. Total perplex schaute ich ihn an, als er sich von mir löste. Dann ging er ein paar Schritte Richtung Ausgang, um direkt zurückzukommen. Er verabschiedete sich mit wenigen Worten und küsste mich erneut. Ein fester, bestimmter Kuss, der den Anschein machte, dass es eine wiederkehrende Sache sein würde.

Eine ganze Woche war bereits vergangen, ohne dass er sich gemeldet hatte. Während ich bereits feuchte Träume von ihm schob und es tatsächlich bereute, dass ich so eine blöde Prinzipienreiterin war. Oder, um es mit den Worten meines Chefs zu sagen: „Anita, du stellst dich aber auch manchmal dämlich an, wenn es ums Schnackseln geht!"

Als ich Sarah von meinen erotischen Träumen erzählte, meinte sie: „O lala! Das klingt sehr aufregend! Er machte zu Fasching auf jeden Fall den Anschein nach einem tollen Gesprächspartner und Freund. Alles Weitere wird sich zeigen. Vielleicht wäre eine Zeit ohne konkretes Dating auch eine Option? Mir ist die letzten Tage aufgefallen, dass du seit der Trennung von einem Abenteuer ins nächste hopst. Und ich frage mich, ob eine Pause gut wäre? Eine Zeit, in der kein Mann als potentieller Partner bereitsteht. Eine Zeit nur mit dir."

Nach kurzer Überlegung schrieb ich: „Das ist mir auch schon im letzten Sommer aufgefallen. Und erst heute habe ich zum Azubi gesagt, dass es nur noch ein ständiges Auf und Ab in meinem Leben ist. Das ist total ermüdend! Aber es ist mir lieber als nur ab. So war es ja die letzten Jahre. Ich genieße also die Aufs und nehme die Abs in Kauf. Wenn mich ein neues Abenteuer findet, nehme ich es an und rechne mit dem Absturz."

„Das ist absolut okay. Wichtig ist nur, DICH auf dem Schirm zu haben und zu erkennen, warum du was tust.", ermahnte sie mich vorsichtig.

„Das mache ich. Ich beobachte mich ständig und hadere mit diversen Situationen. Aktuell habe ich einfach nur große Angst, wieder verletzt zu werden und daher überhaupt keine Lust, mich auf irgendetwas einzulassen.", bestätigte ich.

Eine Woche nach der Faschingsparty schrieb mir Sebastian dann doch: „Guten Abend, hier ist Mr Brusthaar. Dachte, ich geb mal ein Zeichen. Wir mussten ja doch recht spontan los. War auf jeden Fall ein witziger Abend. Hab schon gehört, dich hat es doch mehr erwischt als gedacht. Wie geht's denn nun so?"

„Hallo Mr Brusthaar. Geduld ist ja echt nicht mein Ding! Warum hat das mit der Kontaktaufnahme so lange gedauert? Ja, hab Muskelfaserriss. Zum Glück kein Band. Wird langsam besser. Der Abend war wirklich mega. Nur der DJ wollte einfach nicht Sailor Moon spielen. Also konnte ich gar nicht meine coolen Shuffle-Moves zum Besten geben! Ich finde ja, wir sollten die Sache mit dem Diskofox bei Gelegenheit nochmal vertiefen."

Es dauerte nur wenige Minuten, bis uns beiden das Geschreibe auf die Nerven ging und wir zum Hörer griffen. Nach dreieinhalb Stunden Gespräch, verabschiedeten wir uns voneinander. Wir hatten über alles gesprochen! Über die Sache mit dem Kuss, über seine Tussi, meine sexuelle Vergangenheit, seine Talente, über unsere Kinder und Intimfrisuren. Ich hatte das Gefühl, er wusste danach alles über mich. Und wieder lag die pure Erotik in der Luft. Ich war mir sicher, er hatte es sich nach diesem Telefonat noch schön selber gemacht. Sogar über die Granatenfrage wurde gefachsimpelt. Auch von meinem Buch hatte ich ihm erzählt. Er fragte nach, worum es im Groben ging. Ich erzählte, es sei ein Buch über all meine sexuellen Belange und über den Weg zu mir selbst. Zur aktuellsten Thematik „Granate" erklärte er, ohne dass ich ihn danach gefragt hatte: „Das ist doch ganz klar! Nur eine gelöste Frau, die frei im Kopf ist, kann im Bett richtig abgehen. Sonst wird das nichts."

Ich war fasziniert, denn seine Aussage deckte sich mit dem, was ich nun selbst aus dem Gespräch mit Sarah und Babett geschlussfolgert hatte. Was mich allerdings hellhörig werden ließ, waren Sätze wie: „Meine Freundin ist anstrengend. Sie ist so furchtbar emotional. Bei mir ist da einfach nicht so viel los!" und „Irgendwie ist es kompliziert, aber ich kann es nicht beenden."

Das erinnerte mich sehr stark an Rico! Er hatte auch irgendwann behauptet: „Bei mir ist emotional einfach nicht so viel drin!"

Auch den fehlenden Mut hatten beide scheinbar gemein. Eine große gefühlsbetonte Bindung wollte ich daher gar nicht mit Sebastian aufbauen. Soweit war ich nun wenigstens in meiner ganzen Selbstbeobachtung schon gekommen. Ich erkannte auf Anhieb die Insekten, die ums Licht kreisen und war gewarnt. Für den Moment jedoch ließ ich mir dieses schöne, kribbelige Gefühl der Begehrtheit von meinen Erkenntnissen nicht vermiesen und genoss den Augenblick.

Tags darauf wand ich mich – wie so oft – an Sarah, um sie an meinem Leben teilhaben zu lassen: „Mr Brusthaar hat sich gemeldet. Alle guten Es-fließen-lassen-Vorsätze gehen gerade den Bach runter!"

„Versuch einfach den Flirt zu genießen und interpretiere nicht zu viel hinein. Ich weiß, das ist nicht so leicht für dich. Ich würde mir ganz sehr für dich wünschen, dass du das Zeit-mit-dir-selbst-genießen so verinnerlichen kannst, dass es gar keine Rolle mehr spielt, ob da jemand ist oder nicht. Sodass du das Ganze als eine wertschätzende Geste wahrnehmen kannst, dass sich jemand für dich interessiert oder auch nicht, ohne dass es eine Rolle für dich spielt. Das wäre ideal."

„Ja, das kann ich alles nachvollziehen.", schrieb ich zurück und, „Aber ich hatte die ganze vergangene Woche schon echt harte, erotische Brusthaar-Träume! Beziehung spielt für mich noch gar keine Rolle. Ich befinde mich sowieso noch in der Rückabwicklungsphase mit den Verflossenen vom letzten Jahr. Ich glaube, die muss ich erstmal zu Ende bringen, bevor was Neues kommen kann. Und wenn ich ehrlich bin, hatte ich jetzt auch erstmal vor, mich von solchen Geschichten bis wenigstens Mai fernzuhalten, um mal Luft holen zu können. Ich genieße jetzt einfach die Kommunikation und das Knistern in der Luft."

„Ich weiß, was du meinst und sehe das ähnlich, auch wenn das Wort „abwickeln" ganz schön technisch erscheint. Ein Teil von den Menschen, an die du dich gebunden hast, wird immer in dir bleiben. Es ist an der Zeit für dich mit dir. Atmen, Geschwindigkeit rausnehmen, weicher mit dir selbst zu werden, anstatt Gefühle „abzuwickeln" und sie als abgeschlossen zu betrachten. Das geht gar nicht! Da gibt es kein *Vorbei* oder *noch da* wie bei einem Haus, das noch steht oder abgerissen wird. Manchmal wird es mehr und auch weniger, übrigens laufend. Ich würde dich so gern mal entspannt erleben und ich denke, dass weitere Menschen in deinem Fokus eher hinderlich als hilfreich sind. Ich glaube, du hast dich so daran gewöhnt, Entscheidungen zu treffen und Stärke zu repräsentieren, dass du das Gefühl für die Töne dazwischen total verloren hast. Außer beim Malen, schätze ich. Da bist du gut mit Nuancen. Versuch mal, das bei dir selbst zu finden."

Darüber war ich gerade nicht bereit, nachzudenken. Lieber erzählte ich ihr, worüber Sebastian und ich gesprochen hatten und wie es mir damit ging: „Also der ist ja noch mit seiner Freundin zusammen, aber er liebt sie nicht. Auf die Frage hin, warum er sie nicht verlässt, kam keine sinnvolle Antwort. Während des flirty Gesprächs, in dem er mich knallhart alles gefragt hat, was er wissen wollte, habe ich mir ab und zu die Frage gestellt, warum ich mich überhaupt auf die ganze Nummer einlasse. Also was genau will er von mir? Sich vermutlich von seiner Dame ablenken oder sucht er einen Grund, aus seiner Beziehung rauszukommen? Mit so jemandem will ich doch selbst keine Beziehung führen! Ich habe da schon ein schlechtes Gewissen, dass ich mich wieder auf den ganzen Hickhack eingelassen hab und nun im nächsten Abenteuer feststecke. Vielleicht sollte ich den Quatsch gleich unterbinden, bevor es wieder schmerzhaft wird und kompliziert."

Worauf Sarah erwiderte: „Alleine die Tatsache, dass er es nicht schafft von einer ungeliebten Frau loszukommen, ist doch schon wieder ein Alarmzeichen und spricht für ganz viele Baustellen! Irgendwie sieht das nach einer Parallele zu Rico aus. Er konnte sich doch auch von seiner Ex nicht lösen, oder? Also frag dich lieber, ob es wirklich Anziehung ist oder nur dein Helfersyndrom. Bleib bei dir und reflektiere dich selbst. Vielleicht ist das ja auch eine neue Übungsaufgabe für dich und die lautet: sich nicht aus den Augen zu verlieren, auch wenn jemand dir schöne Augen macht!"

„Also auf die Rico-Sache muss ich noch mal näher eingehen: Ich nahm erst an, dass seine Ex sich an ihn geklettet hatte, habe aber zum Schluss verstanden, dass das Problem bei Rico selbst lag, der keine Nähe zulassen konnte. Ich merke gerade, dass ich seine Ex in Schutz nehmen will, der ich noch vor kurzem am liebsten in die Fresse geschlagen hätte. Aber sie hatte gar keine Schuld. Es lag nicht an ihr. Nur an ihm und seiner Unfähigkeit, sich zu binden. Weiß auch nicht, warum ich das jetzt so ausführe! Aber ja, du hast Recht: Baustelle war es und die ist es auch bei Sebastian. Der hat auch wieder keine Eier! Es ist natürlich viel bequemer, eine unerfüllte Beziehung zu führen, als sich unbequem davon zu lösen. Und ich werde ihm auch gar nichts einreden. Ich frage ab und zu nur mal kritisch nach, warum er nicht den Mut besitzt. Deshalb habe ich ihn als potentiellen Partner auch schon ausgeschlossen. Trotzdem ist da eine megakrasse sexuelle Anziehung. Ich find diese ganze flirty Geschichte total spannend und versuche wirklich nur zu genießen. Lustig finde ich übrigens, dass du das als Übungsaufgabe bezeichnest. Bei anderen heißt es einfach One-Night-Stand. Was übt dann der? Sex? Was spricht denn gegen eine Vögelei-Geschichte mit jemandem, der mir mental angenehm ist? Das wäre doch was Schönes!"

„Du bist für Vögelei nicht geeignet, weil du dich viel zu schnell bindest – wie ein Atom!", scherzte Sarah.

Ich schickte zur Antwort drei erbärmlich heulende Smileys, denn ich wusste, dass sie wieder mal den Nagel auf den Kopf getroffen hatte.

Der Preis ist heiß!

Auch wenn Sarah mir die Sache mit der Rückabwicklung ausreden wollte, und vielleicht damit nicht Unrecht hatte, blieb ich dabei. Es fühlte sich vorerst in Ordnung an, zu wissen, dass alle Verdächtigen wieder auf das Tablett sprangen. Ich hoffte, dass ich dann meinen inneren Frieden mit dem Ex und mit Rico machen konnte, wenn es soweit war. Nun stellte sich für mich plötzlich und unerwartet die nächste merkwürdige Frage: War es überhaupt okay, dass ich mich jedem Menschen direkt offenbarte und alles über mich preisgab? Musste man sich nicht dieses Vertrauen erst verdienen? War es richtig, dass ich sofort alle Infos über mich herausplauderte, ohne darüber nachzudenken? Ich konnte es gerade noch nicht sagen. Aber für den Moment hatte ich jedenfalls daran meine Zweifel.

Rico hatte auf dem Weg nach Belgien und zurück alles über mich erfahren, da er mein Buch bis zum Kapitel „Mätresse mit Körperkomplexen" im Zug las. Er hatte vom Wahnsinnigen gelesen und von meinen Selbstzweifeln. Aber auch von dem Weg, der meine Heilung versprach. Vielleicht war das einfach zu viel des Guten gewesen? Und nun hatte ich den gleichen Fehler gemacht und Sebastian jede intime Frage über mich frei heraus beantwortet. War das sinnvoll? Ein Fremder, der wusste, dass ich meine Schamhaare nur trimmte, dass ich beim Tantra-Mann war und heulend abgebrochen hatte, dass ich mein inneres Kind kannte, welches immerzu rief: „Ich bin nicht richtig!" und dass ich rollig war??? Hatte ich ihn bewusst dazu eingeladen, mir schöne Augen zu machen? War das vielleicht meine Masche und die Typen flogen auf mich rein? Verarsche ich mich immerzu selbst?
Meiner Tanzgruppe, meinen Freunden und einigen Bekannten brachte ich dieses Vertrauen entgegen und wenn ich ehrlich war, auch jedem anderen Menschen, der danach verlangte. War ich zu gutgläubig? – Ich nahm an, dass es gut sei, sein Gegenüber nicht im Ungewissen zu lassen. Dass der- oder diejenige es angenehmer hatte, wenn er oder sie wusste, woran man bei mir war. Doch entweder war ich mit dieser Annahme auf dem Holzweg oder die anderen Menschen waren allesamt, bis auf wenige Ausnahmen, alle genauso mutlos wie Rico und Sebastian.
In fast jeder Lebenslage spürte ich, dass man mir nicht die Ehrlichkeit entgegenbrachte, nach der ich mit meiner Offenheit verlangte. Zu den wenigen Ausnahmen gehörten nur meine Eltern und Freunde, wie Bitchi, Sarah, Katja, und Nancy. Die wussten, dass sie ihre Worte nicht mit blumiger Sprache verpacken mussten, damit ich sie verstand. Natürlich blieben auch hier

Missverständnisse nicht aus, aber es war klarer und wesentlich einfacher zu verstehen. Ich musste auch nicht ständig achtsam in meiner Wortwahl sein, denn sie konnten über meine derberen Sprüche hinwegsehen. Gott, was war ich dankbar, dass es Leute in meinem Umfeld gab, die mich so nahmen wie ich war!

Wenn also der Preis für meine Offenheit der war, dass ich aussortieren konnte, wer tatsächlich an mir als Mensch Interesse hatte, war es das doch wert! Und letztlich hatte auch das Telefonat mit Sebastian etwas Gutes gebracht. Er war mir gegenüber ja genauso aussagefreudig gewesen wie ich ihm gegenüber. Nur so konnte ich innerhalb kürzester Zeit erkennen, wo seine Baustelle lag, die in mir alle Alarmglocken schrillen ließen. Zum Zweiten war es ein echt verdammt erotisches Gespräch, welches meine sexuelle Fantasie anregte. Es gab also zwei Seiten: etwas gewinnen und etwas verlieren. Meistens ging beides miteinander einher: Ich verlor Informationen als Zahlungsmittel und erhielt heiße, feuchte Träume als Gewinn. Ich nahm mir trotzdem vor, in Zukunft mit Fremden vorsichtiger zu sein.

Als ich wenige Tage später Bitchi besuchte, ging ich mit ihr lange spazieren und erzählte ihr von meiner Bilanz. Der Kontostand auf dem Preiskonto lag bei Null. Wobei Null nichts Schlechtes war. Weder lag ich im Minus, noch im Plus. Ein neutraler Moment – so hätte ich es beschrieben. Ich erzählte ihr auch von Sebastian und unserem langen, aufregenden Telefonat und dass er so viele Dinge mit Rico gemein hatte. Nur die direkte Kommunikation war eine Neuerung. Bitchi schaute mich eindringlich an und sagte: „Ich denke nicht, dass Rico schon abgeschlossen ist für dich."

„Ja, ich weiß.", sagte ich betrübt und ließ den Kopf hängen.

„Der sitzt noch ganz tief in dir. Das war so intensiv. Ich bin selbst enttäuscht von ihm, obwohl ich ihn nur einmal gesehen habe."

„Ja, ich auch. Aber es hat so viele Anzeichen für seine Zerrissenheit gegeben, die ich nicht sehen wollte. Es musste so kommen. Ich glaube, ich befinde mich seit einigen Tagen in der Wut-Phase. Weißt schon… erst heulen und trauern, dann Wut und dann nach vorne sehen. Ich dachte nicht, dass ich noch in die Wut-Phase kommen würde. Aber sobald ich daran denke, wie er mich verletzt hat, werde ich unsagbar wütend auf ihn. Und was noch schlimmer ist: auch auf mich! Weil ich nicht auf mein fucking Bauchgefühl gehört habe, als es mir sagte: Nur Freundschaft plus, Anita!"

Bitchi versuchte die Sache zu beschwichtigen: „Das konnte doch so keiner ahnen."

„Doch! Als ich mit ihm hier war zu deinem Geburtstag, hat er keinen Ton gesagt.", begann ich und erklärte weiter: „Da habe ich ihn schon gesehen, den kleinen Jungen und mir ganz lapidar gedacht: Rico muss nur erstmal ein bisschen auftauen. Aber nein! Er hatte den kleinen, unsicheren Jungen die ganze Zeit bei sich. Und ich habe es gesehen und ignoriert, weil ich auf einen Mann gehofft hatte, der mit sich im Reinen ist! Superdämlich war das! Ganz toll! Jetzt hab ich mir eben erst meine Traurigkeit abgewaschen und nun ist der nächste eklatante Gefühlsbatzen freigesetzt worden."

„Ist doch gut so. Nur so kannst du die ganze Scheiße verarbeiten.", sagte sie.

„Hast recht. Trotzdem blöd. Aber das ist der Preis für Blödheit."

Als ich einige Wochen später mit Sarah im Dorf spazieren ging, traf es mich völlig unerwartet erneut von hinten durch die Brust: Da stand ein verdammter Esel auf einer Weide! Er erinnerte mich wieder an Rico. Ich spürte sofort wieder den Schmerz des Vermissens. Ich ging auf das Tier zu und streichelte es sanft, dabei sendete ich Rico liebe Grüße: „Ich denk noch immer sehr viel an dich, Babe! Ich hoffe, es geht dir gut!"

Eine Wanderung mit Esel war immer sein Traum gewesen. Das hatte er mir damals erzählt, als wir uns zum zweiten Mal trafen. Ich überlegte wieder einige Tage, ob ich ihn kontaktieren sollte, entschied mich aber dagegen. Alles was ich ihm hätte sagen wollen, war: „Ich vermisse dich!"

Ich wusste, dass ich ihm Zeit einräumen musste und er, wenn es für ihn soweit war, wieder auf mich zukommen würde. Aber ich wusste auch, dass er verdammt mutlos war und Selbstfindung sehr lange dauern konnte! Ob ich wohl jemals über ihn hinwegkommen würde oder er zu mir zurück? War der Preis für Liebe tatsächlich der Schmerz?

Es vergingen keine drei Tage, bis mich der innere Drang der Kontaktaufnahme doch übermannte. So wie ich ihm „Geht's dir gut?", schrieb, löschte ich die Nachricht sofort wieder und selbstgeißelte mich gedanklich für meine enorme Blödheit! Ich hoffte, dass sein Smartphone den Eingang nicht anzeigen würde und die Aktion spurlos an ihm vorüberzog... und an mir! Aber da hatte ich die Rechnung ohne das verdammte Internet gemacht! Ich hasste mich dafür, das bisschen Beherrschung verloren zu haben, denn er antwortete einige Zeit später: „Hi Anita! Wieder gelöscht?! Mir geht's soweit gut. Hab ich dich heute in der Kletterhalle übersehen?"

Es ging ihm also gut... mir nicht!!!

Ich freute mich für ihn und ich hätte ihn zeitgleich am liebsten gewürgt – dafür, dass ich ihm scheinbar so gleichgültig war und er mich einfach zurücklassen konnte, ohne mir nachzuweinen. Irgendwie war ich neidisch auf ihn! Wieso gelang es mir nicht, diese Gleichgültigkeit ihm gegenüber aufzubringen? Und davon abgesehen… was sollte ich in einer Kletterhalle? Zum einen war ich noch immer durch den Muskelfaserriss geschädigt und zum anderen wäre ich nie alleine dahin gegangen! Noch dazu fragte ich mich wie er annehmen konnte, mich übersehen zu können? Ich war KEINE Person, die man übersehen konnte! Die letzten Monate hatten mir deutlich gezeigt, dass ich das Licht war, auf das die Insekten flogen. Ich war hell und leuchtend! Nicht zu übersehen! Seine dämliche Frage kränkte mich. Also antwortete ich relativ belanglos: „Das freut mich. Nein, hast du nicht. Ich kann nicht klettern."

Irgendwie hoffte ich, dass er jetzt die Kurve nahm und sich verdrückte oder mich einlud, mit ihm sein restliches Leben zu verbringen. ‚Mach schon! Aber mach es schnell und lass mich nicht so leiden!', dachte ich mir. Seine Antwort ließ ewige Stunden auf sich warten. Zeit, in der ich mich am liebsten unter das Sofa gelegt hätte und nie wieder hervorgekommen wäre.

„Wie geht's dir? Hätte mich gefreut, wenn wir uns getroffen hätten.", schrieb er. In meinem Kopf sang ich den Liedtext von *Silbermond*: „…aber bitte stell mir nicht mehr die Frage, wie's mir ohne dich geht! Es geht mir gut, ohne dich! Ich wünscht, es wäre so! So o-ohne dich!...", dann tippte ich gereizt: „Und dann? Hätten wir uns freundschaftlich die Hand gereicht und Smalltalk gehalten? Du fehlst mir noch immer!"

Eine schmerzende Verzweiflung hielt wieder in mir Einzug.

Die nächsten Tage verbrachte ich damit, mich weiterhin dafür zu hassen, meiner dummen, masochistischen Neugier nachgegangen zu sein. Ich fand heraus, dass er bei einer Psychologin in Behandlung war. Er hatte wohl eine Blockade, was sein Urvertrauen zu sämtlichen Frauen – also nicht nur zu mir – in Mitleidenschaft gezogen hatte. Auch diese Info kränkte mich. Wie konnte er zu mir kein Vertrauen haben, wo ich ihm doch alles von mir gegeben hatte? „Wirst du irgendwann mutig sein und aus deinem Trauma herausfinden? Ich wünsch es dir so!", fragte ich hoffend. Was ich hatte eigentlich wissen wollen, war, ob er zu mir zurückkommen würde. Alles war wieder so kraftraubend. Die Gedanken kreisten wie wild: Was würde das mit mir machen? Konnte ich mich überhaupt erneut auf jemanden einlassen, der mich so fallengelassen hatte? War Rico wieder ganz oder immer noch kaputt? – Ich versuchte tief durchzuatmen und es fließen zu lassen. Es war um einiges leichter, Dinge hinzunehmen, wenn man wusste, dass man sie nicht beeinflussen konnte. Auch diese Situation gehörte dazu. Ich wollte und konnte keinen Einfluss auf ihn nehmen, also wartete ich ab.

Einen Tag später erhielt ich seine Antwort: „Na klar, bin gerade dabei. Entschuldige bitte meine späten Antworten. Bin auf Dienstreise und hab die Kinder noch etwas länger als gewöhnlich. Aber ab Freitag bin ich allein."

Was wollte er mir damit sagen? Handelte es sich um eine Einladung oder war es nur eine Info? Sollte ich bis Freitag warten? Was würde dann ab Freitag geschehen? In einem Telefonat mit Sarah sagte ich zu ihr: „Weißt du, es fühlt sich an wie Ende Januar, als ich ihn gebeten hatte, einen Schlussstrich zu ziehen. Jetzt bin ich erneut an dieser Stelle angelangt. Dieses Warten macht mich kaputt! Ich bin so verletzt und entkräftet! Als hätte man mir den Stecker gezogen."

Ich hörte auf, ihm zu schreiben, um dem Fluss des Universums nicht im Wege zu stehen. Doch diese Pause hielt nicht lange an. Bereits drei Tage später hakte ich wieder nach: „Bist du also fertig mit mir?"

„Anita, was willst du hören?"

Diese Antwort machte mich rasend! Was ich hören wollte? Was für eine bescheuerte Frage! Ich kochte vor Wut! Nachdem ich diverse Anläufe benötigte, die ich wegen derber Beleidigungen und totaler Unsachlichkeit wieder löschte, schrieb ich ihm: „Die Wahrheit würde fürs erste reichen! Du hast einfach keinen Mut zu sagen, was du denkst!"

„Die Wahrheit ist: Nein, ich bin noch nicht fertig mit dir. Keine Ahnung wie lange ich noch mit mir beschäftigt sein werde, um für jemand anderen offen zu sein. Es tut mir leid."

„Wieso denn mit JEMANDEM?", brüllte ich ihn in Gedanken an! „Ich bin doch nicht JEMAND! Ich bin ICH!"

Ging es hier noch um ihn und mich oder nur um jemand anderen? Dieser Chat machte mich unsäglich aggressiv, also entgegnete ich: „Bin in der Wut-Phase der Trauerbewältigung und stinksauer auf dich. Ich hab kein gutes Wort mehr für dich übrig. Du hast mich belogen seit wir aus Belgien zurück waren. Unser verdammtes Buch ist zugeklappt. Deine Entschuldigungen machen meinen Schmerz nicht kleiner. Deine Kommunikation ist für'n Arsch und unehrlich!"

Am nächsten Tag antwortete er: „Guten Morgen Sonne." – ein beschissenes Sonnen-Smiley krönte diese Zeile und steigerte meine Wut auf ein Neues ins Unermessliche – „Sei wütend auf mich. Das ist okay. Wenn du magst, können wir uns trotzdem irgendwann treffen und reden. Egal was du denkst, du bist in meinen Gedanken."

Infolgedessen schrie ich ihm per Sprachnachricht seine ganze Unzulänglichkeit weinend und mit überschlagender Stimme ins Mikrofon meines Handys. Dann weinte ich auf dem ganzen Weg zur Arbeit und versuchte für den restlichen Tag dieses räudige Mistding von Telefon nicht mehr anzusehen... das gelang mir jedoch nicht.

Damit er begriff, wie scheiße es mir ging, legte ich noch eins nach und sendete ihm den Spotify-Link des Liedes „Schon Okay" von TJARK. Der Songtext drückte alles aus, was ich ihm zu sagen hatte: „... Ja, ich hass, dass ich dich lieb. Das haben wir beide nicht verdient. Du lügst mir ins Gesicht und ich krieg Angst um mich. Sag wer hält mich fest? Ich steuer gegen dich und ich kann's nicht kontrollieren, bin dabei, mich zu verirr'n. Sag's dir, damit du mal verstehst, wie's mir grade geht. Ja, ich bin okay. Ich komm schon drüber weg, ist kein Problem. Ich brauch nur bisschen mehr Zeit, um das ganze große Chaos, dass du in mir bewegt hast, zu verstehen! Ja, ist schon okay. Es tut nur bisschen weh. Ja, bitte sei glücklich. Lauf ohne mich, geh!"

Rico antwortete: „Es ist alles richtig, was du sagst. Nur eins nicht: Es ist Liebe, was ich für dich empfinde!"

Damit hatte er das Fass zum Überlaufen gebracht! Wie konnte er von Liebe sprechen, nachdem er mir diese furchtbare Abfuhr erteilt hatte? Ich forderte zornig: „Hör doch endlich damit auf! Es kann keine Liebe sein, sonst hättest du mich nicht weggetan. Du hättest mir gesagt, dass du mehr Zeit für dich benötigst. Wenn es Liebe gewesen wäre, hättest du mich nicht weggeschubst und ausgeschlossen! Das kann niemals Liebe sein!"

„Es tut mir leid, dass du wegen mir so gelitten hast. Ich kann es leider nicht mehr rückgängig machen. Vielleicht hast du das Buch noch nicht zugeschlagen oder benötigst noch ein Kapitel über einen Bekloppten."

„Was soll das heißen?", fragte ich verständnislos, „Kapitel über einen Bekloppten? Du warst der Einzige, der keinen Spitznamen in meinem Buch erhalten musste".

Es musste ihm doch klar sein, dass er mir mit diesen Worten wieder einen Hoffnungskeim in den Kopf pflanzte, oder? Und wieso bezeichnete er sich selbst als einen „Bekloppten"? Für mich war er nach meiner Ehe der einzige vernünftige, normale Mann gewesen, den ich im letzten Jahr kennenlernen durfte. Er hatte keinen Spitznamen erhalten wie „der Wahnsinnige" oder „BD", weil ich ihm den Namen erst geben würde, wenn sich für mich endgültig herausgestellt hatte, dass er mir nicht gut tat. Der „Eierlose" würde er dann heißen. Das wusste ich bereits.

Rico schrieb: „Ich hab das Gefühl, dass ich wohl mittlerweile das Siegertreppchen der Verrückten in deinem Buch erklommen habe."

„Nein. Du bist in der ganzen Sache der größte Verlierer.", gab ich traurig zurück. Er hatte sich verloren... und auch mich.

Ich erklärte weiter: „Weißt du, an dieser Stelle waren wir schon einmal und es wird wieder so kommen. Dein schlechtes Gewissen veranlasst dich zu hoffnungsvollen Aussagen, die du dann wieder zurücknimmst."

„Ja, kann ich gut verstehen, dass du so denkst. Da schätzt du mich mittlerweile falsch ein. Vielleicht treffen wir uns nach Ostern. Am Mittwoch habe ich die letzte Sitzung bei der Psychologin. Was danach kommt, zeigt das Universum."

„Rico, das Universum nimmt dir keine Entscheidungen ab! Wenn du mich also treffen willst, um dein schlechtes Gewissen zu erleichtern, frag mich gefälligst vernünftig!"

„Mein Gewissen will ich nicht erleichtern. Ich werde die Frage klar stellen und dir auch zuvor meine Beweggründe und Ziele nennen. Ich möchte nicht, dass du vom Falschen ausgehst."

Nun war es bei mir ganz vorbei! Von welcher Frage sprach er? Hier ging es doch nicht mehr um eine weitere Begegnung, sondern um die Frage was aus uns würde?! Ich war hilflos überfordert mit dieser Kommunikation. Er hielt mich wieder hin... ich war nicht mehr nur wütend, traurig und enttäuscht. Entsetzen und Selbsthass hatten sich dazu geschlichen. Ich war die unterwürfig Wartende, die er unter Kontrolle hielt und ich ließ es zu, obwohl er den Schlussstrich längst gezogen hatte. Wütend entgegnete die kleine, 12-jährige Anita ihm: „Was heißt denn nun schon wieder *vom Falschen*? Die Frage lautet doch zunächst nur, ob ich mich mit dir treffen würde? – Nein! Weil ich noch einen Sturz nicht mehr ertragen kann!"

Im Nachgang dachte ich lange über diesen Chat nach. Stellvertretend für meinen Erzeuger, der mich einfach an meinen Geburtstagen irgendwann nicht mehr besucht und der mich zu Omas Geburtstag nicht abgeholt hatte, der mich vergessen und verdrängt hatte, stand nun Rico. Mein inneres Kind schrie nach Anerkennung und Zuspruch, nach Liebe und Trost, doch Rico kannte es nicht. Es war ihm fremd. So fremd, wie mir seines vor vielen Wochen in meinem Wohnzimmer gegenüberstand. Er konnte es noch nicht kennen und auch nicht mit ihm umgehen. In seiner letzten Nachricht verabschiedete er sich von mir: „Das kann ich verstehen. Es ist schade, dass wir das Treffen nicht haben werden. Ich meinte, wenn wir uns nach Mittwoch getroffen hätten, dann hätte ich dir klar meine Position, meine Gefühle und Wünsche mitgeteilt. Danach hättest DU entscheiden können. Danke für die schöne Zeit und den tollen Urlaub. Ich denk oft daran zurück."

Ich sollte entscheiden? Was denn? Er hatte für uns beide entschieden und eine Beziehung abgelehnt. Alle Bilder unseres Urlaubs hatte ich inzwischen gelöscht, um die Erinnerungen an ihn wegzuwischen. Ich hasste ihn für so viel Sadismus!

„Wieder lässt du mich hoffend stehen und wieder ziehen unendlich viele Tage ins Land, in denen ich mir den Kopf zerbrechen werde. Das ist alles so aufreibend für mich.", gab ich zurück. Damit endete unsere Kommunikation vorerst.

Während der nächsten Tage versuchte ich mich so gut wie möglich abzulenken. Die Kinder waren bei ihrem Vater, also hatte ich endlos viel Zeit, um über all das Gesagte nachzudenken. Ich schrieb über unsere ausweglose Situation ein neues Lied mit dem Titel „Allein". Eigentlich hatte ich vor, morgen mit Sarah und ihrer Tantra-Freundin Evi auf eine Party zu gehen. Doch die Vorfreude auf dieses bevorstehende Event blieb aus. Selbst das hatte ich mir von Rico verderben lassen. Oder besser gesagt... von meiner dämlichen Zerrissenheit, die aus Hoffnung und Hass bestand.

Wie tief war ich gesunken, dass ich mich nicht mal mehr auf eine Party freuen konnte? Obwohl es sich nicht um eine gewöhnliche Fete handelte, sondern um eine ganz neue Erfahrung. Ich ging schlafen und hoffte, dass es morgen besser sein würde und sich mein Leben nicht mehr ganz so scheiße anfühlte.

Strumpfhose mit Glitzer

Am nächsten Morgen fasste ich kurz wieder Mut, frühstückte eine Kleinigkeit und brachte den ganzen restlichen Vormittag mit der Einarbeitung der letzten Korrektur meiner Biografie „Ich sein ist nicht immer leicht" zu, die ich letztes Jahr im Herbst fertiggestellt hatte. Dann stieg ich gegen Mittag in die Badewanne und genoss die Wärme, die mich umgab. Ich tröstete mich mit einer langen Umarmung, bis es sich okay anfühlte. Nach einer Stunde stieg ich heraus, trocknete mich zärtlich und fürsorglich ab, cremte mich langsam und intensiv ein, um mir viel Liebe zu schenken und meinen Körper zu würdigen. Nun bereitete ich mich auf die anstehende Abendveranstaltung vor. Ich trimmte meine Intimbehaarung auf 3 mm, schließlich konnte man ja nie wissen… Dabei rutschte ich unvorsichtigerweise – tollpatschig wie ich war – ungeschickt ab und schnitt mir in die große Schamlippe, die augenblicklich anfing wie verrückt zu bluten.

„Verdammt! Ausgerechnet heute ein beschissener Rasierschaden!", schimpfte ich mich wütend aus. Ich griff zum Handspiegel, um mir die Wunde anzusehen. Meine Vulva sah ganz gut aus… schön rosig, einladend und vielleicht sogar etwas auffordernd. Sie war nicht mehr schrumpelig und hässlich, wie einige Monate zuvor. Ich hatte mit ihr Frieden geschlossen. Jedoch zog sich nun ein 1 cm langer Riss durch das Gewebe, welches ich an diesem Abend zu beanspruchen gewünscht hatte! Ich versorgte die Wunde notdürftig und tupfte ab und an daran herum.

Gegen 18 Uhr wurde ich von Sarah und ihrem Mann mit dem Auto abgeholt. Wir fuhren nach Dresden, luden ihre Kinder bei Sarahs Schwester ab und gingen noch gemütlich in der Pizzeria nebenan etwas essen. Gegen 21 Uhr kamen wir – gespannt wie die Flitzebögen – an der Location an, die versprach, einen interessanten Abend folgen zu lassen. Im Auto zog ich mir fix mein kleines Schwarzes an, welches ich explizit für diesen Anlass beim chinesischen Versandhandel eingekauft hatte. Ein Kleid aus Netzgewebe – wie eine Netzstrumpfhose – mit vielen, kleinen Glitzersteinchen versehen. An den Seiten führte ein Lochmuster vom Oberschenkel bis zur Achselhöhle hinauf. Ein Hauch von nichts… aber ich fühlte mich sehr angezogen und nicht nackt. Dazu trug ich filigran anmutende Glitzersandalen, einen obligatorischen BH und Nagellack. Auf einen Slip verzichtete ich aufgrund der Schnittverletzung und weil es einfach scheiße ausgesehen hätte, wenn man ihn durch das Lochmuster durchsah. Keine fünf Minuten später checkten wir auf unserer ersten Fetisch-Party ein!

Der Club war klein und gemütlich: Ein etwa 15 mal 15 Meter großer Tanzsaal mit ein paar lederbezogenen Sitzmöglichkeiten und einer kleinen Bühne sowie einer Bar, an der wir uns sogleich einen Caipi besorgten. Einige Gäste waren bereits da, aber sie waren nicht außergewöhnlich schräg gekleidet, so wie ich es mir vorgestellt hatte. Wir stiegen neugierig die Treppe ins Obergeschoss hinauf, um uns die Fetischräume anzusehen, die ich mir sicher war, nicht nutzen zu wollen. Ein Raum war als Arztzimmer ausgestattet. Darin befand sich ein Zahnarzt- sowie ein gynäkologischer Stuhl. Diverse Gerätschaften hingen an der weißen Wand, die ich mir nicht näher besah. „Okay, nicht meins! Lasst uns das andere Zimmer noch anschauen!", entschied ich kurzerhand.

Der zweite Raum war da schon wesentlich ansprechender. Eigentlich so, wie man es aus diversen Dokus oder Pornos kannte: Die Wände waren mit einer farbig ansprechenden Tapete mit Zahnradmuster versehen. In der Mitte stand eine Art Folterbank mit einer freischwingenden, lederbezogenen, schmalen Liegefläche. Von oben hingen Lederriemen und Ketten daran herunter, in denen man seine Gliedmaßen einfädeln oder sich festmachen lassen konnte. Daneben hing ein großes Regal an der Wand mit diversen Gegenständen, die zum Foltern geeignet waren: Peitschen, Nippelklemmen, Seile, Lederriemen, Nadelräder in verschiedenen Größen und – was mich schockierte – ein Lötkolben.

„Wer macht es denn mit einem Lötkolben? Wie krank ist das denn? Wer lässt sich denn freiwillig mit einem Lötkolben quälen?", fragte ich verwirrt in die Runde. Alle zuckten mit ihren Achseln. – Wir also schon mal nicht! Mir war klar, dass ich diese Räume definitiv nicht nutzen würde. Nicht heute, nicht morgen, überhaupt nicht! Dann gingen wir gemeinsam wieder hinunter und schwangen das Tanzbein mit den anderen Gästen, die allesamt sehr aufgeschlossen, offenherzig und locker waren.

Es fühlte sich nicht unnatürlich an, halb nackt und ohne Slip auf dieser Party zu sein und es war mir auch nicht peinlich. Im Gegenteil! Ich fühlte mich zum ersten Mal seit langer Zeit auf einer Tanzfläche so frei wie ein Vogel im Wind. Keiner sah mit abschätzendem Blick auf mich herab, weil ich mich körperbetont und erotisch im Takt der Musik bewegte. Es war schlichtweg egal, da es einzig und allein darum ging, sich frei und unbeschwert zu fühlen.

Nach einiger Zeit des Tanzens trieb es Karsten zu mir auf die Tanzfläche, den ich kurz zuvor in der Umkleide kennengelernt hatte. Erst tänzelte er noch recht verhalten um mich herum. Dann lud ich ihn ein mitzutanzen und so ergab es sich, dass wir beide nach kurzer Zeit wie ein eingespieltes Team miteinander agierten und die Blicke der um uns herumschwingenden Menschenmenge in unseren Bann zogen.

Es war kein sonderlich körpernahes Tanzen, sondern eher geführt von kleinen Gesten und einem zärtlichen Tätscheln des Oberschenkels, ohne direkt zu nahe zu kommen... jedenfalls bis zu dem Moment, als er mein Becken an sich heranzog, seinen Arm um meine Taille legte und mich hochgehoben um unserer beiden Achse drehte. Es fühlte sich erfrischend ehrlich und nahbar an und machte uns beiden großen Spaß. Ein Knistern lag in der Luft.

Nach einiger Zeit gingen wir gemeinsam raus, um eine Zigarette zu rauchen. Ich fand heraus, dass Karsten aus Zwickau kam und professioneller „Wickler" war. Das hieß, er war Bondage-Profi. Die anderen Raucher begrüßten uns im Außenbereich mit der Frage: „Seid ihr hier eigentlich der Show-Act?"

„Nein. Wieso?", fragte ich überrascht.

„Ach ehrlich? Ihr habt eben so eine krasse Show abgeliefert... man hätte denken können, ihr wurdet extra dafür gebucht. Aber ihr seid schon ein Tanzpaar, oder?"

„Nein, auch das nicht. Wir haben uns eben erst in der Umkleide kennengelernt.", erklärte Karsten geschmeichelt lachend.

Wir unterhielten uns oberflächlich und lachten viel, als er zu mir verführerisch sagte: „Du bist ganz schön frech! Ich würde dir schon gerne mal den Hintern versohlen!"

„Ohhhhhhhkay?!!!?... Na mal sehen, was der Abend noch so bringt...", kicherte ich nichtsahnend. Er erklärte mir im weiteren Verlauf des Abends, dass er eigentlich nie tanzte. Nur im Ausnahmefall und heute sei so einer – mit mir! Es hatte irgendwie zwischen uns gematcht. Er war mir sehr sympathisch und ich mochte es, dass er so beharrlich, aber nicht aufdringlich an mir herumbaggerte. Die Energie, die beim Tanzen von ihm ausging, war unbeschreiblich magisch und reizvoll. Ich genoss in vollen Zügen sein Interesse an mir und meinem Körper.

Während des ganzen Abends spürte ich in regelmäßigen Abständen in mich hinein, wo es meine Gedanken hintrieb, da ich mein Problem ja mittlerweile kannte: die ständige Prüfung aller sich anbahnenden Zusammenkünfte zur Partnertauglichkeit. Aber beim Wickler prüfte ich gar nichts! Es war mir klar, dass er nur zum Spaß auf dieser Veranstaltung war und nicht um eine Frau fürs Leben zu finden. Von daher dachte ich darüber keine einzige Sekunde nach und genoss seine begehrlichen Blicke und die Leichtigkeit des Moments. Auch Rico war für diesen Abend aus meinem Hirn verschwunden, wofür ich mir selbst echt dankbar war. Ein paar Mal dachte ich darüber nach, was wohl meine biedere Mutter denken würde, wenn sie wüsste, dass ich mich in einer durchsichtigen Glitzerstrumpfhose mit Strasssteinchen auf einer Fetischparty befand?! Doch auch diesen Gedanken konnte ich schnell wieder beiseiteschieben.

Die nächste Raucherpause verbrachten wir ungeplant allein hinter einer Außenbar aus Holz. Ich nahm auf dem einzigen Barhocker Platz, der zur Verfügung stand, überkreuzte mondän meine schönen, schlanken Beine und zündete mir lässig eine Zigarette an. Nach kurzem Smalltalk suggerierte mir der Wickler, dass er es am liebsten einfach hielt mit spontanen Begegnungen: „Keep it simple! Alles kann, nichts muss!"
Dieser Spruch gefiel mir. Ich schmunzelte und sagte: „Das ist die erste Veranstaltung dieser Art, die ich hier besuche. Ich bin sozusagen planlos. Aber bislang ist es ganz angenehm. Ich fühle mich eigentlich ganz wohl. „Keep it simple" sollte ich als neues Lebensmotto in meinen Alltag aufnehmen!"
Langsam trat Karsten näher an mich heran. Er bat mich, meine überkreuzten Beine zu öffnen, was ich ohne zu fragen tat. Ich wusste nicht, was er vorhatte... mir war nur klar, dass es nichts Unverfängliches sein konnte. Die Situation war so derartig neu und faszinierend...
Er schob sanft meine Knie auseinander, ging vor mir in die Hocke und begann sich vom Knie küssend in meinen Schoß zu arbeiten. Doch er berührte nicht meine Intimzone, sondern wartete ab, wie ich reagieren würde. Keine Ahnung, ob ich dazu irgendetwas sagen konnte... ich war einfach nur geflasht, was da eben passierte! Seine Hände schoben sich an den Außenseiten meiner Oberschenkel bis zu meinem Becken hoch. Mein Körper pulsierte. Dann stand er wieder auf, stellte sein Bein zwischen meine geöffneten Schenkel und drückte seinen Oberkörper vorsichtig an mich, um meinen Nacken zu küssen, bis er sich zu meinem Mund hinaufgearbeitet hatte. Wir küssten uns vorsichtig annähernd und nahmen beide unsere erregten Köper wahr. Es war magisch und surreal zugleich.
„Ich kann dir gern zeigen, was ich mit diesem Seil alles machen kann, wenn du Lust hast?", fragte er in mein Ohr flüsternd und zeigte dabei auf ein Naturseil, dass an seinem Gürtel befestigt war.
„Okay!", hauchte ich zurück. Jetzt war ich nicht nur neugierig, sondern auch willig. Wir gingen in Richtung Tür und schlüpften wieder ins Haus. Küssend und fummelnd bewegten wir uns die Treppe bis ins Obergeschoss hinauf. Oben angekommen löste ich mich entschlossen von ihm, ging geradewegs in den

Pornoraum, schob das „Besetzt-Frei"-Schild auf „Besetzt" und schloss hinter uns die Tür. Etwas befremdlich fühlte es sich nun schon an: Ein Fremder mit einem Seil, mit mir in einem Raum voller Folterinstrumente... Ich ließ mir diverse Geräte von ihm zeigen und erklären, um etwas Zeit zu schinden und ohne diese merkwürdigen Utensilien selbst anzuwenden. Vermutlich lag für Karsten der Reiz gar nicht an mir, meinem Körper oder meiner krassen Aura, sondern einfach nur daran, dass ich total rein und unbedarft war, was seine ganzen Spielchen anging. In diesem Moment spielte das jedoch für mich keine Rolle. Der Gedanke kam und ich schob ihn zur Seite.

Wie ich nun also staunend vor dem Regal mit den ganzen sadistisch anmutenden Zubehörteilen stand, packte er mich kraftvoll von hinten, in dem er seinen Oberarm um meine Brust legte und meinen Rücken an seinen Oberkörper zog. Er hielt kurz inne. Vielleicht um zu sehen, wie ich reagieren würde? Um meine Hände legte er mir das Seil und zog es mit einer Schlinge fest. Verwirrt und gespannt zugleich, wartete ich ab, was nun passieren würde. Er strich mit seiner freien Hand über meinen Hintern und schob langsam und genüsslich mein Kleid nach oben, um meine nackte Haut zu berühren. Gott, was das für ein unverschämt geiles Gefühl war!!! Dann klatschte er mir auf den entblößten Arsch und zog meine gefesselten Hände nach oben, um mich an die Wand zu stellen. Ich konnte nicht mehr weg und tauchte in einen erotischen Rausch der Kontrolllosigkeit hinein, ohne eine Ahnung zu haben, was als nächstes folgend würde.

Nachdem der Wickler meine gefesselten Hände hinter meinen Nacken gelegt, sein Seil an meinem Rücken nach unten und zwischen meinen Beinen hindurchgeführt hatte, zog er es langsam und behutsam nach oben fest. Natürlich musste sich in diesem Moment mein Kopf wieder einschalten und lautlos rufen: „Denk dran! Du hast einen Rasierschaden und du menstruierst! Das wird heute nix mit Sex, auch wenn du es gerne möchtest!"
Ich vermutete, dass er wahrnehmen konnte, dass es in mir ein kurzes Zerwürfnis gab, aber mein großes Bedürfnis nach mehr war längst geweckt. Er fragte mich, ob alles soweit in Ordnung sei, was ich nickend kommentierte.
Während ich nur eingeschränkt bewegungsfähig das Seil an meiner Vulva spürte, rieb ich meinen Hintern auffordernd an seinem Schambereich. Dabei spürte ich seinen erigierten Schwanz durch seine Hose hindurch, was mich noch mehr Lust empfinden ließ. Er legte aus der Bewegung heraus seine Hand auf meine Vulva und hielt kurz inne, fast so, wie es damals Tantra-Daniel getan

hatte. Vielleicht um ihr seinen Respekt entgegenzubringen? Es fühlte sich jedenfalls ähnlich an und ich dankte ihm still dafür.

Karsten klatschte mir erneut lustvoll auf den Hintern, dann führte er mich an seinem Strick zur freischwingenden, schwarzen Lederliege. Er band das Seil, welches immer noch meine Hände zusammenhielt, um die Liege herum, so dass ich gezwungen war, mich bauchlinks darauf zu legen. Dann stellte er sich dicht hinter mich. Mein Arsch war der höchste Punkt. Ich war ihm ausgeliefert.

„Mach schon!", wollte ich ihn am liebsten einladen, aber die verdammte Menstruationstasse steckte in meiner Muschi! Ich war hin- und hergerissen, wann ich es ihm sagen sollte. Jetzt war für mich nicht der passende Moment dafür, da ich Angst hatte, er würde das ganze Spiel damit abbrechen... möglicherweise war die Angst vor seiner Enttäuschung sogar noch lauter.

„Nur noch ein kleines bisschen mehr Fesselei und Erotik! Ich hab es mir so dermaßen verdient, dass sich jemand mal so ausgiebig um mich kümmert... auch ein bisschen Sex mit dir habe ich mir verdient!", dachte ich lautlos.

Er beugte sich über mich, strich mir langsam und zärtlich über den Rücken, um mir noch einmal auf meinen blanken Arsch zu klatschen. Dann löste er sein Seil, ließ mich wieder in den Stand zurückkommen und stellte unaufdringlich fest: „Was wir als nächstes tun, entscheidest du!"

„Ich bin noch so unentschlossen! Vielleicht willst du mich noch ein bisschen überzeugen?", log ich. Wer wollte denn jetzt schon damit aufhören? Niemand! Nur diese dämliche Menstruationstasse wollte es! Mir blieb leider keine andere Wahl, als ihm zu sagen, dass ich leider ausgerechnet heute unpässlich war. Also stammelte ich unbeholfen und etwas beschämt: „Du, ich würde schon gern, aber ich habe meine Tage und müsste erst meine Menstruationstasse rausnehmen."

Die Frage, ob er darauf überhaupt Bock hatte, verkniff ich mir. Im Nachgang ärgerte ich mich jedoch umso mehr darüber. Wieso habe ich sie nicht einfach gestellt? Vielleicht wäre dann der Abend für mich mit weniger Gedankenchaos zu Ende gegangen?!

Da er keine Anstalten machte, weiter an mir herumzufesseln, nahm ich an, dass es sich für ihn somit erledigt hatte. Wir gingen gemeinsam nach unten. Ich entnahm meine verfluchte Tasse, die nicht im Geringsten mit Blut gefüllt war, kehrte zu Karsten zurück und deutete mit einer Kopfbewegung an, dass ich bereit war, mit ihm wieder hinaufzugehen. Anhand seiner Reaktion konnte ich jedoch überhaupt nicht wahrnehmen, wie er dazu stand. Er nahm mich kurzerhand seitlich zu sich in den Arm und wir schauten uns eine der beiden Bondage-Shows an, die eben auf der Bühne stattfand.

Was ich sah, holte mich nicht ab, fing mich nicht ein und machte mich auch nicht an. Vermutlich, weil ich in Gedanken eben selbst noch gefesselt und im Rausch war. Leider traute ich mich nicht, erneuten Sex-Anlauf auf den Wickler zu nehmen, aus Angst vor einer menstruösen Abfuhr.

Später, auf der Rückfahrt, bereute ich, dass ich diesmal die *Eierlose* war, die keine Worte dafür fand. Aber es sollte eben so kommen wie es kam. Möglicherweise wäre ich für noch mehr Intimität an diesem Abend gar nicht empfänglich gewesen oder hätte wieder einen mentalen Zusammenbruch erlebt... keine Ahnung! Etwas wehmütig klang dieser Abend jedenfalls aus.

Als wir uns über das Erlebte im Auto austauschten, erklärte Sarah mir, dass sie sich noch einige Zeit mit dem Bühnenstar-Bondage-Mann unterhalten hatte. Scheinbar hatte sie einen bleibenden Eindruck bei ihm hinterlassen, weil sie den ganzen Abend so viel positive Energie aussendete, wie ein kleiner, ständig springender Flummi. Auch ich war ihm aufgefallen, verriet mir Sarah: „Er hat mich auf dich angesprochen und mir gesagt, dass du furchtbar traurig schwingst. Der Typ ist auch so ein Freak wie ich und spürt sowas. Find ich echt krass!"

Darüber dachte ich kurz nach und verteidigte mich: „Und das, obwohl ich doch so gut gelaunt war? Verstehe ich nicht! ... Oder vielleicht doch? ... Wegen Rico?"

Wir fuhren nach Hause, unterhielten uns während der Fahrt noch aufgeregt über diesen und jenen Moment und darüber, wie frei und normal sich alles anfühlte. Dann ließen mich die beiden bei mir zu Hause raus. Ich ging ohne Glitzerstrumpfhose direkt ins Bett und schlief den Schlaf der Gerechten.

Abschied & Vergebung

Am Sonntag war die Euphorie des Vorabends bereits verflogen. Ich war wieder in meiner stillen Trauer gefangen. Obwohl ich schon um 8 Uhr morgens munter war, blieb ich reglos im Bett liegen bis 10 Uhr. Es fiel mir schwer, den Tag zu beginnen, trotz des schönen Wetters. Ich hatte keinen Hunger, aß aber dennoch ein halbes Brötchen mit Schokoaufstrich und trank einen lauwarmen Kaffee. Nach einer halben Stunde Kaffeetasse anstarren holte ich mir eine Leinwand aus meinem Keller und bemalte diese voller Inbrunst eine ganze Stunde lang mit schwarzer Acrylfarbe. Dabei hörte ich „Schon okay" von TJARK hoch und runter und weinte die ganze verdammte Traurigkeit aus mir heraus.

Als ich damit fertig war, ging ich eine weitere Stunde in der Sonne spazieren… übers Feld bis zum Jägerhochstand, auf dem ich mich erneut meinem Elend hingab. „Meine Güte… irgendwann müssen doch die Tränen mal alle sein und der Kummer verschwunden! Wenn ich heute alles rausheule, geht es mir morgen bestimmt wieder gut!", wünschte ich mir heimlich und voller Zuversicht.

Auf dem Rückweg schrieb mich meine Mutter an, um zu fragen, wie es gestern Abend auf der Party war. „War interessant. Shades of Grey ist ein Scheiß! Jetzt heißt es shades of me!", antwortete ich schamlos.

„Was heißt das? Ich weiß nicht was das ist.", fragte sie. Da ich meiner Mutter nicht die ganze Wahrheit offenherzig preisgeben wollte, schrieb ich nur knapp: „Ist vielleicht auch besser so!"

Schließlich war sie in sexueller Hinsicht – wenigstens was die Kommunikation anbelangte – total prüde und verkorkst. Meine eigene Selbstfindung würde ich mit ihr wohl niemals besprechen können. Aber ich nahm jede Gelegenheit wahr, sie nach und nach mit diesem Thema, welches ihr so unangenehm war, zu konfrontieren.

Erst neulich, im griechischen Restaurant, gab es so eine Situation: sie fragte meinen 16-Jährigen, was er denn an diesem Abend noch vorhatte. Er zuckte mit den Schultern und überlegte. Ich gab kurzerhand zwinkernd die Antwort: „Erst Suflaki und Bifteki, dann *wegstecki*!"

Mein Teenager-Kind stand auf dem Schlauch und verstand die Bedeutung des Gesagten überhaupt nicht. Meine Mutter bekam einen hochroten Kopf und meinte entsetzt: „Anita, das ist doch hochgradig peinlich!"

Worauf ich leger erwiderte: „Nein, Mutti. Meinem Sohn ist es nicht peinlich und mir auch nicht. Die einzige Person, der das unangenehm ist, bist DU! Und ich frage mich, warum das so ist?"

So war es ständig mit ihr. Ich wollte ihr klar machen, dass Sex etwas Natürliches war, worüber man reden durfte, wenn nicht sogar musste. Dazu nutzte ich die winzigen Möglichkeiten, die sie mir bot.

Als meine Mutter mich 10 Minuten später an besagtem Sonntag, während des Spazierganges anrief, wimmerte ich schon wieder. Kurz überlegte ich noch, ob ich den Anruf überhaupt annehmen sollte, tat es dann aber. Sie erkannte sofort, dass es mir schlecht ging und fragte: „Anita, willst du zu mir kommen? Ich mach mir große Sorgen um dich! Das hält jetzt schon so lange an, dass du so traurig bist. Vielleicht ist das eine Depression?"

„Man, Mutti... nur weil ich mal einen Sonntag zum Ausheulen nutze, bin ich doch nicht gleich depressiv!", reagierte ich leicht gereizt. „Mir geht es gut! Ich hab vorhin gemalt und bin gerade spazieren. Es muss doch auch mal erlaubt sein zu trauern!", beschwichtigte ich sie.

„Was hast du denn gemalt?", wollte sie wissen.

„Eine weiße Leinwand schwarz. Hat eine ganze Stunde gedauert. Hab mir echt viel Mühe gegeben.", entgegnete ich zynisch.

„Siehst du! Also doch depressiv! Du musst dir Hilfe suchen und dich behandeln lassen! Das kann doch so nicht weitergehen!"

Es machte mich wütend, dass sie nicht verstand, dass ich noch immer um Rico trauerte. Es musste doch erlaubt sein, sich seinen Gefühlen hinzugeben, sich auszuwimmern und wenn man sich selbst repariert hatte, wieder nach vorn zu sehen! Diese Annahme teilte meine überfürsorgliche Mutter nicht. Ihre Sorge erdrückte mich förmlich und ich nahm in den nächsten Wochen Abstand, um mich nicht auch noch mit ihrer Angst zu belasten. Es reichte doch so schon!

Als ich vom Spaziergang wieder in meine Wohnung kam, fiel mir spontan ein weiterer Songtext ein, den ich sogleich mit einer Melodie verknüpfte und in mein Handy pfiff. Das Lied hieß „Aufwärts". Es handelte davon, dass ich ab nun wieder nach vorn blicken wollte. In dem Lied hieß es bereits: „Ich komm schon alleine klar, schau nicht mehr, was einst war! Es geht wieder aufwärts mit mir!" Doch mein Gefühl war sich da noch gar nicht mal so sicher.

Die nächste Woche lud ich Rico ein, mich zu treffen, da er selbst es nicht über sich brachte. In jeder Nachricht war seine Zerrissenheit ersichtlich. Eigentlich „Ja", aber irgendwie „Nein". Ich war bereit, ihn nun endgültig rückabzuwickeln, aber dazu musste ich ihn noch einmal sehen. Vermutlich würde mir der kleine Junge begegnen, den ich so nicht mehr haben wollte. Mir war klar geworden, dass ich einen starken, selbstreflektierten Partner an meiner Seite suchte, der mental mit mir auf einer Ebene stand. Nicht für jetzt, aber für irgendwann! Meine Vermutung war, dass Rico dieser Mann nicht mehr für mich sein konnte. Als er wieder ewig nicht antwortete – bestimmt, weil er noch mit sich haderte und keinen Mut fand – schickte ich ihm meinen neuen Song mit dem Titel „Allein". Er drückte meinen Schmerz der letzten Monate aus. Der Text beschrieb mein Innerstes:

Es hat schon lang' nicht mehr so weh getan,
doch dann sah ich dich in der Straßenbahn.
Jetzt fängt der ganze Scheiß von vorne an.
Hab mich doch grad erst repariert.

Hast mich aus deinem Alltag aussortiert
Und meine Hoffnung einfach ignoriert.
Noch nicht mal richtig mit mir diskutiert.
Hab mich doch grad erst repariert.

Ich hab dir alles gegeben.
Einfach alles von mir!
Da ist kein Platz für mich in deinem Leben.
Eben warst du noch bei mir
Und jetzt steh ich allein hier! – Allein!

Wir war'n 'n richtig geiles Team zu zweit
Sprachen von Liebe, Sex und Zärtlichkeit
Dachte wir wären für die Ewigkeit.
Hab mich doch grad erst repariert.

Du hast mich einfach so zurückgelassen
Hab mir so oft gewünscht, ich könnt dich hassen.
Jetzt bin ich soweit, dich geh'n zu lassen
Du musst dich erstmal reparier'n.

Ich hab dir alles gegeben.
Einfach alles von mir!
Da ist kein Platz für dich in meinem Leben.
Eben war ich noch bei dir.
Und jetzt stehst du allein hier! – Allein!

Er nahm sich zwei Tage Bedenkzeit bis er mir endlich antwortete: „Eigentlich ja, aber nachdem du mir dein neues Lied geschickt hast, bin ich mir unsicher. Was hast du gedacht? Wandern?"

„Treffen. Abschließen. Dir zuhören.", schließlich war ich neugierig, was er mir mitzuteilen hatte und warum er sich nun unsicher war.

„Hey du! Du willst uns abschließen? Okay, aber trotzdem treffen?", fragte er. Es klang, als hätte er es anders erwartet. Dass er mich wieder mit „Hey du!" ansprach, verärgerte mich aufs Neue, aber diesmal wusste ich es einzuordnen. Es war seine Art des Eigenschutzes, in der er mir mitteilte, dass ich scheinbar nur noch *Jemand* für ihn sein sollte. Dies wiederum glaubte ich ihm jedoch nicht. Denn dann wäre ihm die Entscheidung, mich zu treffen, nicht so unendlich schwergefallen.

Ich schrieb: „Abschließen mit meinen wirren Gedanken... mit uns vielleicht auch. Das entscheide ich spontan. Kann ich am Montag zu dir kommen?"

Wir verabredeten uns nach langem Hin und Her für Ostersonntag, 18 Uhr zum Wandern bei schönstem Wetter. Mir war nicht ganz wohl dabei, ihn wiederzusehen, aber es war notwendig! Was würde auf mich zukommen? Wer würde mir gegenüberstehen? Konnte ich mich dann endlich lösen oder ging der ganze Affentanz von vorne los?

Aufgeregt, wie bei unserem ersten Date, fuhr ich zum Treffpunkt, nachdem ich mir zu Hause die nötige sexuelle Liebe geschenkt hatte. In der zurückliegenden Nacht hatte ich harte, erotische Träume mit Rico, in denen ich ihn fesselte und ihm die Kontrolle entzog. Schon der Gedanke daran, machte mich unheimlich heiß und ich überlegte kurz, ob ich nicht wenigstens im nächsten Step die körperlichen Freuden weiterhin mit ihm teilen konnte, wenn er es zuließ. Allerdings riet mir Sarah von jedweder sexuellen Kontaktaufnahme mit ihm ab, um die Verbindung endlich unterbrechen zu können. Damit ich also nicht spitz wie Nachbars Lumpi um ihn herumtänzelte, machte ich es mir vor unserem Date selbst, mit ihm in meinen Gedanken. Wie sich später herausstellte, war das unser Abschlussfick, der jedoch nur in meinem Kopf stattfand.

Da ich eher am Treffpunkt ankam, nahm ich mir noch die Zeit, um Sarah eine kurze Zwischenstandsmeldung zu senden: „Bin grad angekommen. Mir geht die Muffe! Hab aus vollem Herzen im Auto nochmal das Anna-und-Elsa-Lied gesungen. Hätte nicht gedacht, dass ich es nochmal so inbrünstig mitsingen würde, aber es fühlt sich schon jetzt frei an. Ich bin obergespannt, wie sich das Treffen jetzt gestalten wird. Ich glaube, ich spring nochmal eine Runde, um meine Aufregung abzuschütteln."

Als Rico zwei Minuten später aus seinem Auto stieg, stand ein fremder Mann vor mir! Der kleine Junge war wieder mitgekommen. Die Begrüßung war holprig, als wären wir uns zum ersten Mal begegnet. Er umarmte mich flüchtig. Da wusste ich, dass ich endlich Abschied nehmen konnte!

Es war vorbei und mir fiel ein riesiger Stein vom Herzen. Auf einmal war es für mich glasklar – ein Moment voller Dankbarkeit und Wohlwollen überkam mich. Diese Begegnung würde nur noch dazu dienen, ihm ein weiteres Stück seines Weges entlanggehen zu helfen. Sie diente nicht mir und der Heilung meiner Verletzungen.

Wir gingen einige Schritte schweigend nebeneinander her. Ich hätte nichts mehr sagen müssen. Es reichte mir, ihm zuzuhören und dazu musste er wiederum nicht sprechen. Seine Körperhaltung, sein Blick und seine Energie verrieten mir bereits alles, was er mir im Anschluss mitzuteilen hatte. Merkwürdigerweise begann er unser Gespräch mit den Worten: „So, sag an… über was möchtest du also mit mir sprechen?" Kurz fühlte ich mich bezüglich seiner Frage überrumpelt. Dann antwortete ich gerade heraus: „Ich denke, dass es für mich an der Zeit ist, unser Miteinander rückabzuwickeln und meinen Frieden zu finden. Es war eine verdammt harte Zeit für mich, in der du mich immer wieder hoffend hast warten lassen. Ich denke, dass dieses Treffen dazu dient, dass ich mich nun von dir lösen und heilen kann."

Rico erzählte von den mutmaßlichen Ursachen, die er in seiner Ehe und der vorangegangenen Beziehung begründet sah, warum er zwischen uns die Reißleine gezogen hatte. Dass es ihm sehr leid tat und ihm nicht klar war, dass es mir so schlecht gegangen sei. Dass er auf einem guten Weg sei, zu sich selbst zu finden und viele Dinge zu bearbeiten. Ich fragte ihn, ob er sein inneres Kind mittlerweile kennengelernt und sich mit seiner Kontrollproblematik auseinandergesetzt hatte. Er verneinte. Im Gespräch suchte er immerzu Ausflüchte und Ausreden, um seine Entscheidung, mich wegzustoßen, zu begründen. Doch für mich spielten all diese Floskeln nun keine Rolle mehr. Er wand sich wie ein Regenwurm in der Sonne, der krampfhaft versuchte, in sein Erdloch zurückzukriechen. Fast tat er mir leid, denn ich erkannte, dass er die Ursachen für all das noch nicht im Ansatz gefunden oder gar verstanden hatte. Wir wanderten ungefähr eine Stunde bis zu einem Aussichtspunkt, setzten uns auf die Bank nebeneinander und ich hörte ihm zu: „Anita, ich denke jeden Tag an dich. Ich glaube nach wie vor, dass noch etwas ganz Großes aus uns werden kann, wenn du mir noch ein bisschen Zeit gibst, wieder zu mir selbst zu finden. Du hast in mir Dinge ausgelöst, von denen ich zuvor nichts wusste. Als wir uns kennenlernten, dachte ich, mit mir im Reinen zu sein, doch du hast mir gezeigt, dass es nicht so war. Ich sah eine starke Frau vor mir und heute habe ich den Eindruck, du bist noch stärker geworden. Wenn ich alleine wandern gehe, kann ich mir niemand anderen vorstellen als dich an meiner Seite. Ich träume jede Nacht von dir. Fast täglich schaue ich mir unsere Urlaubsfotos an. Du fehlst mir! Und ich weiß, dass ich nicht verlangen kann, dass du auf mich wartest, aber ich werde irgendwann bei dir klingeln und dich fragen, ob ich zurückkommen darf. Bestimmt lachst du mich dann aus und schickst mich weg."

„Nein, das würde ich nicht tun. Ich würde dich reinbitten, dir zuhören und Trost schenken.", sagte ich ruhig.

Mit dieser Antwort hatte Rico nicht gerechnet. Er schaute mich traurig und verloren an. Vielleicht dachte er, dass ich weiterhin auf ihn warten würde?

Neben ihm sitzend sog ich die Natur um uns herum in mich ein und spürte eine tiefe innere Ruhe. Ein total unbekanntes Gefühl kam in mir auf, welches ich zuvor noch nie wahrgenommen hatte... als würde ich ganz und gar mit meiner Umwelt verschmelzen. Wenn es nicht so suspekt gewesen wäre, hätte ich mich ins Gras gelegt und darauf gewartet, wie es mich in sich aufnimmt und ich mit der Erde eins werde. Dann erklärte ich die Sache aus meiner Sicht: „Rico, ich bin dir sehr dankbar für die schöne Zeit und ich bereue gar nichts. Du hast mir so viel gegeben und ich konnte mit dir so viel lernen und begreifen. Ich möchte diese Zeit nicht missen, auch wenn die letzten Monate die Hölle für mich waren. Jeden Tag des Wartens habe ich ein Foto von dir auf meinem Handy gelöscht... so lange, bis keines mehr übrig war. Du bist noch immer so zerrissen wie am Tag unserer Verabschiedung. Die einfachsten Entscheidungen zu treffen fällt dir schwer. Du konntest dich noch nicht mal entscheiden, mich heute wiederzusehen. Wie zerrissen du bist, sehe ich schon in deinen Nachrichten. Du weißt genau, dass ich nie „Hey du" für dich sein wollte und schreibst es mir trotzdem, um dich vor dir selbst und deinen Gefühlen zu schützen. Obwohl du mir mit jeder Geste suggerierst, dass dir an mir noch etwas liegt. Ein klares Wort zu finden, gelingt dir momentan nicht. Diese Person, die heute vor mir steht, habe ich nicht kennengelernt! Ich finde es gut, dass du dich jetzt intensiver mit dir selbst beschäftigst. Das ist wichtig und nötig.

Vielleicht war all das die Aufgabenstellung... unsere verkorksten Seelen kurz zu vereinen und die Probleme zu erkennen, die in uns verborgen lagen. Es war einfach nicht unsere Zeit und es sollte alles so kommen. Das war eben unsere Bestimmung. Durch dich habe ich gelernt, wie ich mich selbst trösten kann, mir selbst genug bin und dass ich ganz große Bindungsantennen habe. Ich möchte in Zukunft einen Partner an meiner Seite, der mir mental gewachsen ist. Einen, der in sich hineinschauen kann und sich selbst reflektiert. Ich nahm an, dass du dieser Partner für mich warst, aber du konntest meine Geschwindigkeit einfach nicht halten. Sicherlich hat dich das überfordert, was ich mittlerweile gut verstehen kann. Ich bin dir nun auch nicht mehr böse oder wütend auf dich, sondern in diesem Moment spüre ich nur eine sehr große Dankbarkeit und Vergebung. Danke für diese Erfahrung mit dir! Danke, dass ich für kurze Zeit in deinem Leben Platz hatte. Ich bereue wirklich gar nichts!... Mir hatte vorher noch nie jemand das Herz gebrochen. Du warst der Erste. Dafür kannst du dir stolz auf die Schulter klopfen. Sogar für diese Erfahrung, so schmerzhaft sie auch war, bin ich dir dankbar. Zwar habe ich jetzt Angst davor, jemals wieder Vertrauen zu jemanden aufbauen zu können, aber ich denke, das wird sich zeigen. Um mit dir selbst vorwärts zu kommen, solltest du dringend in Erfahrung bringen, was dich veranlasst, immer der Starke sein zu müssen, die Kontrolle zu haben und wieso du kein Vertrauen zu anderen Menschen mehr fassen kannst."

Er nickte mir verstehend zu. Ich erklärte weiter: „Deine Psychologin behandelt den Teil, der dich aktuell funktionstüchtig hält, aber nicht den Teil darunter. Finde die Ursache in deiner Kindheit! Das ist wichtig!

Weil ich dir diesen unsäglichen Schmerz des Hinhaltens nicht wünsche, sage ich es dir deshalb in aller Deutlichkeit: Du kannst nicht mein Partner sein! Ich bin dir so viele Schritte voraus. Ich warte nicht mehr. Unser Buch klappe ich nun ruhig und dankbar zu. Mein Buch wird noch eine ganze Weile geöffnet bleiben und wenn es irgendwann fertig ist, schicke ich es dir zum Lesen.

Es passieren gerade ganz viele Dinge in meinem Leben... Dinge, die ich so gern mit dir geteilt hätte, jetzt aber nicht mehr mit dir teilen möchte. Diesen hoheitlichen Moment, als mir klar wurde, dass ich soeben mein eigenes Lied vertont hatte, hätte ich so gern mit dir geteilt! Oder auch den 60. Geburtstag meiner Mutter, als ich meinen Song das erste Mal live gesungen habe und der ganze Saal geheult hat. Ich wäre auch so gern mit dir über den Weihnachtsmarkt geschlendert. All diese Dinge... ich hätte dich von Herzen gern an meiner Seite gehabt! Aber nun spüre ich, dass ich meinen inneren Frieden finde und dich loslassen kann."

Traurig schaute Rico mich von der Seite an und hörte mir aufmerksam zu. Viel zu sagen hatte er nach meiner Ausführung nicht. Wir schauten in die Ferne und besahen uns die wunderschöne Landschaft, wie sich die Elbe am Fuß des Hügels vorbeischlängelte.

„Übrigens wollte ich dir heute noch das Leuchtturmbild schenken," setzte ich fort, „aber dann dachte ich: Du hast ihm schon so viel von dir geschenkt... mein

Vertrauen, meine Wärme, mein Inneres, meinen Körper, einfach alles! Ich möchte dir nichts mehr schenken, Rico. Nur noch mein Ohr, für die Fragen, die du haben wirst. Und ich kann dir heute nichts weiter anbieten als meine Freundschaft und für dich da zu sein, wenn du jemanden brauchst, der dir die richtige Frage zur richtigen Zeit stellt. Ich kann nur deine Sarah sein. Mehr nicht!"

Er nahm mich plötzlich in den Arm und drückte mich fest an sich. Ich spürte wie sehr ihn meine Worte bewegten und sah seine Verzweiflung und Hoffnungslosigkeit, aber es berührte mich nicht mehr negativ. Ich legte meine Arme um ihn und begriff, wie mich diese ganze Rico-Begegnung hatte wachsen lassen. Ich war über mich hinausgewachsen. So oft hatte er mir seine Energie unwissentlich geschenkt. Ich hatte mich damit eingerieben und sie absorbiert wie ein Schwamm das Wasser. Nun gab ich ihm meine. Das zu erkennen, war ein großes Geschenk.

Dass er mir im Laufe des Gespräches immer wieder verdeutlichte, wie sehr er noch an mir hing, verstand ich vorerst nicht. Zumal er zu Beginn unseres Treffens versucht hatte, den größtmöglichen Abstand zu mir zu wahren. Fast so, als hätte er bereits mit mir abgeschlossen. Doch je mehr er begriff, dass ich mich mit diesem Treffen von ihm verabschiedete, desto größere Anläufe nahm er, mich zu sich zurückzuziehen. Diese Versuche prallten jedoch sanft an mir ab. Ich nahm sie wahr, horchte in mich hinein, beurteilte sie relativ schnell mit dem Gedanken „Es ist nicht mehr unsere Zeit!", nahm sie zärtlich an mich und gab sie wieder frei.

Er versuchte sich seine zweite Chance offenzuhalten... für irgendwann. So wie die vielen Male zuvor. Scheinbar triggerte meine sachte Abfuhr wieder sein Kontrolletti-Ich, das nun versuchte noch die Kurve zu kriegen und alles so zu drehen, dass er wieder die Entscheidungsgewalt innehatte. Jetzt verstand ich, warum er plötzlich wieder sein Interesse an mir bekundete. Ob es noch ein ernsthaftes Interesse war, wagte ich tatsächlich gar nicht zu beurteilen. Das war nun nicht mehr mein Problem.

Wir liefen zurück zum Parkplatz, rauchten noch eine Zigarette und verabschiedeten uns voneinander. Obwohl er sich zuvor so geziert hatte mich zu treffen, wollte er nun mit mir am nächsten Tag wandern gehen. Aber ich lehnte ab: „Tut mir leid, Rico. Ich möchte morgen nicht mit dir wandern. Ich muss die nächsten Tage damit verbringen, mich wieder ganz und gar in Ordnung zu bringen und meine Heilung abzuschließen. Du musst dir darüber bewusstwerden, dass es kein Beziehungs-Wir mehr geben wird.", sagte ich und

fügte hinzu: „Fang an zu trauern. Erlaube dir, zu weinen und mal nicht stark zu sein. Finde einen Abschluss, damit auch du dich wieder reparieren kannst."
Er nahm mich noch einmal in seine Arme und schluchzte an meiner Schulter, ohne eine Träne zu vergießen. Ich hielt ihn voller Frieden, dem Gefühl von Vergebung und innerer Ruhe fest und spendete ihm Trost. Ja, ich wusste, dass es schwer war, jemanden zu verlieren, den man liebte. Aber da musste er jetzt durch und er würde daran genauso wachsen wie ich es tat. Unsere Zeit war um... wenigstens für den Moment!

In meinem Buch würde ich ihn nicht als den *Eierlosen* bezeichnen, sondern als den *Verflossenen*. In diesem Wort steckte mehr Respekt, nicht so viel Unmut. Außerdem trug es das Wort *fließen* in sich. Es waren nicht nur jede Menge Tränen geflossen, auch hatte er sich von mir wegspülen lassen und noch dazu gab ich nun dem Fluss des Rico-Lebens freien Lauf und konnte somit unsere Beziehung endlich *fließen lassen... wegfließen*.
Ich freute mich jedoch schon jetzt darauf, ihn in einem halben Jahr wiederzusehen und ein tiefes, freundschaftliches Gespräch mit ihm zu führen. Wer wusste schon, was bis dahin alles in unser beider Leben passieren würde?!

Gummiding

So sehr ich im letzten Jahr an meiner Mutterrolle gezweifelt hatte, so überzeugt war ich nunmehr davon, eine gute Mutter zu sein. Hatte ich noch vor einigen Monaten zu Sarah gesagt, dass ich es hasste, Mutter sein zu müssen, war ich mittlerweile wieder gern für meine Kinder da und empfand darüber einen gewissen Stolz.

Ich hatte gelernt, nicht mehr den ganzen Tag den Bespaßer für sie machen zu müssen. Auch das ständige schlechte Gewissen, es den Dreien nicht recht machen zu können, holte mich nicht mehr täglich ein. Natürlich gab es weiterhin Situationen, die nach wie vor schwierig waren, aber wer erwartete schon, dass die Erziehung von drei Kindern einfach sein würde?!

Wenn ich also an Wochenenden oder Feiertagen einen Ausflug mit ihnen plante, setzten wir uns vorher zusammen und besprachen den Ablauf. So konnte sich vor allem der große Sohn seelisch und moralisch auf das Bevorstehende vorbereiten. Er plante pedantisch und wehe dem, es kam irgendetwas Unvorhergesehenes dazwischen!!! Die beiden Kleinen waren da wesentlich leichter zu begeistern. Ihnen machte auch eine spontane Planänderung nichts aus... aber beim Pubertier war das anders! Er maulte dann so lange lautstark vor sich hin, bis jeder andere die Schnauze voll hatte und der Tag abrupt und mit schlechter Laune endete.

Erst kürzlich gab es eine solche Situation, die letztendlich in einer Drogerie ihren Höhepunkt fand. Vorausgegangen war ein tags zuvor besprochener Einkauf von Motorradklamotten in einem Fachhandel in Dresden, mit anschließendem Besuch im Panometer. Leider war am Ausflugstag die Autobahn in Richtung Dresden gesperrt und ich entschied innerhalb von Sekunden direkt nach Chemnitz zu fahren. Das große Kind schnauzte entsetzt: „Was soll das denn jetzt? Fällt jetzt der Einkauf meiner Lederkombi etwa flach? Du kannst doch nicht einfach so woanders hinfahren! Ist doch zum Kotzen!"

„Bleib ruhig, Sohn! In Chemnitz gibt es den gleichen Laden. Bevor wir jetzt zwei Stunden über Land die Autobahn umfahren, ist das doch die bessere Lösung.", versuchte ich ihn zu beruhigen.

Wir kauften also mit viel Gemaule Motorradhose, -jacke, Handschuhe und jede Menge Protektoren in Chemnitz ein. Anschließend gingen wir höchst spontan im Einkaufs-Center Schuhe für die kleine Lady shoppen. Das mittlere Kind ging gänzlich leer aus, benötigte jedoch auch nichts. Ich ließ ihn daher bestimmen, was es für uns alle zum späten Mittagessen geben würde.

Das Pubertier störte sich am Schuhkauf sowie an der Wahl des Lokals und entsprechend auch daran, dass sich die beiden kleineren Geschwister nach dem Essen auf dem Spielplatz der Shopping-Meile 15 Minuten austobten. Die Stimmung war seinerseits im Keller und ich redete mir immer wieder gut zu, dass ich es nun mal nicht schaffen konnte, es allen recht zu machen. Das lag in der Natur der Sache... am großen Altersunterschied und den verschiedenen, altersbedingten Interessen. Während das Großkind immer wieder zum Aufbruch drängte, blieb ich ruhig und gelassen.

Vor einem Jahr hätte ich vermutlich noch einen cholerischen Schreikrampf bekommen, in dem ich ihm mitgeteilt hätte: „Sei doch mal nicht so ein egoistisches Arschloch und krieg dich wieder ein! Oder willst du uns allen den Tag versauen?!?"

Da ich nun wusste, was meine Anfälle verursachte – nämlich der Gedanke an meine Unfähigkeit - hatte ich mich viel besser unter Kontrolle. Es kam demzufolge zu wesentlich weniger Schreiattacken.

Als wir abschließend in der Drogerie Zahnbürste, Flüssigwaschmittel und Gesichtscreme für pickelige, pubertierende Haut in den Korb gelegt hatten und an der Kasse standen, fiel der 6-Jährigen plötzlich etwas im Regal vor der Kasse auf: „Mama, schau mal! Da sind lustige Gummidinger zum Spielen!"

Sie zeigte auf das Regal mit den Kondomen, Gleitmitteln und Sexspielzeugen. Ich begriff nicht gleich, was sie meinte und hakte nach: „Was meinst du, Schatz?"

„Na da oben... die bunten Gummidinger. Nehmen wir so eins zum Spielen mit?"

„Ach die...! Puhhh, das ist eine gute Frage! Ich überlege auch gerade.", antwortete ich grinsend und kratzte mich nachdenklich am Kopf. Welcher Anlass konnte zur sexuellen Aufklärung zweckdienlicher sein, als der vom Kind selbst herbeigeführte?

Die Jungs versanken augenblicklich vor Scham im Boden. Mit hochroten Köpfen drehten sie sich beschämt zur Seite. Der ältere Herr neben uns an der Kasse schmunzelte vor sich hin und horchte gespannt zu, wie ich aus dieser Nummer nun herauszukommen gedachte.

Für mich war es erschreckend, was meine Kinder für ein Drama daraus machten und sich dafür schämten, einen Vibrator auch nur anzusehen. Was genau war denn an diesem Gespräch so peinlich? Etwa, dass fremde Menschen um uns herumstanden? Ich verstand es nicht! Mit Nachdruck fragte ich also meine Jungs: „Was ist denn mit euch los? Das sind doch nur Gummidinger!?! Da gibt es doch nichts, wofür man sich schämen müsste!"

Der Große lenkte sofort mit gedämpfter Stimme ein: „Meine Güte, Mutter! Lass es doch einfach! Wenn du vor hast so ein Ding zu kaufen, müssen wir doch nicht mit dabei sein!"

„Hä? Aber warum denn?... Eigentlich hatte ich nicht vor, eins zu kaufen, aber jetzt überleg ich es mir... aus Prinzip!", erwiderte ich verschmitzt. Mittlerweile hatten sich auch alle anderen Leute, die an der Kasse darauf warteten, abgefertigt zu werden, zu uns herumgedreht und verfolgten mit Spannung und grinsend den Ausgang des Ganzen. Meine kleine Mausi fragte erneut: „Nehmen wir jetzt ein Spielzeug mit, Mama?"

Der ältere Herr hielt sich inzwischen die Hand vor den Mund, um nicht laut loszulachen. Ich griente ihn an und wandte mich dann wieder an meine Tochter: „Schnucki, ich denke das sollten wir tun! Wieso eigentlich nicht?!"

Meine beiden Jungs verflüchtigten sich augenblicklich in Richtung Ausgang. Ich schob die Kleine hinterher. Dann griff ich ohne Umschweife ins Regal, legte einen ansehnlichen, lilafarbenen Vibrator auf das Kassenband, bezahlte und ging beschwingt zum Ausgang, wo mich zwei entsetzte jugendliche Gesichter anstarrten. Mit einem Blick, der mir vorwurfsvoll zurief: „Das hast du jetzt nicht wirklich getan, oder?!?", wurde ich in Empfang genommen. Das große Kind schüttelte ungläubig und verachtend den Kopf, der Mittlere koexistierte, die Kleine kramte das eben erworbene Quetschi aus der Einkaufstausche.

Wir liefen zum Auto, als das Pubertier mir seinen Unmut zum Einkauf meines neuen Spielzeuges erneut kundtat und infolgedessen unseren weiteren Tagesablauf zum Scheitern brachte. Während ich spürte, wie mein Unverständnis über Scham und Peinlichkeit der sich anbahnenden Wut wich, stiegen wir ins Auto. Mein inneres Kind tanzte im Kopf wieder *lapaloma* und fühlte sich massiv angesprochen. Ich tröstete es mit den Worten: „Anita, deine Wut resultiert wieder aus dem Gedanken, dass du unzulänglich bist und es nicht geschafft hast, alle unter einen Hut zu bringen. Aber denk daran: Du bist genau richtig so! Es ist okay, dass du dir auch etwas gekauft hast! Du bist okay! Du bist gut so wie du bist!"

Ich holte vier Mal tief Luft und erklärte den Tag spontan, mit wenigen, sachlichen Worten für beendet. Wir fuhren schweigend nach Hause. Es wurde weder debattiert, noch über den gescheiterten Ausgang des Ausfluges gesprochen. Auch nicht über den Kauf eines Vibrators.

Ja, ich war eine gute Mutter! Auch wenn ich mich nicht ständig zerteilen, oder jedem jederzeit alle Wünsche erfüllen konnte. Ich tat was ich konnte, nahm mir Zeit zum Reden, Zuhören, zum Klamotten-Kaufen und eben auch für mich.

Meinen Kindern zu zeigen, dass gerade der letzte Punkt immens wichtig war, um mental gesund zu bleiben, war mir ein besonders großes Bedürfnis.

Am Morgen darauf frühstückten wir ohne das Pubertier. Alle waren damit zufrieden, da es ganz angenehm war, nicht ständig gemaßregelt, angepflaumt oder beleidigt zu werden. Wir planten unseren Ausflug ins Panometer nachzuholen, der gestern aufgrund der gesperrten Autobahn ins Wasser gefallen war. Als der Teenager sich gegen halb 11 aus dem Bett erhob, teilte ich ihm unseren Plan mit. Er war nicht gerade begeistert, akzeptierte es aber. Wahrscheinlich hatte er wegen der gestrigen Aktion ein schlechtes Gewissen und verhielt sich deshalb heute etwas nahbarer. Ich forderte ihn auf, etwas zu essen, da ich kein Mittagessen kochen und auch nicht gleich etwas einkaufen wollte. Er kam meiner Aufforderung ohne zu Maulen nach... eindeutig schlechtes Gewissen!

Dann ergriff ich die Chance und sprach ihn auf das Drogerie-Erlebnis erneut an:

„Du... Schnucki? Kann ich mit dir nochmal über gestern sprechen?"

„Ja", nuschelte er.

„Ich kann es wirklich nicht verstehen, warum dir die ganze Situation so peinlich war. Die Mausi hat doch gar nicht verstanden, wozu so ein Vibrator da ist... Glaubst du, die würden so ein Zeug im Laden verkaufen, wenn es dafür gemacht wäre, es nicht zu benutzen oder sich dafür schämen zu müssen?"

Er schaute mich mit wachen Augen an und wartete ab, also erklärte ich weiter:

„Ich denke zu wissen, wo das Problem liegt... du denkst, ich bin NUR deine Mutter. Wahrscheinlich bist du davon ausgegangen, dass Mütter keinen Sex haben. Aber so ist es nicht! Ich bin nicht nur Mutter. Ich bin auch eine Frau. Und jede Frau, auch jeder Mann, hat Bedürfnisse. Ich habe keine ständig wechselnden Partner, die mein Bedürfnis nach Sex stillen. Wieso gehst du also davon aus, dass ich es mir nicht, wie jeder andere Mensch auch, selber mache? Habe ich es nicht auch verdient, meinen Bedürfnissen nachzugehen? Und ist es dann nicht auch okay, wenn ich mir dazu Hilfsmittel kaufe? Ich mach es mir damit ja nicht vor dir! Du solltest dir nur endlich bewusst machen, dass es normal ist, wenn erwachsene Menschen jeden Alters Sex haben – ob mit oder ohne Partner. Es sollte dir nicht peinlich sein, zu wissen, dass ich es mache, oder dass deine Großeltern es machen. Sex ist etwas völlig Natürliches und nicht darüber zu reden oder das Thema sogar totzuschweigen, hat mich 20 Jahre meines Lebens gekostet! Ich will nicht, dass es dir genauso geht, nur weil du denkst, es sei verwerflich, über sexuelle Belange zu sprechen! Das ist es nämlich nicht. Es ist wichtig! Nur wer darüber offen mit seinem Partner kommunizieren kann oder wer weiß, was einem selbst gefällt, der kann irgendwann guten Sex haben! Ich will, dass du lernst, ohne Scham darüber zu sprechen. Dass du den Mut findest, Fragen zu stellen. Aber bitte hör auf, dir wegen der schönsten Sache der Welt ins Hemd zu machen!"

„Ja, hab ich jetzt verstanden", wimmelte er das Gespräch ab und bat mich: „Aber es wäre trotzdem schön, wenn wir es zukünftig nicht ständig thematisieren müssen."

„Das ist okay. Das hatte ich auch gar nicht vor. Ich will nur, dass du weißt, dass du mich jederzeit alles fragen kannst."

Damit beendeten wir das Aufklärungsgespräch und starteten in einen neuen, friedlichen Tag.

Es war mir total wichtig, ihm zu verdeutlichen, dass auch ich ein Recht auf Intimität hatte. So viele Jahre hatte ich es ausgeblendet und nun, wo diese wertvolle Erkenntnis mich jeden Tag aufs Neue begleitete, wollte ich vor allem meine Kinder daran Anteil nehmen lassen. Ob ich es mit der Sexualerziehung wesentlich besser machte als meine Eltern, konnte ich allerdings nicht einschätzen. Aber wenigstens versuchte ich es!

Ausgleichender April

In den darauffolgenden Wochen glich ich mich mental mehr und mehr aus, fand wieder innere Ruhe und stellte keine zu hohen Ansprüche mehr an mein Leben. Der Appetit kehrte zurück, einige Kilos und auch die Lebensfreude. Ich begann wieder zu malen und zu singen. So ausgeglichen und entspannt war ich seit meinem Auszug im letzten Mai lange nicht mehr. Das ständige Auf und Ab durch Dating und zwischenmenschliches Chaos hatte mich ausgelaugt. Nun war die Zeit des Alleinseins gekommen und ich würde sie einfach nur genießen und nichts und niemandem nachweinen. Ich fuhr Rad oder Motorrad, ging Klettern oder Wandern mit Freunden oder widmete mich der Kunst. Ab und an legte ich mich auch nur auf mein Sofa und tat gar nichts.

Die Zeit war endlich gekommen, das Haufen-Scheiße-Bild im Wohnzimmer abzunehmen! Denn schließlich war ich nun aus dem großen Tal der Verzweiflung herausgestiegen. An dessen Stelle hing ich daher ein anderes Selbstporträt. Ich hatte mich nackt, von hinten gemalt, mit einem schönen, runden Hintern, ohne Dellen oder Makel. Mit der linken Hand hielt ich meinen weißen Strohhut fest, den ich auf dem Kopf trug. Der abstrakte Hintergrund in orange und rot war kraftvoll und bewegt. Über dem Hut hatte ich groß und dick das Wort „mondän" geschrieben. Zufrieden besah ich mir das Bild und nickte. Ja, das würde wohl meine Zukunft sein: ich mit Hut, ganz alleine, um mich herum Bewegung und ich mit mir in Stille und Frieden.

Im Gespräch mit Sarah stellte ich fest: „Du hattest wie immer Recht mit der Behauptung, dass ich mir mal Zeit nur für mich nehmen muss. Jetzt ist es soweit und ich genieße es! Kein Gejammer vom Wahnsinnigen. Kein Hickhack mit dem Verflossenen... nur ich mit mir!"

„Das ist schön, dass du die Zeit mit dir endlich genießen kannst. Ich bin ehrlich gesagt ein klein wenig neidisch! Die hätte ich auch gern... wenigstens ab und zu. Meine kleinen Lichtblicke sind die wenigen kindfreien Wochenenden mit meinem Mann."

Im Verlauf unserer Unterhaltung werteten wir das letzte Treffen mit Rico aus. Nachdem ich den groben Ablauf geschildert hatte, sah mich Sarah kopfschüttelnd, grinsend an und fasste zusammen: „Du hast dich also in einen großen, starken Typen verliebt, der sich als Opfer enttarnt hat! Glückwunsch! Das war die Abwicklung deiner Ehe im Schnelldurchlauf!"

Ich stutze und überlegte kurz. „Hä?... Ja, verdammt! Das ist doch nicht möglich!... Aber wie konnte ich denn übersehen, dass ich wieder die Retterin sein sollte? Das war doch das, was ich beim Wahnsinnigen abgewählt hatte! Und ich bin wieder darauf reingefallen!", gab ich enttäuscht zurück.

„Mach dir nichts draus! Es hat wenigstens keine 20 Jahre gedauert wie beim letzten Mal! Und du hast gelernt, worauf du beim nächsten Mal achten musst."

„Ich weiß gar nicht, ob es überhaupt ein nächstes Mal geben wird. Vielleicht wird ja ab jetzt nur noch lockerer Verkehr betrieben und ich bleib für mich allein. Da draußen gibt es nur noch B-Ware, die keiner mehr haben will. Auch ich nicht!"

Voller Überzeugung antwortete sie: „Ich bin sowieso fest davon überzeugt, dass du für Monogamie gar nicht der Typ bist!"

„Quatsch! Ich komm doch nur zur Sex-Party mit, weil ich Single bin und mich das ganze Vorgeplänkel per WhatsApp so nervt. Sollte unerwartet wieder mal jemand in mein Leben treten, ist das vermutlich keine Option mehr für mich."

„Na warte erstmal ab!", grinste Sarah mich an. Im Laufe unserer weiteren Unterhaltung kamen wir vom 100-ten ins 1000-te und plötzlich befanden wir uns inmitten von Sarahs sexuellen Erlebnissen. Ich staunte mit offenem Mund, was alles so möglich war: 5-minütige vaginale oder anale Orgasmen, davor noch klitoral und dazwischen noch oral, überall, stundenlang und ausdauernd, ohne Gleitgel, mit gigantischer Leidenschaft und Hingabe. Mit jedem ihrer Worte verlor ich ein bisschen mehr Zuversicht und Mut, was meine sexuelle Entwicklung anbelangte.

Ich konnte mir noch so viel Mühe mit mir selbst geben, doch ein intervallweiser, vaginaler Orgasmus war mir bislang immer noch nicht zuteilgeworden. Von analen Freuden mal ganz abgesehen! Was stimmte mit mir denn nicht? Wieso war es denn für andere so einfach, guten Sex zu praktizieren und wieso bekam ich es nicht auf die Kette?

Während der nächsten Tage dachte ich oft darüber nach. Vielleicht war diese Unfähigkeit auch der Grund gewesen, mich immer unzulänglich zu fühlen? Jetzt, wo ich mich nur noch mir selbst gegenüber zu verantworten hatte, musste ich doch eigentlich gar keine Rechenschaft mehr über meine sexuelle Inkompetenz ablegen, oder? Das Wenige, was ich mit mir hatte, musste für mich reichen. Sollte das nicht eigentlich genug sein? Zumal es für mich ja nicht schlecht war. Ich hatte doch meine kleinen, klitoralen Höhepunkte! Im letzten Jahr hatte ich mir ein riesengroßes Stück Lebensqualität in Form von Zufriedenheit zurückgeholt. Nur dieser kleine Restposten der sexuellen Inkompetenz keilte sich ab und zu zwischen Zufriedenheit und Wohlbehagen.

Einige Tage später schrieb ich Sarah: „Ich beneide dich um deine Fähigkeit, sexuelle Dinge zu empfinden, die bei mir einfach nicht ausgebildet sind! Ich glaube, das war und ist auch ein Grund für meine viele Beschäftigung. Ich mach es mir eben anderweitig lustvoll, indem ich male und Songs schreibe... als Ersatzorgasmus sozusagen."

Was sollte mir denn Sex mit einem Fremden bieten können, wenn ich es mir nicht einmal selbst gut genug machen konnte? Von daher schloss ich erneut und vehement in meinen Gedanken eine offene Beziehung aus. Ich würde einen festen Partner benötigen, dem ich so viel Vertrauen schenken konnte, dass er mit mir diverse Dinge probierte, bis man sich gemeinsam wenigstens so einig war, dass es irgendwie ging. Obwohl... wenn es mit jemandem nicht gut war, den ich nur flüchtig kannte, hatte ich wenigstens die Möglichkeit, ihn nie wieder sehen zu müssen. Das war der einzige Vorteil eines One-Night-Stands.

Während mir Mr Brusthaar ab und zu noch über das Handy erotische Avancen machte, auf die ich nur oberflächlich einging – schließlich führte er immer noch eine Beziehung – versuchte ich mich seelisch und moralisch auf meinen 2. Besuch bei einer Fetischparty vorzubereiten. Ich hatte Angst davor, dass meine Erwartungshaltung an dem bevorstehenden Abend nicht erfüllt werden könnte. Der Wickler würde schließlich nicht extra aus Hannover für mich anreisen. Schade eigentlich, denn er hatte großes Potential! Sicherlich hatte er mich längst vergessen! In meinen Gedanken spann ich immer wieder zusammen, was hätte passieren können, wenn es doch zum Sex mit ihm gekommen wäre. Ich ertappte mich dabei, wie ich mir ausmalte, gefesselt vor ihm zu liegen: Während er mir genüsslich den Hintern versohlte, brach ich plötzlich über all meiner Unfähigkeit zusammen, weil unerwartet eine negative Erinnerung aufploppte. Dann fing ich augenblicklich an zu heulen.

Das würde einen Fremden doch total überfordern und hätte sicher auch den Wickler gestresst! Wollte ich denn vor einem wildfremden Menschen noch einmal so zusammenbrechen, wie vor dem Tantra-Mann? – Nein! Ich wollte doch einfach nur Sex, der mich die Kontrolle verlieren ließ, so dass sich mein Kopf überhaupt nicht mehr dazuschaltete und ich einen total befreiten orgastischen Höhepunkt erleben konnte. Vielleicht wäre die Fesselei die perfekte Ablenkung gewesen? Ehrlicherweise hatte ich nun die größte Befürchtung, überhaupt jemals wieder Sex haben zu müssen, aus Angst vor Enttäuschung. Ich würde leer ausgehen und hätte dann, wie so oft, nur meinen Körper zur Verfügung gestellt, zur Bespaßung eines anderen. Diese traurige Vorstellung schwirrte in meiner hohlen Birne herum. Wie auch immer... der

Wickler würde nicht auf die Party kommen. Das machte mich schon irgendwie traurig. Ich nahm mir vor, die Erwartung nur hinsichtlich guter Musik und Tanzbarkeit hochzusetzen und alles andere würde eben so kommen, wie es vorgesehen war.

Der April war besonders ereignisreich. Ein zweiter Besuch im Tonstudio bahnte sich an. Elternabend im Kindergarten. Ständig gab es mit den Kids Termine oder anderweitige Verpflichtungen. Also hangelte ich mich terminlich von einem Tag zum anderen. Noch dazu kam, dass zwei meiner Kinder ihren Geburtstag in diesem Monat feierten: Zuerst der Mittlere, eine Woche später die Mini-Maus. Die Feier des Midi-Kindes fand in meinen heiligen Hallen statt, zusammen mit meinen Eltern, den Omas und mit dem Ex. Die Schwieger-Furie durfte mein Reich nicht betreten. Das lehnte ich ab! Den Kindern und meinem Ex war es recht so, denn sie wussten, dass es immer eskalierte, wenn das Monster dabei war. Somit war es eine kleine aber feine Fete mit Kaffee und Kuchen. Für alle Beteiligten war es ein schöner Nachmittag gewesen, mit angenehmen Gesprächen und ganz vielen Überraschungen für das Geburtstagskind.
Anders gestaltete sich die Situation zur Feier meiner Tochter: Diese fand in der darauffolgenden Woche beim Ex statt. Die Jungs hatten ganz lieb am Vortag Muffins für ihre Schwester gebacken. Ich vereinbarte mit dem Ex, dass ich die Kleine aus dem Kindergarten abholen durfte und fuhr dafür extra eine Stunde eher von der Arbeit los.
Als mein Noch-Ehemann kurze Zeit später bei sich zu Hause eintraf, waren wir bereits da und der Kaffeetisch gedeckt. Wir aßen die selbstgebackenen Muffins in kleiner Familienrunde und in totalem Einklang miteinander. Zwischen meinem Ex und mir war so etwas wie ein freundschaftliches Verhältnis entstanden und grundsätzlich waren wir immer noch ein gutes Elternpaar. Wir verstanden uns gut und die Kinder profitierten davon, dass wir – nicht wie andere getrenntlebende Eltern – beide an einem Strang zogen. So war es auch an diesem Tag.
Gegen 16:30 Uhr kamen die Ex-Schwiegereltern und meine Eltern fast zeitgleich. Dass meine Eltern nach wie vor uneingeschränkten Zugang zum Haus des Ex-Mannes hatten und auch zur Feierlichkeit dabei sein durften, verärgerte meine furchtbare Schwieger-Eule extrem! Zwar sagte sie es nicht, aber man konnte förmlich ihre Gedanken in ihrem entgleisten Gesicht lesen. Schließlich hatte ich ihnen den Besuch ihrer Enkel in meiner Wohnung verwehrt. Natürlich in vorheriger Absprache mit Papa und den Kids! Das wiederum lag daran, dass

sie der reinkarnierte Satan persönlich war! Dies bewies sich spätestens zum Abendessen!

Nachdem ich bereits einige hässliche Kommentare ihrerseits ignoriert hatte, kam es gegen 18 Uhr zum Supergau am Esstisch. Die mit Fischstäbchen und Hähnchen-Dinos gefüllte Pfanne in der Hand, fragte ich: „Na, wer mag noch ein Fischi oder einen Dino? Ihr Dinos vielleicht?"

Damit spielte ich auf das überdurchschnittlich hohe Alter der Geburtstagsgäste an, ohne es böse zu meinen. Meine Omas kicherten verschmitzt und verneinten. Das böse Schwiegermonster fühlte sich jedoch von dem Wort *Dino* entsetzlich angegriffen, stocherte wütend in ihrem Essen herum und erwiderte brüskiert: „Also ich muss schon sagen... das ist ja schon beleidigend, was du da so von dir gibst!"

Ich atmete kurz tief durch, um mich nicht aufzuregen und fragte sie dann: „Was genau meinst du denn? Ich habe doch gar nichts Beleidigendes gesagt. An diesem Tisch sitzen doch nun mal nur alte Menschen – Dinos eben. Ich glaube, dass keiner dieses Wort beleidigend aufgefasst hat, nur du. Und ich habe es auch nicht abwertend gemeint. Also wenn du es als Beleidigung aufgefasst hast, ist das doch nicht mein Problem, sondern deins!", entgegnete ich wenig diplomatisch, aber mit ruhiger Stimme und relativ sachlich.

Der Drachen bekam augenblicklich Schnappatmung. Ich verteilte gelassen noch zwei Dinos auf dem Teller meines großen Sohnes. Wieder nahm der Teufel Anlauf: „Merkst du eigentlich, dass du die ganze Zeit nur Blödsinn redest und beleidigst? Das ist doch nicht mehr normal!"

Ich konterte total ruhig, mit einem freundlichen Lächeln: „Eigentlich nicht, nein! Aber weißt du... mir gefällt ALLES nicht, was du sagst, nur bewerte ich es nicht immerzu, sondern lass es gut sein. Möchtest du vielleicht noch ein Fischstäbchen?"

Sie sah mich boshaft von der Seite an und antwortete durch die Zähne knurrend: „Dass du überhaupt heute hier sein darfst, wundert mich!"

„Wieso wundert dich das denn?", fragte ich spitz und setzte noch übertrieben freundlich hinzu, „Es ist der Geburtstag meiner Tochter! Natürlich darf ich an so einem Tag hier sein! Wieso denn auch nicht? Das ist doch ganz normal, dass man Geburtstage mit seinen Kindern feiert." Dabei lachte ich ihr fröhlich – vielleicht auch ein bisschen hämisch – ins Gesicht und dachte mir: „Noch so ein Spruch und ich verliere die Contenance! Wenn du nicht gleich die Klappe hältst, wirst du die verdammten Fischstäbchen gleich in deinem Gesicht wiederfinden!"

Es folgte noch ein abwertender Spruch ihrerseits, welcher das Fass endgültig zum Überlaufen brachte. Also nahm ich die zwei letzten Fischstäbchen und krachte sie mit viel Schwung auf ihren Teller mit den Worten: „Hier! Iss mal noch Fisch!", dann verschwand ich zum Abreagieren in der Küche. Hinter mir hörte ich den Satan schrill keifen: „Sohn! Willst du deine Frau nicht mal maßregeln? Es kann doch nicht sein, dass sie so mit mir reden darf!"

‚Wieso eigentlich deine Frau?', dachte ich mir. Und warum sollte er mich maßregeln dürfen? Das ist doch übergriffig! In der Küche lachte ich lautlos in mich hinein und schüttelte den Kopf über so viel Borniertheit. Dann machte ich einige kungfuartige Bewegungen, die irgendetwas mit Mord und Totschlag meines imaginären Gegenübers zu tun hatten und sprang ein paar Mal auf und ab, um die Anspannung zu lösen und wieder klar im Hirn zu werden.

Mein Ex, der eben noch auf dem Sofa gesessen und die Situation nur zur Hälfte mit angesehen hatte, schnauzte währenddessen mit erhobener Stimme zurück: „Halt doch endlich mal deinen Mund, Mutter! Es reicht mir langsam mit deiner ständigen Streitlust! Du kannst auch gleich nach Hause gehen!"

Dann verließ auch er die Situation, kam in die Küche und gestikulierte wild und aufgebracht, aber schweigend vor mir herum. Erst dachte ich, er würde mir einen Anschiss erteilen, doch dieser blieb aus. Er war mindestens genauso wütend auf seine Mutter wie ich es war.

Wir bestückten gemeinsam den Geschirrspüler und werteten kurz und einvernehmlich das eben Passierte aus, während im Wohnzimmer ein Moment der Ruhe und Scham einzog. Ich nahm dies zum Anlass, um aufgesetzt fröhlich wieder hinzuzustoßen und die Gäste zu fragen, ob noch Getränke gewünscht seien. Keine Reaktion. Totale Verstimmtheit!

Glücklicherweise kam das Gespräch wenig später wieder in Gange, wobei ich am Gästetisch nicht wieder Platz nahm, um nicht zu eskalieren. Innerlich versuchte ich, Blumen zu pflücken und klopfte mir für meine halbwegs nüchterne Reaktion anerkennend auf die Schulter.

Ich begriff, dass ich vor dem Satan sein oder sagen konnte, wie und was ich wollte. Es war einfach immer falsch! Und das zog sich seit Anbeginn unserer Beziehung bis heute durch. Nur wusste ich heute, dass es gar nicht an mir lag, sondern, dass in Wahrheit sie das Problem in sich trug. Wie oft ich mir in der Vergangenheit Gedanken gemacht hatte, was zum Henker an mir so falsch war, dass sie damit nicht klarkommen konnte. Nun wusste ich: Ich war okay! Ich war nicht falsch! Ich war gut so!

Auf meinen Ex war ich mächtig stolz! So viele Jahre hatte er ausgeharrt und die Sticheleien seiner Mutter erduldet, ohne das Wort gegen sie zu erheben und nun stellte er sich gegen sie. Es fiel ihm nicht schwer, denn schließlich hatte sie einen erheblichen Anteil am Scheitern unserer Ehe geleistet. Nur ihr war das nicht bewusst.

Am nächsten Tag hatten mein Mann und ich einen Termin im Notariat, zur Unterzeichnung einer *Nachehelichen Vereinbarung*. Dazu holte ich ihn auf Arbeit ab und wir fuhren gemeinsam in die Stadt. Auf dem Weg dahin sprachen wir die gestrige Situation erneut durch. Ich schlug vor, ab sofort alle Geburtstage nur noch bei mir zu feiern, damit wir den Drachen nicht einladen mussten. Er fand die Idee gar nicht so abwegig, denn auch ihn kotzte die Gesamtsituation mit seiner Mutter maßlos an. Wir waren uns beide einig, dass der Party-Frieden erst eintreten würde, wenn das Schwiegermonster endlich das Zeitliche gesegnet hatte. Da Unkraut nun mal nicht vergeht, hieß das bis dahin: Abwarten!
Der Notartermin verlief angenehm und einvernehmlich. Ich war guter Dinge, dass der Supergau vom Vortag keinerlei Auswirkungen auf unser zukünftiges Miteinander haben würde. Nun würde Stufe zwei eingeleitet werden: der Scheidungsantrag.

Inzwischen hatte Sarah mir mitgeteilt, dass die nächste Fetisch-Party aufgrund mangelnder Kinderbetreuung ihrerseits ausfallen würde. Natürlich war ich im ersten Moment enttäuscht! Dann überlegte ich, ob ich mich trauen sollte, alleine dahin zu gehen oder ob ich mich nicht doch bei dem Tantra-Dating-Abend in Dresden anmelden sollte, um einen spirituellen Partner fürs Leben zu finden. Sowie ich darüber nachdachte, verstand ich, dass sich mein Hirn schon wieder auf Partnersuche begab, obwohl es doch wusste, dass ich erstmal eine Auszeit benötigte! Also verwarf ich beide Ideen. Es machte den Eindruck, als sollte es so kommen und meine Zeit des Alleinseins war noch nicht vorbei. Das spürte ich zunehmend.
Zwar fühlte ich mich aktuell so viel leichter – nicht wegen meines verlorenen Gewichtes, sondern weil im letzten Monat so viel mehr Zufriedenheit in mein Denken eingezogen war – aber trotzdem gab es täglich noch Momente der Einsamkeit.
Es erwischte mich manchmal in den komischsten Momenten, z.B. wenn meine kleinen Lieblinge mich umgaben, oder auch in Gegenwart meiner Eltern oder Freunde. Das machte für mich so überhaupt keinen Sinn! Schließlich war ich doch gar nicht alleine, wenn all diese wunderbaren Menschen um mich herum waren. Nur wenn ich wirklich allein mit mir war, erschien es mir sinnvoll, dass mir das Alleinsein in die Fresse schlug. Warum aber, wenn mich meine Kinder

umgaben? Sie waren Menschen, die ich wertschätzte und liebte. Es lag nicht daran, dass der Verflossene fehlte oder meine Kinder in jeder zweiten Woche. Nein, es war eine Sache, die nur mit mir zu tun hatte. Ich fühlte mich mit mir alleine!

„Du musst dir selbst genug sein!", erinnerte ich mich an Evis Worte. Diese Tatsache untermauerte förmlich meine Entscheidung, erstmal keine sexuellen oder partnerschaftlichen Begegnungen heraufzubeschwören. Es war noch nicht wieder an der Zeit dafür.

Während Sarah und ihr Mann fortwährend neue sexuelle Erfahrungen innerhalb kürzester Zeit sammelten, über die mir offenherzig aus erster Hand berichtet wurden, wuchs in mir weiter das Gefühl der sexuellen Unzulänglichkeit. Es türmte sich mehr und mehr zu einem gigantischen, stinkenden und scheinbar unüberwindbaren Berg. Nur hatte ich diesmal keine Idee, wie ich dieses Hindernis überwinden sollte. Ich blickte zurück auf Selbstversuche und Sensibilisierung. Auf gescheiterte Liebschaften und auf das alles, was es mit mir gemacht hatte. Jeder Lover aus den vergangenen Monaten hatte seine Aufgabe mit mir und aus jeder Begegnung nahm ich so viele Erkenntnisse mit. Aber wohin hatte mich dieses nervige Hickhack bis jetzt geführt?

In meiner mentalen Selbstfindung war ich weit nach vorn gekommen, konnte mich reflektieren und Ursachen finden für Probleme, die mir vorher noch nicht mal bewusst waren. Aber an meiner mangelnden Fähigkeit der eigenen sexuellen Beglückung scheiterte es nach wie vor. An manchen Tagen nahm ich es hin und ertrug es still. An anderen quälte mich das Gefühl von Unzulänglichkeit oder Frust. Manchmal war ich auch einfach nur traurig. War ich noch Anfang April leger und unaufgeregt auf der seichten Welle zum Ufer hin gesurft, so kam mir diese gerade wieder entgegengeschwappt und trieb mich zurück aufs offene Meer.

Dankbar nahm ich zur Kenntnis, dass die Gegenwelle nicht mehr so hoch war und mich nicht mehr komplett vom Surfbrett warf. Ich konnte noch gut darauf sitzen, ohne das Gleichgewicht zu verlieren. Das wiederum gab mir wenigstens etwas Zuversicht. Nun dachte ich darüber nach, ob es an der Zeit war, mich in sexualtherapeutische Betreuung zu begeben. In mir trug ich diesen Gedanken schon seit längerer Zeit. Mir fiel dazu nur eine einzige Person ein, die in diesem Bereich ausgebildet und geschult war: Evi!

Nach kurzer Zwiesprache mit mir selbst, entschied ich mich jedoch dazu, mir den Mai noch weiter zum Runterfahren einzuräumen. Jetzt sah gerade alles in sexueller Hinsicht so verzwickt und ausweglos aus. Sicher würden viele Tränen fließen, wenn Evi sich meiner annahm und viele unverarbeitete Probleme, die ich bislang noch nicht auf dem Schirm hatte, würden ans Tageslicht kriechen. Dafür hatte ich aktuell einfach keine Kraft mehr übrig. Ich nahm mir vor, sie beim nächsten Treffen darauf anzusprechen und nach einem individuellen Termin zu fragen. Obwohl ich wusste, dass diese Behandlung – wie auch immer sie aussehen würde – mich sehr herausfordern und anstrengen würde! Aber es nützte alles nichts! Irgendwie musste ich doch auch an diesem Punkt endlich mit mir vorankommen.

Als mich Sarah freitags beim Training fragte, wie es mir ging, antwortete ich: „Ich weiß auch nicht. Es fühlt sich nicht nach gut und auch nicht nach schlecht an. Irgendetwas zwischen geduldig abwarten bis es besser wird und akzeptieren wie es im Augenblick ist. Irgendwie „lost", aber ein deutsches Wort finde ich nicht dafür. *Verloren* trifft es nicht im Geringsten!"

„Also eher wieder ein Tal, aus dem du heraussteigen wirst?", wollte Sarah wissen.

„Nein, ich glaube es ist kein Tal. Ich häng irgendwo fest, kann aber nicht lokalisieren, wo."

Alles neu macht der glanzlose Mai?

Ein paar Tage später fuhren meine Kinder und ich mit weiteren 15 Familienangehörigen in den alljährlichen Mai-Urlaub. Hier bemerkte ich bereits an Tag eins, dass alle meine Trigger sich vereint hatten: Mein Onkel bezeichnete mich als Alkoholikerin und behauptete damit insgeheim, ich sei wie mein Erzeuger. Die Frau meines Cousins hing in demselben Elend von Partnerschaft fest, wie ich es in den letzten 14 Jahren getan hatte und zeigte mir jeden Tag den Spiegel vor, indem ich erkannte, wie geduldig ich meine Ehe ertragen hatte. Und meine Cousine wiederum kümmerte sich aufopfernd um ihre drei Kinder und kroch nur noch als Schatten ihrer selbst umher. Noch dazu kam meine Mutter! Von ihr wollte ich mich auf gesunde Art und Weise abgrenzen, doch sie kam mir immer wieder näher als ich es tatsächlich wollte. Alles in allem ein total beschissenes Trigger-Übungsprogramm, welches ich nun versuchte zu absolvieren.

Dass ich nicht war wie mein Erzeuger, wusste ich bereits! Daher konnte ich diverse verbale Angriffe anhören und unkommentiert ziehen lassen. Auch, dass ich der Partnerschaft meines Cousins keinen Zugewinn bringen konnte und den Menschen ihr eigenes Leben lassen musste, ohne jeden einzelnen retten zu können, war mir klar. Dennoch spürte ich die Spannung zwischen seiner Frau und mir. Ich fragte mich, ob ich es war, die diese Anspannung in unser Miteinander hineininterpretierte oder ob sie von ihr ausging? War es der Neid, dass ich den Mut zur Trennung gefasst hatte und sie noch nicht dazu bereit war? Oder bildete ich es mir nur ein? War es mein schlechtes Gewissen, dass ich es nicht, wie sie, noch weiter mit dem Ex ausgehalten und auf heile Familie gemacht hatte?

Und dass meine Cousine eine Übermutter war, die nur ihre eigenen Liebesbedürfnisse erfüllte, die sie in ihrer Kindheit nie von ihrer Mutter erfahren hatte, konnte ich auch schon auf zwei Kilometer Entfernung riechen. Was mich daran stresste, war, dass ich selbst nicht so viel Hingabe für meine Kinder an den Tag legen konnte und sich das Schlechte-Mutter-Syndrom wieder bemerkbar machte. Dazu kam noch das Schlechte-Tochter-Gefühl, meiner eigenen Mutter gegenüber, weil ich sie mied, wo ich nur konnte. Ergänzt wurde das Gefühlschaos durch Einsamkeit, Mut- und Hoffnungslosigkeit. Ich übte also täglich den Umgang mit meiner Familie und diversen anstrengenden Momenten und kam weder vor, noch zurück.

An Tag zwei unseres Urlaubes schrieb mir Rico, der Verflossene, unerwartet eine Nachricht: „Ich merke, dass du mir sehr viel bedeutest und würde gern eine Freundschaft mit dir aufbauen. Du bist etwas ganz Besonderes und ich bin froh, dir in meinem Leben begegnet zu sein. Wenn du bereit bist, mit mir diesen Weg zu gehen, wäre ich sehr glücklich."

Ich konnte nicht sagen, warum, aber ich fiel augenblicklich wieder in mir zusammen wie ein verdammtes Kartenhaus. Den ganzen Tag überlegte ich, ob ich ihm überhaupt antworten sollte. Was wollte ich eigentlich? Eine Freundschaft hatte ich ihm ja angeboten, doch war es augenscheinlich nicht der richtige Zeitpunkt dafür – jedenfalls nicht für mich! Sarah bezeichnete diesen Augenblick als Gefühlsstau und genau danach fühlte es sich an. Ein perfektes Wort für das Chaos, in dem ich an diesem Tag steckte. Alles, was man so fühlen konnte, fühlte ich: Glück, Zukunftsangst, Freude, Hoffnungslosigkeit, Ausweglosigkeit, Entspannung, Wut, … es hatte sich in mir zusammengebraut wie ein verdammt großes, lautes Gewitter.

Am Abend des dritten Urlaubstags ertrug ich das Zusammensein mit meiner Familie nicht mehr und ging die lange, wenig beleuchtete Zufahrt entlang bis ich außer Sichtweite war. Dann brach ich kraftlos zusammen und heulte auf Knien Rotz und Wasser, bis es gut war und die ganze, gottverfluchte Gewitterwolke sich fast vollständig geleert hatte. Es fühlte sich befreiend an, all den Ballast aus seinem Kopf zu spülen. Vielleicht bedeute das „es fließen lassen"?

Am nächsten Tag des Kopfchaos rief ich Evi an und bat sie um einen Gesprächstermin: „Du, Evi, ich habe ein ganz krasses Problem mit meiner sexuellen Inkompetenz und hoffe, dass du mich bei dieser Sache unterstützen kannst. Kannst du doch, oder?"

Evi antwortete relativ unfreundlich: „Wie auch immer. Ich würde gern mit dir sprechen, aber vorrangig über deine Kompetenzen, nicht über Inkompetenzen!"

„Keine Ahnung, ob da welche vorhanden sind, wenn ich ehrlich bin!"

„Wenn es keine Kompetenzen gibt," sagte Evi, „dann kann es logischerweise auch keine Inkompetenzen geben!"

Wir vereinbarten uns einen Termin Ende Mai. Infolge dessen, dachte ich lange darüber nach, welche sexuellen Kompetenzen ich wohl nachweisen konnte. Das war keine einfache Frage an mich selbst. Es ging nicht darum, ob ich gut fickbar war oder gut blasen konnte. Nein, es ging um die Eigenschaften, die mir zugutekamen. Also welche waren das? Spontan fiel mir dazu nichts ein. Ich überlegte während der nächsten drei Tage und stellte eines Abends, im Bett liegend, fest:

1. Ich kann mich – wenn auch schwer und umständlich – selbst klitoral befriedigen. Das war schon mal der erste Kompetenzpunkt. Der 2. war, dass ich eine ausgeklügelte sexuelle Fantasie hatte, auf die ich hierbei zurückgreifen konnte. Und 3., dass ich Berührungen sehr genoss. Weiterhin hatte ich rückblickend erkannt, dass ich tatsächlich ganz gut feucht wurde, wenn ich erregt war. Auch das war eine Kompetenz, die nicht zu vernachlässigen war! Und zu guter Letzt, fand ich es auch fachlich total erstrebenswert, dass ich wenigstens wusste, was ich nicht wollte und dies konnte ich mittlerweile auch klar und deutlich kommunizieren.

Nachdem ich dafür lange nachgedacht hatte, fragte ich mich, ob ich nicht einfach viel zu hohe Ansprüche an Sex stellte? Ging es denn überhaupt nur um Ficken und Kommen oder war es so, wie ich es meistens mit dem Verflossenen empfunden hatte: eine intime Verbindung zwischen zwei Seelen? Konnte man so eine Verbindung auch mit einem Fremden, innerhalb kürzester Zeit, aufbauen? Mit dem Wickler zum Beispiel? Auch da hatte es sich sehr verbunden angefühlt. Vielleicht würde mir Evi auf all meine Fragen antworten können. Irgendwie schien sie dazu meine letzte Rettung zu sein. Was würde passieren, wenn auch sie mir nicht weiterhelfen konnte? Würde ich Sex mit anderen Menschen dann auf ewig aus meinem Leben streichen, weil es mich nicht im Geringsten erfüllte?

Während unserer gemeinsamen Urlaubszeit machte sich meine Familie ständig darüber lustig, wie toll ich es nun hatte, weil ich auf freier Wildbahn für jeden zur Fick-Verfügung stand. Scheinbar dachte meine Sippe, ich würde jedes Ereignis nutzen. In Wirklichkeit weinte ich jedoch bei jeder Gelegenheit über die Tatsache, dass es nun mal nicht so war und keiner wusste, wie die traurige Wahrheit tatsächlich aussah. ... Hätte mich irgendjemand danach gefragt, dann hätte ich die ehrliche Antwort geliefert: „Wenn ihr wüsstet, dass mein Sexleben bisher total unerfüllt war und nur der Verflossene sich ein bisschen Mühe mit mir gegeben hatte, dann würdet ihr mich alle bedauern! Und der Verflossene will es auch nicht mehr mit mir machen! Selbst der nicht! Keiner! Einfach keiner!"
Und da half es auch nicht, wenn ständig meine Mutter zu mir sagte: „Das wird schon wieder. Irgendwann wirst du schon den Richtigen finden!"
Auch nicht, wenn mein Onkel scherzhaft meinte: „Du musst einfach nur mal zum Teich rübergehen, einen Frosch rausangeln und den so richtig mit Schmackes an die Wand werfen. Der arme Trottel tut mir zwar jetzt schon leid,

weil er es dir sowieso nicht recht machen kann, aber notfalls wirfst du ihn einfach wieder zurück in den Teich!"

Ich dachte darüber nach, dass ich in diesem Buch den Leser sehr oft nur noch an meinen schlechten Tagen teilhaben ließ und die guten Tage immer weniger ausschmückte. Allerdings lag das im Moment daran, dass es relativ wenige solcher Augenblicke gab. Ich fühlte mich zur Zeit wieder immens hässlich. Meine Gesichtshaut war faltig und tiefe Augenringe gruben sich unter meine Augen. Auch mein Körpergewicht wuchs wieder an, sodass ich mich in meiner Haut nicht mehr besonders wohl fühlte. Wenn ich jedoch die Bilder aus unserer Familien-WhatsApp-Gruppe besah, hatte ich nicht den Eindruck, dass ich so hässlich war, wie ich mich tatsächlich fühlte. Also machte ich mir bewusst, dass es nur mein inneres Feindbild widerspiegelte, nämlich mich selbst!

Eine Sache, die der Verflossene während unseres letzten Treffens geäußert hatte, flog mir dabei immer wieder in den Sinn und ließ mich unheimlich an meiner Attraktivität zweifeln. Er sagte: „Meine Therapeutin ist äußerst attraktiv. Genau mein Typ. Schöne, lange blonde Haare, großer Vorbau! Sie weiß ganz genau, wie sie diese Eigenschaft für sich nutzen kann und was es mit mir macht!"

Für diesen Moment lachte ich nur in mich hinein, da ich wusste, dass er sich versuchte vor mir zu schützen, indem er mir durch die Blume mitteilte, dass ich nicht sein Typ war. Aber wer war schon wessen Typ? Ich hatte ihm auch nie aufs Brot geschmiert, dass er nicht der Typ Mann war, den ich auf offener Straße angesprochen hätte. Er wäre mir überhaupt nicht aufgefallen. Weder war er besonders schön, noch hatte er eine besonders strahlende Aura. Erst als ich mich in sein Wesen verliebte, fing ich an, seine äußeren Makel als unerheblich abzutun. Denn was spielte es schon für eine Rolle, ob man 10 Kilo mehr auf den Rippen trug oder als Mann keine Haare mehr auf dem Kopf hatte? Überhaupt keine! Das war jedenfalls meine Einschätzung. Und obwohl ich in mir lediglich den Wunsch auf Akzeptanz meiner Äußerlichkeiten trug, war es mir plötzlich wieder wichtig geworden, dass mich jemand äußerlich ansprechend fand.

Infolgedessen betrachte ich mich abends wieder minutenlang vor dem Spiegel und suchte die kleinen Schönheiten meines Körpers. Diesmal fand ich keine! Nichts Schönes war mehr an mir zu finden! So wie damals in meiner Ehe. Der Tiefpunkt meines Selbstwertes war einmal mehr erreicht! Wo kam das denn auf einmal wieder her? War es etwa der Spruch des Verflossenen gewesen, der mich so derartig gekränkt hatte?

Ich wusste nun also, dass ich genauso wenig sein Typ war, wie er meiner. Doch war das nicht mittlerweile egal? Kam der Gedanke nur deshalb wieder auf, weil er sich mit mir treffen wollte? Wollte ich ihm etwa gefallen? Hatte ich mir nicht vorgenommen, mich selbst so wertzuschätzen, wie ich war? Alle guten Vorsätze waren für die Katz!

Wie konnte ich dieses verdammte Tief wieder verlassen? Weder hatte ich Lust, meine sexuelle Inkompetenz oder meine körperliche Hässlichkeit zu malen, noch fiel mir ein sinnvoller Liedtext dazu ein. Jedenfalls keiner, den mal später noch jemand anhören wollte. In etwa so hätte er geklungen: „Wie kann man sich so hässlich und ungenügend fühlen und doch wissen, dass man nichts Besseres hat, als das was einem gegeben wurde? Wie kann man sich so alleingelassen fühlen, obwohl man von Menschen, die einen lieben, umgeben ist? Wie kann einem so wertlos zumute sein, obwohl man für seine Familie das Wertvollste im Leben ist?"

Einen Tag nach meinem Gefühlsstau fing ich an zu menstruieren und legte fest, alle negativen Gedanken von meiner geliebten und hochverehrten Vagina mit hinaustragen zu lassen! Ich dankte ihr für so viel Fürsorge, denn in diesem Monat war das eine Mammutaufgabe für sie aufgrund des großen Ballastes!

Der Mai hatte für mich nichts Ausgleichendes mehr! Und erst recht brachte er nichts Neues! Alles Alte kam wieder zum Vorschein. Bitchi hatte es in einem kurzen Telefonat mit einem „Rückfall eines Alkoholikers" verglichen. - Ja! So war es! Es kotzte mich einfach nur noch an! Es machte den Eindruck, als hätte ich meinen hellen Glanz verloren. Ich leuchtete nicht mehr! Das Gute daran war, dass es keine verflixten Insekten mehr gab, die um mich herumkreisten wie Motten um eine flimmernde Laterne in der Dunkelheit. Das war gut so. Ich brauchte dieses Licht für mich gar nicht mehr, denn ich wollte in niemandes Blickfeld geraten. Nicht der Monat Mai war glanzlos geworden, sondern ich selbst!

Während meines Menstruations-Gefühlsstaus im Urlaub hatte mich der Verflossene gefragt, ob ich mich erneut mit ihm treffen würde. Das lehnte ich vorerst ab. Seine elende, gute Laune konnte ich nicht mehr ertragen, die durch jede seiner Nachrichten kroch. Erst recht nicht, wo ich jeden guten Gedanken – wie ein Bergmann – mit Spitzhacke und Hammer aus meinem Inneren herausmeißeln musste. Doch es fiel mir schwer, mich seiner Einladung zum Wandern zu entziehen. In meinem Kopf ging ich bis zum folgenden Sonntag jede mögliche Situation durch und führte Gespräche mit ihm, die ihm wieder und wieder eine Beziehung oder gar eine Freundschaft mit mir untersagten.

Oder schlimmer noch: Ich malte mir aus, wie wir uns im nächsten halben Jahr wieder zusammenfanden und irgendwann doch unsere Familien miteinander bekannt machten. Ich stellte mir vor, wie meine Mutter ihn schon von Weitem mit pfeilschießenden Blicken den Krieg erklärte, um mich vor weiteren Herzschmerzen zu beschützen. Egal wie ich es hin und her dachte… ich kam einfach nicht zur Ruhe.

Wenn ich ehrlich zu mir selbst war, hoffte ich, dass ich mich wieder in ihn verlieben konnte, nach allem, was er mit mir gemacht hatte. Dann hätte ich endlich die Suche nach einem Partner abschließen und nach vorn blicken können. Aber ich glaubte bereits jetzt zu wissen, dass das nicht mehr möglich war. Meine Liebe zu ihm war gestorben. Er hatte sie langsam und stetig auf eine bizarre Art und Weise gefoltert und umgebracht. Was tot war, konnte man nicht wiederbeleben!

Konnte ich nach den letzten qualvollen Monaten überhaupt eine Freundschaft mit ihm aufbauen? Ich wollte es versuchen, machte mir aber nichts vor, denn auch Freundschaft basierte auf Vertrauen. Und das war nun mal verlorengegangen. Natürlich erwog ich auch erneut die Möglichkeit, nur belanglosen Sex mit ihm zu haben. Aber was würde mir das bringen außer Kummer und Schmerz? Belanglos würde es mit ihm nie werden! Daher verwarf ich den Impuls und nahm mir vor, dem Verflossenen bei unserer nächsten Begegnung ganz viel Raum zu geben, um seine Eindrücke und seine neuen Erkenntnisse mit mir zu teilen. Ich würde ihm nur zuhören. Nur eine Frage würde ich ihm stellen: „Wenn du sagst, dein kleinstes Ziel ist eine Freundschaft mit mir, wird dein größtes Ziel wohl eine Partnerschaft sein. Denkst du nicht, dass du es dir nur selbst beweisen willst, wieder die zweite Chance genutzt und deinem Kontrolletti-Ich entsprochen zu haben?"

Am Samstag fuhren die Kinder und ich wieder zurück nach Hause. Irgendwie war die Urlaubswoche, trotz meiner seelischen Strapazen, doch ganz schön gewesen. Die Minis konnten täglich im Pool baden oder spielten auf der riesigen Wiese hinterm Haus Verstecken. Jeden Tag unternahmen wir einen Ausflug und erkundeten die Gegend. Am Abend saßen wir meistens bei einem Glas Wein oder Sekt noch zusammen und spielten Karten oder unterhielten uns. So wenig Streit unter den Familien und besonders unter den Kindern hatte es schon lange nicht mehr während eines Familienurlaubes gegeben! Am Sonntagmittag brachte ich die vier Ladungen frisch gewaschener Wäsche und meine kleinen Knuddelmäuse zu Tobi. Ich verabschiedete mich zärtlich und sehr liebevoll von ihnen und fuhr kopf- und planlos zurück nach Hause.

Heute war der Tag, an dem ich mit dem Verflossenen verabredet war. Doch ich konnte mich einfach nicht aufraffen, mit ihm einen Treffpunkt auszumachen. Weder hatte ich große Lust, ihn zu sehen, noch trieb es mich nach der gestrigen langen Fahrt schon wieder ins Auto. Aber ihn bei mir zu treffen, so wie er es vorgeschlagen hatte, lehnte ich ab. In meine heiligen Hallen sollte er keinen Einlass mehr erhalten!

Also setzte ich mich bei bestem Wetter – strahlend blauem Himmel und Sonnenschein – mit Gute-Laune-Musik an den Teich vor meiner Wohnung. Hier konnte ich meine Gedanken kurz davonfliegen lassen, um sie im Nachgang wieder zu sortieren. An diesem Teich hatte ich schon so oft gesessen. Hier fand ich Trost, durfte trauern, träumen, entspannen, den Reiher und die Schwalben beobachten und auch mit Freunden mal einen Caipi trinken. Er war einfach einer der idyllischsten Orte, die es im näheren Umkreis gab und ich fühlte mich hier behütet und geerdet. Also nutzte ich diese Vibes und ließ mir Zeit, um eine Entscheidung zu finden, ob ich mich mit dem Verflossenen treffen sollte oder doch lieber nicht.

Nach etwa einer Stunde Seele baumeln lassen und Auftanken entschloss ich mich spontan, ihm mitzuteilen, dass wir uns in einer Stunde in Meißen treffen würden. Ich packte meinen Rucksack, zog mir meinen unaufgeregten, schwarzen Jumpsuit an, schlüpfte in meine Motorrad-Kombi und brauste eine halbe Stunde später los. Dabei genoss ich die wunderbare, warme Luft und die großartige, blühende Landschaft. Am Treffpunkt angekommen, wartete ich kurz, bis er mit seinem Auto ankam.

„Hi! Bevor du erst aussteigst... lass uns direkt zum Eisladen, vorn an der Straße fahren und dann an der Elbe irgendwo hinlegen! Ich habe heute keine Lust auf lange Spaziergänge!", schlug ich direkt vor. Und ohne eine Antwort abzuwarten, setzte ich mir den Helm wieder auf und gab ihm mit Zeichen zu verstehen, dass er vornweg fahren solle.

Am Eisladen stellte ich das Motorrad ab, nahm den Helm vom Kopf und begrüßte ihn mit gemischten Gefühlen und einer sich unnötig anfühlenden Umarmung. Dann legte ich meine Motorradklamotten in den Kofferraum seines Wagens und wir gingen die wenigen Meter wortlos zur Eisdiele.

Wir stellten uns hinter den Wartenden an und er begann mit Smalltalk, der mich von der ersten Sekunde an furchtbar nervte, weil er so belanglos war. Meine Laune war entsprechend schlecht und mir fiel das Antworten auf diverse sinnlose Fragen schwer. Außerdem wollte ich ihn nicht mehr an meinem Leben teilhaben lassen und nicht zu viel von mir preisgeben.

Als wir, unsere Eisbecher in der Hand, zur Elbe liefen, sagte ich dann: „Rico, du wolltest mich doch heute treffen, um mir von dir zu erzählen. Offensichtlich geht es dir zurzeit sehr gut und das freut mich. Was sind das für Dinge, über die du mir berichten willst?"

Wir suchten uns einen Platz im Grünen, setzten uns nebeneinander und ich hörte ihm zu. „Ja, mir geht es wirklich prima!", begann er. „Ich habe angefangen, meine Gefühle zu benennen und die Dinge aufzuarbeiten, die mich in der Vergangenheit beschäftigt haben. Ich bin so dankbar, dass du in mein Leben getreten bist und mir gezeigt hast, dass ich noch einige Baustellen offen habe!"

Alles hörte ich mir an. Manche Dinge machten mich traurig, manche wütend und andere waren so unglaublich nebensächlich, dass sie mir wie Zeitverschwendung vorkamen. Ich spürte während des Gespräches in mich hinein. Rico war mir nicht mehr nahe. Ich konnte noch nicht mal mehr verstehen, wieso es sich jemals so für mich angefühlt hatte. Ich ließ ihn reden. Doch als er seinen Arm um mich legen wollte, schüttelte ich unmissverständlich den Kopf und wies ihn ab.

„Anita, ich habe noch Gefühle für dich! Ich weiß, dass ich all den Schmerz in dir nicht wieder gut machen kann. Aber ich wünsche mir so oft, dass ich den Tag, an dem wir aus Belgien zurückgekommen sind, wieder rückgängig machen könnte! Lass uns bitte einfach die Zeit zurückdrehen!"

Natürlich verstand ich, was er damit sagen wollte. Aber wieder fand er keinen Mut, seine Worte klar und deutlich zu wählen. Also forderte ich ihn dazu auf: „Sei doch einfach mal mutig und sag, was du mir damit sagen willst!"

Es folgte ein langes Herumgedrucke seinerseits, was mich an unseren 10-stündigen Abschied erinnerte. Augenblicklich sank ich in eine Wolke des Kummers und fing zu weinen an. Aber diesmal weinte ich nicht um ihn! Nein! Ich hatte Mitleid mit mir selbst! Ich heulte über den Schmerz und die lange Zeit der Trauer, die ich erleiden musste. Dazu entfernte ich mich einige Schritte von ihm und setzte mich 10 Meter entfernt von ihm ins Gras. „Bitte lass mich kurz mit mir alleine!", verlangte ich.

Den Schmerz hinauszulassen, tat mir gut und befreite von den angespülten Gedanken. Ich tröstete mich selbst mit der Aussicht darauf, dass ich nun keine Verlustangst um den Verflossenen mehr erleiden musste. Es war vorbei.

Zehn Minuten später setzte ich mich wieder zu ihm und erklärte ruhig und sachlich: „Weißt du... es sind so viele Dinge vorgefallen. Du verlangst eine Freundschaft von mir, aber ich bin nicht sicher, ob ich sie dir geben kann. Auch eine Freundschaft basiert auf Vertrauen und das hast du mir genommen. Deine

Aussagen sind vage, unüberlegt oder unehrlich. Eine Beziehung werden wir niemals wieder führen. Ich glaube nicht, dass du MICH vermisst. Du vermisst vermutlich nur irgendjemanden an deiner Seite. Lass uns heute einfach den Moment und die Sonne genießen, ohne Erwartungen oder Forderungen an den anderen!"

Dann machte ich das Lied von *Elen* an, legte mich ins Gras und schloss die Augen, während sie sang: „Aber ich will nicht! Ich will lieber hier liegen! Für immer hier liegen! Denn liegen ist Frieden!"

Die Sonne kitzelte auf meiner Haut, während ich tiefenentspannt an der Elbe lag und keinen einzigen schlechten Gedanken mehr in mir trug. Die Bewusstheit über den Moment erzeugte eine derartige Zufriedenheit, die mich lächeln ließ. Es gab einfach nichts, was ich in diesem Augenblick vermisste. Nicht meine Kinder, keine Berührung, kein Gespräch, einfach gar nichts! Dann legte Rico seinen Kopf an meine Schulter und vorsichtig seine Hand auf meinen Bauch. Es war okay, dass er mich berührte. Ich nahm seine Wärme und Zuneigung an. Dabei spürte ich nur die Berührung von jemanden und dachte mir heimlich: Jetzt bist du für mich „He du" geworden. Wie krass ist das denn? Es hätte auch ein Fremder sein können, der mich tätschelte. Es hätte mir genauso wenig ausgemacht. Über dieses Gefühl war ich mega überrascht. Noch vor wenigen Minuten konnte ich seine Berührung nicht ertragen und nun war plötzlich ein Schalter umgelegt und ich machte mir gar nichts mehr daraus, sondern genoss es sogar? Wie konnte das denn passieren?

Als ich mir darüber bewusst wurde, dass der Verflossene nur noch JEMAND für mich war, spürte ich eine friedliche Leichtigkeit. Ich drehte mich mit dem Rücken so an seinen Körper heran, dass er mich hinter mir liegend umarmen konnte. So lagen wir eine Weile da. Ab und zu schluchzte er tränenlos und quatschte, mich fest im Arm haltend, abgelutschte Floskeln, die ich gar nicht mehr ernst nehmen konnte.

„Du musst nichts mehr sagen. Ich will einfach nur hier liegen und die Zeit genießen!", bat ich ihn höflich. „Hör auf dich zu entschuldigen, für Dinge, die wir beide nicht mehr ändern können. Wenn du mir etwas mitteilen willst, dann hör auf über Menschen zu sprechen, die ich nicht kenne. Ich mag deine belanglosen Ausschmückungen nicht mehr ertragen. Sprich über dich! Über deine Gefühle und Empfindungen. Du sagst, du warst klettern. Wie hat es sich angefühlt, den Gipfel zu erreichen? Es muss doch ein stolzes und erhabenes Gefühl gewesen sein? Warst du nicht in völligem Einklang mit dem Berg und der Natur?"

„Ja, das war ich. Und ich hab mir dich an meiner Seite gewünscht! Ich hätte den Moment so gern mit dir geteilt! Alles, woran ich denken konnte, als ich oben ankam, warst du!", schluchzte er.

Ich drehte mich zu ihm herum und tröstete ihn, indem ich ihm zärtlich über sein Gesicht strich und mein Bein über sein Becken legte. Er hatte so wunderschöne grüne Augen! In die hatte ich mich damals so verliebt. Dennoch hatte ich kein großes Mitleid mit ihm. Er war es schließlich gewesen, der sich in diese Situation gebracht hatte.

Wie ich so vor ihm lag, dicht an dicht, durchzog mich ein erotischer Schauer. Ich hielt ihm mein Gesicht direkt vor seines, wartete allerdings ab, ob er den Mut haben würde mich zu küssen.

In winzigen rhythmischen Bewegungen begann ich, mich mit meinem Becken auffordernd an ihm zu reiben. Er war verwirrt. Ich sah, dass er mit sich rang und wollte nicht noch Feuer in seine Wunde schütten. Um Missverständnissen vorzubeugen, erklärte ich mit klaren Worten: „Ich wünsche dir für deine Zukunft ganz viel Mut, die richtigen Worte zu finden, die richtigen Entscheidungen zu treffen und eine Partnerin, die dich so nimmt wie du bist. Ich will diese Partnerin nicht mehr sein! Es zieht mich nichts mehr zu dir! Jetzt mit dir hier zu liegen, finde ich superschön. In deinen Armen habe ich mich immer geborgen gefühlt. Das tue ich auch jetzt. Halt mich noch ein bisschen fest, denke nicht darüber nach was morgen ist. Dafür ist das Leben viel zu kurz! Lass uns nur diesen Augenblick in seiner unendlichen Schönheit noch eine Weile absorbieren!"

„Anita, ich liebe dich! Ich will nur dich an meiner Seite und keine andere!", brachte er mit gebrochener, tränenloser Stimme hervor.

„Und ich sag es dir noch einmal in aller Deutlichkeit: Unsere gemeinsame Zeit ist um! Ich möchte keine Beziehung mehr mit dir führen. Fang an, um uns zu trauern und zu weinen, so wie ich es viele Monate lang getan habe. Es ist notwendig, Menschen zu betrauern und Verluste! Nur so wirst du abschließen und dir selbst irgendwann verzeihen können! Am Tunnelende ist Licht, Rico! Mein dunkler Tunnel war sehr lang. Ich musste von Mitte November bis März hindurchgehen. Manchmal konnte ich nur auf allen Vieren kriechen. Erst die letzten Kilometer ging ich wieder aufrecht. Und nach unserem Treffen zu Ostern hatte ich das erste Mal das Gefühl, endlich am Ende des Tunnels angekommen zu sein. Jetzt muss ich mich erstmal wieder an das Tageslicht gewöhnen. Aber ich bin wieder draußen! Das ist gut so. Du wirst es auch schaffen!"

In seiner Verzweiflung und Traurigkeit küsste er mich und ich nahm an, was er mir zu geben bereit war, ohne seine Energie in mich aufnehmen zu müssen, oder sie von ihm zu absorbieren. Ich nahm seine Küsse, Berührungen und Streicheleinheiten gerne an, aber ohne mich mental mit ihm verbunden zu fühlen. Es war schön, berührt zu werden. Doch in mir schlich sich ein schlechtes Gewissen ein. Also wies ich darauf hin: „Ich weiß nicht, ob das so gut ist, was wir hier tun. Ich bin damit save! Mir machen deine Berührungen nichts mehr aus. Ich kann sie annehmen ohne sie mit dir zu verbinden. Aber ich denke nicht, dass es dir damit besonders gut geht! Sollten wir nicht lieber damit aufhören?"

„Ich weiß gerade gar nichts!", brachte er kraftlos und verwirrt hervor.

„Aber ich weiß, dass ich jetzt gern mit dir Sex haben würde! Banalen, gefühllosen One-Night-Stand-Sex!"

„Bist du dir sicher? Ich will dir nicht weh tun!", argumentierte er unsicher.

Ich lachte kurz ironisch auf und erwiderte: „Hast du doch schon! Aber heute wirst du mir nicht wehtun. Für mich sind WIR erledigt! Also schlaf mit mir oder nicht. Wie du willst. Vermutlich wird es dir mehr Schmerzen bereiten als mir. Aber ich vermute, dass du sowieso wieder keinen hochkriegst, weil du viel zu aufgewühlt bist!"

Natürlich war dieser Kommentar nicht besonders taktvoll gewesen, aber ehrlich! Mein schlechtes Gewissen hatte ich damit abgelegt. Ich schob seine Hände über meinen Jumpsuit auf meine Brüste bis zu meinem Becken hinunter. Dann zog ich die Träger des Einteilers nach unten, sodass er meinen nackten Oberkörper berühren konnte. Über seiner Hose spürte ich seinen harten Penis. Ja, ich war überreif und bereit, mit ihm – unter Beobachtung einiger vorbeiradelnder Passanten – eine kleine Nummer zu schieben.

„Hau mir auf den Hintern und fass mich fest an! Beiß in meine Nippel! Übernimm die Kontrolle! Ich steh drauf!", hauchte ich ihm ins Ohr.

Patsch! Klatsche er mir auf den Arsch. Ich nestelte am Reißverschluss seiner Hose und öffnete den Gürtel um seinen prallen Schwanz zu fassen. Er war bereits schön feucht und ich rieb ihn in meiner Hand, was mich total erregte. Wir küssten uns leidenschaftlich und ich empfand, dass ich nach so langer Zeit der Einsamkeit einen richtig ausgiebigen Fick verdient hatte.

Der Verflossene fühlte sich jedoch deutlich unwohl angesichts der Tatsache, dass es noch helllichter Tag war und ständig Leute in 20 Metern Entfernung an uns vorbeifuhren. Daher schlug er vor, zu ihm zu fahren, was ich allerdings ablehnte: „Nein, ich will nicht zu dir fahren! Vermutlich kommen da Erinnerungen wieder, die ich heute nicht gebrauchen kann. Aber bei mir will ich dich auch nicht haben!", erklärte ich kurz. Somit war die Sex-Idee nicht mehr umsetzbar und ich verabschiedete mich bereits gedanklich von ihr. Es sollte eben nicht sein!

Doch dann ließ der Verflossene mich innerhalb von Sekunden meine Meinung ändern, indem er mir versprach: „Wenn wir zu dir fahren, werde ich dich an einen Balken fesseln und richtig verwöhnen!"

Verdammt! Ja, das war es, was ich wollte! Die Entscheidung fiel relativ schnell. Meine Erregung war so groß, dass ich bereits merkte, wie mein Slip feucht wurde. Die maßlose Wolllust überkam mich und somit warf ich das Bedürfnis, ihn nicht mehr in meine Wohnung zu lassen, komplett über den Haufen.

Wir einigten uns auf Sex. Wobei ich ihm in Aussicht stellte, dass er unmittelbar danach wieder gehen müsse und nicht bei mir übernachten könne. Er akzeptierte meine Bedingungen und wir fuhren getrennt voneinander – er mit dem Auto, ich mit dem Motorrad – zu mir nach Hause.

Der Zauber der Elbe war auf der Heimfahrt verloren gegangen. Dennoch hatte ich immer noch Lust auf ihn. Ich forderte ihn auf, seinen Worten Taten folgen zu lassen: „Na? Wirst du mich jetzt an den Balken binden? Ich fände es geil!"

„Nein, das kann ich nicht. Für mich ist es nicht nur Sex, Anita. Ich will mit dir Zeit verbringen!"

„Aber für mich ist es nur Sex! Das hatten wir doch vorhin so besprochen!", antworte ich enttäuscht. Meine Vermutung war, dass er sich in meiner Wohnung zurückerinnerte, was wir alles miteinander hatten. Mir war klar, dass ihn das fertigmachte. Aber er hatte mir nun mal Sex versprochen und nichts weiter wollte ich. Um die Sache in Schwung zu bringen, übernahm ich die Führung. Bereitwillig schloss er sich dem an und kurze Zeit später waren wir beide nackt.

Sein Glied hing traurig an ihm herunter und weinte die Tränen, die Rico um uns nicht weinen konnte. Ich bemitleidete mich, dass ich es auch in diesem Jahr nicht geschafft hatte, einen potenten Mann aufzutun, sondern es mit dem Ex machte, der wie so oft, keinen hochbekam. Augenblicklich schlussfolgerte ich, dass dieses Jahr wieder ein Hänger-Jahr werden würde! Waaaaaaaaaarum nur?!? Das hatte ich doch wirklich nicht verdient! Eine kurze Verzweiflung machte sich in mir breit. Doch die Aussicht auf das Gespräch mit Evi versprach neue Erkenntnisse und gab mir Zuversicht.

Der Verflossene bemühte sich in jedweder Form, was ich sehr genoss. Ich sparte nicht mit Forderungen und Anweisungen, die er bereitwillig umsetzte. Für unser körperliches Miteinander nahmen wir uns ganze vier Stunden Zeit.

Nach zwei Uhr nachts bat er mich, nicht mehr nach Hause fahren zu müssen. Ich stimmte zu. Eng aneinander gekuschelt schliefen wir nebeneinander ein, bis morgens halb sieben mein Wecker klingelte. Dass der Verflossene neben mir lag, machte mir nichts aus. Es fühlte sich weder falsch, noch richtig an. Kein rührseliger Gedanke der Zuneigung, kein Gefühl des Verlustes, der Angst oder einer Verbundenheit.

„Guten Morgen. Ich muss aufstehen und du solltest dich auch fertig machen!", weckte ich ihn, gab ihm ein Bussi auf die Stirn und stand auf. Dann ging ich kurz duschen, machte mich fertig für die Arbeit und verließ mit ihm das Haus.

„Wenn du magst, kannst du mich zum Nina-Chuba-Konzert Mitte Juni begleiten.", schlug ich spontan vor. „Die Karte hatte ich letztes Jahr für dich gekauft. Jemand anderes will nicht mit mir hingehen. Schau mal in deinem Kalender nach, ob es bei dir passt und gib mir Bescheid!"

Zwar rechnete ich mit seiner Zusage, dachte jedoch nicht, dass er sich weiter hinsichtlich einer gemeinsamen Zukunft mit mir Hoffnungen machte.

„Unbedingt! Ich würde mich riesig freuen, wenn du mich mitnimmst! Da kannst du auch gleich bei mir schlafen. Egal, ob die Kinder da sind oder nicht! Ich will, dass sie dich kennenlernen!", brach es euphorisch aus ihm heraus und seine Augen leuchteten vor Freude.

„Rico, der Zug ist abgefahren! Du warst nicht bereit, mir deine Kinder vorzustellen als wir zusammen waren und nun schütze ich dich vor dir selbst! Ich werde definitiv nicht bei dir schlafen, wenn deine Kinder bei dir sind, weil ich nicht will, dass sie mich als eine deiner sexuellen Bekanntschaften in deinem Bett auffinden! Ich muss erstmal los. Wir sehen uns bei Nina Chuba!"

Vor meinem Auto stehend bedankte ich mich für die schöne Zeit und verabschiedete mich mit einer knappen Umarmung, ohne Kuss und große Worte. Obwohl ich spürte, dass er deutlich mehr wollte, als ich ihm an diesem Morgen geben konnte, war ich gelöst, fröhlich und unbeschwert. Ich sang auf der Fahrt über die Autobahn das *Liegen-ist-Frieden-Lied* in Dauerschleife und ließ alles andere hinter mir.

Ein bisschen feierte ich es, dass ICH diesmal diejenige war, die so unbedarft und einfach hatte Abschied nehmen können und der Verflossene wohl nun im Auto zusammenbrechen würde.

Als Sarah mich gegen Mittag per Nachricht fragte, wie es mir ging, antwortete ich: „Danke der Nachfrage. Hatte die ganze Nacht Sex mit Rico. Muschi wund, aber sonst totaler Höhenflug, weil ich so herrlich banalen Hänger-Sex haben konnte, ohne mich an ihn zu heften."

„Oh, wow! Damit habe ich nicht gerechnet!", antwortete sie überrascht.

„Naja, ich auch nicht, aber es hat sich so ergeben. Wird aber trotz großer sexueller Bedürftigkeit das letzte Mal gewesen sein, weil es einfach unheimlich anstrengend ist, dass er in bedeutungslosen Floskeln spricht und hängt."

Es folgte eine längere Sprachnachricht von ihr, die in etwa den folgenden Inhalt trug: „Mir fällt es irgendwie gerade echt schwer, Worte dafür zu finden, weil ich es nicht so richtig fassen kann, dass es gefühlt von vorn losgeht! Erst der Gefühlsstau vor drei Tagen und jetzt lässt du dich wieder auf ihn ein? ... Ich bin mir ziemlich sicher, dass du das nachvollziehen kannst, dass ich dich da gerade nicht abholen kann! Mir fehlen dazu die Kraft und die Muße, dich wieder psychologisch zu betreuen, weil ich es in den letzten Monaten schon ein paar Mal mitgemacht habe. Deshalb kann ich dazu gar nicht viel sagen. Ich hoffe ganz sehr für dich, dass du mit deiner Einschätzung richtig liegst und die beiden Sachen (Liebe und Sex) tatsächlich trennen kannst. Denn ich habe für mich in den letzten Wochen herausgefunden, dass ich es nicht kann!"

„Ich finde es okay und danke dir für deine Ehrlichkeit. Bitte sieh unsere Freundschaft nicht als meine psychologische Betreuung an! Ja, ich nehme gern jeden Hinweis von dir auf und denke viel über dein Gesagtes nach, aber ich fordere nicht deine Betreuung!"

In den nächsten Tagen vermied ich es also, Sarah weiter auf den Senkel zu gehen, weil ich nicht als ihre „Patientin" gelten wollte. Allerdings gab es in dieser Zeit auch nichts, was einen größeren Redebedarf mit ihr nach sich gezogen hätte. Ich hatte nicht das Bedürfnis, irgendwem von meinem Gemütszustand zu berichten, weil ich mit mir im Reinen war.

Am darauffolgenden Tag schrieb mich der Verflossene an: „Guten Morgen kleiner Sonnenschein. Mich interessiert, wie es in dir aussieht. Wie fühlst du dich, wenn du an Sonntag zurückdenkst? Wie stehst du zu unserer Situation? Ich bin gestern den ganzen Tag wie Falschgeld herumgelaufen und habe Angst, dich nicht wiedersehen zu dürfen. Anita, was geschehen ist, kann ich nicht rückgängig machen. Heute weiß ich, dass ich es war, der wie ein Kleinkind davongelaufen ist. Du hattest Recht, ich bin auf der Suche, aber nicht nach etwas Beliebigem!"

Ich antwortete ihm nicht gleich, sondern dachte eine Weile darüber nach, was tatsächlich in mir vorging. Dann schrieb ich abends zurück: „Hi Rico. Ich fühle mich frei und unbeschwert, ohne Verlustängste und ohne schlechtes Gewissen. Die eine Nacht hat an unserer Situation nichts geändert. So hatte ich es mir erhofft und bin dankbar, dass es sich nun bestätigt."

„Ich möchte dich gern am Donnerstag zum Essen einladen.", schrieb er.

„Unser nächster Termin ist Nina Chuba in 6 Wochen!", wies ich ihn ungerührt ab. Es folgten noch ein paar bedeutungslose Nachrichten, dann endete unsere Konversation vorerst.

Als eine Woche später eine Postkarte von ihm den Weg bis in meinen Briefkasten fand, war ich überrascht. Die Karte kam aus Prag, wo Rico mit seiner besten Freundin das Wochenende verbracht hatte. Sie trug lediglich die wenigen Worte: „Liebe Anita, liebe Grüße aus Prag. Rico"
Unmittelbar darauf zog in mir erneut eine Woge der Wut ein. Sie waberte sich langsam aber stetig zu einem größeren, blitzewerfenden, donnergrollenden Gewitter zusammen. Erst konnte ich nicht verstehen, warum eine Postkarte mit so wenig Inhalt mich so derartig zur Weißglut trieb, doch dann begriff ich recht schnell, worin die Ursache lag: ich hasste den Verflossenen dafür, dass er sich so mühelos von mir gelöst hatte. Es war der Neid, der in mir saß und der Gedanke an diese vermeintliche Ungerechtigkeit, die aus mir herauskroch. Mein inneres Kind war tief getroffen, weil es sich ungerecht behandelt und zurückgelassen vorkam. Viel lieber hätte es zugeschaut, wie sich der Verflossene in seinem eigenen Elend suhlte und vor Schmerz zerfloss. Aber das passierte nicht. Das war die Ungerechtigkeit!
Gedanklich versuchte ich die Mini-Anita zu trösten, aber es gelang mir nicht. Wie hätte man denn einem Kind erklären sollen, dass es überall ungerecht auf der Welt zuging und man dieses Phänomen nun mal nicht einfach ausschalten konnte? Das brachte doch so gar keinen Trost! Ich versuchte mir einzureden, dass Rico zu einem späteren Zeitpunkt seinen langwährenden Tiefpunkt erreichen würde und dass Männer womöglich grundsätzlich anders mit Trauer umgingen – sie nämlich ignorierten. Allerdings bezweifelte ich, dass er jemals so tiefe Gefühle für mich gehegt hatte und vielleicht gar nicht besonders viel um uns trauern musste. Der Trost blieb also aus. Ich musste vorerst das Gefühl des Neides und der Wut ertragen, bis es irgendwann gut war.

Ende Mai fuhr ich nach Leipzig zum Sex-Coaching mit Evi. Meine Erwartungshaltung war nicht besonders groß. Dafür die Angst vor auf- wühlenden Gefühlsausbrüchen und dem Aufdecken von unerwarteten Problemen, die ich zuvor noch nicht auf dem Schirm hatte. Glücklicherweise wurden beide Ängste nicht bedient.
Evi und ich begrüßten uns, führten kurzen Smalltalk über ihren Hund und das furchtbare Unwetter, dass mich auf der Strecke über die Landstraße bis zu ihr begleitet hatte. Dann gingen wir zum Kompetenzteil über. Das Gespräch begann mit Evis Frage: „Warum bist du hier? Welches Problem gilt es zu lösen?"

Es fiel mir nicht leicht, auszusprechen, worum es ging. Vielleicht weil es schon gar nicht mehr wirklich darum ging, sondern um all die Dinge ringsherum. Dennoch stammelte ich unbeholfen mein Problem heraus: „Ich weiß, du willst heute nur über Kompetenzen sprechen, aber mein Problem ist dennoch meine sexuelle Inkompetenz. Ich hatte noch nie einen vaginalen Orgasmus und überhaupt hatte ich noch nie einen Orgasmus beim Sex, den ich mir nicht selbst besorgt hab."

Wobei das nicht ganz der Wahrheit entsprach. Rico hatte es mir das ein oder andere Mal mit seinen Händen gemacht. Aber ich sprach von Penetrations-Sex.

„Okay. Und was ist dein Ziel?", hakte sie nach.

„Endlich orgastische Höhepunkte zu erleben, die mich erfüllen, so wie andere Frauen es auch können!"

„Das ist ein Vergleich.", stellte sie fest und erklärte weiter: „Du vergleichst dich also mit anderen. Das ist grundsätzlich schwierig, da du damit für dich enormen Druck erzeugst. Du solltest aufhören, dich zu vergleichen, um dir den Stress im Kopf rauszunehmen. Also, was ist das Ziel?"

Ich ließ mir etwas Zeit zum Überlegen. Ja, damit hatte Evi wohl recht. Also, was wollte ich mir stattdessen zum Sex-Ziel setzen? „Dann sollte das Ziel vielleicht sein, mich so auf jemanden einlassen zu können und die Kontrolle abzugeben, dass ich das, was mir gegeben wird, annehmen kann ohne Forderungen an mich selbst zu stellen. Schließlich genieße ich ja auch die Berührungen und Zärtlichkeiten, egal ob ich dabei leer ausgehe oder nicht. Dennoch hatte ich in meiner Ehe und auch mit den paar Typen aus dem letzten Jahr ständig das Gefühl, nur als Gummipuppe zu fungieren. Ich habe mich hingehalten und hatte in den meisten Fällen nicht viel davon.", rechtfertigte ich mich.

Während unserer Beratung erzählte ich ihr in wenigen Sätzen, welche Aufgaben BD, der Wahnsinnige, Tantra-Daniel und der Wickler für mich bereitgehalten hatten. Der eine lehrte mich, offen zu kommunizieren und „Nein" sagen zu können. Der andere ließ mich begreifen, dass ich keine Retterin mehr sein wollte und der Tantra-Mann zeigte mir, dass ich noch nie von einer anderen Person so zärtlich berührt worden war. Der Wickler war zwischen den ganzen Männern eine Ausnahme gewesen. Mit ihm hatte ich ja keinen Sex. Doch er ließ mich meine experimentelle Seite erkennen. Dann kam die Rede auf den Verflossenen und ich erklärte ihr knapp, wie der aktuelle Stand war: „Weißt du noch, als wir bei unserer ersten Begegnung über Rico gesprochen haben? Vermutlich kannst du dich nicht daran erinnern... Jedenfalls hatte ich mich schockverliebt in ihn und er hat mich kurz danach abgeschossen. Die letzten

Monate habe ich damit zugebracht, die Sache zu verarbeiten und ihn zu betrauern. Als ich damit fertig war, machte er mir große Liebesbekundungen, die ich allerdings abgewiesen habe. Er ist mir mental nicht mehr nahe. Allerdings war er der Einzige, der sich bisher sexuell so richtig viel Mühe mit mir gegeben hat. Meine Angst ist nun, dass ich keinen anderen finden werde, der sich genauso engagiert. Vermutlich ist das auch der Grund, warum ich neulich wieder so etwas wie Sex mit ihm hatte."

„Was heißt das? So etwas wie Sex?", wollte Evi wissen und zog ihre Augenbraue skeptisch nach oben.

„Naja… es ist ein bisschen traurig und lustig zugleich.", versuchte ich zu erklären. „Ich hatte nur impotente Typen an der Angel im vergangenen Jahr. Das zog sich von dem Einen zum Anderen. Vermutlich zieh ich solche Männer einfach an. Ich kann es mir nicht erklären. Also heißt „so etwas wie Sex": Es wird gefummelt, gefingert, Körper reiben sich aneinander, knutschen, ab und zu wird reingesteckt, bis das Ding wieder erschlafft. Irgendwie ist es schon frustrierend. Wenigstens habe ich mittlerweile erkannt, dass es nicht an mir liegt, dass die Typen keinen hochkriegen. Das war auch eine Erkenntnis, die mich stärker gemacht hat. Aber eigentlich habe ich auf Hänger-Sex keinen Bock mehr! Ich hab immer so viel Rücksicht genommen. Rico und ich haben viel darüber gesprochen und Ursachen gesucht. Teilweise auch gefunden. Er war der Erste, mit dem ich so offen kommunizieren konnte. Aber das Kapitel geht zu Ende. Es bleibt nur noch die Angst, mich wieder in einen Menschen zu verlieben, der nicht dasselbe für mich empfindet. Dann ginge der ganze Affenzirkus von vorne los. Ich weiß nicht, ob ich das noch einmal ertragen kann. Es fühlte sich wie Sterben an!"

Wir sprachen noch eine Weile über den Verflossenen und meine Ängste, bis wir wieder beim Wickler waren, der mich durch sein starkes, selbstbestimmtes Wesen total beeindruckt hatte.

„Was war das Problem mit dem Wickler? Wieso ist es an diesem Abend nicht zum Sex gekommen? So wie du es mir jetzt geschildert hast, wäre das eine perfekte Gelegenheit zum Üben gewesen!", fragte Evi neugierig.

Mit wenigen Worten informierte ich meine Beraterin über die Menstruationstasse in meiner Vagina und den dämlichen Rasierschaden. Dann sagte ich: „Du, ich glaube, dass hätte mich an diesem Abend komplett aus der Bahn geworfen. Ich war im Kopf noch nicht frei und befand mich noch in der Verarbeitungsphase der letzten Beziehung. Vermutlich wäre ich unter seinen Berührungen irgendwann heulend zusammengebrochen, weil sich wieder ein Trigger gelöst hätte. Es sollte alles so sein und es war so wie es gekommen ist total richtig. Beeindruckend war für mich an diesem Abend, wie frei und ungeniert ich ICH sein durfte. Dieses Gefühl habe ich mir auf jeden Fall mitgenommen."

„Warst du anders als sonst?"

„Ja. Ich konnte mich frei bewegen, konnte aussehen, wie ich aussah und sein, wie ich wollte. Es fühlte sich ein bisschen mondän an, ohne dass mich jemand dafür verurteilt hat. Ich war frei im Kopf und hatte keine Erwartungen an den Abend. Das Einzige, was ich mir vorgenommen hatte, war zu tanzen. Und das habe ich ausgiebig getan."

„Welche Attribute gibst du dem Wort *mondän*?", fragte sie.

„Puhhh, eigentlich alle Eigenschaften, die ich so gar nicht habe. Ich wäre ja gern eine Prinzessin... Sehr weiblich, lange Haare, Glitzer, anmutiger Gang, erotische Ausstrahlung, fest im Leben stehend, elegant, glamourös. Ich bin da leider eher der Typ Bauer. Burschikos, frei von der Leber weg, abgebrochene Fingernägel und handwerklich begabt. Mit mondän hat das eigentlich nichts zu tun!"

„Aber es stecken viele von den genannten Attributen in dir! Kann es sein, dass du sie verborgen hältst?"

„Ist das so?", fragte ich ungläubig. „Hm... vielleicht hast du recht."

„Warum zeigst du die mondäne Anita nicht gern?", wollte Evi wissen und ich gab mir dann alle Mühe, ihre Frage ausreichend zu beantworten: „Hm... wenn du siehst, dass einige dieser Dinge bereits da sind... Vielleicht hab ich Angst davor, für eine Nutte gehalten zu werden? Ich kann unmöglich auf der Baustelle in Overknees auftauchen und so tun, als wäre das normal. Da nimmt mich doch keiner mehr ernst und ich verliere meine Integrität!", witzelte ich.

Evi machte mir Mut, meine mondäne, weibliche Seite mehr anzunehmen. Sie sei bereits da. Ich sollte sie nur noch akzeptieren lernen und in die Welt hinaustragen. Jeden Tag ein kleines Stück mehr. Alternativ dazu gab es die Möglichkeit, mein burschikoses Ich als das zu feiern, was es war und nicht abzuwerten. Denn schließlich ist eine selbstbestimmte Frau – mit kurzen Haaren und Jeanshose – die weiß, was sie will, nichts Schlimmes oder Falsches. Sie erklärte mir weiterhin den Unterschied der männlichen und weiblichen Polarität und dass Frauen mit dem Herz entscheiden und Männer mit dem Schwanz. Ich verstand es, als sie es mir bildhaft darlegte, konnte es jedoch einen Tag später schon nicht mehr gut wiedergeben.

Ich musste zugeben, dass unsere Unterhaltung wenig mit meinem ursprünglich erklärten Ziel zu tun hatte, aber es brachte mich für den Moment erstmal wieder ein kleines Stück weiter. Spätestens als Evi mir mitteilte, dass sie Astrologin sei und die Sterne gerade günstig stünden: „Die Menschen um uns herum sind alle nur noch wie fremdgesteuert. Überhaupt nicht mehr bei sich. Ich habe das Gefühl, dass ist gerade ganz schlimm. Es gibt nur noch wenige Menschen, die sich nach einer tieferen Verbindung zu anderen sehnen."

„Ja, das ist auch gerade mein großes Problem. Ich merke, dass es mir unheimlich schwerfällt, mit meinen Mitmenschen lapidare Gespräche zu führen, die so tiefgründig sind wie eine ausgetrocknete Pfütze. Selbst mit meinen Eltern und den Tanzmädels ist es nur noch anstrengend. Als würde sich gar keiner mehr für das wirklich Wichtige interessieren. Und aus diesen wenigen verbundenen Menschen soll ich dann auch noch den Einen finden, der vielleicht mein Partner sein kann? Das ist wie die Nadel im Heuhaufen zu finden!"

„Mach dir nichts draus! Ab jetzt stehen die Sterne auf Ordnung und Aufräumen. Das geht noch bis Oktober und ab dann wird es wieder besser. Es gab schon mal im April so eine kurze Ruhephase, aber jetzt wird es nochmal aufregend."

„Ist ja interessant!", stellte ich überrascht fest. „Also ich hatte bereits im April drei Wochen, wo ich so eine richtig schöne Leichtigkeit gespürt habe. Mir hat die Sonne aus dem Po gestrahlt und ich war mit der Welt im Reinen. Doch dann ging der ganze Fickfack wieder von vorne los. Manchmal habe ich das Gefühl, ich bekomme gar keine Luft mehr!"

Evi hakte ein: „Ja, genau. Und dieses Gefühl wie im April wirst du nach Oktober wieder haben. Aber vorher heißt es: Ausmisten. Alles raus, was du nicht mehr benötigst. Räum die Wohnung aus, trenne dich von Dingen oder Menschen, die du nicht mehr haben möchtest. Triff Entscheidungen! Mach in deinem Leben wieder Ordnung! Dafür ist genau jetzt der richtige Zeitpunkt gekommen."

Ich denke, das war die größte Inspiration an diesem Abend, die mir Evi gab. Es klang irgendwie hoffnungsvoll. Oktober war nicht mehr weit hin. Bis dahin würde ich es fließen lassen. Konnte üben, meine Weiblichkeit zu akzeptieren und zog womöglich damit endlich die richtigen Männer an, die ab nun keine kleinen muttermilchliebenden Jungen mehr waren, sondern kraftvolle, unabhängige, im Leben stehende Kerle!

Nach zwei Stunden Beratung und einigen spirituellen Impulsen setzte ich mich ins Auto und fuhr dankbar zurück nach Hause. Das große Gefühlschaos war ausgeblieben, doch ich wusste, dass so ein Gespräch auch Nachwirkungen haben konnte. Vielleicht würde ich die nächsten Tage damit zubringen, zu heulen wie ein kleines Baby?

Zwei Tage später hatte ich den ganzen Input einigermaßen verarbeitet. Ich stellte fest, dass es okay war, wie ich war. Ich musste weder mondän sein, noch gab es einen Grund, mich für meine burschikose Art zu rechtfertigen. Mein Weg sollte mich zur Akzeptanz führen! Sicherlich würde ich versuchen, meine weiblichen Nuancen intensiver hervorzuheben, aber dazu musste ich mir weder die Haare lang wachsen lassen, noch wie eine Nutte aussehen. Und was das Sexuelle betraf, nahm ich mir vor, mir selbst weniger Stress zu machen. Sex gehörte zwar zu meinem Leben, aber es war nicht das Wichtigste darin. Vielleicht gab es da draußen ja jemanden, der meinen Körper zu lesen verstand und wenn nicht, würde ich auch damit zurechtkommen. Eine gewisse sexuelle Gelassenheit zog in mir ein. Hoffentlich würde ich dieses Gefühl sehr lange in mir halten können.

Bezüglich der Sternenkonstellation hatte ich meine Aufgabe ebenso erkannt. Wobei ich nicht sagen konnte, ob sie durch das Gespräch mit Evi ausgelöst wurde. Jedenfalls beschloss ich, mich von den Menschen zu trennen, die mich nur noch Kraft kosteten! Dieser Gedanke waberte schon einige Zeit in mir. Vielleicht hatte ich jetzt durch ihre inspirierenden Worte einfach nur den Mut dazu gefunden. Also schrieb ich dem Verflossenen: „Rico, ich kann dich zum Nina Chuba Konzert nicht mitnehmen. Jedes zweite Lied habe ich bereits für dich gesungen. Bitte verzeih, dass ich so übermütig war. Laut Aussage der Astrologie-Tante stehen bis Oktober die Sterne günstig, um alles im Leben aufzuräumen. Daher räume ich alles raus, was ich nicht mehr mitnehmen will. Auch du gehörst dazu. Auf deinem Weg wünsche ich dir Klarheit, Mut und Kraft, um deine Ziele zu erreichen und Hürden zu überwinden. Mach's gut."
Es folgte eine floskelreiche, dem Universum sehr zugewandte, belanglose „Lass bitte die Tür einen Spalt offen"-Nachricht, die ich mitsamt dem ganzen Chatverlauf endgültig löschte. Danach verbannte ich ihn aus meiner Kontaktliste. Gleiches tat ich mit dem Wahnsinnigen, der am Tag zuvor wieder auf dem WhatsApp-Bildschirm aufgetaucht war, um mich zur Museumsnacht in Dresden einzuladen. Sofern die beiden dennoch den dringenden Wunsch hatten, mir etwas mitteilen zu wollen, konnten sie mir gern eine belanglose Postkarte schicken oder unverhofft vor meiner Türe stehen, dachte ich zynisch.

Nachdem ich damit fertig war, saß ich nachdenklich auf dem Sofa und hielt einen Moment inne. Ich stellte fest, dass es sich nicht wesentlich leichter anfühlte. Was hatte ich mir erhofft? Dass der Ballast abfallen und ich – leicht wie eine Feder – in den Himmel steigen würde? Befreit von allen negativen Gedanken, die sich noch so wacker in mir hielten? So kam es nicht!
Am Abend chattete ich mit Sarah. Auch sie hatte es gerade nicht leicht und ich wollte wissen, wie bei ihr die Lage war. Es ging ihr etwas besser, als die Tage

zuvor, aber sie war immer noch nicht oben auf. Meiner Bitte, mich zum Konzert zu begleiten, weil die Karte sowieso schon bezahlt war, kam sie gerne nach. Natürlich tat sie es mir zuliebe, weil sie eben eine gute Freundin war, wenn nicht sogar die beste! Obwohl sie Ninas Musik gar nicht besonders mochte. Dann setzte ich sie unaufgefordert über meinen aktuellen Stand in Kenntnis: „Hab eben die Nummern vom Verflossenen und vom Wahnsinnigen gelöscht. Fühlt sich nicht befreiend an. Eher wie Arm abgehackt!"

Tröstend gab sie zurück: „Abschied ist immer schmerzhaft. Die beiden waren immerhin ein Teil deines Lebens & eine Herausforderung, an der du wachsen konntest. Zeit, dankbar zu sein & in Liebe weiterzugehen, würde ich sagen."

Ich setzte mich für eine halbe Stunde an meinen geliebten Teich und nickte mir selbst wohlwollend zu. Wie ich unter den letzten Sonnenstrahlen des endenden Tages saß, wurde mir alles bewusst: Ja, es war ein Abschied und ja, er war nötig. Und ja, ich räumte auf. Und ja, die letzten Typen, meinen Ex-Mann eingeschlossen, waren allesamt Kinder gewesen. Es wurde immer klarer erkennbar!

Evi hatte mich irgendwann zu Fasching mit meinem Ex-Mann gesehen und in unserem Gespräch festgestellt, dass er neben mir wie ein Junge gewirkt hatte und ich, wie seine Mutter. Wenn ich mich zurückerinnerte, erkannte ich den kleinen Jungen auch in BD, im Wahnsinnigen und in Rico. Ich hatte nun also begriffen, dass ich keine Mutter mehr sein wollte für meinen zukünftigen Partner. Dies konnte ich nur erreichen, indem ich dem Anteil der fordernden, weiblichen Anita, die Weicheier abschreckte, mehr Beachtung schenken würde. Endlich Kontrolle abgeben, Frau sein dürfen und nicht für meinen Partner sorgen zu müssen, weil er eine völlig eigenständige, selbstkontrollierte Person war. Und vielleicht – so Evis Behauptung – würde dann eines Tages mit ihm auch meine sexuelle Erfüllung kommen. Dazu gehörte jedoch üben, üben, üben!

Ich hatte mit dem glanzlosen Mai meinen Frieden gemacht und schaute nun voller Zuversicht auf einen fulminanten Juni. Sarahs Worte führte ich dabei in Gedanken immer bei mir: „Zeit, dankbar zu sein & in Liebe weiterzugehen!"

Nachwort

Mein Gott, was waren die letzten zwei Jahre für eine anstrengende Reise! Wenn ich mich rückblickend betrachte, stelle ich fest, dass mir bereits in meiner Kindheit verschiedene Steine in den Weg gelegt worden waren, die eine selbstbewusste Entwicklung zu einem unbeschwerten Sexualleben verhinderten. Die Tatsache, dass es meiner Mutter immer peinlich war, mit mir über natürliche sexuelle Dinge zu sprechen, haftete an mir wie Hundescheiße an einem Schuh. Diese Peinlichkeit gehörte zu den vielen, kleinen Bausteinen, die mich meinen Selbstwert und meinen Körper in Frage stellen ließen.

In den letzten Monaten gelang es mir, meine Körperkomplexe zu einem großen Teil abzubauen und mich als den liebenswerten, ansehnlichen Menschen anzunehmen, der ich in Wirklichkeit bin. So wie es der Tantra-Mann gesagt hatte. Ich weiß, dass da noch einige Dinge tief verborgen liegen, die ich noch nicht kenne. Doch wenn sie ans Licht kommen, werde ich sie ergründen, verstehen, betrauern und wegtun können.

All diese Erfahrungen haben mich meinem jetzigen Ich nähergebracht und ich konnte mit ihnen wachsen. Aus jeder negativen Situation konnte ich positive Erkenntnisse gewinnen. Es stimmt also, wenn man so lapidar sagt: Jede schlechte Seite hat auch ihre gute.

Ich weiß, dass ich jeden einzelnen Tag an mir selbst arbeiten muss. Dass es für mich nicht selbstverständlich ist, mich und meinen Körper wertzuschätzen. Die Angst vor Selbstmitleid und einem Rückfall in alte Muster sitzt mir stets im Nacken und das ist gut so. Denn nur wer sich über sich selbst bewusst ist, kann an sich arbeiten, Fehler erkennen und Probleme lösen. Im besten Fall hat man einen Partner an seiner Seite, der einen unterstützt. Oder wie in meinem Fall – eine Sarah! Und im allerbesten Fall beruht diese Unterstützung auf Gegenseitigkeit und hält ein Leben lang an.

Ich bin guter Dinge, dass ich zukünftig besser auf mich, meinen Körper und meine mentale Gesundheit achten werde. Ich blicke auf die Menschen, die mir Vorwürfe machen oder mich beleidigen aus einer anderen Perspektive und versuche zu erkennen, wo deren Problem liegt, statt die Schuld oder Ursache direkt bei mir zu suchen. Ich versuche, die kleinen Dinge in meinem Alltag viel mehr zu schätzen und mache erste Fortschritte hinsichtlich meiner sexuellen Erfülltheit.

Ich hoffe inständig, dass ich meinen Kindern die bestmögliche Startposition für ihre eigene Entwicklung geben werde und dass ihr Vertrauen in mich so groß ist, dass sie wissen, dass sie mich alles fragen können. Es gibt keine falschen oder peinlichen Fragen. Und es gibt kein Richtig und kein Falsch.

Ich denke, es wird vielen Menschen so gehen wie mir. Jeder hat Dinge in seinem Kopf, die einem in seiner Kindheit, Jugend oder auch in späteren Beziehungen eingetrichtert wurden. Wir alle haben negative Glaubenssätze in uns verankert. Es ist daher wichtig, sich darüber bewusst zu werden, was man im Leben oder auch beim Sex will. Was einem gefällt und was man nicht will. Man sollte offen sein für Neues, aber sich nicht dazu zwingen lassen. Ein schmaler Grat. Ich habe in den vielen Gesprächen mit Freundinnen und Freunden, auch mit meinen Kollegen und meinem Azubi herausgefunden, dass auch Männer im Kopf blockiert sein können, nicht nur Frauen. Es handelt sich also um ein gesamtheitliches Problem, welches genauso betrachtet und meist nur gemeinschaftlich gelöst werden kann. Hier lautet die Devise: Einfach machen! Was dann kommt, sollte man annehmen. Die Gefühle, die unerwartet hochkommen – ob besonders schöne oder vielleicht auch total traurige Erinnerungen – gilt es zu benennen und auszusprechen. Ich wünsche jedem Menschen einen Sexualpartner, der diese Offenheit zu schätzen weiß.

Meine Erlebnisse mit dir zu teilen, fiel mir nicht immer leicht. Du kennst nun mein Innerstes. Dennoch tat ich es, damit ich so viele Leute wie möglich an meinen Erfahrungen teilhaben lassen kann und sie begreifen, dass Sex, egal auf welche Art und Weise er praktiziert wird, etwas Heilsames und Schönes sein kann. Nichts wofür man sich schämen muss. Unsere Gesellschaft sollte viel offener mit diesem Thema umgehen! Das ist mein größter Wunsch! Also ist meine Bitte an dich: Trage deine wunderbaren und auch deine traumatischen Erlebnisse nach draußen, sprich über deine Erfahrungen und wie sie sich auf dich und dein Intimleben auswirken. Stelle Fragen an dich selbst und an deinen Partner und hör endlich auf, an dir selbst zu zweifeln!

Mein Dank gilt vor allem meinen Freundinnen Sarah und Bitchi, die immerzu an meiner Seite standen. Danke auch an Tobi, der mit mir die Hälfte meines Lebens geteilt und mich aufrichtig geliebt hat. Und auch bei Borussia Dortmund, Mr X, dem Wahnsinnigen, dem Verflossenen und Mr Brusthaar bedanke ich mich. Wärt ihr nicht gewesen, hätte ich all diese Erfahrungen nicht machen und an mir wachsen können.

Einen großen Dank sende ich auch an meine liebe Freundin Kathrin, die sich mit der Erstkorrektur durchgeschlagen hat und mir das ein oder andere Komma ergänzt und so manchen nützlichen Hinweis gegeben hat. Deinen Mut auszuwandern bewundere ich besonders. Nachdem ich deine Mutter kennenlernen durfte, beglückwünsche ich dich und deine Familie zu diesem außergewöhnlichen Abgrenzungsschritt.

Besten Dank auch an Melanie, die Fotografin des Cover-Bildes und an Caro für die Zweitkorrektur mit ganz vielen liebevollen Anmerkungen.

Songliste

Auf Kathrins Wunsch hin habe ich die Songs im Folgenden aufgelistet, die durch meine Erzählung führen:

Wir sind Helden: Aurélie
Danger Dan: Lauf davon
Kummer feat. Nina Chuba: DER LETZTE SONG (Alles wird gut)
Willemijn Verkaik: Lass jetzt los (alias „Anna-und-Elsa-Lied")
Sarah Connor: Vincent
Montez: Wenn du mich lässt
Nina Chuba: Glas
Mia Aegerter: Kriegerin
Silbermond: Ohne dich
TJARK: Schon okay
Elen: Liegen ist Frieden

Ergänzend füge ich dieses Lied hinzu, weil ich mir sicher bin, dass ich es irgendwann wieder mitsingen werde:

Elen: Happy End